뭉 크 에 서 베 르 메 르 까 지

사라진
명화들

에드워드 돌닉 지음 | 최필원 옮김

마로니에북스

샘과 벤을 위해.

외줄에 올라 있는 것이 바로 삶이다.
그 외의 모든 것들은 기다림이다.
― 칼 월렌다

차 례 |

contents

일러두기

그림명은「 」, 영화명은 ' ', 잡지명과 신문명은〈 〉, 책명은『 』로 표시하였다.

| 프롤로그

2004년 6월

✿ 작은 사무실과 어울리지 않는 그림들이 벽에서 내려다보고 있다. 베르메르, 고야, 티티안, 뭉크, 렘브란트. 몇 달러밖에 하지 않는 평범한 복제품들로, 액자에 끼워져 있지도 않고 크기도 제각각이다. 몇몇 그림은 헐거워진 압정 탓에 간신히 매달려 있다. 진품들은 금박 액자에 끼워져 세계 각지의 여러 웅대한 미술관에 걸려 있다. 많은 관광객들이 이런 명화를 보기 위해 순례여행을 한다. 수백만 달러의 가치를 지닌 그림도 있고, 수천만 달러를 호가하는 그림도 있다.

벽에 걸린 그림의 진품들은 지난 몇 년 사이에 적어도 한 번씩은 도난당한 적이 있다. 그중 운 좋게 되찾은 것들이 있는데, 이 그림들을 벽에 붙인 키 큰 신사가 바로 그들을 되찾아준 장본인이다. 물론 아직까지 행방이 묘연한 명화도 있다. 이런 야릇한 소장품들의 '큐레이터'는 통계엔 관심이 없다. 그저 우울한 사실에만 사로잡혀 지낼 뿐이다. 바로 사라진 명화 중 십중팔구는 영영 되찾을 수 없다는 것.

예술 범죄의 세계에서 비길 데 없는 명성을 가진 한 형사, 그의 이름은 찰리 힐이다. 이 책에는 예술이 부정직한 방법으로 다뤄지는 암흑가의 이야기가 담겨 있다. 어느 순간엔 위험했다가, 다음 순간엔 우스꽝스러워지고, 어쩔 땐 이 두 가지가 동시에 어우러지기도 한다. 이러한 기이하고 익숙지 않은 분야에 힐이 안내자가 되어줄 것이다.

우리는 이 분야의 기본적인 이해를 위해 도난당한 여러 명화들에 얽힌 이야기를 접하게 될 것이다. 하지만 그중에서도 에드바르트 뭉크의 걸작, 「절규」에 관한 이야기가 미궁을 파헤치는 데 가장 큰 도움이 되어준다. 십 년 전만 해도 힐은 이 그림과 전혀 상관없는 사람이었다. 복제품이나 만화 따위로 어렵지 않게 명화를 알아보던 수백만 명의 보통사람들과 다르지 않았다.

1994년 2월 14일 아침, 한 통의 전화가 그 모든 것을 바꾸어놓았다.

PART 1

두 남자와 사다리

침입

노르웨이, 오슬로
1994년 2월 12일
오전 6시 29분

　🌸 노르웨이의 겨울날 새벽, 동트기 전의 어둠 속에서 두 남자가 훔친 차를 몰고 와 노르웨이의 저명한 예술 박물관인 국립 미술관 앞에 멈춰 세웠다. 그들은 엔진을 켜둔 채 차에서 내려 눈밭을 가로질러 달려나갔다. 그리고 미술관의 전면 벽을 따라 늘어진 관목들 속에서 전날 밤 가져다 놓았던 사다리를 찾아 들었다. 그들은 소리 없이 사다리를 벽에 기댔다.

　순찰을 마친 경비는 따뜻한 지하 경비실에서 아늑한 시간을 보내고 있었다. 따분한 문서 작업이 남아 있었지만, 어쨌든 그는 영하 10도의 추운 날에 미술관을 구석구석 순찰하는 일을 마쳤다는 생각에 어느 정도 마음을 놓을 수 있었다. 그가 미술관 경비로 일하기 시작한 것은 7주 전의 일이었다.

마치 숙제를 시작하려는 학생처럼 경비가 마지못해 메모 더미를 집어 들었다. 그의 책상 앞에는 열여덟 개의 폐쇄회로 텔레비전 모니터가 우뚝 서 있었다. 갑자기 한 스크린에 움직임이 포착되었다. 흑백 이미지는 흐릿했다. 해가 뜨려면 구십 분 이상이 남아 있었다. 하지만 형태와 움직임은 충분히 알아볼 수 있을 정도였다. 파카를 입은 남자가 장갑 낀 손으로 사다리 아랫부분을 꽉 붙들고 있었다. 그의 파트너는 이미 사다리를 오르는 중이었다. 경비는 문서 작업에 열중하느라 텔레비전 모니터에 떠오른 이미지에 대해서는 전혀 알지 못했다.

사다리의 끝부분은 미술관 2층에 붙어 있는 긴 창문턱에 고정되어 있었다. 그 창문 안쪽에서는 노르웨이의 위대한 화가, 에드바르트 뭉크의 특별 전시회가 열리고 있었다. 뭉크의 쉰여섯 개 작품이 벽에 줄지어 걸려 있었는데, 그중 쉰다섯 개 작품은 미술학도가 아니라면 쉽게 알아볼 수 없는 것들이었다. 하지만 한 작품만큼은 다빈치의 「모나리자」나 반고흐의 「별이 빛나는 밤」처럼 대번에 알아볼 수 있는 세계적인 성상으로 인정받는 것이었다. 학교 기숙사나 칸막이로 된 사무실에 단골로 붙어 있는 포스터. 수많은 만화에 등장하고, 티셔츠와 카드에 찍혀 불티나게 팔리는 바로 그 작품. 「절규」였다.

사다리 위의 남자는 거의 꼭대기에 다다라 있었다. 그러다 갑자기 균형을 잃고 휘청거리더니 밑으로 뚝 떨어져버렸다. 그는 비틀거리며 일어나 다시 사다리를 향해 절뚝거리는 걸음을 옮겼다. 경비는 여전히 지하 경비실에 앉아 밖에서 벌어지고 있는 소동을 전혀 눈치 채지 못하고 있었다. 이번엔 침입자가 사다리 끝에 무사히 다다랐다. 그는 망치로 창을 부수고 창틀에 박혀 있는 유리 조각들을 마저 털어낸 후 미술관 안으로 들어섰다. 경보기가 요란하게 울기 시작했다. 경비는 보나마나 잘못 울렸을 거라며 투덜거렸다. 그는 도둑들이 비쳐진 모니터를 그냥 지나쳤다. 그리고 제어판 앞으로 다가가 경보기를 껐다.

도둑이 「절규」 쪽으로 향했다. 그것은 창문으로부터 1미터밖에 떨어지지 않은 벽에 걸려 있었다. 그는 그림을 지탱해주고 있는 철사를 끊었다. 가로 60센티미터, 세로 90센티미터의 「절규」는 크고 다루기 힘들었다. 화려하게 장식된 액자와 앞뒤로 끼워진 안전유리 때문에 무게도 만만치 않았다. 혼자 들고 미끄러운 금속 사다리를 내려가기에는 무리였다. 도둑은 창문 밖으로 몸을 최대한 뽑아낸 후 그림을 사다리에 걸쳐놓았다.

"받아!"

그가 속삭였다. 그리고 아이를 썰매에 태워 경사진 언덕 밑으로 내려보내는 아버지처럼 그림을 손에서 놓았다.

아래서 기다리고 있던 그의 파트너가 허리를 펴고 사다리를 따라 미끄러져 내려오는 그림을 받았다. 두 사람은 차로 달려가 소중한 짐을 뒷좌석에 싣고는 차를 몰아 사라져버렸다. 미술관 안에서 그림을 빼내오는 데 걸린 시간은 고작 50초밖에 되지 않았다. 1분도 채 안 되는 시간에 두 도둑이 7천2백만 달러의 가치를 지닌 그림을 손에 넣게 된 것이다.

믿을 수 없을 만큼 쉬운 작업이었다.

"노르웨이 스타일의 조직범죄인가!"

나중에 런던 경찰청의 한 형사는 깜짝 놀라며 이렇게 말했다.

"두 사람이 사다리만 달랑 가지고 오다니…."

＊ ＊

오전 6시 37분. 어두침침한 미술관 안으로 매서운 바람이 새어들어와 깨진 창문에 드리워진 커튼이 펄럭였다. 모션 감지기가 두 번째 경보기를 작동시켰다. 그제야 스물네 살의 경비, 가이르 베른첸은 뭔가 심상치 않은 일이 발생했음을 깨달을 수 있었다. 당혹스럽고, 어리둥절해진 그는 어떻게 해야 할지를 놓고 고심했다. 직접 확인해봐야 하나? 경찰을 부를까? 베른첸은 여전히 텔레비전 모니터엔 신경을 쓰지 않고 있었다. 화면엔 미술관의 전면 벽에 기대어진 사다리가 비쳐지고 있었다. 그뿐 아니라, 경보기가 울린 곳이 바로 「절규」가 걸려 있던 10번 진열실이라는 사실도 깨닫지 못하고 있었다.

베른첸이 전화를 걸어 침대를 뒹굴며 반쯤 잠들어 있는 주임에게 조리가 서지 않는 이야기를 황급히 들려주었다. 허둥지둥 보고를 하는 중에 또 다른 경보기가 울어대기 시작했다. 오전 6시 46분. 정신이 번쩍 든 주임이 그에게 당장 경찰에 신고하고, 모니터를 살피라고 지시했다. 마침 오슬로의 텅 빈 거리를 순찰하고 있던 순찰차가 국립 미술관을 막 지나고 있었다. 한눈에 봐도 무슨 일이 벌어졌는지 알 수 있었다. 어두운 밤, 사다리 그리고 깨진 창문.

순찰차가 급제동해 멈춰섰다. 한 경관이 본부에 침입 사실을 보고했고, 나머지 두 명은 차에서 내려 미술관으로 달려갔다. 첫 번째 경관이 힘

겹게 사다리를 오르기 시작했다. 그리고 몇 분 전에 도둑이 그랬듯 미끄러져 땅에 떨어지고 말았다.

차에 남아 있던 경관이 다시 무전으로 지원을 요청했다. 파트너가 부상을 당해 서둘러 응급실로 후송되어야 한다는 말도 덧붙였다. 그들은 미술관으로 들어가 계단을 타고 2층으로 향했다.

창문턱에 사다리가 기대어진 방으로 뛰어 들어가자 깨진 창문으로 쌀쌀한 바람이 들어오고 있었다. 어두운 방의 벽엔 많은 그림이 줄지어 걸려 있었다. 하지만 유니버시티가 쪽으로 나 있는 높은 창문의 옆 공간은 텅 비어 있었다. 경관들이 나부끼는 커튼 밑으로 몸을 숙이고 들어가보니 깨진 유리 파편과 함께 철사 끊는 기구가 바닥에 뒹굴고 있었다. 범인들이 남기고 간 엽서도 보였다.

범행이 일어났던 2월 12일은 그냥 평범한 겨울의 토요일이 아니었다. 노르웨이의 릴레함메르에서 개최된 1994년 동계 올림픽의 첫날이었다. 정치계와 문화계 인사들을 포함한 노르웨이 전체가 쉽게 구경할 수 없는 이벤트에 온 정신이 팔려 있었다.

순조롭게 준비된 개막식은 2억4천만 명의 텔레비전 시청자들의 눈을 사로잡게 될 거라는 예측이 나왔었다. 사람들은 '노르웨이'라는 단어를 듣고 눈이나 피오르드(높은 절벽 사이에 깊숙이 들어간 협만—옮긴이), 소나무 같은 것들을 떠올린다. 순록이나 금발머리를 떠올리는 사람도 있을 것이다.

아니, 그건 스웨덴이던가? 아무튼, 사람들은 유명한 노르웨이인의 이름을 하나 대보라고 하면 대부분 꿀 먹은 벙어리가 되어버린다.

　노르웨이 사람들은 올림픽을 통해 사람들의 이러한 무지를 걷어주고 싶었다. 전 세계의 시청자들이 TV를 켤 때 보란 듯이 세계 무대 데뷔 축하 파티를 열 참이었다. 세계는 노르웨이의 참모습을 보게 될 것이다.

　하지만 전 세계가 본 것은 충격과 분개로 얼룩진 축전이었다.

　"이런 아름다운 곳에서 그런 엄청난 일이 벌어지다니!"

　문화부 장관이 비탄했다.

　도둑들은 그런 침울한 기분 따윈 느끼지 않았다. 그들은 「절규」를 가져가면서 당국이 쉽게 찾을 수 있는 곳에 엽서를 놓아두었다. 엽서엔 유명한 노르웨이인 화가, 마리트 월의 그림이 그려져 있었다. 그는 일상을 만화처럼 밝은 분위기로 표현해 그리기를 즐겼다. 월의 「솟구치는 호르몬」의 경우, 해변에 누워 추파를 던지며 다니는 젊은 남자들을 망원경으로 지켜보는 머리가 희끗희끗한 부인 두 명이 등장한다. 도둑들은 완벽한 생일카드를 고르기 위해 고심하듯 조심스럽게 엽서를 골랐으리라. 그들이 선택한 그림은 「좋은 이야기」라는 작품이었다. 세 명의 남자가 얼굴이 빨개질 때까지 테이블을 내리치며 요란하게 웃어젖히는 그림. 그들은 숨까지 할딱거리고 있다. 도둑들은 엽서 뒷면에 이렇게 휘갈겨 놓았다.

　"엉성한 보안에 감사를 표합니다."

　보안은 엉성함보다도 못한 수준이었다.

"모든 창문은 잠겨 있었습니다."

국립 미술관의 관장, 크누트 베르그가 기자들에게 말했다.

"범인들이 사다리를 타고 올라와 깨진 창문으로 침입한 것 같진 않습니다. 유리 파편이 많았기 때문이죠. 저라면 그렇게 하지 않았을 겁니다."

하지만 국립 미술관의 임원들이 나쁜 판단을 내린 것이 속속 밝혀졌다. 「절규」는 원래 국립 미술관 3층에 전시되어 있었지만 무슨 이유에서인지 2층으로 옮겨졌고, 범인들에겐 분명 희소식이었을 것이다. 외부와의 거리가 많이 가까워진 탓에 범인들이 유혹을 떨쳐내기가 쉽지 않았을 것이다. 크누트 베르그는 이십 년간 미술관장으로 일해왔고, 내내 그의 예산을 좌지우지하는 정치인들과 전쟁을 벌여왔다. 은퇴를 코앞에 둔 그는 마지막으로 관람객들을 깜짝 놀라게 만들 특별한 이벤트를 준비하고 있었고, 한껏 들떠 설치자들이 쇼를 준비하는 모습을 지켜보며 법석을 떨어댔다.

경비실장은 좀 더 신중했다. 그는 미술관 경비들에게 메모를 남겨 이렇게 지시해두었다.

"1994년 1월부터 5월까지 에드바르트 뭉크의 작품들이 1층(실질적으로는 2층) 9번, 10번, 12번 진열실에 전시될 예정임. 밤새 카메라로 감시할 것. 야간 경비는 순찰 코스를 매번 바꿀 것. 그리고 전시 공간 바깥쪽 벽을 특히 신경 써서 볼 것. 1층에 마련된 특별한 전시 이벤트인 만큼 평소보다 많은 주의를 기울여야 함."

「절규」를 아래층으로 옮긴 것은 큰 실수였다. 그리고 그것을 거리를 향해 나 있는 창문 바로 옆에 걸어놓은 것은 최악의 판단이었다. 하지만 실수는 그것으로 끝이 아니었다. 벽돌로 지어진 오래된 미술관의 창문엔 보안용 창살이 붙어 있지 않았고, 강화유리 대신 보통 유리를 끼워둔 상태였다. 「절규」 역시 보통 가정집에 걸어놓는 보통 그림처럼 철사에 걸려 있었다. 볼트로 고정되지도 않았고, 경보 장치에 연결되지도 않았다.

범인들은 치밀하게 모든 준비를 해두었다. 그들의 정찰활동은 굉장히 은밀하게 진행되었다. 그들은 야간 경비가 새벽 여섯 시에 순찰을 마치고 경비실로 돌아간다는 사실을 알아냈다. 또한 '노르웨이 문화 페스티벌'을 즐기러 찾아온 관람객들 틈에 끼어 느긋하게 내부 구조를 꼼꼼히 살펴볼 수 있었다. 미술관의 감시 카메라들은 낡았고, 몇몇 중요한 공간을 완벽하게 커버하지 못했다. 10번 진열실엔 카메라가 아예 설치되어 있지도 않았다.

대부분의 치밀한 계획자들처럼 범인들 역시 모든 것을 단순하게 처리했다. 그들은 오직 「절규」에만 초점을 맞췄다. 다른 작품들을 추가로 챙기려는 유혹은 단호히 뿌리쳤다. 전화선을 끊거나 경보 시스템을 해제하는 일 따위는 하지 않았다. 중요한 것은 스피드였다. 아무리 최신식 시스템이라 할지라도 그들의 민첩함을 따라올 순 없었다.

범행이 벌어지기 며칠 전, 국립 미술관 근처 공사현장에선 인부들이 사다리를 내버려두고 가는 실수를 저질렀다. 미술관 침입을 몇 시간 앞두고 범인들은 어둠 속을 뒹굴고 있는 사다리를 챙겨가지고 나왔다. 공사현장은 바로 노르웨이 최대 신문사, 〈베르텐스 강〉의 사옥이었다. 이

번 사건을 요란하게 질타해야 할 신문사가 오히려 범인들의 든든한 공범자가 된 셈이었으니, 스포트라이트를 노리던 그들로서는 이보다 절묘한 기회는 또 없었을 것이다.

범행이 벌어지기 하루 전, 범인들은 차 두 대를 훔쳤다. 마츠다와 아우디. 두 대 모두 상태가 양호했고, 공간이 넓었다. 게다가 고속주행과 특별한 짐을 싣고 다니기에 적격이었다. 마츠다는 도주용이었다. 그것을 타고 몇 블록 벗어난 그들은 미리 세워둔 아우디에 「절규」를 옮겨 실었다. 미술관 경비가 마츠다를 타고 도주하는 그들을 목격했을지도 모르기 때문이었다. 그런 다음, 그들은 각각 다른 방향으로 흩어져 도망쳤다.

몇 시간 후, 세계의 모든 텔레비전 시청자들은 그들의 범행에 관해 알게 되었다. 노르웨이에선 흥분한 기자들이 카메라를 향해 재잘거리는 동안, 원통해하는 국립 미술관 임원들은 선물가게에서 도난당한 명화의 포스터를 고르고 있었다. 하루 전만 해도 「절규」는 영광스럽게 제자리를 지키고 있었다. 하지만 이젠 칙칙한 액자에 끼워진 싸구려 포스터가 그 자리를 대신 채우게 되었다. 포스터로 덮인 벽엔 누군가가 적어놓은 한마디가 남겨져 있었다.

'도난품!'

손쉬운 범행

✻ 노르웨이의 미술관 임원들은 치명적인 실수 두 가지를 저질렀다. 첫 번째, 세부적인 사항에 주의를 기울이지 못했다. 위대한 예술작품을 소장하고 있다는 자부심에만 젖어 있던 국립 미술관은 보안이라는 가장 기본적인 문제에 너무도 무관심했다. 두 번째, 그들은 상상력을 충분히 동원하지 못했다. 미술관 임원들은 구매자가 보는 순간 도난당한 명화라는 사실을 쉽게 알아차릴 수 있는 그림을 무모하게 훔칠 사람은 없다고 장담해왔다.

물론 예술계에 몸담고 있는 누구라도 절도범들의 존재를 부인하진 않는다. 아무리 작은 미술관이라도 경비를 고용한다. 하지만 사건이 너무 끔찍하고, '예술'과 '범죄'를 결합시키는 것 자체가 고귀함과 지저분함을 섞는 짓이라는 생각 때문에 예술계는 그런 불쾌한 소식들로부터 아예 눈을 돌려버리는 경향이 있다.

하지만 도둑들에겐 그런 생각이 아무런 의미가 없다.

예술 범죄는 거대하고 한창 번성중인 산업이다. 범죄 관련 통계엔 항상 오차가 있지만, 인터폴은 예술계 암흑가에서 매년 4십억 달러에서 6십억 달러에 달하는 예술품들이 은밀하게 거래되고 있다고 추정한다. 예술품은 마약과 불법 무기에 이어 세 번째로 많이 밀거래되고 있다. 경찰 통계에 의하면, 작은 마을의 성당에서도 15세기에 만들어진 제단 장식 따위를 어렵지 않게 찾아볼 수 있는 이탈리아에선 매년 미술관 하나 분량의 예술품들을 도난당한다고 한다.

도난당하는 예술품들은 좋은 작품들이긴 하지만 위대한 작품으로는 볼 수 없는 것들이 대부분이다. 그래야 쉽게 되팔 수 있기 때문이다. 그렇다고 위대한 걸작들이 사라지지 않는 것은 아니다. 사실 명화들도 놀라운 속도로 자취를 감춰가고 있다. 존재하는 베르메르의 작품은 고작 서른여섯 점 밖에 되지 않는다. 그중 세 작품 「콘서트」, 「기타를 연주하는 여인」, 그리고 「편지를 쓰고 있는 여인」이 최근에 도난당했다.*

「편지를 쓰고 있는 여인」은 아일랜드의 한 대저택에서 도난당했는데 그로부터 일주일 후, 320킬로미터 떨어진 작은 별장에서 발견되어 다시 주인에게로 돌아갔다. 그리고 십 년쯤 지났을 때 같은 주인은 같은 그림을 다시 도난당하는 불운을 겪게 되었다. 런던에선 도둑들이 렘브란트의

---

* 또 하나의 베르메르 작품, 「천문학자」는 아돌프 히틀러의 개인적인 소장을 위해 나치가 강탈해 갔다. 그 작품은 로쉴드 가문이 소장하고 있다가 현재는 루브르 박물관에 소장되어 있다.

한 초상화를 무려 네 번에 걸쳐 훔쳐 간 일도 있었다.

2003년 봄과 여름, 그 몇 달 동안 도둑들이 16세기 명화 두 점을 훔쳐 달아난 일이 있었다. 각각 5천만 달러 이상 호가하는 작품들이었다. 5월 엔 도둑들이 빈의 미술사 박물관의 외벽을 타고 올라가 금과 흑단으로 만든 벤베누토 첼리니의 「황금의 소금 상자」를 털어 가는 사건이 벌어졌 다. 제정신을 잃은 박물관장에 의하면, 도난당한 작품은 「모나리자」에 비견될 수 있는 위대한 작품이라고 했다. *

8월, 옷을 잘 차려입고 말씨가 점잖은 스코틀랜드의 도둑 두 명이 6파 운드를 내고 드럼란리치 성을 둘러보았다. 유명한 명화가 많이 소장되어 있는 곳이었다. 몇 분 후 그들은 가이드의 목을 칼로 찌르고 레오나르도 다 빈치의 「성모와 실패」를 벽에서 떼어내 들고 유유히 사라져버렸다. 마침 그 자리엔 캠코더를 손에 쥔 뉴질랜드 관광객 두 명이 지나고 있었 다. 그들은 경보음을 듣고 성을 빠져나가려다가 하마터면 벽을 타고 올 라온 남자와 부딪칠 뻔했다.

"걱정 말아요. 우린 경찰입니다. 이건 그저 훈련일 뿐이에요."

한 도둑이 여유를 부리며 말했다.

---

* 첼리니는 1543년, 프랑스의 프랑수아 1세를 위해 「황금의 소금 상자」를 만들었다. 이 피렌체 의 금 세공인은 허세로 가득한 자서전에서 자신이 제출한 조각의 밀랍 모형에 대한 왕의 반응 을 이렇게 적어놓았다. "이건 내가 상상했던 것보다 백배는 더 성스러운 것이다." "이건 사람 이 만든 기적이다!"
왕은 첼리니에게 희망하는 값을 말해보라고 했고, 왕실 출납계원은 첼리니에게 금화 1천 개를 지급하였다. 돈을 받아 들고 귀가하던 첼리니는 칼을 휘두르며 나타난 네 명의 강도에게 습격 당했지만, 홀로 그들을 물리쳐버렸다. 겁에 질린 강도들은 그의 칼 다루는 솜씨를 보고 그를 병 사로 오인하기까지 했다.

"두 번째 남자가 벽을 타고 안으로 들어왔을 때 우린 뭔가 심상치 않은 일이 벌어지고 있다는 걸 깨달을 수 있었어요."

사건이 벌어진 후 관광객 커플이 경찰에게 진술했다. 두 번째에 이어 세 번째 남자가 벽을 타고 들어왔다.

"그는 겨드랑이에 뭔가를 끼고 있었어요."

그들은 멍하게 지켜보고 있는 관광객들을 지나 방문자 주차장에 세워 둔 폭스바겐 골프에 올라탔다. 그리고 바람처럼 사라져버렸다. 관광객들은 범인들과의 조우를 카메라에 담는 데 성공했다.

그들이 훔쳐 간 그림은 값을 헤아릴 수조차 없는 것이었다. 레오나르도는 그런 유화를 겨우 십수 점 밖에 남기지 않았다. 전문가들은 작품의 가치를 적게는 5천만 달러에서 높게는 2억3천5백만 달러까지로 보고 있었다. 역사상 가장 비싸게 팔린 작품보다도 두 배 이상 높은 액수였다.

도난당한 명화들로만 박물관을 만든다면 세상의 어느 보물 보관실이 부럽지 않을 것이다. 도난당한 명화들은 헤아릴 수도 없이 많은 갤러리를 채우고도 남을 만큼 어마어마한 수에 달한다. 피카소 551점, 반 고흐 43점, 렘브란트 174점, 그리고 르누아르 209점. 베르메르와 카라바조, 반 에이크와 세잔, 티티안과 엘 그레코도 물론 빼놓을 수 없다.

예술을 향한 공격은 세계 어느 곳에서나 볼 수 있다. 2002년 7월, 파라과이. 도둑들은 지하 20미터 깊이에 터널을 뚫고 국립 미술관에 침입해 1백만 달러 가치에 달하는 명화들을 훔쳐냈다. 1999년 12월, 옥스퍼드. 밤도둑이 애쉬몰리언 박물관의 채광창을 깨고 들어왔다. 로프를 타고 내려온 그는 4백8십만 달러 가치에 달하는 세잔의 명화를 훔쳐 달아나버렸다. 1998년 5월, 로마. 도둑들은 가장 간단하고, 가장 흔하게 쓰이는 '뒤에 남는' 수법을 사용하기로 결심했다. 늦은 시간, 세 명의 남자가 국립 근대미술 갤러리로 들어섰다. 그리고 전시장 커튼 뒤에 숨어 미술관이 문을 닫을 때까지 기다렸다. 관람객들이 모두 돌아간 후에야 도둑들은 모습을 드러냈다. 총을 휘두르며 날뛰던 그들은 세 명의 경비를 위협해 경보기를 끄게 한 후 밧줄로 꽁꽁 묶어놓았다. 십오 분 후, 도둑들은 정문을 통해 유유히 사라졌다. 그들이 들고 간 명화는 반 고흐 두 점, 세잔 한 점으로 가치로 따진다면 무려 3천4백만 달러에 이르는 것이었다. 거기다 입장권 수익인 현금 860달러도 훔쳐 갔다.

그렇게 도난당한 그림들은 대개 그것들과 잘 어울리지 않는 곳에서 발견되곤 한다. 그림 형제의 이야기 속 마법에 걸린 공주가 나무꾼의 작은 집에서 깨어나듯이. 1989년, 퀸즈의 공동주택 관리인이 5백만 달러의 가치를 지닌 마네의 정물화, 「작약」을 지하실의 세탁기 뒤에서 발견했다.

하지만 도난당한 대부분의 명화는 영영 자취를 감추어버리고 만다. 회수 성공률은 10퍼센트에 그치고 있다. 하지만 유명한 작품일수록 회수 확률이 높다는 것은 그나마 희망적인 소식이 아닐 수 없다. 위대한 작품인 경우 합법적인 구매자를 찾기 힘들기 때문에 도둑들은 쉽게 풀어놓지 못한다.

* *

대부분 도둑들은 할리우드식 스타일을 선호하지 않는다. 프로들은 스타일보다는 능률에만 노골적으로 초점을 맞춘다. 규모가 큰 도난 사건일수록 그 수법은 단순하기 짝이 없다.

1990년 3월 18일, 보스턴. 무장한 두 명의 남자가 경찰 제복 차림으로 이사벨라 스튜어트 가드너 미술관에 들이닥쳤다. 새벽 한 시 이십 분이었다. 검은 콧수염을 기른 그들이 접수한, 작고 우아한 미술관은 한 세기 전과 같은 방식으로 관리되어 오고 있었다. 도둑들은 미술관 옆문을 두드리며 경비들에게 신고를 받고 왔다고 큰소리로 알렸다.

경비들이 문을 열자 두 명의 '경관'이 안으로 잽싸게 들어와 그들을 단숨에 제압했다. 일 분도 채 걸리지 않았다. 경비들은 훈련이 전혀 되어 있지 않은 미술학도들이었고, 시간당 6달러 85센트의 수당을 받고 있었다. 순간적으로 그들은 "밤엔 누구에게도 절대 문을 열어줘선 안 돼."라고, 관리자가 누차 강조했던 가장 중요한 수칙을 깜빡 잊고 말았다. 도둑들은 경비들을 지하실로 끌고 가 수갑을 채우고 재갈을 물렸다. 경비들은 이내 잠잠해졌다. 나중에 수사관들은 도둑들이 침입했을 당시 경비들이 심하게 취해 있었을 거라고 추측했다. 한 경비는 지하실에 묶여 있는 상황에서 잠이 들기까지 했다.

경비들을 손쉽게 처리한 도둑들은 경보 시스템을 무력하게 만든 후 무려 팔십 분간 느긋하게 갤러리를 돌며 쇼핑을 즐겼다. 사실 경보 시스템은 어느 경우에든 그다지 믿을 만한 보안 수단이 되지 못한다. 경보음이 미술관 실내에서만 울리기 때문이다. 그들은 십수 점의 그림을 챙겼다. 그중엔 베르메르의 「콘서트」도 있었고, 렘브란트의 유일한 해경화와 우표 크기의 섬세한 자화상을 비롯한 그의 작품 석 점도 있었으며, 마네의

「체즈 토르토니」, 그리고 드가의 목탄화와 수채화 다섯 점도 있었다. 그들은 침착하게 감시 카메라의 비디오카세트까지 챙겨 가는 치밀함을 보이기도 했다. 그들이 가져간 작품들을 보면 그들이 얼마나 괴벽스럽고, 무지했는지를 잘 알 수 있다. 도둑들은 나폴레옹 1세 시대의 깃대에서 청동으로 만든 독수리를 챙기면서도 엄청난 가치를 지닌 티티안의 「유로파의 강탈」은 그냥 두고 가버렸다. 어쨌든 그들이 챙겨 간 작품들의 가치를 헤아려 보면 무려 3억 달러에 달한다.

"나중에 우리가 연락하지."

그들은 경비들에게 그 말만을 남기고 사라졌다. 물론 아무도 그들의 연락을 받지 못했다. 예술 범죄에 있어 가드너 명화들은 성배로 꼽힌다.

* *

도둑들은 기회주의자들이다. 그들은 항상 노리는 것이 무방비로 노출될 때만을 기다린다. 박물관, 성당, 미술관, 그리고 외딴 시골 저택들이 그들의 타깃이다. 감정가들이 예술 범죄에 보이는 반응은 손님들이 섹스에 관한 이야기를 나누는 것을 보고 당혹스러워 하는 빅토리아 여왕 시대의 호스티스의 반응과 크게 다르지 않다.

미술관은 최대한 많은 관람객들에게 자신들의 보물을 보여주기 위해 존재한다. 은행의 경우, 보안에 큰 문제가 없다. 30센티미터 두께의 문이 달린 지하 금고에 무장한 경비까지 세워놓은 요새를 누가 감히 넘볼 수 있단 말인가. 세계 최고 수준으로 꼽히는 박물관의 보안도 작은 도시의 은행에 비하면 허술하기 짝이 없다. 거리 축제와 큰 차이가 없다고 보면 된다.

허술한 보안은 대개 고질적인 예산 부족에서 비롯된다.

2003년 가을. 영국에서 가장 유명한 미술관 중 하나인 테이트 모던은 화장실 벽에 익명의 후원자에게 감사를 표하는 공고를 붙여놓았다. 후원자가 낸 기부금 덕분에 화장지를 구입할 수 있었다는 게 바로 그 내용이었다. 영국 국립 미술관의 사정도 크게 다르지 않다.

"정부에선 가장 기본적인 운영 자금조차 지원해주지 않고 있습니다. 관람객들을 들이고, 조명을 켜고, 작품들을 관리하는 비용조차도 말입니다."라고 관장이 한탄했다.

미술관들은 항상 추가 경비와 최신식 경보 시스템에 투자하고 싶어 하지만, 실제로 그런 호강을 누리는 곳은 극소수에 지나지 않는다.

특히 미국의 미술관 경비들은 형편없는 대우를 받고 있고, 제대로 된 훈련도 받지 못하고 있다. 한 메이저 보안회사는 맥도널드에서 직원들에게 지급하는 수당을 알아본 후 미술관 경비들에게는 그것보다 50센트 적은 수당을 지급한다.

"우리 미술관의 작품들을 보호하는 사람들은 햄버거 가게에서조차도 일자리를 구하지 못한 이들이죠."

보안 전문가, 스티븐 켈러는 그렇게 설명한다.

어떤 미술관은 큰마음 먹고 최신식 경보 시스템과 모션 감지기에 과감한 투자를 하기도 한다. 그리고 경비 충원에도 각별히 신경을 쓴다. 하지만 보안이 철저해질수록 도둑들 역시 뻔뻔스럽게 맞선다. 문을 꼭 걸어

잠그고, 전자 경보 시스템을 작동시킨다 해도 도둑들은 포기하지 않는다. 낮에 정문으로 유유히 들어오든지, 다목적 스포츠카로 밀고 들어온다. 총기 소지는 기본이다. 겁에 질린 관람객들과 무장하지 않은 경비들은 꼼짝없이 당하는 수밖에 없다.

범죄자들에게 위대한 명화는 그저 액자에 끼워진 채 허술하게 관리되고 있는, 벽에 걸린 수백만 달러짜리 지폐나 다름없다.

1998년, 바람이 거세게 불던 5월의 어느 날. 점심시간이 가까워진 시간에 한 관람객이 루브르 박물관의 67번 진열실에 들어섰다. 그는 조용한 시골길의 풍경을 담은 「세브르 거리」라는 코로의 작은 풍경화 앞으로 슬그머니 다가갔다. 고요한 갤러리에서 도둑은 민첩하면서도 침착한 동작으로 그림을 액자에서 빼내어 들고는 황급히 자리를 떴다. 유리가 끼워진 액자는 제자리에 남겨놓았다. 도둑들에게 있어 그림의 크기는 무척 중요하다. 도난당한 그림들의 대부분은 크기가 작다. 숨기기도 쉽고, 지니고 다니기도 용이하기 때문이다.

한 시간쯤 후, 한 관람객이 텅 빈 액자를 발견하고 경비에게 신고했다. 경비는 이내 박물관의 모든 문을 봉쇄했다. 그 작업에만 무려 십 분이 소요되었다. 물론 도둑은 이미 현장을 빠져나가 버린 후였다. 그 사실을 알리 없는 박물관 경비들은 수천 명에 달하는 관람객들을 분주히 수색하고 다녔다. 도망친 도둑은 끝내 잡히지 않았다.

환한 대낮에 1백3십만 달러짜리 그림을 도난당한 박물관은 곧바로 본격적인 수사에 착수했고, 그 사건으로 루브르의 보안 책임자는 해고

되었다.

수사관들이 내놓은 결과는 극단적인 낙천주의자들을 자포자기하도록 만들기에 충분했다. 루브르 박물관은 자신들이 얼마나 많은 작품들을 소장하고 있는지, 얼마나 많은 직원들을 고용해 부리고 있는지 정확히 모르고 있었다. 팔백 년 전에 궁전으로 지어진 그곳은 이백 년 전에 박물관으로 개조되었다. 그 광대한 시설은 꼼꼼한 순찰이 불가능할 정도로 복잡하다. 수많은 폐쇄회로 카메라들로도 박물관의 모든 공간을 다 살펴볼 수 없다. 67번 진열실엔 카메라가 설치되어 있지도 않았다. 그리고 카메라 시스템이 섹션마다 독립적으로 관리되기 때문에 중앙 경비실에서 한꺼번에 둘러볼 수도 없게 되어 있었다. 루브르 박물관의 보안은 엉성했다. 한 보고서에선 이런 내용도 찾아볼 수 있다.

'루브르의 3만2천여 점의 작품들 중 하나를 훔쳐내는 일은 백화점에서 물건을 하나 훔쳐 나오기보다도 쉽다.'

굳이 은행을 털 이유가 있을까?

도대체 누가?

1994년 2월 12일

🪰 노르웨이는 경찰력을 총동원해 「절규」를 훔쳐 간 도둑들을 찾아 나섰다. 그들이 어떻게 명화를 돈으로 바꾸려 하는지는 확실히 알 수 없었지만 그들의 범행 동기 중 하나만큼은 명백했다. 바로 노르웨이의 문화, 정치계 엘리트들에게 보내는 모욕적인 조롱이다. 돈을 노린 단순 범행이 아니라, 개인적인 범행이었던 것이다. 자신들의 명석한 두뇌를 뽐내려는 비아냥일 뿐이다.

경찰은 그렇게 추측하고 있었다. 올림픽에 맞춰 범행을 계획한 것부터가 이천여 명의 기자들의 눈을 사로잡기 위함이었다. 다른 작품도 아닌, 누구라도 대번에 알아볼 수 있는 유명한 「절규」가 선택된 것도 다 그런 이유 때문이었다. 현장에 거만하게 남겨놓은 메시지와 3.6미터 높이의 사다리의 의미도 그렇게 설명될 수 있었다.

도둑들에게 있어서는 그저 수백만 달러어치의 장난에 불과했다. 그들이 미술관에 침입한 지 사십 분이 지났을 때, 노르웨이의 〈다그블라데트〉 신문사로 한 여자가 전화를 걸어왔다. 오전 7시 10분이었다. 전화를 걸어온 사람은 뉴스 데스크로 연결해줄 것을 요청했다.

"지금 당장 국립 미술관으로 가봐요. 뭔가 엄청난 일이 벌어졌어요. 누군가 「절규」를 훔쳐 갔다고요. 현장엔 '엉성한 보안에 감사를 표합니다.'라고 적힌 엽서가 남겨져 있었어요."

"누구시죠?"

상대는 대답이 없었다.

"누구시냐니까요?"

제보자는 전화를 끊어버렸다.

7시 30분. 국립 미술관의 보안 책임자가 크누트 베르그 관장에게 우울한 소식을 전했다.

"도둑이 들었습니다. 「절규」를 훔쳐 갔어요."

두 사람 모두 상황의 심각성을 누구보다도 잘 알고 있었다.

같은 시간, 노르웨이의 고위 정부 당국자들은 버스를 타고 올림픽 개막식에 참석하기 위해 릴레함메르로 향하고 있었다. 모두들 축제 분위기에 젖어 들떠 있던 와중 라디오를 통해 속보를 전해 들을 수 있었다. 버스가 릴레함메르에 도착하자마자 기다리고 있던 기자들이 우르르 몰려들어 「절규」에 관한 질문을 큰소리로 쏟아내기 시작했다.

그들에겐 기자들이 원하는 답이 없었다. 오슬로에선 텔레비전 기자들이 국립 미술관에 몰려들어 열띤 취재 경쟁을 벌이고 있었다.

"우리가 아는 것이라고는 절대 있어서는 안 되는 일이 벌어졌다는 사실뿐입니다."

당혹스러워하는 크누트 베르그가 시인했다.

이런 일은 과거에도 있었다. 하지만 「절규」를 도난당한 적은 없었다. 1980년 베르그가 재직한 지 몇 년밖에 되지 않았을 때, 한 마약중독자가 노르웨이의 국립 미술관에서 렘브란트의 작품을 가져가는 일이 발생한 적이 있었다. 대낮에 벌어진 황당한 사건이었다. 그는 그림을 사겠다는 구매자를 찾아 약 1만 달러에 명화를 넘겼다. 나름대로 머리를 굴린 것이었다. 하지만 그 액수는 그림이 지닌 진정한 가치의 5퍼센트도 채 되지 않았다. 사건이 벌어진 후 6주 만에 프랑스 경찰은 도난당한 그림을 찾아냈다.

1982년, 도둑들은 다시 국립 미술관을 찾았다. 이번 역시 대낮이었다. 그들은 저장실에 숨어 있다가 한밤중이 되어서야 슬그머니 밖으로 기어 나왔다. 경비들은 미술관의 다른 섹션에 모여 있었다. 그들은 고갱과 렘브란트(1980년에 도난당했던 작품은 아니었다), 그리고 고야의 작품을 비롯해 다섯 점의 다른 작품까지 챙겨 달아났다. 그림을 창밖으로 던지면 밖에서 기다리고 있던 파트너들이 받아 챙기는 수법이었다. 그 사건이 있은 후 국립 미술관 임원들은 추가 경보 시스템과 외부 카메라를 설치하기에 이르렀고, 지하실에 보안실까지 마련해놓았다. 물론 「절규」가 창밖으로 던져진 날 밤엔 그 어떤 조치도 도움이 되지 못했다.

1988년, 도둑들이 오슬로에 자리한 뭉크 미술관에 침입했다. 국립 미술관으로부터 2, 3킬로미터쯤 떨어진 곳이었다. 그들은 그곳에서 뭉크의 작품 중 두 번째로 유명한 「흡혈귀」를 훔쳐 갔다. 뭉크의 작품에 등장하는 여자들은 매력적이거나 무서운 느낌을 주는데, 주로 그 두 가지 분위기를 한꺼번에 담고 있다. 「흡혈귀」에 등장하는 여자는 눈앞에 엎드려 있는 검은 머리 남자의 목에 얼굴을 묻고 있는데, 그녀가 남자를 물고 있는 것인지 아니면, 키스를 하고 있는지는 명확하게 알아볼 수 없다.

도둑에겐 예술가의 섬세함 따위는 없었다. 그는 무식하게 창을 깨고 들어와 그림을 챙겨 들고 달아나버렸을 뿐이다. 경보음이 울렸지만 경비가 허둥지둥 도착했을 땐 깨진 유리와 벽의 텅 빈 공간만이 현장에 남겨져 있었다.

1993년, 국립 미술관은 다시 도둑들의 타깃이 되었다. 올림픽을 일 년도 채 남겨놓지 않은 시점에서 국립 미술관은 블록버스터 전시회를 준비하고 있었다. 도둑들이 그런 기회를 놓칠 리 없었다. 그들은 8월 23일 대낮에 침입했다. 마침 경비들의 교대시간이었고, 한쪽 갤러리에선 방송국에서 나온 사람들이 촬영에 열중하고 있었다. 이 어수선한 틈을 타 누군가가 뭉크의 「초상화 습작」을 훔쳐 갔다. 슬픈 눈을 가진 젊은 여자가 먼 산을 멍하니 바라보고 있는 그림이었다. 3십만 달러의 가치를 지니고 있는 이 작품은 경보 시스템이나 보안 카메라로 보호되지 않고 있었다. 그 사건이 터지고 난 후, 국립 미술관은 다시 한 번 보안을 강화시켰다. 이제 미술관은 끄떡없을 거라고 크누트 베르그는 장담했다. 낮엔 경비들이 눈에 불을 켜고 감시했고, 밤엔 요새처럼 문을 단단히 걸어두었다.

* *

「절규」가 사라지자 세상의 눈은 모두 국립 미술관에 집중되었다. 노르웨이 경찰은 엄청난 부담을 느끼고 있었다. 지문 채취도 되지 않았다. 도둑들은 장갑을 끼고 있었던 것이다. 미술관 내부에선 발자국이 발견되지 않았고, 사다리 근처에도 아무런 흔적이 남아 있지 않았다. 혈흔으로 보이는 작은 얼룩이 유리 파편에 묻어 있긴 했지만 조사 결과 혈액이 아니라고 밝혀졌다.

경찰 기술자들이 미술관의 비디오테이프를 반복해서 돌려 보았다. 한 프레임씩 멈춰가면서 상세히 살폈다. 하지만 필름의 질은 좌절감이 절로 들 정도로 좋지 않았다. 도둑들은 복면을 쓰지 않았지만 확대한 그들의 이미지는 너무 희미했다. 미술관 정면에 설치된 감시 카메라가 도둑들의 차를 찍어놓았지만 차종 확인이 불가능할 정도로 이미지는 흐릿하기만 했다.

경찰은 사다리의 출처에 대한 작은 미스터리를 밝혀내긴 했지만 공사 현장의 누구도 범인들을 보지 못했다. 엽서도 큰 도움이 되어주지 못했다. 뒷면에 휘갈겨 쓴 메시지는 구어체 노르웨이어였다. 그런 이유로 경찰은 범인들이 노르웨이 출신일 거라고 추측했다. 하지만 그것이 최종적인 결론은 아니었다. 어쩌면 외국의 누군가가 모든 것을 계획하고, 실제 작업을 위해 지역 범죄자들을 끌어들였을 수도 있었다.

경찰은 단 한 명의 목격자도 확보하지 못했다. 3.5미터 길이의 사다리를 들고 거리를 걷거나 사다리를 지붕에 얹은 차를 몰고 가는 것을 봤다는 사람은 나타나지 않았다. 범인들이 미술관을 드나들 때 인근에 차를 세워두고 있었다는 택시 운전사가 나타나자 순간적으로나마 희망의 빛이 스쳤다. 하지만 그는 그날 번 돈을 세느라 범인들에게는 전혀 신경 쓰지 못했다고 진술했다. 누군가가 그림을 들고 미술관을 빠져나왔다 해도 그것에 정신을 팔 여유가 없었다는 것이다.

하지만 그는 미술관 앞을 거니는, 스물다섯 살쯤 되어 보이는 금발의 여자에 대해서만큼은 꽤 상세하게 기억해냈다. 과연 그녀가 〈다그블라데트〉로 전화를 걸어왔던 제보자였을까? 경찰은 부랴부랴 빨간색 코트를 걸치고, 땋은 머리를 길게 늘어뜨린 젊은 여자를 찾아 나서기 시작했다.

물론 그것은 헛수고였다.

경찰이 미친 듯이 제자리를 맴돌고, 국립 미술관 임원들은 비통함 속에서 허우적거리고 있는 동안 노르웨이 국민들은 환호하며 사건을 지켜보았다. 품위와 교양을 보다 중시하는 나라였다면 보나마나 격분했겠지만, 노르웨이 국민들은 그 사건을 그저 익살극으로밖에 여기지 않았다. 올림픽에서 토냐가 낸시의 무릎에 테러를 가하는 웃지 못할 사건이 벌어지기도 했지만 명화 도난 사건에 비하면 재미는 훨씬 떨어졌다.

뉴스에서는 사다리를 오르다가 미끄러져 떨어지는 도둑들의 모습이 잡힌 필름을 반복해서 내보냈다. 꼭 무성 코미디 영화의 한 장면을 보는 듯했다. 불규칙적으로 재생 속도가 바뀌는 바람에 그들의 모습은 몇 배 더 우스워 보였다.

노르웨이 전역의 거실과 술집에선 국민들이 흑백의 작은 형체가 사다리를 오르는 이미지를 실실 웃으며 지켜보았다. 그리고 흐릿한 그 형체가 사다리 위에 명화를 얹어놓고 밑으로 내려 보내자 그들은 일제히 폭소를 터뜨렸다.

1라운드는 범인들이 이긴 것이다.

사제들

1994년 2월

경찰 본부, 국립 미술관, 오슬로의 신문사들, 그리고 텔레비전과 라디오 방송국들로 수많은 제보 전화가 걸려왔다. 버스를 기다리다가 커다란 비닐 위로 불쑥 튀어나온 두꺼운 나무 액자를 들고 가는 남자를 보았다고 했다. 술집에서 두 남자가 수상한 대화를 나누는 것을 엿들었다는 제보도 있었다. 한 전과자는 중대한 정보를 제공하는 조건으로 경찰에 돈을 요구하기도 했다.

노르웨이의 타블로이드 신문들은 피 냄새를 맡은 상어 떼처럼 달려들었다. 대체 국립 미술관은 무슨 생각을 하고 있었나? 대체 경찰은 무엇을 하고 있었나? 대체 누구의 책임인가? 세계 각국에서 몰려온 기자들도 십수 개의 각기 다른 언어로 같은 질문을 해댔다.

문화부 장관과 국립 미술관 대표는 대책 모의를 위해 소리 없이 사라졌다가, 오래 지나지 않아 훨씬 절망적이고 비참한 모습으로 다시 나타났다. 그들은 어떤 선택을 했을까? 만약 범인들이 돈을 요구해온다 해도 주정부는 돈을 함부로 지불할 수 있는 위치가 아니었다. 도둑들에게 수백만 달러에 달하는 납세자들의 돈을 순순히 지불하도록 국회에서 허락해줄 리가 만무했기 때문이다. 정치적으로 정당화시킬 수도 있지만 그랬다간 좋지 않은 전례를 남기게 될 것이고, 귀중한 예술품을 노리는 도둑들이 더욱 기승을 부릴 게 분명했다.

세금을 함부로 쓸 수 없으니 큰돈을 현상금으로 내거는 일 또한 엄두를 낼 수 없었다. 하지만 얼마라도 현상금을 거는 것이 가만히 손을 놓고 있는 것보다 나을 거라고 국립 미술관은 판단했다. 「절규」의 회수에 결정적인 제보를 한 이에게 2십만 크로나, 그러니까 약 2만5천 달러를 사례금으로 지급하기로 결정했다. 신문은 연신 도난당한 명화가 7천만 달러 이상을 호가한다는 사실을 신나게 떠들어댔다.

하지만 아무도 국립 미술관의 미끼를 물지 않았다.

노르웨이 경찰은 정보 제공자들을 불러들여 새로운 사실을 파헤쳐보려 했지만 아무런 소득도 올리지 못했다. 아니, 오히려 허위 정보만 잔뜩 떠안게 되었다. 만약 오슬로 암흑가의 누군가가 「절규」를 훔쳐 갔다면 분명 그 사실에 대해 알고 있는 자가 있을 것이다. 물론 그것은 나쁜 소식이다. 만약 그렇다면 처음에 예상했던 것보다도 사태는 훨씬 심각해지는 것이다. 경찰은 수사의 돌파구를 찾기 위해 필사적으로 뛰고 있었다. 자신들을 비판하는 사람들과 능글맞은 웃음을 흘리고 있을 범인들에게 본

때를 보여주고 싶었다. 하지만 꼭 자존심 때문만은 아니었다. 「절규」는 다루기가 까다로운 그림이었다. 예를 들어, 중간 부분의 푸른색 물은 소 맷자락에만 쓸리도 지워지는 초크였다. 그뿐 아니라, 함부로 다루다가 작품이 손상될 수도 있었다. 도둑들이 그림을 사다리에 태워 내려보냈을 때 액자가 부서졌을 수도 있고, 그림을 곰팡이 핀 지하실이나 비가 새는 다락방에 아무렇게나 처박아두었을 수도 있었다.

헛소문과 혼란의 5일이 지났을 때 비로소 첫 번째 돌파구가 보이기 시 작했다. 노르웨이에서 가장 논쟁적인 인물인 두 명의 사제가 「절규」 도 난사건 수사가 한창일 때 불쑥 끼어들었다. 그들은 반 낙태 시위를 주모 했다는 이유로 주 교구에서 추방당한 상태였다.

올림픽이 시작되기 전, 루드비그 네사와 뵈레 크누드센은 자신들의 의 지를 확실히 보이기 위해 '극적인' 시위를 벌이겠다고 약속했다. 경찰은 지난 십 년간 자신들과 씨름해왔던 전 사제들에 대해 잘 알고 있었다. 네 사와 크누드센은 주로 병원에 나타나 의사들에게 임신 중절 수술을 멈춰 달라고 요구하곤 했다. 그럴 때면 병원은 경찰에 신고를 하고, 검은색 예 복과 흰색 깃을 걸친 사제들은 몰려든 텔레비전 카메라를 향해 자신들의 주장을 당당하게 펼쳐 보였다.

체포는 물론이고, 그 어떤 것이라도 국민들의 시선을 잡을 수만 있다 면 그들은 대만족이었다. 항의 운동과 데모도 주목을 끄는 데 유용했지 만 엄청나게 쏟아져 들어오는 우편물 또한 꽤 도움이 되었다. 네사와 크 누드센은 특히 한 지지자가 보내온 그림을 무척 마음에 들어 했다. 여자의 손이 작고 힘없는 형체를 짜부라뜨리고 있는 노골적인 만화였다. 한 눈에 보더라도 괴로워하며 울부짖고 있는 그 작은 형체가 「절규」를 고스란히 베껴온 것이라는 사실을 알 수 있었다.

사건이 벌어진 지 이틀쯤 지났을 때 한 기자가 루드비그 네사에게 전화를 걸어 자신의 '황당한 추리'를 들려주었다. 국립 미술관의 카메라에 찍힌 희미한 두 형체가 바로 그들이 아니냐는 것이었다. 네사는 마른침을 삼키고 말을 더듬거렸다. 기자는 자신의 추리를 뒷받침하는 단서들을 하나둘씩 들려주며 다시 같은 질문을 던졌다.

"노 코멘트."

네사가 한 대답이라고는 그게 전부였다.

2월 17일 아침, 노르웨이의 모든 국제 언론, 그리고 오슬로의 모든 라디오와 텔레비전 방송국에서 사제들이 갖고 있는 문제의 그림이 언급되기 시작했다. 이번엔 전혀 다른 메시지가 커다란 검은색 글자로 헤드라인을 장식했다. '무엇이 더 가치 있는가? 그림? 아니면, 생명?'

잠잠하던 상황이 다시 활기를 띠자 언론은 네사와 크누드센에게 초점을 맞추기 시작했다. CNN과 BBC, 그리고 〈뉴욕 타임스〉가 앞 다투어 취재경쟁에 뛰어들었다. 두 사제 모두 도난사건에 대한 직접적인 질문들의 답변을 피했다.

"이번 사건에 대해 많은 말씀은 못 드리겠습니다. 우리는 신호를 보냈고, 많은 사람들이 그 신호를 이해해주기를 바랍니다. 하지만 살짝 신비적일 필요도 있다고 생각합니다."

크누드센이 기자들에게 말했다.

또한 그는 거래를 암시하는 듯한 발언도 덧붙였다. 만약 노르웨이의 국립 텔레비전 방송국이 '소리 없는 절규'라는 반 낙태 영화를 방영해준다면 국립 미술관도 도난당한 명화를 되찾을 수 있게 될지도 모른다는 것이었다.

기자들은 더 명확한 정보를 원했다. 크누드센이 정말로 「절규」의 행방을 알고 있을까?

"노 코멘트."

자신의 입장을 만천하에 드러내기 위해 명화를 훔칠 용의가 있는가?

"네, 물론이죠."

언론은 다시 흥분했지만 경찰은 비웃음을 보낼 뿐이었다. 사제들은 스포트라이트만을 쫓는 개들과 다르지 않지만 도둑은 아니라고 수사를 책임졌던 레이프 리에르가 말했다.

"그동안 숱한 시위를 저지해왔습니다. 덕분에 그들을 아주 잘 알고 있죠. 좋은 기사거리인지는 몰라도 경찰에겐 아무런 흥밋거리도 되지 못합니다."

* *

노르웨이로부터 멀리 떨어진 곳에서도 한 무리의 남자들이 이번 수사를 유심히 지켜보고 있었다. 그들은 바로 런던 경찰청의 형사들이었다.

그들은 '예술과 골동품 유닛'이라는 엘리트 그룹 소속이었다. 사람들은 그들을 가리켜 '예술반'이라 부르기도 한다. 사건 소식은 주말에 전해졌다. 1994년 2월 14일, 월요일 아침. 예술반장은 제일 먼저 최고의 비밀수사관에게 전화를 걸었다.

"찰리, 「절규」 도난사건에 대해 들었나?"

"어젯밤 뉴스에서 봤습니다."

"우리가 도울 수 있을 것 같나?"

공식적으로 다른 나라의 명화 도난사건은 런던 경찰청이 신경 쓸 일이 아니었다. 「절규」를 되찾는 일은 분명 까다롭고 비용이 많이 들며 위험한 작업이었다.

"왜 우리가 이 일에 관여해야 하는지 다시 말해보게."

보나마나 상부에선 그렇게 물어올 것이었다.

물론 그것은 옳은 질문이었다. 찰리 힐 형사는 진작부터 타당한 답변을 마련해놓고 있었다.

"런던 치안과는 아무 상관이 없지만, 그냥 보고만 있기엔 아깝지 않습니까."

예술반

　　🌿 런던은 세계 예술 범죄의 중심지나 다름없다. 가드너 도난사건을 제외하면 미국은 런던의 비교 대상이 될 수 없다. 모든 범죄자들은 관할권을 벗어나면 추적하던 경찰이 자신들에 대한 흥미를 혹은 권한을 잃게 된다는 사실을 알고 있다. 하지만 예술 범죄엔 경계가 없다. 제네바의 미술관에서 도난당한 반 고흐의 작품이 로마로 밀수된다 해도 그 가치를 잃지 않는다.

　국경을 넘을 때마다 법도 바뀐다. 이탈리아에선 아무리 훔친 그림이라도 합법적인 딜러로부터 흑심 없이 구입했다면 누구나 정당한 주인이 될 수 있다. 일본 역시 그렇게 묵인해주는 분위기다. 2년이 지난 후부터는 모든 판매가 합법적으로 이루어질 수 있다. 그림을 훔쳐 2년간 보관해두었다가 일본에 팔면 구매자는 보란 듯 벽에 걸어놓고 마음껏 감상할 수 있다. 하지만 미국엔 '자신의 소유가 아니라면 그 무엇도 팔아선 안 된다'는 법이 있다. 즉 '구매자들이 알아서 조심해야 한다'는 뜻이다. 만약 누군가가 훔친 그림을 미국인이 구입한다면 아무리 그림의 출처를 몰랐다 해도 원래 주인이 소유권을 주장할 수 있다.

도난당한 그림과 조각들은 암흑가를 통해 세상을 빙빙 돌게 된다. 평판 좋은 딜러라면 그런 작품을 다루려 하지 않기 때문에 모든 거래는 음지에서 이루어진다. 몇 년 전만 해도 선의의 딜러들이 무심결에 그런 짓에 가담하는 일이 종종 있었다. 하지만 오늘날엔 도난당한 예술품들을 전산화된 데이터베이스로 관리하기 때문에 딜러들이 그저 몰랐다고 잡아뗄 수가 없게 되었다.

훔친 물건들은 이 손에서 저 손으로 건네지고, 그렇게 많은 사람들이 연루된다. 전부 서로의 존재조차 모르고 지내던 사람들이다. 예술 세계의 가장 높은 자리에 앉아있는 미술관장들은 평소에 한 번도 미술관을 찾아본 적 없는 흉한으로부터 협박 전화를 받는다. 수백 년 된 시골 저택에 살고 있는 귀족들로부터 훔쳐낸 그림들은 마약 딜러들의 손으로 넘겨지고, 그들은 슈퍼마켓에서 받은 비닐봉지로 그림을 덮어 기차역의 로커에 처박아둔다.

이런 급진전과 얽힘 속의 애매한 거래를 꿰뚫어보는 것이 바로 예술반의 임무였다.

예술반의 규모는 작았고, 행동보단 말로 존경받는 곳이었다. 중범죄와 조직범죄 담당계에 속한 예술반의 규모는 대여섯 명을 넘지 않았고, 종종 두어 명만이 활동하기도 했으며 아주 가끔 그룹 자체가 해산되어버릴 때도 있었다. 런던 경찰청 내부의 정책은 거칠고 복잡한 게임이었다. 예술반처럼 의지할 곳 없는 그룹은 '조직 개편'이라는 명목으로 해산될 가능성을 늘 안고 지내야 했다.

'예술'은 '문화'와 관련된 문제였고, 경찰의 과격한 세상에선 나약한 모든 것이 무시당했다. 예술 범죄 담당 형사들은 자신들 스스로 거만한 태도를 버린 지 오래였다.

"사람들은 흔히 내게 이런 말을 해요. '예술에 관해선 해박하시겠어요.' 하지만 솔직히 말하면 난 예술에 관해 아는 게 하나도 없어요."

지난 10년간 예술반의 최고 전문가로 일해온 딕 엘리스의 말이다.

"그렇다고 말은 안 하지만, 경찰들 생각은 이렇습니다. '그깟 그림이 뭐 그리 중요해?' 그들의 태도가 어떤지 아십니까? 하나를 보면 나머지 전부를 본 것과 같다는 식이죠."

찰리 힐은 이렇게 말하며 덧붙였다.

"사실 그런 얘기를 듣고 나면 특별히 받아칠 대꾸가 없습니다. 상대는 손댈 수 없을 정도로 무지한 사람들이니까요. 아무리 애를 써도 우리를 무조건적인 미술 애호가로만 여기는 그들의 태도를 바꿀 수 없습니다."

대개 경찰은 피해자를 동정하는 데 주저하지 않는다. 하지만 머리를 심하게 가격당한 힘없는 노파의 경우와 백 개의 방과 천 에이커에 달하는 뜰을 가진 저택에서 백 년 전 증조부가 구입했다는 그림을 도난당한 피플퍼플 경의 경우는 전혀 다르다. 그림 한 점을 도난당했다 해도 벽에는 여전히 나머지 그림들이 걸려 있을 테니, 동정의 샘은 곧 말라버리고 만다.

그런 으리으리한 환경은 경찰을 안절부절못하게 만들고, 나아가서는 적지 않은 불쾌감마저 안겨준다. 피플퍼플 경의 우아한 악센트만으로도 그들을 충분히 분개토록 만들 수 있을 것이다. 그의 측근들 역시 경찰을 하인처럼 부려대는 치명적인 실수를 저지를 수도 있다. 경찰을 화나게 하는 것은 어려운 일이 아니다.

흔히 벌어지는 일은 아니지만, 만약 도난당한 그림이 국보라거나 또는 도둑들이 누군가에게 총을 쐈다면, 사라진 그림을 찾아나서는 일은 보나마나 최우선적으로 진행되었을 것이다. 하지만 피플퍼플 경은 그저 그 정도 피해만으로 끝난 것을 감사하게 생각해야 하는 입장일 뿐이다. 그는 부자고, 보나마나 사라진 그림은 보험처리를 받을 수 있을 것이다. 게다가 경찰이 신경 써야 하는 더 큰 사건들은 그 외에도 숱하게 널려 있다.

보험 이야기가 나와서 말이지만, 경찰뿐만 아니라 도둑들에게도 당연한 상식이라 여겨지는 것이 무시되는 경우가 많다. 믿어지지 않겠지만, 수백만 달러를 호가하는 많은 명화들이 보험에 들어 있지 않다. 국립 미술관과 테이트 같은 영국의 유명한 공공 미술관의 영구 소장품들도 마찬가지다. 이유는 간단하다. 국고의 돈을 두 번 끌어 쓸 수 없기 때문이다. 작품 구입을 위해 자금을 대준 사람들에게 보험료까지 부담시키는 것은 염치없는 일이라는 것이다.

위대한 작품이 전시를 위해 미술관에서 미술관으로 옮겨질 땐 반드시 보험에 들어야 한다. 하지만 보험은 '못에서 못까지' 만 적용된다. 벽에서 떼어낸 후부터 다시 제자리에 걸릴 때까지만 적용된다는 뜻이다. 한 번 걸린 그림은 손상에 대해서만 보험 처리를 받을 수 있을 뿐, 도난에 대해서는 전혀 보상을 받을 수 없다. 많은 그림을 한꺼번에 날려버릴 수 있는 화재는 미술관들의 악몽이다. 한 번에 한두 개의 작품 밖에 희생되지 않는 절도의 경우, 미술관은 보험보다는 경비와 카메라에 의존하려는 마음이 크다. 「절규」 역시 보험에 들어있지 않았다.

미국의 방침은 유럽과는 또 다르다. 미국의 미술관들은 도난사건에 대비해 반드시 보험에 들어놓는다. 작은 미술관의 경우 5백만 달러에서 천만 달러 사이의 보험증권을 보유하고 있다. 세계적인 미술관의 경우 그 액수가 5억 달러에 이르기도 한다.

물론 여기에도 예외는 있다. 바로 가드너 사건이 예외 중의 예외였다. 미술관이 들어서 있는 이탈리아 풍 궁전은, 보스턴의 괴벽스러운 사교계 명사이며 예술가들의 후원자인 이사벨라 스튜어트 가드너의 유산이다. '잭 부인' 은 1924년에 세상을 떠났지만 친구인 존 싱어 사전트가 그려준 유명한 초상화와 매력적이면서도 모호한 수많은 일화 속에서 여전히 살아 숨 쉬고 있다. 한때 그녀가 사자 새끼와 함께 트레몬트 가를 산책하곤 했다는 일화도 유명하다. 그리고 무엇보다 그녀는 사신의 미술관 안에서 여전히 건재함을 과시하고 있다. 잭 부인은 몇 년간 미술관에서 살기도 했다. 소중한 보물들을 한 자리에서 내려다보려는 듯 그녀는 4층에서 생활했다. 가드너는 유언장에 미술관의 모든 그림을 자신이 걸어놓은 그대로 남겨두라는 당부를 했다. 그 어느 작품도 이동하거나 팔아서는 안 된

다고 했다. 게다가 새로운 작품을 사들여 미술관에 걸어서도 안 된다고
못 박았다.

그런 방침 덕분에 수십 년이 지난 오늘날까지도 팰리스 가 2번지는 북
적이는 보스턴에 유일하게 남은 평온한 휴식처로 사랑받을 수 있게 되었
다. 하지만 그런 방침 때문에 미술관 이사들은 도난 보험을 들지 않기로
결정할 수밖에 없었다. 일반적으로 보험은 도난당하거나 손상된 작품을
최대한 원 상태 그대로 되돌리기 위해 드는 것이다. 하지만 대체 작품을
들이는 것이 금지되어 있다면, 굳이 비싼 보험료를 매년 낼 필요가 있을
까? 또한 보험을 드는 것으로 도둑들의 흥미를 자극할 수도 있다. 훔친
그림으로 흥정할 가치가 충분하다고 여길 수도 있기 때문이다. 그런 이
유로 이사들은 경솔한 판단을 내리게 된 것이었다. 만약 보험을 들었다
면, 도난사건이 발생했을 때 보험회사에서 지급하는 수표로 큰 위안을
받을 수도 있었다. 어떻게 보더라도 완전한 손실보다는 훨씬 나은 선택
이었을 것이다.

1990년 겨울. 도둑들이 가드너 미술관에 침입해 3억 달러에 상당하는
그림을 훔쳐 달아났을 때 그들은 한 푼의 보상도 받을 수 없었다.

일반 소장가들 역시 무모하긴 마찬가지다. 그들 대부분은 선견지명이
없다. 유산으로 그림을 상속받은 경우 세금 징수원의 눈에 띄지 않도록
쉬쉬하는 데만 급급하다. 한때 귀족으로 엄청난 부를 누리던 사람들이
있다. 하지만 그들 대부분은 땅 부자일 뿐 보유하고 있는 돈은 많지 않
다. 그런 이유로 그들은 대대로 물려 내려온 먼지 쌓인 캔버스들을 보험
에 들어놓기보다 2에이커에 달하는 슬레이트 지붕을 새로 깔거나 수백

년 된 배관 시설을 현대화하는 데 더 관심을 기울인다.

많은 사람들이 보험 들기를 꺼려하지만 예술품에 관한 보험료는 놀라우리만큼 싸다. 자택 소유자의 보험료와 비슷한 수준이다. 1백만 달러짜리 그림에 붙는 보험료는 몇 천 달러에 불과하다. 보험료가 적은 것은 도난 가능성이 낮기 때문이다. 그래서 사람들은 그냥 운에 맡기고 보는 경향이 있다.

버클루 공작은 약 4억 파운드 상당의 예술품을 소장하고 있다. 그중 2003년 여름에 도난당한 레오나르도 다 빈치의 「성모와 실패」의 가치는 무려 5천만 파운드에 달한다. 공작이 소유하고 있는 모든 작품은 보험에 들어 있었고, 그가 부담한 보험료는 고작 3백2십만 파운드에 지나지 않았다.

* *

예술 범죄에 대한 경찰의 무관심은 단순히 무교양으로부터 비롯되는 것이 아니다. 예산 부족으로 허덕이는 경찰은 항상 어느 범죄를 쫓을지를 놓고 고심한다. 그들의 딜레마는 신입생들이 철학 강의실에서 접하게 되는 딜레마와 크게 다르지 않다. 불타는 건물의 창문에서 구조를 요청하는 사람에게 달려갈 것인가, 아니면 벽난로 위에 걸려 있는 렘브란트를 구할 것인가.

일반 시민들 역시 경찰이 사라진 명화보다 '진정한' 범죄에 초점을 맞춰주기를 희망한다. 미해결된 폭행사건은 치욕이지만 사라진 명화는 미스터리일 뿐이다. 경찰에게 주어진 선택의 여지는 많지 않다. 그저 자신들이 온 힘을 다해 텔레비전 뉴스와 타블로이드 신문의 헤드라인을 장악하고 있는 범죄들에 매달리고 있다는 사실을 보여줄 뿐이다.

"우리가 마약 딜러를 쫓고 있다고 가정해봅시다. 그가 소아성애병자이기도 하고, 예술품과 골동품 쪽에도 손을 대고 있다고 생각해봅시다. 그렇다면 우리는 당장에 조치를 취할 것입니다. 하지만 만약 그가 예술 범죄에만 몸담고 있다면 경찰은 별 관심을 보이지 않을 겁니다."

30년간 예술 범죄자들을 추적해온 한 형사는 그렇게 투덜거렸다.

* *

예술반장인 존 버틀러가 찰리 힐에게 전화를 걸어 「절규」에 대해 의논하던 날 아침, 런던의 〈타임스〉는 도난사건에 관한 사설을 실었다. '그런 명화를 과연 누가 팔 수 있을까?' 해답을 찾지 못한 신문은 또 이렇게 묻고 있었다. '어디에 숨겨놓을 수 있을까? 뭉크에 병적으로 집착하는 백만장자가 아니라면 과연 누가 도난당한 명화를 덥석 건네받을 수 있을까? 자정에 어두운 지하실로 내려와 숨겨둔 명화를 흘끔 들여다보기 위해 스스로를 위험에 빠뜨릴 사람이 과연 있을까?'

당연히 물을 수 있는 질문들이다. 하지만 예술반 형사들은 그런 질문을 던지는 이들을 달갑게 여기지 않는다. 그들에겐 해야 할 일이 있고, 이런저런 질문을 던지는 외부인들은 그들을 성가시게 할 뿐이다. "왜 그렇죠, 아빠? 왜 그런지 말해줘요." 하며 떼를 쓰는 아이들과 다를 게 없다.

그보다 조금 더 솔직한 이유를 말하자면 훨씬 길고 복잡하다. 예술 범죄자들은 중독을 이기지 못해 범죄를 저지르는 경우가 많다. 심리적 요인도 경제적 요인만큼이나 큰 비중을 차지한다. 도둑의 범행 동기를 돈에만 맞추는 것은 그림에 수백만 달러를 투자하는 행위를 오직 그것의 아름다움 때문으로만 여기는 것만큼이나 잘못된 일이다.

도둑들이 범행을 계획하는 이유 중 하나는 위험이 적고, 잠재적 보수가 크기 때문이다. 하지만 구매자가 있는 곳에 함정이 도사리고 있을 가능성도 적지 않다. 어렵게 찾은 구매자가 부정직한 수집가일 수도 있고, 단단히 벼르고 있던 주인이나 그들의 보험회사일 수도 있기 때문이다. 명화 도난사건이 발생하면 결정적인 제보를 한 이에게 사례금을 지급하겠다는 공고가 내걸리곤 하는데, 암흑가에서 거래되는 명화의 가격은 적법한 시장 가격의 10퍼센트에 지나지 않는다고 한다. 냉정히 따져보면 명화를 훔치는 것은 어리석은 짓이다.

예술품이 유혹적인 이유는 단순하다. 헤로인이나 코카인처럼 명화에도 수백만 달러의 가치가 녹아들어 있다. 또 마약을 밀수하는 것은 어려워도 예술품을 수송하기는 쉽다. 어느 운송업자라도 흔쾌히 그것을 지구 반대편까지 실어 날라준다. UPS나 Fedex 같은 화물배송 회사를 이용하는 것도 어렵지 않다. 렘브란트가 담긴 수하물을 시니고도 아무런 문제 없이 세관을 통과할 수 있다. 만에 하나, 검사관이 약간의 흥미라도 보이면 그저 거실에 걸어둘 목적으로 가난한 미술학도에게서 구입했다고 둘러대면 문제될 게 없다.

하지만 그럴듯한 이점들은 곧 신기루처럼 사라져버린다. 마약이나 다이아몬드, 보석, 그리고 금이나 은 공예품처럼 가치는 어마어마하지만 크기가 작은 것들은 '정체불명'이거나 손쉽게 위장시킬 수 있다. 루비와 진주는 훔친 목걸이에서 떼어낼 수 있으므로 그 출처를 쉽게 밝혀낼 수 없다. 다이아몬드는 언제든 다른 모양으로 깎을 수 있다. 골동품들은 고고학자의 발굴현장에서 약탈해 오면 학자들이나 경찰에 알려지지 않은 것들인 만큼 아무런 두려움 없이 팔 수 있다. 성난 주인이 자신의 물건을 돌려달라고 요구해올 일이 전혀 없기 때문이다.

하지만 예술품은 다르다. 위대한 명화인 경우 스스로 자신의 정체를 큰소리로 밝힌다. 물론 졸린 눈의 세관 조사관들에게가 아니라, 구매자들에게 말이다. 명화를 위장하는 일은 명화를 망쳐놓는 일과 다르지 않다. 게다가 그림의 정체는 캔버스 너머로까지 이어진다. 모든 명화엔 계도와도 같은 기록문서가 따라다니기 마련이고, 주인이 바뀔 때마다 반드시 그 사실을 기록으로 남겨야 한다. 합법적인 구매자는 증명 문서가 없는 작품을 진품이라 보지 않는다. 말이 빠른 이방인이라고 무조건 프랑스의 왕으로 믿지 않는 것처럼.

만약 도둑들이 보통 사람들처럼 머리를 굴린다면 더 이상 예술품에 눈독을 들이지 않을 것이다. 「절규」와 같은 명화 도난사건을 통해 우리는 도둑들이 무척 대담하다는 것을 알 수 있다. 예술반은 그동안 많은 사건들을 맡아오면서 도둑들이 돈만을 노리는 게 아니라, 자신들의 대담함을 만천하에 드러내고 싶어하는 심리까지 가지고 있음을 깨닫게 되었다. 그들은 자신들이 명화를 훔쳤다는 것을 과시하고, 자신들의 범죄가 언론의 헤드라인을 수놓는 모습을 보며 즐긴다. 또한 당국이 당혹스러위하는 모습에 흐뭇해한다. 도둑들은 훔친 그림을 암시장에서 통화처럼 사용한다. 경찰은 어디로 튈지 모르는 공을 쫓는 게임에 뛰어드는 셈이다. 도르도뉴에서 도난당한 피카소의 작품이 프랑스 갱단의 손에 들어가면 암스테르담의 갱단을 거쳐 터키의 마약 딜러에게로 넘어가게 된다. 그곳에서 명화는 헤로인 선적을 위한 계약금으로 전락해버리고 만다. 그리고 결국 런던 거리를 나뒹굴게 된다.

아주 잘 알려진 명화일수록 범인들의 권리 주장에 도움이 된다. 거장의 작품은 훔친 이에게 명성을 안겨준다. 그는 선망과 찬양의 대상이 된다. 예술품으로서의 그림은 스포트라이트에서 벗어난다. 아주 드문 일이지만 미술 감정가가 그런 범죄를 저지른 경우도 있었다. 5백만 파운드의 가격표가 붙은 렘브란트 작품은 최고의 기념품으로서 굉장한 매력을 가지고 있다. 사람들이 롤스로이스를 장만하거나 에베레스트 산에 오르거나 사자를 잡아 그 머리를 벽에 걸어놓는 것도 다 같은 이유 때문이다.

확률이 낮을수록 성취감은 높아진다.

1997년, 런던의 한 도둑이 호화스러운 르페브르 미술관으로 성큼 걸어들어와 벽에 걸린 작품이 피카소가 그린 초상화가 맞는지 물었다. 그렇다는 대답을 듣자마자 그는 산탄총을 꺼내 들고 그림을 떼어냈다. 그리고 밖에 대기시켜둔 택시에 올라 도망쳐버렸다. 한낮에 중간지구에서 무장 강도가 명화를 훔쳐 달아나는 것은 전혀 까다로운 일이 아니다. 혈기왕성한 젊은 도둑이라면 그 정도 도전에 부담을 느낄 리 없다.

도둑들이 왜 그런 짓을 벌이는지를 묻는 질문은 형사들의 신경을 무척 거슬리게 한다. 왜냐하면 그런 질문 속엔 범죄자들이 단순하지 않고, 다른 이유를 갖고 있으며, 호기심을 자극하는 인물들이라는 뜻이 내포되어 있기 때문이다. 적어도 형사들의 생각은 그렇다. 도둑들은 왜 예술품을 훔칠까? 그 질문에 대해 형사들은 짧은 대답을 툭 내뱉는다. 그것은 설명이라기보다 더 이상 어리석은 질문을 던지지 말라는 경고에 가깝다.

"그야 그들이 하는 짓이니까요."

싸움대장은 왜 허약자들을 괴롭힐까? 깡패들은 왜 라이벌을 총으로 쏴 죽이는 걸까?

다시 원래 질문으로 돌아와서, 도둑들은 왜 명화를 훔치는 걸까?

"그것을 원하고, 또 그렇게 할 수 있으니까요."

＊　＊

「절규」가 사라졌을 때 노르웨이 경찰은 스스로에게 누가 그런 짓을 했을지 물었다. 시간이 흐르자 또 다른 질문이 던져졌다. 왜 아직 도둑들에게서 연락이 없는 걸까?

경찰은 「절규」를 가져간 도둑들이 돈을 요구해올 거라고 기대했다. '예술품 절도'는 크게 호들갑 떨지 않아도 된다는 이점을 가지고 있다. 게다가 훔친 그림을 먹일 필요도, 그것의 입을 막을 필요도, 밤낮으로 감시할 필요도 없다. 그림은 저항을 하거나 소리를 지르거나 법정에서 증언을 하지 않는다. 만약 경찰이 포위망을 좁혀오는 등 문제가 발생하면 그림을 침착하게 쓰레기통에 던져버리거나 불에 태워버리면 된다.

하지만 몇 주가 지나도록 도둑들은 침묵을 깨지 않고 있었다.

　＊　＊

　사건 소식을 접한 런던 경찰청은 공식적인 활동에 들어가기에 앞서 숙고의 시간을 가졌다. 예술반 형사들의 첫 번째 목표는 숨어 있는 도둑들을 밖으로 끌어내는 것이었다.

"어떻게 하는 게 좋겠어?"

존 버틀러가 찰리 힐에게 물었다.

"15분만 생각할 시간을 줘."

　1994년 2월의 어느 월요일. 찬바람이 몰아치는 쌀쌀한 아침이었다. 버틀러는 런던에 있었고, 힐은 유로폴에서 임무를 수행하고 있었다. 유로폴은 유럽의 인터폴이라고 할 수 있다. 그는 네덜란드 헤이그에 머물고 있었다. 북적거리는 도로와 얼어붙은 운하 옆에 자리한 습기 찬 건물이었다. 그곳은 제2차 세계대전 중엔 게슈타포 지역본부로 사용되기도 했다.

　힐처럼 분주하고 변덕스러운 기질을 지닌 사람에게 책상에 매여 지내는 삶이란 고난 그 자체였다. 반면에 교활하고 사악한 도둑들과 두뇌싸움을 벌이는 것처럼 스릴 넘치는 일은 많지 않았다. 그는 수화기를 내려놓고 흡족한 표정으로 의자 등받이에 몸을 기댔다. 그리고 긴 다리를 길게 뻗은 채 눈을 감았다. 그는 스스로를 20세기 최고의 명화 중 하나를 가져간 범인들의 머릿속에 집어넣어 보려 애썼다.

　그 놈들을 어떻게 은신처 밖으로 끌어낼 수 있을까? 힐은 자신이 과거에 맡았던 비밀수사를 되짚어보았다. 그는 주로 수상한 미국인이나 캐나다인 사업가 행세를 했다. 비싸고 화려한 곳만을 골라 도는 수완가. 밤새도록 술을 마시고, 수다를 떨기 좋아하는 외향적인 사람. 적당한 때에 미소를 짓는 것만큼 성낼 줄도 안다는 사실을 은근슬쩍 드러내는 사람.

그런 친숙한 연기와 관객은 임무가 주어질 때마다 바뀐다. 위조지폐를 구입하려는 사기꾼으로 분했다가도 이내 훔친 그림을 구하려는 부정한 수집가로 돌변한다. 사기꾼을 연기할 때는 욕지거리를 하거나 괜히 흥분된 모습을 보이기도 한다. 감정가로 분했을 땐 고함과 협박보단 예술 관련 수다에 더욱 열을 올린다. 터너의 빛과 그림자 사용법에 관한 혼잣말도 적지 않은 도움이 된다.

어느새 요구했던 15분이 훌쩍 지나가버렸다. 힐은 미소를 지으며 버틀러에게 자신의 계획을 들려주기 위해 수화기를 집어 들었다.

사라진 명화들

✻ 찰리 힐은 큰 키에 둥근 얼굴, 그리고 곱슬거리는 갈색 머리를 가지고 있고, 항상 두꺼운 안경을 걸치고 다닌다. 그에겐 영국인과 미국인의 피가 반씩 섞여 있다. 그의 일대기를 들여다보면 꼭 부주의한 사무관이 몇 개의 다른 이력서를 한데 모아놓은 듯한 느낌을 받게 된다. 영국에서 태어나 미국에서 성장했고 독일에서도 잠깐 시간을 보낸 적이 있다. 힐은 전직 군인이자 풀브라이트* 장학생이기도 했다. 학계에서 교회로 관심을 돌린 그는 얼마 지나지 않아 경찰이 되어 린딘에서 가장 위험한 구역의 순찰을 맡게 되었다.

---

* 미국 아칸소대학교 총장을 지낸 풀브라이트의 제안으로 창립된 장학금. 이 장학금을 받고 유학한 전 세계 지식인은 1995년 현재 10만여 명에 이른다.

거리에서 힐과 마주치게 되면 누구라도 그를 교수라고 짐작할 것이다. 비록 대부분의 교수들처럼 산발은 아니지만. 아니면, 하루 종일 대차대조표와 손익계산에만 매달려 지내는 비즈니스맨으로 볼지도 모른다. 하지만 조금만 더 자세히 들여다보면 전혀 다른 느낌을 받게 된다. 마치 모든 인도가 자신의 소유라도 되는 듯이, 힐의 걸음걸이는 무척 오만해 보인다. 그는 묘한 매력을 풍기는데, 특히 그가 무척 관심을 가지고 있는 해군의 역사 따위에 관해 대화를 나눌 때는 그런 면을 분명하게 느낄 수 있다. 하지만 그는 안절부절못하고, 늘 조급해한다. 성질도 고약하고 시시때때로 지나치게 흥분하기도 한다. 갑자기 누군가를 노려보거나 수화기를 내던지듯 내려놓는 모습을 보인다면 누구라도 접근을 피하는 게 상책이다.

대화 스타일은 대체적으로 딱딱한 편이고, 가끔 대화 속에서 학자와 경찰의 캐릭터가 부딪치기도 한다. 자유에 관한 에드먼드 버크의 말을 인용하는 것으로 이야기를 시작했다가도 맺을 땐 어떤 '파렴치한 거짓말쟁이'에 관한 불만을 터뜨리기도 한다.

힐의 악센트 역시 묘하기는 마찬가지여서 미국인들은 그의 악센트를 부자연스럽게 느끼기 마련이다. 그런 이유로 그는 종종 캐나다인이나 호주인으로 오해받는다. 영국인들 역시 난감해하기는 마찬가지다. '영국인이 맞나? 아일랜드 쪽 악센트가 섞인 것 같기도 한데.'

어쩌다 보니 그는 비밀수사만을 전문적으로 맡게 되었다. 세계 곳곳을 자신의 집처럼 누비며 싸구려 술집에선 흉한들과, 미술관 파티에선 예술 애호가들과 시시덕거리며 신뢰를 쌓아나갔다. 주위 환경에 완벽하게 적응하는 성격파 배우와는 달리 힐은 자신의 역할에 필요 이상으로 빠져들지 않았다. 그는 이국적인 이방인 같은 외부인 행세를 즐겼다. 하지만 어느 역할이든 비즈니스 파트너로서 신뢰할 수 있는 캐릭터여야 했다.

예술 범죄자와 예술반 형사들의 작은 세상에서 그는 거의 홀로 서 있는 셈이다. 양쪽을 오가며 활동하는 그의 빈틈없는 전략은 오로지 예술에만 초점을 맞추는 것이다. 도둑의 입장에서 훔치기 좋은 그림이란 최대한 높은 값을 쳐서 받을 수 있는 것들이다. 나중에 문제가 될 수 있는 명화는 피하는 것이 상책이다. 어떻게든 사건을 해결해야 하는 수사관의 입장에서 쫓을 가치가 있는 그림이란 오직 해결 가능성이 높은 것들뿐이다. 놓치기 아까운 명화라 할지라도 승산이 없다면 포기해야 한다. 중요한 건 질이 아니라 양이다.

"우린 그물로 낚시를 합니다."

예술품 회수 사업을 하는 한 민간 회사의 사장은 그렇게 설명했다.

"우리에게 예술품을 되찾는 것은 산업 공정이나 마찬가지죠. 찰리 힐은 낚싯대로 고기를 낚는 사람입니다. 항상 대어를 노리고 있죠."

그는 누구보다도 많은 대어를 낚았다. 그가 낚은 대어들 중엔 베르메르, 고야, 그리고 티티안의 명화들도 있었다. 이십 년간 힐이 회수한 명화들의 가치는 1억 달러를 훌쩍 넘는다.

* *

나라마다 문화가 제각각이듯 어느 집안이나 나름대로의 문화가 있다.

찰리 힐의 아버지는 미국인 군인이었고, 어머니는 매혹적이면서 우아한, 전형적인 영국 여자였다. 주위에서 듣는 것은 전쟁, 영웅, 로맨스, 비극 같은 것들이었다. 찰리 힐은 그런 묵직하고 극적인 이야기 속에서 성장했다. 그는 완전히 상반된 두 개의 개념을 철석같이 믿게 되었다. 우선 힐은 악당과의 정의로운 싸움에서 영웅이 승리할 거라는 굳은 신념을 가지고 있었다. 아무리 절망적인 상황이라 할지라도 그의 믿음은 흔들리지 않았다. 또한 그는 발이 빠르다고 경주에서 이기는 것이 아니라 심판을 성공적으로 매수할 줄 알아야 이길 수 있다는 믿음을 가지고 있는 견유학파인 동시에 회의파적인 사상을 지녔다.

힐은 세계에서 가장 나이 많은 보이 스카우트 단원이라 할 수 있다. 횡단보도를 앞에 두고 난감해하는 노인이라도 발견하면 그는 굉장히 반가워한다. 공원을 거닐 때는 누군가가 버리고 간 감자칩 봉지와 맥주 캔을 하나도 빠짐없이 주워 모아 쓰레기통에 버린다. 친구 중 누구라도 히드로 공항을 통해 들어오면 그는 들뜬 마음으로 그들을 마중 나간다. 도착 시간에 맞춰 시간을 내기가 아무리 곤란해도, 차가 아무리 밀려도 그는 전혀 개의치 않는다. 그는 인파를 뚫고 앞으로 나와 함박웃음으로 친구를 반긴다. 혹시라도 친구가 긴 비행으로 목이 마르진 않을까, 아예 생수병까지 준비하는 치밀함을 보인다.

하지만 이튿날 새벽 두 시, 힐은 친구들을 자신의 차에 태우고 고속도로를 시속 160킬로미터로 질주할 가능성도 높다. 힐은 제발 속도 좀 줄이라는 친구들의 요청을 무시한 채 계속 달려나갈 것이다. 겁을 집어먹은 친구들의 모습이 그를 짜릿하게 만들기 때문이다.

그런 짓궂은 그의 태도는 친구들에겐 몹시 당황스러울 것이다. 왜냐하면, 힐만큼 우정을 중요시 여기는 사람은 없기 때문이다. 그의 집 냉장고엔 옛 친구들의 사진이 붙어있으며, 초등학교 친구들부터 성인이 된 후에 사귄 친구들까지 꼼꼼하게 챙긴다. 틈날 때마다 그들에게 전화를 하고 찾아가고, 또 그들의 문제를 함께 걱정한다. 가끔 미국인 친구의 아이가 런던 생활을 무료해하거나 향수병에 시달리면 힐은 하던 모든 일을 멈추고 곧바로 구조에 들어간다. 길고 깊은 대화는 그가 사용하는 해결 방법이 아니다. "뭐가 문제인지 말해봐."라는 말은 절대 하지 않는다. 그는 대신 의기소침함과 침울함을 한번에 날려버릴 수 있는 피크닉과 모험 계획들을 갖고 있다.

만약 힐의 재능을 그림으로 묘사한다면 기이하고 제멋대로인 풍경화일 것이다. 그 안엔 은백색 마천루들을 비롯해서 텅 빈 주차장과 버려진 창고들도 담겨있을 것이다.

그는 타고난 모방자이지만 언어에 있어서는 절망적인 사람이다. 대화에 있어 그가 가진 최고의 자산은 머릿속에 문득문득 떠오르는 기억들이다. 이름과 날짜는 물론, 인용구의 한 단어 한 단어까지 그는 생각나는 대로 내뱉는다. 그럼에도 힐은 칵테일 파티의 따분한 게스트처럼 빈둥거리지 않는다. 오히려 술술 달변을 토해내고 다른 사람들이 생각하지 못했던 것들을 끄집어낸다. 누군가가 요즘 정치 이야기를 꺼내면 힐은 뜬금없이 7년 전쟁에 관한 조지 워싱턴의 기록에 대해 비평한다. 법정에 서게 된 연예인들의 이야기가 나오면 그는 갑자기 오스카 와일드의 체포에 관한 광시를 낭송해댄다.

"와일드 씨, 당신을 체포하기 위해 우리가 왔소 / 악한과 범죄자들이 득실대는 곳에 / 우리와 조용히 가줘야겠소 / 여긴 캐도건 호텔이니까."

힐이 혐오하는 것들은 그가 집착하는 것만큼이나 명확하게 정해져 있다. 정리와 꼼꼼함에 대해서는 불쾌해하고, 역사와 예술과 지리에 대해서는 많은 흥미를 갖는다. 논리는 구속이고 숫자는 그의 원수인 관료들의 친구다. 힐은 '비율'이나 '평균' 따위의 단어를 절대 쓰지 않는다. 목사가 저녁 테이블에서 절대 욕설을 내뱉지 않는 것처럼.

심지어는 동료 형사들이 예술 범죄의 규모를 따져보기 위해 숫자를 입밖에 꺼내도 그는 성을 낸다. "다 소용없는 것들이야."라며 투덜거리기 마련이다.

"사람들은 항상 숫자들을 떠벌리고 다니지만, 이 중 믿을 만한 것은 하나도 없다. 경찰 통계는 예술품과 사격 게임에서 상품으로 받은 장신구조차도 구분하지 못해."

힐은 예고 없이 입을 닫아버릴 때가 있다. 1300년대에 이탈리아에서 활약했고, 우첼로에게 초상화를 선물 받은 — 공교롭게도 그의 유작으로 남게 되었다 — 자신의 영웅, 영국인 용병 존 호크우드 경에 대해 신나게 떠들어대다가 갑자기 침묵에 빠져들기도 한다. 운전을 하며 한참 수다를 떨어대다가 갑자기 목이라도 조르듯 핸들을 움켜쥐고 입을 닫아버리는 경우도 있다. 침묵을 깨는 것은 오직 엔진의 윙윙거림과 길을 막고 있는 얼간이들을 향한 욕지거리뿐이다. 친구들과 저녁식사를 하다가도 갑자기 늘어지게 기지개를 켜며 졸음이 몰려온다는 말만을 남긴 채 허둥대며 집으로 돌아가버리기도 한다. 고작 아홉 시밖에 되지 않았는데도 말이다.

기분이 좋을 때면 힐은 열의가 넘친다. 하지만 자신이 더 많은 사람들에게 존경받고 있다고 떠벌리는 자가 있으라치면, 힐은 세련되고 점잖은 비유로 받아친다.

"프랭크가 죽으면 그의 시신은 불타는 보트에 실려 바다로 떠나 보낼 거야. 곳에 줄지어 서있는 전사들의 경례를 받겠지. 그 옆에선 슬퍼하는 여자들과 아이들이 지켜보고 있을 테고 말이야. 하지만 불쌍한 조지는 매장되어 땅속에서 썩어들어가겠지. 관 속에서 아무리 발버둥 쳐도 누가 그 소리를 들어주겠어?"

분위기가 조금 가라앉으면 그는 짜증스럽게 말하곤 한다. 그의 베트남전 전우들은 '사법부가 제공하는 취업 기회'를 받아들인 인물들이었다고 말이다. 판사가 그들에게 군대와 교도소 중 하나를 선택할 수 있는 기회를 주었던 것이다.

그가 천진난만하다는 사실엔 오해의 여지가 없다. 그는 천둥과 번개를 좋아한다. 또 동네를 산책하다 달리는 버스를 쫓아가 껑충 올라타는 것을 즐거워하는 사람이다. 고작 2센티미터밖에 쌓이지 않은 눈도 그에겐 마치 남극으로 돌격이라도 하려는 듯 코트와 목도리와 장갑과 부츠를 챙겨 입고 나가야 할 충분한 이유가 된다. 그렇게 차러입고 그가 향하는 곳은 바로 큐 왕립 식물원이다.

딱히 할 일이 없을 땐 힐은 눈을 향해 무작정 돌진해나가는 가상의 모험을 즐긴다. 문제는 힐이 공상가, 월터 미티가 아니라는 사실이다. 그가 하는 일은 '보복적이고, 교활하고, 폭력적인 도둑들'을 상대하는 것이다.

그리고 위험은 대가가 아니라 보너스인 셈이다.

"찰리가 자원해서 베트남에 간 진짜 이유는 풋볼을 하면서 사람이 죽을 수는 없다는 사실을 뒤늦게 깨달았기 때문입니다."

십대 시절부터 알고 지내온 그의 친구는 그렇게 설명한다.

만약 밸리언트 왕자와 레이먼드 챈들러의 필립 말로가 하나의 몸을 공동으로 관리하고 있다면 아마 찰리 힐과 많이 닮았을 것이다.

힐의 아버지는 미국 남서부 출신의 농부였고, 힐의 어머니는 블루벨 켈리의 흥행단에서 발레리나로 활동한 원기 왕성한 영국 여자였다. 진 켈리의 영화 '레 걸스'에 등장하는 케이 켄달 캐릭터는 힐의 어머니를 모델로 했다. 힐의 부모는 제2차 세계대전 중에 만났는데, 두 사람에게선 공통점이라곤 찾아볼 수 없었다. 랜던 힐은 오클라호마의 척박한 환경에서 성장했고, 오클라호마 A&M 대학과 군대를 통해 넓은 세상으로 나오게 되었다. 그의 부인 지타 위드링턴은 퍼시 엘보로 틴링 위드링턴 목사의 딸로 태어나 캠브리지 인근에서 성장했다. 그녀의 고향은 미국인들이 영국을 상상할 때 주로 떠올리는 그런 곳이었다. 이스트 앵글리아에선 초가지붕이 덮이고 목재가 둘러진 집들을 비롯해 활기 넘치는 술집, 그리고 50미터를 훌쩍 넘는 뾰족탑을 가진 중세풍 교회들을 쉽게 찾아볼 수 있다. 마을 이름 중엔 『해리 포터』에 등장한 것들이 많다. 리틀 던모우, 그레이트 던모우, 댁스테드, 틸티.

지타는 언제나 손님들로 북적거리는 큰 저택에서 자랐다. 그녀의 미래 남편 역시 손님 중 한 명이었다. 이 젊은 공군 장교는 그녀의 아버지와 체스를 두던 중 그녀와 만나게 되었다. 워드링턴은 교구 목사이자 점진적 사회주의자였고, 그의 딸에 의하면, "흥행사이자 자랑꾼"이기도 했다. G. K. 체스터튼도 그녀의 집을 자주 들락거렸고, 조지 버나드 쇼 또한 가끔 찾아와 묵고 갔다. 쇼는 터부룩한 턱수염과 침대 대신 바닥에서 잠을 자는 습관 때문에 아이들을 웃게 하곤 했다.

그야말로 멋지고 화려한 인생이었다. 어느 날 H. G. 웰스의 집에서 여섯 살 된 지타는 특별한 만남이 있을 테니 마음의 준비를 단단히 하고 있으라는 당부를 들었다.

"지타, 이 분이 바로 찰리 채플린 씨란다."

키가 작고, 지극히 평범한 남자가 가까이 다가왔다. 지타는 눈물을 뚝뚝 흘리며 말했다.

"이 아저씨는 찰리 채플린이 아니에요."

낯선 남자가 뒤로 물러났다. 잠시 후, 그가 중산모자를 쓰고 다시 그녀 앞으로 다가왔다. 손으로는 지팡이를 빙빙 돌리고 있었다.

현재 여든일곱 살의 나이에도 지타는 여전히 버릇없고, '해선 안 되는' 말을 아무렇게나 툭툭 내뱉는 아이의 태도를 고스란히 지니고 있으며, 나무라기에는 자신이 너무 귀엽다고 생각한다. 그녀는 스포트라이트를 좋아하는 타고난 이야기꾼으로, 육십 년 전 잘생기고 젊은 프랑스 남자 디디 뒤마와 함께 지중해에서 수영을 했던 이야기를 들려주었다. 디디는 쿠스토라는 젊은 남자와 수중 호흡 장치를 시험해보았다고 한다. 그녀는 전쟁 이야기도 종종 들려주었다. 그리스로 무기를 나르다 누명을 쓰고 체포되었던 일, 감방에 갇혔던 일, 그리고 프랑스를 가로질러 탈출을 시도했던 일에 대해서도 빼놓지 않았다. 또한 전쟁에서 전투기 추락 사고로 죽은 애인 이야기도 들려주었다. 찰리의 아버지를 만나기 전의 일이었다.

"내 생애 최대 비극이었지."

찰리 힐은 그런 흥미롭고 극적인 이야기들을 들으며 자랐다. 하지만 그의 유년기는 지나치게 무미건조했다. 그의 아버지 랜던 힐은 공군 장교였고, 국가 안전 보장국에서 일했었다. 결혼 후 지타는 랜던에게 새 임무가 떨어질 때마다 숱하게 이사를 다녀야 했다.

"오하이오의 데이턴은 정말 따분했어요."

그녀가 한숨을 내쉬며 과장된 음성으로 말했다.

어딜 가나 새로 온 아이일 수밖에 없었던 찰리는 텍사스와 런던, 콜로라도, 프랑크프루트, 워싱턴을 돌며 학교에 다녔다. 수십 년이 지났지만 그는 여전히 일곱 살 때 샌 안토니오에서 싸움대장에게 얻어맞았던 때를 기억하고 있다. 영국에서 돌아온 지 얼마 되지 않아 악센트가 우습기도 했지만, 그보다도 털모자와 긴 양말, 그리고 반바지 차림이 더 문제였다. 그는 새 친구들을 분석하고, 툭하면 바뀌는 새로운 환경에 적응하는 방법을 터득하는 일로 유년기를 보냈다.

찰리는 한쪽은 통나무 오두막집, 또 다른 쪽은 왕국의 기사라며 서로 극과 극을 달리는 부모를 자랑스러워한다. 그는 오래된 가족사진을 무척 소중하게 여기는데, 특히 오클라호마의 인디언 영토에 지은 조잡한 오두막 앞에 자랑스럽게 서있는 조상들의 사진을 아낀다. 힐의 눈엔 그의 고

조할머니가 완전한 체로키 인디언으로 보였다. 그렇게 그는 카우보이와 인디언 조상을 두게 된 것이다. 그는 때때로 자신의 몸에 얼마만큼의 인디언 피가 흐르고 있을지 계산하고는 한다. 하지만 계산에 능하지 않은 그에겐 항상 제각각의 답이 돌아올 뿐이다.

랜던 힐의 이야기는 훨씬 덜 흥미롭다. 제2차 세계대전은 그의 몸에 아무런 피해도 입히지 않았지만 그의 정신엔 큰 상처를 남겨놓았다. 그는 다카우 수용소에 발을 들여놓은 첫 미국인이었고, 그곳에서 목격한 많은 것들이 그를 두고두고 괴롭혔다. 랜던은 철도 차량에서 시체를 내리는 일을 했다. 찰리에게 있어 그의 아버지는 '굉장히 똑똑하지만 인생에 적응하는 것을 무척 힘들어하시는 분'이었다. 전쟁 영웅은 그렇게 알코올 중독자가 되어갔다. 1966년 12월의 어느 날, 술에 거나하게 취한 그는 택시를 타고 워싱턴의 듀퐁 서클로 향했다. 그리고 그곳에서 내려 차 문을 닫았는데, 잘못해서 그의 코트 자락이 문에 끼게 되었다. 택시는 그 사실을 모른 채 그를 질질 끌고 한동안 신나게 달렸다. 결국 그는 숨지고 말았다.

육 개월 후, 찰리 힐은 베트남전에 자원했다. 그는 자신이 군인 집안 출신이라는 사실을 무척 자랑스럽게 여기고 있다. 그리고 틈날 때마다 집안 이야기에 열을 올린다. 그의 아버지대부터 시작되었지만, 양쪽 부모의 조상들까지 따져본다면 1812년의 미영전쟁과 7년 전쟁까지 거슬러 올라간다. 그 위로는 명확히 알 수 없다. 하지만 1400년 경, 힐 집안의 첫 번째 군인이 스코틀랜드 국경에서 활약했던 것만큼은 사실이다. 게다가 그는 '체비 체이스의 발라드'에 카메오로 얼굴을 내비치기도 했다. 찰리는 종종 그의 대사를 신나게 읊곤 한다.

"착한 지주, 위드링턴은 비참했다. 전장에서 두 다리를 잃었기 때문이다. 하지만 그는 개의치 않고 끝까지 싸웠다."

힐은 언제라도 차를 멈추고 큰소리로 전쟁 영웅들의 명판을 읽어나가거나 국립묘지를 조용히 거닐 준비가 되어있다. 그는 베트남전에 확실한 반대 입장을 가지고 있었지만 모험과 위험을 맛보기 위해서는 자원이 불가피했다. 게다가 빠져나갈 구멍이 없는 불쌍한 사람들에게만 그런 끔찍한 일이 맡겨진다는 것이 무척 불공평한 일이라고 생각했다. 그는 대학을 자퇴하고 나와 곧바로 전장으로 나갔다.

힐은 가난한 흑인과 시골 출신 백인들로 이루어진 소대에서 유일하게 대학 문턱을 넘어본 사람이었다. 그가 속한 분대의 열다섯 명 중 열두 명이 죽거나 부상을 당했다. 힐은 다행히 아무런 부상 없이 정글을 빠져나올 수 있었다. 그는 포화를 피해다니며 밤의 어둠 속으로 소리 없이 사라지는 적을 사냥하는 것이 어떤 기분인지 알게 되었다.

또한 그토록 알고 싶어 했던 자기 자신에 관해서도 조금 더 알게 되었다. 이라크전을 취재하다 숨진 저널리스트, 마이클 켈리는 언젠가 이런 말을 한 적이 있었다.

"많은 사람들은 극한 상황을 거치면서도 정작 중요한 질문의 답은 끌어내지 못합니다. 나는 얼마나 용감한가? 전쟁은 그 질문에 대한 확실한 답을 끌어낼 수 있는 좋은 기회를 제공하죠. 질문은 당신을 위해 던져지고, 답도 당신을 위해 던져집니다. 당신과 다른 모든 사람들 앞에 말이죠. 무척 흥미로운 일입니다. 왜냐하면 당신과 당신 주변의 모든 사람들이 똑똑히 볼 수 있기 때문입니다. 바로 그것이 평생 동안 당신과 함께할 지식인 것입니다."

대부분 사람들이 자신이 얼마나 용감한지에 대해 알고 싶어 하지 않는다는 켈리의 말이 어느 정도는 사실일 것이다. 하지만 힐은 그것을 알고 싶어 했다. 그는 자진해서 낸 테스트를 쉽게 통과했지만 그것을 통해 큰 위안은 얻어내지 못했다. 외형적 용감함은 그가 183센티미터의 키와 갈색 머리를 가지고 있다는 사실만큼이나 당연한 것에 지나지 않았다. 반대에도 무릅쓰고 자신의 양심에 따라 행동하는 도덕적 용감함이야말로 무척 드물고, 훨씬 존경스러운 것이었다. 켈리의 질문은 잘못된 것이었다.

베트남엔 도덕적 선택이 득실거렸다. 어느 날, 적 진영을 습격한 힐과 두 동료는 부상당한 노인 한 명을 빼고 진영이 텅 비어있음을 알게 되었다. 그는 산지인으로 북베트남 병사들의 안내원으로 활동했다. 힐의 두 동료는 그를 죽이고 싶어 했다. 하지만 힐은 그를 살려주었다. 나중에 대위가 나타나 그를 헬리콥터에 태워 후송하라고 지시했다. 다시 포격전이 벌어졌을 때 동료 중 한 명이 그에게 경고했다. 언젠가 빚을 갚아주겠노라고.

군무 기간이 끝나사 힐은 소대를 떠나 워싱턴 D.C.의 집으로 돌아왔다. 전장에서 목격한 것들은 그를 괴롭혔다. 정신을 차려보아도 당장 무엇을 해야 할지 막막했다. 그런 그를 살린 것이 바로 예술이었다.

"일요일 아침마다 국립 미술관에서 케네스 클라크가 선보인 「문명」이라는 시리즈가 있었습니다. 당시 저는 경비로 밤근무를 했죠. 하지만 아침 일찍 일어나 줄을 섰어요. 그리고 자리를 잡고 앉아 대형 스크린에 비쳐지는 이미지를 보며 감탄을 금치 못했습니다. 정말 기가 막혔어요. 눈이 번쩍 뜨이는 체험이었습니다. 사실 어릴 적부터 많은 예술 작품을 접했었죠. 어머니가 제 여동생들과 저를 플로렌스로, D.C. 국립 미술관으로, 그리고 런던 국립 미술관으로 데리고 다니셨거든요. 그뿐 아니라 예술 101 클래스도 들었었죠. 하지만 그때까지만 해도 저는 예술에 관한 분명한 신념을 가지고 있지 않았습니다. 예술은 일 년간 정글을 누비다 돌아온 저를 문명사회로 다시 들여보내 주었습니다."

PART 2

베르메르와 아일랜드 갱

시나리오 작가들

🌸 예술에 대한 자신의 관심을 한 직업에 쏟기 전, 힐은 실로 많은 일에 도전했었다. 베트남에서 돌아온 후 그는 경비로 일하며 조지 워싱턴 대학에서 역사를 공부했다. 그는 풀브라이트 장학생으로 더블린의 트리니티 대학에서 공부했고, 벨파스트의 한 고등학교에서 교사로도 활동했다. 그 후 런던에서 신학을 공부하던 그는 결국 런던 경찰국에서 근무하게 되었다. 그리고 경찰 업무는 그를 평범한 수사관에서 예술 범죄 전담 비밀수사관으로 만들어놓았다.

힐은 관습에 얽매이지 않았다. 1970년대의 영국 경찰은 여전히 길버트와 설리번을 섞어놓은 모습이었다. 긴 헬멧, 그리고 가슴에 꽂은 3센티미터 길이의 놋쇠 호각.

버몬트의 농부처럼 거칠고 무뚝뚝한 반백의 노퍽 출신 노경관은 새 동료와의 첫 만남을 아직까지도 잊지 않고 있다.

"곱슬머리에 커다란 별갑제 안경을 걸치고 순찰을 도는 뚱뚱한 사람을 상상해봐요."

그는 어깨를 쫙 펴고, 가슴을 앞으로 불쑥 내밀며 몇 걸음 걸어 보였다.

"게다가 악센트는 미국인과 캐나다인, 영국인을 마구 섞어놓은 듯했죠. 석탄통을 머리에 뒤집어쓰고는 온종일 중세 역사에 대해 주절거린 적도 있었습니다. 찰리 힐은 바로 그런 사람이었어요."

힐에겐 대서양을 가로질러 많은 친구가 있다. 그 수도 물론이지만, 그들의 끈끈한 우정 또한 놀라울 정도다. 그의 친구들 또한 그에게서 같은 기벽을 보아왔다. 하지만 그것은 동료들이 목격한 것보다도 훨씬 어두웠다. 친구들은 항상 찰리가 자신의 모순을 유리하게 이용할지, 아니면 그런 성격이 결국 그를 분열시킬지 늘 궁금해했다.

"그 친구에 대한 걱정은 끊이지 않았습니다."

열여섯 살 때부터 힐과 친하게 지내온 한 친구가 말했다.

"그는 성직자가 되고 싶어 했지만 필요할 땐 언제라도 누군가를 패고 쏘고 죽일 준비가 되어 있었어요. 목표의 충돌이 아니라 '이브의 세 얼굴' 같은 경우죠."

* *

힐은 「절규」를 원래 위치로 되돌려놓는 방법을 고심해보았다. 하지만 구체적인 계획을 세우기 전 예술반 형사들은 런던 경찰청 상부를 잘 설득해야 했다. 어떻게든 그들이 관여할 만한 가치가 있는 사건이라는 사실을 증명해야 했다. 힐에게 있어 그것은 자명한 일이었다. 무식하고 난폭한 시골뜨기들로부터 인류의 가장 고상한 예술 작품을 되찾아오는 임무보다 더 공정한 일이 또 있을까? 상부는 보나마나 예산 부족을 이유로 반대할 것이 분명했다. 하지만 문제는 수사비용이 아니었다. 진짜 문제는 돈을 물 쓰듯 허비하는 고위간부들이었다.

그런 삐딱한 생각 때문에 힐은 높은 데 앉은 사람 중엔 친구가 많지 않았다. 하지만 자신이 옳다는 신념은 어떤 상황에서도 흔들리지 않았다. 힐은 괴팍스럽고 불안정한 자존심을 앞세워, 형사로서의 자신의 생애를 언제든지 탈선시킬 수 있는 이들의 심기를 불편하게 만들었다.

에드거 앨런 포의 단편소설 중 『사악한 악마』라는 작품이 있다. 이기심을 거스르는 행동을 할 수 있게 만드는 충동에 관한 이야기다. 상관이 모처럼 그럴 듯한 아이디어를 내놓았을 때 우리는 그저 눈만 굴린다. 격찬해야 할 때 오히려 킥킥거린다. 선의의 거짓말이 바람직한 선택일 때 우리는 진실을 불쑥 내뱉는다.

"특정한 정신이 특정한 상태에 놓이면 결코 저항할 수 없게 돼버린다."

포는 그렇게 말하고 있다.

찰리 힐의 어깨에도 사악한 악마가 앉아있다.

관료주의는 항상 그를 분개하게 만든다.

우는소리만 해대는 한심한 멍청이들. 그들의 유일한 낙은 상관에게 아부하고, 부하의 앞길을 막는 것뿐이다. 물론 그들은 「절규」 도난사건처럼 골치 아픈 문제에는 손을 대고 싶어 하지 않는다.

결국 예술반장 존 버틀러가 상관을 설득하는 임무를 맡게 되었다. 예술 범죄는 국제적인 문제이고, 그런 이유로 국제적인 협력을 필요로 하는 문제라고 주장할 수도 있겠지만, 어쨌든 결코 쉽지 않은 임무라는 것만큼은 분명했다. 어떻게든 영국이 관련된 문제였다면 훨씬 수월했을 것이다.

"버틀러가 해야 할 일은 상부에 다른 나라에서 도난당한 물건을 되찾기 위한 비밀수사 비용을 대달라는, 말도 안 되는 요청을 하는 것이죠."

예술반 형사, 딕 엘리스가 말했다. 이렇게 말하는 엘리스의 음성은 존경과 의심으로 살짝 높아졌다. 마치 피겨스케이터의 트리플 엑슬 점프에 흥분하는 해설자라도 된 듯이.

"우리가 되찾으려는 것은 런던에서 그려진 것도 아니고, 런던에서 도난당하지도 않았으며, 앞으로 런던에 올 일도 없는 그림이라고요."

지난 몇 년간 예술반장 자리에 앉았던 형사들은 너무 많은 정보로 상부에 부담을 주어서는 안 된다는 것을 깨달았다.

"우린 그들에게 기정사실만을 보고합니다."

1989년부터 1999년까지 십 년간 예술반장으로 활동했던 엘리스가 말했다.

"대개 우리는 이미 수사를 진행하기로 결정을 내린 후에야 보고를 올리죠. 물론 그 전에 미팅도 두어 번 갖습니다. 전반적으로 그런 절차를 밟아 수사가 시작된다고 봐야 할 겁니다. 일단 수사가 진행되고 나면 상부의 유일한 선택은 압박을 가해 수사를 중단시키는 것뿐입니다."

엘리스가 개인적으로 선호하는 설득 논리를 들려주었다. 첫 번째 접근은 어렵지 않았다.

"만약 잘 해결돼서 우리가 「절규」를 되찾을 수 있다면 예술반의 위상이 올라가게 되고, 그렇게 경찰 전체의 위상이 올라가게 될 것입니다."

여기저기서 환한 미소가 터져나왔다. 하지만 곧바로 예상치 못한 반전이 그들을 당혹스럽게 만들었다.

"우린 이미 수사에 착수했습니다. 이제 와서 손을 뗀다면 세상의 웃음거리가 될 겁니다. 그땐 우리가 아닌, 경찰국 간부들이 난처해지겠죠."

즉, 손을 쓰기엔 이미 늦어버렸다는 뜻이었다.

＊　＊

때마침 영국인 범죄자가 불쑥 나타나 수사 착수에 큰 힘을 실어주었다. 그의 이름은 빌리 하우드로 헤로인 밀매로 노르웨이에서 칠 년간 복역했다. 노르웨이 경찰은 하우드를 영국으로 돌려보내 그곳에서 남은 오년을 마저 복역하게 했고, 영국 경찰은 그를 가석방했다.

하우드는 런던 주재 노르웨이 대사관에 연락해 흥미로운 이야기를 들려주었다. 그는 노르웨이 교도소에서 복역 중일 때 「절규」를 훔친 도둑들과 알게 되었다고 했다. 그는 범인들과 친분을 쌓았고, 그들은 하우드를 신뢰한다고 했다.

도둑들은 결코 호락호락한 상대가 아니었다. 어떤 외부인도 신중한 그들을 밖으로 유인해낼 수 없었다. 뭔가 심상치 않음을 직감하면 그들은 제일 먼저 그림을 불태우는 것으로 자신들을 보호할 것이 뻔했다.

하지만 거래 상대가 옛 친구, 하우드라면 범인들은 마음을 놓을 것이었다. 그는 「절규」를 국립 미술관으로 되돌려 보내는 일에 적극 협조할테니 만약 성공하면 대가로 5백만 파운드를 달라고 요구했다.

노르웨이 경찰은 곧바로 런던 경찰청에 연락해 하우드의 제안을 들려주었다. 영국 경찰은 하우드의 주장을 믿지 않았다. 그들은 그를 유창한말과 감당할 수 없는 약속들을 남발하며 노다지를 캐보려는 기회주의자로밖에 보지 않았다. 그리고 결국 그들의 분석은 정확했다. 하지만 그의제안은 예술반 형사들에겐 희소식이었다. 물론 그렇게 의도하진 않았겠지만, 어쨌든 하우드는 영국 경찰과 노르웨이 경찰의 탄탄한 다리가 되어주었고, 런던 경찰국은 하는 수 없이 수사 착수를 공식적으로 지시해야 했다.

* *

힐을 비롯한 예술반 형사들에게 있어 함정수사를 계획하는 일은 가장흥미로운 작업이었다. 명화를 되찾는 일은 다른 경찰업무와 확실히 달랐다. 주 목표는 그림을 찾아 원위치에 걸어놓는 것이고, 범인 체포는 그 다음의 일이었다. 경찰이 그림을 발견할 때쯤이면 범인들은 이미 도망쳐버린 후다. 거의 모든 경우가 그랬다. 가장 좋은 시나리오는 범인들로 하여금 버려진 창고나 기차역 보관함에 숨겨둔 그림을 그들 손으로 직접 꺼내도록 만드는 것이었다. 그런 다음 잠복하고 있던 형사들이 덮치면 되는것이다. 그런 작전이 성공을 거두려면 우선 정보원들을 충분히 깔아두어 범인들의 움직임과 소문을 파악해야 한다. 무작정 놈들의 소굴로 쳐들어가는 방법은 헛수고로 끝날 경우가 많다. 문을 박차고 들어가 "경찰이다!" 하고 외치는 것까진 좋지만, 현장에 그림이 없다면 무슨 소용이랴?

예술반에게 시나리오를 만드는 것은 범인을 체포하는 것만큼이나 중요한 업무였다. 1980년대와 1990년대 초, 베일에 싸인 일본인이 예술반 형사들에겐 기록적인 액수에 유명 화가들의 작품들을 구매했다. 반 고흐의 「아이리스」는 5천 4백만 달러, 르누아르의 「물랭 드 라 갈레트」는 7천 8백만 달러, 그리고 반 고흐의 「가셰 박사의 초상」은 8천 2백 5십만 달러에 사들였다. 예술반은 그런 헤드라인을 유리하게 사용할 수 있는 방법을 검토해보았다. 갱 단원이나 벽난로 위에 명화를 걸어놓고 싶어 하는 실업계의 거물 행세를 할 수 있는 일본인 형사를 찾을 수 있을까?

"시나리오 작가들과 다르지 않습니다. 현실적인 느낌이 묻어나오는 뭔가를 떠올리기란 쉽지 않죠. 이런저런 아이디어를 놓고 고심하면서 이런 질문을 숱하게 던져야 합니다. '과연 아무 문제 없을까? 사람들이 의심을 하진 않을까? 너무 엉뚱하진 않은가?'"

함정수사를 위한 완벽한 계획엔 서로 어울리지 않는 몇몇 요소가 반드시 포함되어야 한다. 꾸며낸 이야기는 단순해야 한다. 처음부터 먹혀들어 가지 않는다면 큰 문제이기 때문이다. 정식 연습이란 것도 없다. 그저 시사회만이 있을 뿐이다. 언제라도 문제가 터질 수 있는 일이기 때문에 애드리브에 능한 비밀수사관들이 반드시 필요하다. 진짜 시나리오 작가라면 그런 문제들과 절대 부딪힐 일이 없겠지만 형사들은 다르다. 오직 한쪽의 대사만을 갖고 있으니 말이다.

스토리라인 또한 적당히 복잡해야 현실감을 자아낼 수 있다. 범인들은 예민하다. 항상 함정과 배신에 대비해 경계를 늦추지 않는다. 시나리오가 너무 노골적이다 싶으면 그들은 조용히 물러나버린다. 그러면 게임도 끝나버린다.

엘리스는 이렇게 설명했다.

"우선 차분히 앉아 사건을 되돌아봅니다. 그리고 범인들의 타입을 파악합니다. 그들의 입장이 되어 그들이 의심을 품지 않을 시나리오를 떠올리는 것이죠. 한마디로 그들이 모든 상황을 통제할 수 있다고 믿게 해야 한다는 뜻입니다. 그러려면 작전을 수행하는 경찰부터가 상황을 확실하게 장악해야 하죠."

서로의 생각을 끊임없이 읽어나가야 하는 이판사판의 게임이다. 방향을 잃으면 모든 것을 잃게 된다.

게티에서 온 사나이

1994년 2월 14일

🌾 찰리 힐은 「절규」를 훔쳐 간 도둑들이 그림을 쉽게 팔아치울 수 없다는 사실을 알고 있을 거라고 생각했다. 그림을 훼손하려는 목적이 아니었다면 분명 다른 이유가 있었을 것이다. 그게 뭘까? 협박. 그럴 가능성이 가장 높다.

노르웨이 정부가 국보를 되찾기 위해 그냥 돈을 내주면 안 되는 걸까? 아니다. 그렇게 하면 범인들은 더욱 기고만장해질 것이다. 그렇다면 다른 선택은? 누군가가 정부를 대신해 돈을 내는 것이다.

'억지라는 건 알지만 생각은 해볼 수 있잖아.'

힐은 생각했다.

과연 누가 돈을 대신 내줄 수 있을까?

도둑들을 유혹해 밖으로 끌어내기 위해 힐은 돈을 내걸어보고 싶었다.

하지만 다른 사람의 그림을 되찾기 위해 수백만 달러를 흔쾌히 내어줄 만한 사람이 과연 있을까? 예술계에서 돈을 연상시키는 이름이 딱 하나 있다. 도둑들마저도 게티 미술관을 잘 알고 있다. 석유 억만장자 J. 폴 게티가 캘리포니아 남부에 자신의 이름을 따서 설립한 큰 규모의 미술관이다. 한때 세계 최고 부자의 자리에 오르기도 했던 게티는 재정적으로 가장 풍요로운 미술관을 세상에 선물했다.

게티는 디킨스의 소설에 등장할 법한 악당을 연상시킨다. 그는 심술궂고, 인색했으며, 성질이 고약했다. 그런 면에서 호머 심슨(만화영화 시리즈 '심슨 가족'의 주인공—옮긴이)의 상관인 번즈 씨와도 흡사했다. 런던 근교에 자리한 그의 저택엔 가시철사가 둘러져 있었다. 그리고 스무 마리의 사나운 개들이 눈에 불을 켜고 집을 지켰다. 병적인 구두쇠였던 게티는 자신의 저택 안에 공중전화를 놓아두고 손님들에게 사용토록 했다. 그리고 아무리 짧은 실이라도 나중에 다시 사용할 수 있도록 잘 보관해두었다. 1973년 게티는 손자를 유괴해 간 이탈리아 갱단이 몸값으로 요구한 1천 7백만 달러를 주지 않겠노라고 선언해 세상을 놀라게 했다. 참다 못한 범인들은 아이의 오른쪽 귀를 잘라 로마의 한 신문사로 보냈고, 그제야 게티는 상황의 심각성을 깨닫게 되었다. 그는 범인들과 협상에 들어갔고, 결국 2백7십만 달러를 주고 손자를 되돌려 받았다. 그는 그게 자신이 감당할 수 있는 최고액이라며 징징거렸다.

그에 반해 게티 미술관은 복권 당첨자가 파티에 돈을 쏟아 붓듯 늘 후했다. 미국의 세법에 따라 재단은 매년 기부금의 5퍼센트를 지출해야 한다. 게티 미술관의 경우, 매년 의무적으로 2억5천만 달러에 달하는 돈을 쏟아부어야 했다. 오래되고 가난한 미술관들은 새로 생긴 라이벌 미술관이 탐스러운 명화들을 차례로 구입해 전시하는 모습을 부러움에 찬 눈으로 지켜봐야만 했다. 1997년 여섯 채의 건물로 이루어진 '캠퍼스'를 개설하면서부터는 마구잡이식 명화 구입이 많이 잠잠해졌다. 캠퍼스에 들어가는 돈이 만만치 않았기 때문이다. 하지만 지난 몇 년간의 두드러진 소비 탓에 아직까지도 게티의 이름만 언급되면 듣는 사람들은 거의 파블로프식 반응을 보인다.

분명 범인들도 게티 미술관만큼은 알고 있을 거라고 힐은 생각했다. 그 어떤 미술관도 게티 미술관만큼 돈을 펑펑 쏟아 붓는 이미지를 떠올리게 하지 못했다. 게티는 세금으로 운영되는 다른 거대 미술관들과는 달리 규정이나 관료적 형식주의에 얽매이지 않고 원하는 모든 것을 할 수 있었다. 무엇보다도 게티라는 이름이 지니고 있는 힘을 무시할 수 없었다. 범인들에게 "프레드 삼촌이 돈을 줄 거야."라고 할 순 없는 일이다. 그 이름에선 아무런 무게도 느껴지지 않는다. 하지만 '게티'라는 이름이라면 정신을 번쩍 들게 할 수 있다.

그 다음 시나리오는 쉽게 떠올릴 수 있었다. 힐은 자신을 게티 미술관의 대리인으로 소개한 후 오슬로 국립 미술관의 직원을 대신해서 협상을 벌이게 될 것이다. 게티 미술관은 「절규」를 되찾기 위해 돈을 지불하고, 그 대가로 노르웨이는 그 명화를 게티 미술관에 빌려주는 것이다.

힐은 협상에 능한 미국인 수완가로 분하게 될 것이다. 원하는 것은 어떤 식으로든 손에 넣고야 마는 인물. 연기를 즐기는 비밀수사관에겐 적격인 역할이다.

"완벽해. 게티에서 온 사나이 역은 내가 맡아야지."

힐은 속으로 중얼거렸다. 그는 존 버틀러 반장에게 전화를 걸어 자신의 아이디어를 들려주었다.

"좋은 생각이야. 한번 해보자고."

버틀러가 말했다. 몇 분 후, 버틀러가 힐에게 전화를 걸어왔다.

"노르웨이 측과 얘기를 해봤어. 그쪽에서 굉장히 마음에 들어하더군. 이젠 뭘 해야 하지?"

"우선 게티 측과 얘기를 해봐야지."

힐이 말했다.

조심스럽게 접근해야 했다. 게티에게 이름을 빌려달라고 요청하기엔 일이 너무 많이 진행되었기 때문이다. 게티의 돈은 한 푼도 들지 않겠지만 사람들에게 예술계의 현금인출기 취급을 받는 것은 그다지 달갑지 않을 것이다. 하지만 힐은 아무 문제 없을 거라고 장담했다. 대부분 사람들은 런던 경찰청에 협조하는 것을 대단한 영광으로 여겼고, 예술계의 모든 이가 노르웨이를 돕고 싶어 했기 때문이다. 게티 측 사람들은 적잖이 당혹스러워 하겠지만, 필요 이상으로 과잉 반응은 보이지 않을 거라는 것이 힐의 추측이었다.

다행히 딕 엘리스가 지난 5, 6년간 게티 미술관의 사건을 몇 건 맡은 적이 있었다. 우연의 일치겠지만, 힐 또한 이십 년 전 신혼여행 중에 게티 미술관을 둘러본 적이 있었다. 일반 관람객 정도의 지식밖엔 없었지만 그들의 심기를 건드리는 무례함은 보이지 않을 자신이 있었다. 어리석을 정도의 대담함, 그것이 바로 전형적인 힐의 스타일이었다. 게티는 또 하나의 대규모 미술관을 첫 번째 미술관으로부터 약 이십 킬로미터쯤 떨어진 곳에 지어놓았다. 새 미술관은 첫 번째 것과 전혀 닮지 않았지만 힐은 크게 개의치 않았다.

엘리스는 게티 박물관 관장, 그리고 보안 책임자와 두터운 친분을 맺고 있었다. 로스앤젤레스에 도착해서는 엘리스가 대표로 예술반을 이끌게 될 것이었다.

엘리스, 찰리 힐, 그리고 존 버틀러 반장은 전략을 미리 조정하기 위해 한자리에 모였다. 이른 저녁이었고, 세 사람은 마침 런던 경찰청에 나와 있었다. 버틀러는 엘리스를 자신의 사무실로 불러들였다. 그리고 엘리스가 즐겨 마시는 부시밀 아이리시 위스키를 준비했다. 힐은 이미 그의 사무실에 와있었다. 세 형사는 자리를 잡고 앉아 시나리오를 처음부터 훑어나갔다.

그들 모두 체구가 크고 우격다짐 스타일이었다. 자존심이 센 것은 물론 어떤 일에도 절대 물러섬이 없는 사람들이었다. 그들은 서로의 그런 점을 잘 알고 있었다. 그들은 친구였고, 동료였으며, 라이벌이기도 했다. 과거에 맡았던 사건에 관한 이야기가 시작되면 그들은 곧바로 뜨거운 논쟁에 빠져들었다. 상대의 주장에 눈을 굴리고, 투덜거리면서 연신 "허튼소리!"라고 소리쳤다.

하지만 그날 밤, 세 형사는 잔뜩 들떠있었다. 앞으로 펼치게 될 작전에 무척 고무된 모습이었다. 게티! 맙소사. 왜 진작 그 생각을 떠올리지 못했을까? 이것이야말로 빈틈없는 최고의 작전이었다.

엘리스는 곧장 캘리포니아로 날아갔다. 그는 꽤 인상적인 외모의 소유자였다. 180센티미터가 조금 안 되는 키였지만 억세고 단단한 체격을 가지고 있었다. 손가락조차도 두껍고 단단했다. 그가 두 손가락으로 노트북을 두드리는 모습은 꼭 언쟁 중에 상대의 가슴을 꾹꾹 찔러대는 것 같아 보였다.

어느 그룹에 속해있든 늘 밖으로만 겉도는 힐과 다르게 엘리스는 전형적인 형사의 이미지를 가지고 있었다. 열아홉 살에 경찰이 된 그는 특출한 재능에도 불구하고 늘 같은 지위에만 머물러있었다. 책상 뒤에 잠자코 앉아있기보단 직접 발로 뛰는 인생을 즐기기 때문이었다. 늘 상부에 불만을 품고 있는 다른 형사들도 엘리스만큼은 자신들과 한 팀으로 인정해주었다.

숱한 브리핑으로 베테랑이 된 엘리스는 정리가 확실했다. 요점에 번호를 매겨 차례로 들려주는 스타일로 비비 꼬인 문제들을 풀어나가는 것이 그의 특기다. 엘리스는 「절규」 회수 작전을 설명했고, 게티 미술관은 가슴을 졸이며 묵묵히 들어주었다.

힐에게는 모든 것이 그럴 듯한 조크로만 느껴질 뿐이었다.

"처음엔 조금 인색하게 굴더군. 자신들은 아무에게나 그런 협조를 하지 않는다나. 아이오와의 디모인 경찰서 같은 곳에서 사사로운 요청을 해온다고 다 받아줄 만큼 한가하지 않다는 거야. 어쨌든 그들은 이번 수사에 최대한 협조해주기로 했어."

엘리스가 결과를 보고했다.

엘리스는 찰리 힐의 사진을 캘리포니아로 가져갔다. 찰리의 생년월일과 다른 신상정보도 빼놓지 않았다. 게티의 협조를 받게 되면서 힐에게는 새로운 신원이 필요했다.

찰리 힐은 그렇게 사라졌고, 크리스토퍼 찰스 로버츠가 그의 자리를 메우게 되었다.*

여느 때와 마찬가지로 힐에게는 로버츠의 이름이 찍힌 아메리칸 익스프레스 카드와 사진이 첨부된 게티 미술관 직원 신분증, 새 명함, 그리고 새 이름이 찍힌 소지품이 제공되었다. 그 외에도 세부적인 준비도 철저하게 갖춰졌다. 게티 미술관의 내부 기록들 예를 들어, 지난 몇 년간의 급료 지불 명부 따위도 필요에 맞게 고쳐두었다. 누군가가 크리스토퍼 로버츠의 신원에 의심을 품고 뒷조사를 해볼지도 모르기 때문이었다.

의심을 품은 범인이 게티 미술관으로 확인전화를 걸어온다 해도 크게 걱정할 필요는 없었다. 대부분의 미술관은 평소에도 직원 관련 문의에 응해주지 않기 때문이다.

"하지만 범인들은 항상 거래 상대에 대한 확인 작업을 빼놓지 않습니다. 그들이 원하는 정보를 손에 넣기 위해 미술관 직원들을 매수할 수도 있다는 가능성을 절대 잊어선 안 됩니다."

엘리스가 당부했다.

그 가능성은 또 다른 위험을 낳을 수 있었다. 범인들이 사람을 고용해

---

* 글에서 힐을 지칭할 땐 그의 본명을 사용하는 것을 기본으로 하되 말하는 이가 힐의 신원을 알고 있는지 여부에 따라 '힐'과 '로버츠'를 번갈아 사용할 것이다.

로버츠를 알고 있는 게티 미술관 직원을 찾아보기 시작한다면? 그를 아는 사람이 아무도 없다면 그 사실을 어떻게 설명할 수 있겠는가? 그런 문제를 사전에 방지하기 위해 게티 미술관은 내부 기록을 조작해 로버츠를 유럽 전담 스카우트로 만들어주었다. 그리고 오직 관장을 통해서만 일을 추진한다고 덧붙여놓았다.

게티의 최고 경영진이 아니라면 힐이 그곳의 정식 직원이 아니라는 사실을 알 길이 없어진 것이다. 그 정도로 치밀하게 짜인 계획이었다. 힐은 자신에게 주어진 새로운 신원을 무척 만족해했다.

"모든 게 아주… 완벽해."

영국식 속어는 즉시 미국식으로 바꾸었다. 그 작업은 별로 까다롭지 않았다. 힐에겐 언제라도 상대에 따라 적절한 속어를 골라 내뱉을 수 있는 능력이 있었다. 사실 두 나라 스타일에 맞춰 적절히 욕설을 내뱉는 것은 쉬운 일이 아니었다. 욕설이란 그때그때 순간적으로 튀어나오는 것이기 때문이다. 하지만 군대에서 '노스캐롤라이나의 페이트빌 출신 노동자'처럼 말하는 법을 배웠다는 힐에게는 큰 문제가 되지 않았다.

힐이 구사할 수 있는 언어라고 해봤자 고작 미국식 영어와 영국식 영어뿐이었지만 실제 구사 능력에 있어서 그는 완벽했다. 가끔 그는 캐나다식 영어까지 넘나들곤 했다. 체코 공화국에서 비밀수사를 맡았을 때 힐은 좀 더 캐나다인처럼 보이도록 수 시간에 걸쳐 모음을 길게 끄는 연습을 하기도 했다. 이번에 그가 상대하게 될 범인들에게는 전혀 필요 없겠지만, 어쨌든 그의 장인정신과 프로로서의 긍지만큼은 높이 살 만하다. 나사 대가리들의 위치가 완벽하게 평행을 이루도록 갖은 수를 다 동원하는 목수와도 다르지 않다.

힐은 '크리스토퍼 찰스 로버츠'라는 이름을 선택했다. 어디서나 모든 'r'을 미국 스타일로 분명하게 발음해야 한다는 사실을 항상 명심하기 위함이었다. 또한 본명을 중간 이름으로 사용하는 것은 만약의 경우를 대비하기 위함이었다. 언제 어디서 그를 아는 누군가가 그의 본명을 부르며 다가올지도 모르기 때문이다.

"안녕하십니까. 전 크리스 로버츠라고 합니다."

가수가 발성연습을 하듯 그가 큰소리로 혼잣말을 했다. 절대 잊어서는 안 될 발음과 숙어와 말투 또한 꾸준히 연습해놓아야 했다. 잠깐 실수를 하거나 영국인을 연기하는 딕 밴 다이크처럼 지나치게 과장해버리면 입을 여는 순간 정체가 탄로나버릴 수도 있다.

게티에서 온 크리스 로버츠의 역할은 힐의 능력을 다시 한 번 시험대에 올려놓게 될 것이다. 그리고 채점은 프로 범죄자들이 맡게 될 것이다.

제너럴

✦ 힐을 「절규」 회수 작전의 주인공으로 내세울 수밖에 없었던 이유는 또 있었다. 그는 막 한 건의 대형 사건을 해결한 후였다. 1986년, 그러니까 「절규」 도난 사건이 발생하기 칠 년 전 아일랜드의 냉혹한 갱 단원, 마틴 카힐은 역사에 길이 남을 범죄를 저질렀다. 더블린 인근의 저택에서 카힐은 무려 열여덟 점의 명화를 훔쳐 달아났다. 그중엔 베르메르의 「편지를 쓰고 있는 여인」도 포함되어 있었다. 그 그림의 시장가격은 적게는 5천만 달러에서 많게는 1억 달러까지로 볼 수 있었다. 1993년 힐은 비밀수사로 명화를 되찾는 데 성공했다. 다행히 그림은 아무런 손상도 입지 않았고 그 일로 힐은 스타가 되었다.

그로부터 육 개월 후, 「절규」가 사라져버렸다. 예술반 형사들에겐 무척 이상적인 타이밍이었다. 만약 이번에도 멋지게 사건을 해결해낸다면 예술반은 세계 모든 신문의 제1면을 화려하게 장식할 수 있을 것이었다. 물론 내부적으로 항상 따끔한 눈총을 받는 예술반의 존폐문제도 당분간은 도마에 오르지 않게 될 것이었다. 찰리 힐에게도 다행스러운 타이밍이었다. 당시 그는 예술 범죄 수사 분야의 최고로 인정받고 있었다. 그는 카힐 케이스를 「절규」 회수 작전의 모델로 사용하고 싶어 했다.

땅딸막한 데다 머리가 벗겨지고 뚱뚱한 마틴 카힐은 싸구려 술집의 바텐더나 싸구려 여관의 종업원 같은 인상을 풍기지만, 1970년대와 1980년대, 더블린 암흑가의 최고 실세로 활동했다.

수십 년 전, 예술 범죄엔 그런대로 품위라는 것이 있었다. 범인들도 모호한 도덕과 우아한 매너만큼은 지니고 있었다. 큰돈이 돌기 시작하고 나서부터는 신사들의 스포츠가 진지하고 위험한 사업으로 바뀌게 되었다. 영국의 빅토리아 여왕 시대에 '신사 도둑'으로 불렸던 라플스는 자취를 감추고, 마약 밀매와 돈세탁을 전문으로 하는 흉한들과 범죄자들이 그 자리를 메우기 시작했다. 무장 강도와 유괴범, 자동차 폭파범 출신의 카힐은 신종 예술 범죄자의 탄생을 알렸다. 토머스 크라운조차도 비명을 지르며 달아나버릴 정도였다.

카힐 이전의 더블린엔 잡다한 범죄들이 주를 이루었다. 선배들보다 조직 관리 능력이 뛰어나고, 훨씬 대담했던 마틴 카힐은 범죄의 모든 규칙을 바꾸어놓았다. '제너럴'이라는 별명으로 불린 그는 일주일에 한 번씩 다음 범죄를 구상하기 위한 미팅을 가졌다. 또한 돈의 움직임도 유심히 관찰했다. 그는 모두가 불가능하다고 입을 모으는 엄청난 범죄에 도전하기를 좋아했다. 열 명으로 구성된 팀을 이끌고 아일랜드 역사상 최대 규모의 강도사건을 멋지게 벌인 적도 있었다. 요새를 연상시키는 공장의 철통 같은 경비를 뚫고 들어가 2백만 파운드 상당의 금과 보석을 훔치는 데 성공한 것이었다. 더블린의 '조직범죄'는 카힐에 의해 그 진정한 의미를 찾게 되었다.

카힐은 내부적으로 자신의 지배력을 키워나가는 한편 IRA(아일랜드 공화국군—옮긴이)에게 테러 전술을 배워 경찰을 상대로 써먹었다. 정치와는 전혀 상관없는 일이었다. 카힐에겐 어떠한 정치적 견해도 없었다. 그저 앞을 막아서는 사람이라면 누구라도 그의 적이 될 뿐이었다. 카힐은 한동안 잠잠하던 더블린에 무차별적인 폭력을 가져왔다. 검사들은 카힐이 적잖은 무장 강도 사건에 가담했다는 의혹을 확인시켜줄 증거를 확보했다. 카힐은 법정에서 증언하기로 되어있던 법의학 전문가, 제임스 도노번의 차에 수제 폭탄을 설치해두기까지 했다. 습격을 받기 몇 주 전부터 도노번은 범인들로부터 협박을 받았다. 그들은 전화를 걸어 아무 말도 하지 않는 것으로 긴장감을 조성하기도 했다. 어느 날 밤, 법의학 연구실을 나온 도노번은 자신의 경호를 맡은 경관과 함께 차를 몰아 집으로 향했다. 얼마나 지났을까, 그는 누군가가 자신을 미행하고 있다는 사실을 깨닫게 되었다. 도노번은 경찰서로 향할까 하다가 그냥 가던 길을 계속 가기로 했다. 어디로 향하든 카힐의 부하들이 자신을 가만히 두지 않을 거라는 생각 때문이었다.

"그래서 그냥 집으로 가기로 했어요. 죽더라도 집에서 죽을 수 있게 말이죠. 집에서라면 아내도 시신의 신원확인을 쉽게 할 수 있을 거라고 생각했습니다."

도노번이 사유차도로 들어서자 뒤따르던 카힐의 부하들은 멈춰 서더니 이내 어딘가로 사라져버렸다. 그로부터 3주 후 1월의 어느 날, 오전 여덟 시 삼십 분. 도노번이 직장으로 향하기 위해 고속도로로 들어선 순간, 엔진이 달구어지면서 수제 폭탄이 폭발하고 말았다.

"갑자기 눈앞에 버섯 모양의 연기가 솟아올랐습니다. 그리고 그 안에서 불꽃이 튀었죠."

도노번은 그때 일을 그렇게 회상했다.

"처음엔 연기가 보였고, 그 다음엔 불이 보였습니다. 그러고 나서는 아무것도 보이지 않았어요. 눈에 작은 금속 조각이 튀었거든요. 그리고 곧바로 엄청난 폭발음이 들렸습니다. 오른손을 움직여보려 했지만 말을 듣지 않았어요. 마비상태였던 겁니다. 왼손을 내려 무릎 밑을 더듬어보았습니다. 뭔가 철벅거리는 게 느껴졌죠. 바로 근육 조직이었습니다."

놀랍게도 도노번은 살아남았다. 여러 차례에 걸쳐 수술을 받은 그는 다시 직장으로 복귀할 수 있을 정도로 회복되었다. 하지만 시력은 이미 심하게 손상되었고, 몸은 불구가 되어버린 후였다. 카힐은 그 사건으로 기소되지 않았다.

* *

카힐은 그저 평범한 흉한으로 범죄 세계에 뛰어들었다. 그가 처음으로 법정에 선 것은 열두 살 때였다. 죄목은 절도였다. 몇 년 후, 카힐의 아버지는 문제아 아들을 해군에 입대시켰다. 그렇게 해서라도 그를 변화시켜

볼 작정이었다. 군대 면접을 보러 간 카힐은 다른 신병들과 함께 여러 근무처가 열거된 소책자를 훑기 시작했다. '나팔수bugler'라는 단어에서 그의 눈이 번뜩였다. 눈에 익지 않은 단어였다. 해군에서 '강도burglar'를 필요로 하는 줄은 미처 몰랐다고 카힐은 면접관에게 말했다. 그리고 자신은 경험이 충분하다고 자랑스럽게 덧붙였다.

그 후로 몇 년간 카힐의 이름이 등장하는 이야기들은 확실히 어두워져 갔다. 사람들은 카힐을 무척 두려워했다. 어느새 그는 긴장 섞인 속삭임으로만 언급되는 더블린의 전설이 되어버렸다.

"사람들은 고통을 기억합니다. 총으로 머리를 쏴 죽이는 것은 너무 쉽죠. 행동하기 전에 고통을 생각하게 만들어야 합니다."

언젠가 그가 말했다.

카힐은 잔혹하게 사람을 해쳤고, 그것은 무성한 소문으로 퍼져나갔다. 그는 조직을 배신한 부하 한 명을 바닥에 못 박아 놓은 적이 있었다. 다른 부하들이 붙잡고 있는 동안 카힐은 배신자의 손에 못을 박았다. 부하나 라이벌에게 겁을 주지 않을 때의 카힐은 꽤 가정적인 사람이었다. 그는 아내, 그리고 처제와 한 집에서 살았다. 묘한 동거였다. 그에겐 아홉 명의 아이가 있었는데, 그중 다섯 명은 아내가 낳았고 나머지 네 명은 처제가 낳았다.

카힐에게 있어 권력에 대한 경멸은 돈을 향한 욕심만큼이나 큰 부분을 차지했다. 그는 적들을 능가하는 것으로만 만족하지 않고, 그들에게 굴욕감을 안겨주는 데도 많은 신경을 쏟았다. 세상에 대고 자신만의 방식으로 엿이나 먹으라는 메시지를 전하고 싶어 했다. 1987년, 도둑들이 더블린에 자리한 검사 사무실에서 수백 개에 달하는 범죄 케이스 파일을 훔쳐 갔다. 물론 모두가 카힐을 의심했다.

카힐은 아무리 사소한 범죄일지라도 그 상대가 권력일 땐 굉장한 쾌감을 느꼈다. 암흑가의 정상에 올라있었음에도 그는 매주 실업수당을 받기 위해 줄을 섰다. 당국은 '공공의 적'이라고 천명한 카힐에게 어쩔 수 없이 수당을 지급해야 하는 치욕을 견뎌야 했다. 92파운드짜리 수표는 그저 상징적인 의미만을 지니고 있을 뿐이었다. 카힐은 이미 두 채의 집과 다섯 대의 차, 그리고 여섯 대의 오토바이를 소유한 부자였다. 그는 그저 짓궂은 게임을 즐길 뿐이었다.

갱의 모든 장난은 한 가지 메시지만을 전하고 있었다. '우린 너희보다 똑똑하다. 너흰 절대 우리를 건드릴 수 없다.' 그는 '염려하는 범죄자들'이라는 그룹을 만들었다. 그들이 주장하는 것은 바로 '부정직하게 살 권리'였다. 카힐은 부하들이 도둑질을 하거나 납치사건을 벌일 때마다 바쁜 경찰서에 불쑥 나타나 소란을 피웠다. 경찰이 그의 알리바이를 입증하도록 만들려는 수작이었다.

언젠가 국세청에서 조사관을 보내 카힐의 계좌를 훑어보게 했다. 카힐은 그들을 반갑게 맞아주었다. 그들이 한창 작업에 몰두하고 있을 때 카힐이 전화를 걸고 오겠다며 자리를 비웠다. 잠시 후 다시 돌아온 그가 비문화적 야만행위를 비롯한 현대의 여러 문제들에 대해 장황하게 떠들어대기 시작했다. 그러고는 창문을 향해 손짓했다.

"이제 제 말을 이해하시겠습니까? 창밖을 한번 내다보세요. 빌어먹을 파괴자들이 해놓고 간 짓을 한번 보시라고요."

조사관의 차가 모닥불처럼 활활 타오르고 있었다.

* *

더블린 인근에 자리한 호화로운 저택, 러스보로 하우스엔 세계적인 명화가 많이 소장되어 있었다. 카힐은 그곳을 터는 것으로 예술 범죄에 첫발을 내딛었다. 카힐에게는 두 배로 유혹적이었다. 그의 탐욕과 상류층에 대한 증오를 한꺼번에 해소할 수 있는 절호의 기회였기 때문이다.

전면 길이가 2백 미터에 달하는 저택은 아일랜드에서 가장 멋진 건물 중 하나였다. 더블린의 부유한 양조자가 18세기에 지은 러스보로 하우스는 1952년부터 영국인 부부, 알프레드 경과 베이트 부인이 소유해오고 있었다.

알프레드 경에게 재물과 수많은 예술품들을 물려준 그의 삼촌은 남아프리카 공화국에서 드비어스 다이아몬드 회사를 설립한 장본인이었다. 본명이 클먼타인 프리먼―미트포드인 베이트 부인은 영국에서도 무척 높은 서열에 속해있었다. 또한 그녀는 매력적이고 품위 있는 여섯 명의 미트포드 자매의 사촌이기도 했다. 그들은 개인적이고 정치적인 불운으로도 유명했다. 베이트 가는 남아프리카 공화국에서 몇 년간 살다가 1950년대 초에 영국으로 돌아왔다. 어느 날, 〈전원생활〉이라는 잡지를 뒤적이던 알프레드 경은 러스보로 하우스의 사진을 보게 되었고, 그 자리에서 직접 보지도 않은 침실 백 개짜리 저택을 구입했다.

1986년 알프레드 경은 자신이 소장하고 있는 명화 중 열일곱 점을 아일랜드의 국립 미술관에 기증하겠다고 선언했다. 카힐은 그 소식을 그냥 흘리지 않았다. 모두가 우러러보는 예술품들을 훔쳐 큰돈을 손에 넣을 수 있는 좋은 기회였다. 그는 곧바로 계획을 세우기 시작했다. 알프레드 경이 기증하기로 한 명화 중엔 베르메르의 「편지를 쓰고 있는 여인」도 포함되어 있었다. 베이트가 소장하고 있는 그림 중 가장 유명한 작품이었다.

'베르메르의 모든 것이 베이트의 「편지를 쓰고 있는 여인」에 담겨있습니다.'

기쁨에 젖은 한 학자는 기고한 글에 그렇게 적기도 했다.

「편지를 쓰고 있는 여인」은 민간인이 소장하고 있는 두 점의 베르메르 작품 중 하나였다. 또 다른 작품은 엘리자베스 여왕이 소유하고 있다. 이 작품의 가치는 2천만 파운드에 달했다. 베르메르가 사망한 후 그의 미망인은 그 작품과 남편이 남긴 작품 중 두 번째로 유명한 「기타를 연주하는 여인」을 델프트의 한 빵집에 외상값 대신 주었다. 베르메르는 빵집에 617플로린을 빚지고 있었다. 지금의 돈으로 환산하면 80달러가 조금 안 되는 돈이다.

＊ ＊

셰익스피어와 마찬가지로 베르메르 역시 일생이 베일에 싸인 천재였다. 트레이시 슈발리에의 소설 『진주 귀고리 소녀』는 작가의 상상력이 돋보이는 작품이다. 세상에 알려진 몇 안 되는 사실을 모아 그럴 듯한 이야기를 만들어낼 수 있었던 건 어디까지나 슈발리에의 예술적 수완 덕분이다. 우리에게 알려진 약간의 정보는 오히려 미스터리를 좀 더 깊게 만든다. 고요함과 차분함을 구체적으로 표현한 그림을 주로 그린 베르메르는 열한 명의 아이들이 북적이는 집에서 작업을 했다. 그 중 네 명의 아이는 유년기를 넘기지 못하고 세상을 떠났다. 집은 함께 살고 있던 장모의 소유였다. 처음에 그녀는 딸이 베르메르와 결혼하는 것을 반대했다. 그런 환경 속에서도 베르메르는 훌륭한 명화를 그려냈다. E. H. 곰브리치는 그의 작품들을 두고 '인간 정물화'라고 적절히 표현했다.

화가로서의 베르메르의 인생은 가장으로서의 인생만큼이나 순탄치 못했다. 델프트 최고의 화가로 인정받긴 했지만, 가난에서 헤어 나오진 못했다. 다른 화가들이 일 년에 쉰 점 이상의 작품을 그려낼 때 베르메르는 고작 두어 점만을 그렸을 뿐이다. 그림을 팔아 손에 넣은 돈은 일 년에 2백 길더가 채 되지 않았다. 선원들의 수입과도 큰 차이가 없었다. 그는 그림 판매업자로도 일했다. 자신의 작품보다 남들의 작품을 팔아 더 많은 이윤을 남겼다.

좀 더 나이가 들어서는 쌓여만 가는 빚에 허덕거렸다. 숨을 거두기 전, 마지막 삼 년간은 단 한 점의 그림도 팔지 못했다. 그는 '쇠퇴와 타락'의 수렁에 빠지게 되었다. 파산 신고를 하러 온 그의 아내에 의하면, "건강하던 남편은 하루 반나절 만에 시신이 되어버렸다."라고 했다. 그는 마흔세 살이었다.

한 학자가 밝혀낸 바에 의하면 베르메르의 조부는 시계 제조인으로, 한때 동전 위조에까지 손을 댔던 인물이라고 한다. 그는 경찰의 포위망을 뚫고 마을을 빠져나갔지만, 공범자 두 명은 유죄 판결을 받고 참수되었다. 베르메르의 작품들은 그의 인생의 미스터리를 밝혀내는 데 아무런 도움도 되지 않았다. 그는 많은 사람들을 위해서가 아닌, 오직 몇 명의 단골 고객을 위해서 그림을 그렸다. 제이콥 디시어스라는 인쇄공은 열아홉 점의 베르메르 작품을 소장하고 있었다. 인쇄공이 세상을 떠난 후 베르메르의 작품은 전부 경매에 부쳐졌다. 각 그림들은 요즘 돈으로 약 5백 달러에 팔려나갔다.

베르메르는 일기나 편지를 남기지 않았다. 그의 인격, 그의 의도, 그의 생각은 영영 미스터리로 남게 되었다. 그의 젊은 시절 모습만큼은 알 수 있을지도 모른다. 몇몇 학자들은 「포주」라는 작품이 베르메르의 자화상이라고 믿고 있다. 베르메르는 육 년간 한 노화가 밑에서 도제의 연한을 채웠다. 델프트의 예술가 단체의 회원이 되려면 반드시 거쳐야 하는 과정이었다. 1653년 그는 스물한 살 때 단체에 가입하게 되었다. 그가 누군가의 가르침을 받았다는 것은 그렇게 확인할 수 있었다. 하지만 그의 스승이 누구였는지는 알려진 바가 없다. 베르메르는 제자를 두지 않았다. 누가 그를 위해 포즈를 취해주었는지도 알려지지 않았다. 몇몇 역사가들은 그의 아내가 「편지를 읽는 여인」을 비롯한 몇몇 작품의 모델이었을 거라고, 또한 그의 딸들 중 한 명이 「진주 귀고리 소녀」와 「붉은 모자를 쓴 여인」의 모델이었을 거라고 추측하고 있다.

"가장 큰 미스터리는 어떻게 그의 작품들이 거의 이백 년간 빛을 보지 못했는가 하는 것입니다. 지금은 상황이 많이 달라졌죠. 그 어떤 화가도 그보다 더 폭넓게 사랑받고 있지 못하니까요."라고 역사가 폴 존슨은 말했다.

베르메르는 그가 세상을 떠난 1675년부터 1866년까지 프랑스인 평론가 테오필 소르가 베르메르의 작품을 높이 평가한 세 개의 기사를 쓸 때까지 세상의 주목을 받지 못했다. 소르는 베르메르를 가리켜 '델프트의 스핑크스'라 불렀다. 그는 요즘 돈 몇천 달러에 「진주 목걸이를 한 여인」을 사들였다. 현재 그 작품은 베를린의 국립 미술관에 전시되어 있다. 1990년, 가드너에서 도난당했던 「콘서트」와 「버지널 앞에 앉은 여인」, 그리고 「버지널 앞에 선 여인」은 현재 런던의 내셔널 갤러리에 전시되어 있다. 베르메르의 빛 사용법에 반해버린 인상주의자들은 베르메르가 이백 년이나 시대를 앞서간 동지라고 추켜세웠다. 하지만 당시 추종자들도 언젠가 그가 블록버스터 전시회의 주인공이 될 거라고는, 엄청난 인파가 그의 작품을 보기 위해 수 시간 동안 줄을 서게 될 거라고는 상상하지 못했다.

그가 스포트라이트를 받기 전인 1813년, 베르메르의 걸작 「레이스 뜨는 여자」는 7파운드에 팔렸다. 요즘 돈으로 따지자면 4백 달러 정도밖에 안 되는 헐값이었다. 현재 그 작품은 루브르 박물관에 전시되어 있다. 1816년엔 진주 귀고리를 한 또 다른 소녀를 그린 「소녀의 머리」가 3플로린에 팔렸다. 요즘 돈으로 환산하면 고작 15달러밖에 되지 않는 액수다. 현재 작품은 메트로폴리탄 미술관에 전시되어 있는데, 실제 작품이 아닌 기념품용 포스터의 가격도 15달러를 훌쩍 넘는다.

베르메르가 알려지지 않았을 때 사람들은 같은 이름을 가진 네덜란드 화가들을 제대로 구분하지 못해 애를 먹었다. 「편지를 읽고 있는 여자」

를 그린 요하네스 베르메르가 초상화 전문 화가, 요하네스 반 더 미르와 같은 사람이었나? 두 명의 반 더 미르 중 누가 누구인가? 베르메르가 그 두 사람 중 한 명이었나? 그 답을 알고 있는 사람은 적었고, 그런 문제에 신경 쓰는 사람은 훨씬 더 적었다.

그런 혼란이 베르메르에 관한 미스터리를 더욱 증폭시켰고, 또 그것에 관해 진지하게 생각해볼 수 있는 기회를 제공해주었다. 몇 점 안 되는 작품 또한 베르메르를 베일에 싸인 채 지내게 했다. 어째서 그가 많은 작품을 남기지 않았는지 아는 사람은 없다. 모델이 걸치고 있는 옷, 빵과 타일, 그리고 피부 등의 다양한 결을 하나도 놓치지 않고 캔버스에 담아낸 그의 스타일을 두고 냉담한 평론가들마저 '기적'과 '미스터리'라는 단어를 곧잘 사용할 정도였다. 그의 그림을 보고 있노라면 보나마나 엄청난 시간과 공을 캔버스에 들였을 거라는 짐작이 능히 가능하다. 하지만 엑스레이를 사용해 베르메르의 붓질을 분석해본 학자들은 그가 결코 더디게 작업하는 화가가 아니었다고 믿는다. 그는 종종 완전히 마르지 않은 물감 위에 새 물감을 덧칠하기도 했다. 전기 작가, 앤소니 베일리는 베르메르가 오랜 기간 동안 붓을 놓고 지낸 적도 있었다고 했다. 또한 베르메르는 햇빛의 움직임에 무척 집착했으며, 구름이 끼고 비 내리는 날이 많은 네덜란드에서의 작업은 결코 순탄치 않았을 거라고 그는 덧붙였다.

미술관과 복제가 없던 시절인데다 얼마 되지 않는 작품 때문에 경매나 전시 기회가 많지 않았을 것이고, 그런 이유로 오랫동안 사람들의 눈으로부터 멀어질 수밖에 없었을 것이다. 그렇다고 위안거리가 전혀 없는 것도 아니다. 작품의 수가 적을수록 각 작품의 가치도 그만큼 높아지니까.

베르메르의 경우가 바로 그러했다. 예술에 대해 잘 모르는 마틴 카힐조차도 그 정도는 알고 있었다.

⁂

러스보로 하우스를 둘러보는 것은 어렵지 않았다. 1976년부터 대중에게 문을 활짝 열어두었기 때문이다. 그럼에도 불구하고, 알프레드 경 소유의 명화들 중 일부만이 보험에 들어있었다. 그가 부담하는 보험료는 총 2백4십만 달러였다. 베르메르의 작품 한 점의 가치에 비하면 아무것도 아닌 액수였다. 고야, 루벤스, 벨라스케스, 게인즈버러, 그리고 할스 같은 작가들의 작품은 말할 나위가 없었다.

"난 그것들을 돈으로 보지 않소. 그런 아름다운 명화를 잃게 된다면 억만금을 준다 해도 위로가 되지 않을 거요."

알프레드 경은 그 이유를 이렇게 설명했다.

1파운드만 내면 관람객들은 베르메르의 「여인」과 고야의 「도냐 안토니아 자라테의 초상」 같은 명화를 하루 종일 감상할 수 있었다. 티켓을 구입하면 관람 요령이 담긴 가이드 책자도 받을 수 있었다. 1986년 봄, 카힐은 8주에 걸쳐 매주 일요일 오후마다 관광객들 틈에 끼어 러스보로 하우스를 둘러보았다.

1986년 5월 21일 밤, 카힐은 열 명 남짓 되는 부하들과 작전에 들어갔다. 알프레드 경과 베이트 부인은 런던에 가있었다. 카힐은 무척 간단한 계획을 세워놓았다. 자정을 조금 넘긴 시간에 그는 부하 두 명과 함께 넓은 정원을 가로질러 러스보로 하우스의 뒤편으로 접근한다. 그리고 쇠지 레로 창문을 뜯는다. 카힐은 고의로 모션 감지기 앞에 서서 인근 경찰서 로 연결된 경보기를 작동시키고, 경찰이 출동하면 부하 중 한 명이 경보 기를 꺼버린다. 경찰이 도착하면 그들은 빈손으로 나와 한쪽에 숨는다.

5월 21일 밤, 카힐은 계획대로 작전을 진행시켰다. 실내로 들어서자마 자 카힐과 그의 부하들은 곧 다시 밖으로 나와 몸을 숨겼다. 경찰이 30킬 로미터를 달려 저택에 도착했다. 경찰과 알프레드 경의 관리인이 현장을 둘러보는 동안 카힐은 부하들과 함께 어둠에 몸을 숨기고 그들을 지켜보 았다. 그림은 한 점도 빠짐없이 제자리에 걸려있었다. 가구와 시계와 꽃 병과 은장식에도 손이 닿은 흔적이 없었다. 누구도 불법 침입을 의심할 수 없는 상황이었다. 그들은 경보기 오작동으로 결론지었다.

경찰은 다시 서로 돌아갔다. 카힐은 새벽 두 시까지 잠자코 기다렸다 가 부하들에게 신호를 보냈다. 그들은 다시 정원을 가로질러 어두운 저 택 앞으로 다가갔다. 카힐은 1파운드를 내고 받은 책자를 가이드 삼아 실내 구석구석을 누비고 다녔다. 그리고 눈에 띄는 그림을 전부 벽에서 떼어냈다. 육 분 후, 그들은 차를 몰고 조용히 사라졌다.

* *

한때 부하의 손에 못을 박아 넣은 적이 있었던 마틴 카힐은 이제 위대 한 명화 열여덟 점을 손에 넣었다. 그중에서 가장 주목할 만한 것은 물론 베르메르였다. 내성적이고 본분에 충실한 하녀가 지켜보고 있는 가운데 쏟아져 들어오는 햇살을 받으며 편지를 쓰고 있는 여인. 그런 명화가 갱단의 손에 들어갔다는 것은 상상만으로도 오싹한 일이었다.

도난사건이 벌어진 다음날, 한 무리의 학생들이 러스보로 하우스로부터 약 6킬로미터쯤 떨어진 곳에서 낚시를 하고 있었다. 그들은 수로에서 뭔가 이상한 것을 발견했다. 우르르 달려가 보니 일곱 점의 그림이 한쪽에 나뒹굴고 있었다. 그중엔 구아르디 작품 두 점, 반 로이스달 풍경화 한 점, 그리고 조슈아 레이놀즈 초상화 한 점도 포함되어 있었다. 카힐이 훔쳐 간 그림 중 가장 값이 나가지 않는 것들이었다. 차를 옮겨 탈 때 거추장스러운 그림 몇 점을 그냥 던져버린 모양이었다. 다행히 큰 손상을 입은 작품은 없었다.

이제 남은 것은 열한 점의 그림이었다. 소문에 의하면, 그것들은 더블린 남부에 자리한 산 어딘가에 묻혀있을 거라고 했다. 무덤보다 조금 크게 구덩이를 파고 플라스틱으로 안쪽을 댄 후, 그림을 묻어두었을 거라는 추측이었다. 사람들의 눈에 잘 띄지 않는 그 지역은 카힐이 오래전부터 훔친 물건을 묻거나 적을 잡아 처형했던 곳이었다.

러스보로 하우스

🌿 찰리 힐은 처음부터 러스보로 하우스 사건을 맡지는 않았다. 그러나 실은 사건이 발생하기 전부터 그는 이 일에 관련돼 있었다. 침입이 있기 전인 1985년 가을, 런던 암흑가에선 공업용 다이아몬드를 대량으로 훔친 누군가가 구매자를 찾고 있다는 소문이 돌기 시작했다. 정보 제공자가 그 소식을 런던 경찰청에 흘렸고, 담당 형사는 곧장 찰리 힐에게 연락했다. 부정한 미국인으로 위장해 범인을 만나봐 달라는 부탁이었다.

힐은 곧바로 범인에게 전화를 걸었다. 그는 자신의 이름이 찰리 버먼이라고 알려주었다. 그리고 업무상 자주 런던을 찾는다고 덧붙였다. 그 후로 수개월에 걸쳐 비밀수사관과 다이아몬드 딜러는 서로를 유심히 분석했다. 힐은 함께 거래하고 싶다는 의사를 재차 전달했고, 범인은 연신 물건 자랑에만 열을 올렸다. 그렇게 두 사람은 서로에게 조금씩 신뢰를 쌓아갔다. 언젠가 편하게 대화를 나누던 중 힐은 새로 사귄 이 친구에게 자신도 예술품 딜러로 활동하고 있다고 슬그머니 털어놓았다.

훔친 다이아몬드를 처분하려 한 사람은 더블린 출신으로, 토미 코일이라는 이름으로 불렸다. 몇 년 후 그는 아일랜드 역사상 가장 악명 높은 장물아비로 경찰의 주목을 받게 되었다. 1990년 그는 한탕 크게 올릴 뻔한 적이 있었다. 도둑들이 런던에서 2억9천만 달러 상당의 채권을 훔쳐 달아나는 사건이 발생했다. 두 남자와 히드로 공항에서 더블린행 비행기에 탑승하던 코일이 체포되었다. 경찰은 그들의 수하물에서 7천7백만 파운드 상당의 채권을 찾아냈다. 그는 재판에 회부되었지만 무죄를 선고받았다. 코일은 자축의 의미로 경주마를 사들였고, '7천7백만'이라는 이름을 붙여주었다.

힐을 만난 코일은 자신이 어느 정도 거물인지 강조하는 데 열을 올렸다. 엄청난 양의 다이아몬드를 어렵지 않게 구할 수 있는 능력이 있다고 자랑스레 말했다.

"알라딘의 동굴을 생각하면 될 겁니다."

그가 큰소리쳤다. 그리고 불쑥 덧붙였다.

"당신이 흥미를 가질 만한 그림이 한 점 있습니다."

힐은 보나마나 포르노 사진일 거라고 생각했다. 하지만 그가 본 그림은 포르노 사진이 아니라 피카소의 작품이었다. 어쩌면 위조품일지도 몰랐다. 하지만 사진상으로는 그 여부를 확인할 수 없었다.

약간의 뒷조사가 그의 의혹을 확인해주었다. 다음 미팅에서 힐은 코일에게 말했다.

"그 그림엔 흥미 없습니다. 아무리 봐도 진품 같지 않아요. 피카소 작품은 위조품이 너무 많은 게 흠이죠."

놀랍게도 그날 이후로 힐의 주가는 치솟아 올랐다. 그로부터 얼마 지나지 않은 1986년 4월, 코일이 귀가 번쩍 뜨일 만한 이야기를 슬그머니 꺼냈다.

"조만간 명화 도난사건이 하나 터질 겁니다. 어떤 작품인지 한번 볼 의향이 있으십니까?"

코일이 힐에게 속삭였다.

"물론입니다. 얼마나 대단하기에 그러는 거죠?"

"엄청난 사건이 벌어질 겁니다. 자세한 내용은 신문에서 확인하실 수 있습니다."

코일의 아일랜드 악센트 때문에 '페이퍼(신문)'라는 단어가 '파이퍼'로 들렸다.

"정말 대단할 거란 말입니다."

코일이 말했다.

"네, 한번 보긴 해야죠."

힐이 대답했다.

며칠 후, 러스보로 하우스가 털리는 사건이 벌어졌다. 베르메르, 고야, 메추 두 점, 게인즈버러, 루벤스 두 점 등이 사라져버린 것이다.

다음날 코일이 힐에게 전화를 걸어왔다.

"세상에, 정말 엄청나던데요."

힐이 말했다.

힐과 코일은 런던에서 만나 러스보로 하우스의 보물에 대해 의논하기로 했다. 코일은 더블린으로부터 날아왔다. 힐은 미국에서 오는 것으로 되어있었다. 그들은 히드로 공항 인근의 포스트 하우스 호텔에서 만났다.

코일이 힐의 방으로 올라왔다. 힐은 마실 것을 권하라는 지시를 받았고, 두 사람은 글라스를 하나씩 손에 쥔 채 자리에 앉았다.

"소동이 좀 가라앉으면 그때 그림을 사고 싶습니다. 전부 다는 곤란하고, 그중 몇 점만 샀으면 합니다."

힐이 말했다.

그들은 술을 홀짝이며 그림에 관해 긴 대화를 나누었다. 코일은 거래 성사 가능성에 들뜬 모습으로 남은 술을 마저 마시고 나서 방을 나설 채비를 했다. 힐과 코일은 악수를 나누었다. 그때 누군가가 노크를 했다. 룸서비스 웨이터가 네 개의 글라스가 담긴 쟁반을 들고 들어왔다.

"안녕하십니까. 혹시 뭐 필요하신 게 있으신지요?"

"없습니다."

웨이터가 힐과 코일이 마신 글라스를 치우고 그 자리에 새 글라스를 놓아주었다.

룸서비스 웨이터는 경찰이었다. 그는 지문채취를 위해 범인이 사용한 글라스를 서둘러 연구소로 가져갔다. 하루도 채 지나지 않아 런던 경찰청은 베이트의 그림을 불법으로 처분하려는 범인의 신원을 알아낼 수 있었다. 그들의 추적은 마틴 카힐에게까지 이르게 되었다.

공업용 다이아몬드는 더블린 인근의 제너럴 일렉트릭 공장에서 훔쳐낸 것으로 밝혀졌다. 마틴 카힐과 그의 부하들은 그동안 훔쳐낸 다이아몬드를 앤트워프에 팔아왔다. 그리고 새로운 사업 아이템을 찾던 그들은 예술 범죄로 눈을 돌렸다.

예술에 관한 카힐의 취향은 그다지 고상하지 못했다. 그가 소장하고 있는 예술품이라고 해봤자 거실에 걸어놓은 그림 한 점뿐이었다. 싸구려 잡화점에서 산 것으로, 강을 떠다니는 백조가 그려져 있었다. 어쨌든 그는 알프레드 경의 그림으로 단단히 한몫 챙기려는 계획을 가지고 있었다.

카힐의 전기 작가 폴 윌리엄스는 이렇게 말했다.

"그는 특정 작품을 수백만 파운드에 사들여 지하실에 고이 모셔두고 싶어 하는 괴벽스러운 예술 애호가들이 많다는 사실을 알게 되었습니다. 그래서 암시장에 그것들을 팔아 엄청난 돈을 벌어볼 계획을 세우게 된 거죠."

그렇게 번 돈으로 카힐은 영국에서 마약 밀수와 유통 사업을 대대적으로 벌이고자 했다. 또한 마약 밀매로 벌어들인 돈을 세탁하기 위해 안티과에 이름뿐인 은행을 만들어놓았다.

도난당한 그림들을 되찾기 위한 일 년간의 시도는 전부 실패로 돌아가버렸다. 그러던 어느 날 새로운 돌파구가 나타났다. 물론 그것이 가져올 파멸적인 결과에 대해선 아무도 몰랐다. 1987년 2월, 러스보로 하우스 사건을 담당한 형사 제리 맥게릭은 FBI 요원인 톰 비숍*과 종종 접촉했다.

맥게릭은 노련한 프로였다. 산전수전 다 겪은 그는 능란했으며, 말수가 적었다. 존 웨인 버전의 찰리 힐이라고 보면 이해가 쉬울 것이다. 비숍은 존경받는 비밀수사 요원이었다. 1970년대 후반, 그는 앱스캠 함정수사에서 큰 성과를 올리기도 했다. 그는 이슬람교 교주의 측근으로 위장해 교주를 대신해 뇌물을 돌렸다. 그 함정수사로 하원의원 네 명과 상원의원한 명이 덜미를 잡혔다. 그중엔 플로리다의 하원의원, 리처드 켈리도 포함되어 있었다. 2만5천 달러를 주머니에 쑤셔 넣다가 카메라에 잡힌 그는 FBI 요원에게 그 장면이 포착된 게 정확한지 묻기까지 했다.

맥게릭의 계획은 비숍을 자신의 집 벽에 명화를 걸어놓고 싶어 하는 거물급 미국 갱 보스로 위장시키는 것이었다. 찰리 버먼으로 분한 힐은 중개자로, 카힐에게 비숍의 신원을 보증하는 역을 맡게 되었다.

비숍은 카힐의 부하들과 미팅을 갖기 위해 더블린으로 날아왔다. 그는 조 보나노를 비롯한 또 다른 마피아 거물들과 함께 찍힌 사진들을 챙겨왔다. FBI가 비밀리에 교묘하게 촬영한 것이었지만, 의심을 사지 않을 만큼 자연스러웠다.

비숍이 가져온 자료 중엔 자신이 회수하는 데 성공한 조지아 오키프의 작품들을 찍은 사진도 있었다. 비숍은 사진을 건네며 자신이 그것들을 소장하고 있다고 주장할 참이었다. 힐과 비숍은 마지막으로 사진들을 유심히 훑었다. 두 사람 모두 치밀한 준비에 만족해했다. 하지만 두 사람모두 결정적인 한 가지를 빠뜨리고 말았다.

＊톰 비숍은 가명이다.

비숍은 카힐의 부하들과 만났다. 그는 계획대로 가져온 사진을 그들에게 보여주었다. 카힐의 부하 중 한 명이 사진을 차례로 들여다보았다. 나머지는 그냥 묵묵히 기다렸다. 사진을 훑던 사내가 갑자기 멈칫했다. 그리고 사진들 틈에 끼어있던 작은 메모지 한 장을 뽑아 허공에 살랑살랑 흔들어보였다. 메모지 윗부분엔 FBI 로고가 찍혀있었다. 그리고 그 아래에는 '톰, 이것도 빼놓지 말아요.' 라고 적힌 메시지가 적혀 있었다.

카힐의 부하들이 일제히 일어나 밖으로 나갔다. 다행히 그들은 비숍을 쏘지 않고 조용히 물러났다. 만약 비숍이 호텔방이 아닌, 그들 구역에서 미팅을 가졌었더라면 보나마나 전혀 다른 결과가 나왔을 것이다.

"톰 비숍의 실수로 찰리 버먼 작전도 수포로 돌아가 버리고 말았죠. 톰 비숍이 FBI 요원이라면 그를 소개해준 찰리 버먼 또한 신뢰하지 못할 인물이 되어버리니까요. 그가 어디서 왔든 말입니다. 그렇게 찰리 버먼도 조용히 사라져버리게 됐죠."

그로부터 몇 년이 지난 후 힐은 당시 일을 그렇게 회상했다.

＊ ＊

그로부터 삼 년이 흘렀다. 1990년 5월, 이스탄불의 터키 경찰이 던디 출신의 스코틀랜드인 범죄자를 체포했다. 그는 영국에 가져가 팔기 위해 많은 양의 헤로인을 사들였는데, 계약금으로 러스보로 하우스에서 훔친 가브리엘 메추의 「편지를 읽고 있는 여인」을 내주었다. 그 후로 몇 년간, 사라진 명화들이 속속 세상에 모습을 드러냈다. 1992년 4월. 마약 사건을 수사 중이던 런던의 형사들이 우연히 트럭에서 게인즈버러의 「바첼리 부인」을 발견했다. 1993년 3월, 마약 밀매단을 쫓던 경찰은 네덜란드 화가, 앤소니 팔라메데즈의 작품을 런던 유스턴 역의 소지품 보관함에서 찾아냈다. 같은 달 영국 경찰은 하트퍼드셔의 한 평범한 저택을 급습하던 중 소파 뒤에서 루벤스의 「수사의 초상」을 발견했다. 이 마지막 경우엔 기이한 일이 하나 있었다. 하트퍼드셔에 다다르기 전 루벤스의 그림은 런던의 한 저택에 감춰져 있었다. 우연의 일치로, 러스보로 하우스 절도사건과는 아무런 관련이 없는 한 평범한 도둑이 그 집에 침입해 루벤스의 작품을 발견했다. 하지만 누구의 작품인지 알지 못했던 그는 그저 값어치가 있어 보인다는 생각만으로 그것을 훔쳐 나왔던 것이다.

런던에서 되찾은 그림들 외에 여전히 행방이 묘연한 그림은 네 점이나 더 남아있었는데, 그중엔 고야의 작품을 비롯해서 베르메르의 유명한 작품 「편지를 쓰고 있는 여인」도 있었다.

* *

찰리 힐은 제리 맥게릭과 자주 연락을 하며 지냈다. 더블린의 형사 맥게릭은 러스보로 하우스 사건에 총력을 기울이고 있었다. 1990년대 초반 더블린으로 간 힐은 맥게릭과 한 술집에서 만났다. 당시 런던에선 베이트의 그림 중 몇몇이 여기저기서 발견되고 있었다. 맥게릭은 힐에게 정보 제공자로부터 모든 그림이 아일랜드를 떠난 상태이고, 런던에서 발견된 그림들이 영국에 남아있던 것의 전부라는 소식을 들었다고 전했다.

그리고 나머지 그림들이 벨기에에 있다는 소문도 들었다고 했다.

"당시 그가 이런 말을 하더군요. 앞으로 그것들을 되찾을 수 있는 가능성은 없다고 봐야 한다고 말이죠."

2002년 힐은 과거 일을 그렇게 회상했다.

앤트워프에서의 충돌

🌿 시간이 흐르면서 많은 정보 제공자들이 벨기에로 넘어간 명화들에 대한 소문을 전해주었다. 가끔씩 떠오르는 정보들을 한 데 모아보니 하나의 이야기가 만들어졌다. 지난 십 년간 훔친 다이아몬드를 앤트워프의 딜러에게 팔아왔던 카힐의 조직이 같은 딜러에게 훔친 그림을 팔아넘기고 있다는 것이었다. 하지만 정확히 어떤 그림이 그들에게 넘어갔는지는 분명하지 않았다. 카힐은 그림을 담보로 딜러에게 백만 달러를 빌렸다. 그 돈으로 헤로인을 구입해 더 큰 돈을 벌어보려는 계획이었다.

그림들의 가치는 돈으로 환산하면 백만 달러가 훌쩍 넘었다. 어쨌든 돈 한 푼 들이지 않고 손에 넣은 것들이었으니 그들이 아쉬워 할 이유는 없었다. 예술 범죄에 대해 사람들은 대개 비슷한 오해를 한다. 그들은 카힐이 손에 넣은 백만 달러와 시장에서 거둬들일 수 있는 2천만 달러를 비교한다. 그리고 도둑들이 손해를 보았다고 결론짓는다. 하지만 도둑들은 그런 추론에 냉소를 보낸다. 백만 달러와 2천만 달러 가 아닌, 백만 달러와 그에 훨씬 못미치는 금액을 비교해야 옳다는 것이다. 그들이 그림을 손에 넣기 위해 쏟아 부은 경비가 거의 제로에 가까우니까.

다이아몬드 딜러는 굴러들어온 명화들을 룩셈부르크의 은행 금고에 보관해두었다. 그림은 가치가 보존되는 아이템이었기 때문이다. 일주일 단위로 가치가 줄어드는 차나 컴퓨터와는 달리 훔친 명화는 고급 와인처럼 묵혀둘수록 가치가 올라가는 투자 대상이다. 그는 나중에 그림들을 팔아치우거나 마약, 무기, 위조지폐 같은 암시장 상품과 교환할 계획을 가지고 있었다.

* *

경찰은 명화들을 은행 금고에서 빼 오는 방법을 놓고 고민에 잠겼다. 찰리 힐은 노르웨이의 한 '부정한 변호사'에게 연락을 했다. 힐은 자신이 가장 즐기는 역할의 다른 버전을 연기해보았다. 이번엔 취미로 세계적인 명화를 수집하는 중동의 한 실업계 거물의 대리인이자 미국인 예술품 딜러로 분했다.

그의 이름은 크리스토퍼 찰스 로버츠. 「절규」 사건에서 사용한 가명과 같았다. 힐은 변덕스러운 모습을 자주 보였다. 지나치게 사소한 일에 집착하다가도 한없이 태평스러운 모습으로 돌변하곤 했다. 레베카 웨스트는 언젠가 누군가를 두고 '철두철미한 신사'라고 표현한 적이 있었다. 힐은 세세한 디테일에 대해서만큼은 철두철미했다. 완벽한 위조문서 작성을 위해 적지 않은 시간을 투자하는 것은 기본이었다. 한 번도 본 적 없는 건물이나 도시도 즉석에서 묘사해낼 수 있는 탁월한 능력도 지니고 있었다.

하지만 힐의 즉석연기는 가끔 그를 곤경에 빠뜨리곤 했다. 물론 그럴 때마다 힐은 아무나 쉽게 떠올리지 못하는 기발한 방법으로 위기를 모면했다.

사생활에 있어서도 힐은 항상 극과 극을 오갔다. 자신이나 가족을 겨냥한 협박 전화가 걸려올 때면 그는 현관문에 붙어있는 번지수부터 떼어버릴 만큼 신중했다. 하지만 무더운 날이면 현관문을 아무렇지 않게 활짝 열어놓고 지내는 부주의함을 보이곤 했다.

미스터리한 중동 거물에 관한 이야기는 사실 우스운 설정이긴 했다. 하지만 탐욕은 그런 허점을 덮어버릴 수 있을 만큼의 기적적인 일을 거뜬히 만들어냈다. 공들여 정교한 설정을 완성해내는 것이 그의 목표는 아니었다. 그저 여기저기 적절한 힌트를 던져놓는 것이 그가 선호하는 전략이었다. 보나마나 상대도 그런 치밀한 설정은 숱하게 접해봤을 것이었다. 비록 예술 시장에 관한 무지와 편견(석유재벌 교주에 관한 환상), 그리고 판에 박힌 할리우드식 이미지(호화로운 사무실에서 전함 크기의 책상에 발을 얹어놓고 시가에 불을 붙인 후 금색 액자에 담겨있는 훔친 그림을 흐뭇하게 올려다보는 실력자의 실루엣) 등이 뒤섞인 시나리오들이었겠지만.

"그들의 믿음 속에서 빈틈을 찾아 파고들어야 합니다. 놈들은 끝까지

'닥터 노'와 같은 상상 속의 캐릭터만을 찾아 헤맬 겁니다. 어딘가에 분명 미스터 빅이나 닥터 노나 캡틴 니모 같은 인물이 숨어있을 거라는 환상 말이죠. 말도 안 되는 일이지만 그들은 그런 환상 속에 묻혀 지내길 좋아합니다. 마음만 먹으면 진실을 쉽게 파헤칠 수도 있지만 그들은 남의 이야기에 절대 귀를 기울이지 않습니다."

힐은 그렇게 설명한다.

* *

부정한 변호사는 중동 브로커로 분한 크리스 로버츠에게 러스보로 하우스 그림을 구입할 수 있게 도와주겠다고 했다. 그 변호사를 통해 힐은 니얼 멀비힐이라는 베일에 싸인 인물을 만나게 되었는데 그는 앤트워프의 다이아몬드 딜러와 파트너 관계였다.

아일랜드 신문들은 멀비힐을 '더블린 남부의 비즈니스맨'이라고 불렀다. 그가 어떤 사업에 몸담고 있는지는 언급되지 않았다. 어쨌든 멀비힐이 거물인 것만은 사실이었다. 그는 골동품 차를 수집했고, 더블린 인근의 거대한 저택에 살았다. 그는 스페인의 코스타 델 솔 해안에 자리한 마르베야에도 집을 가지고 있었다. 블레이저 코트와 골프 바지, 그리고 술 달린 간편화 차림의 그는 키가 크고 번지르르했으며, 광채를 발하고 있었다.

힐은 상대와 같은 타입을 연기하는 것을 즐겼다.

"저도 같은 이미지로 맞섰습니다."

몇 년 후 한 인터뷰에서 힐이 의기양양하게 말했다.

"쾌활하고 붙임성 있는 모습을 보였죠."

힐의 임무는 룩셈부르크에서 그림을 가지고 나오는 것이었다. 문제는 그곳에선 경찰의 비밀수사가 허용되지 않는다는 것이었다. 물론 런던 경찰청을 대상으로 한 법은 아니었다. 그저 제2차 세계대전이 남긴 유산일 뿐이었다. 더 이상 게슈타포 스타일의 비밀경찰이 날뛰지 못하게 만들기 위함이었다. 그런 이유로 예술반도 작전 수행에 많은 어려움을 겪어야 했다.

힐은 룩셈부르크에서의 장애물을 뛰어넘기 위해 그럴 듯한 이야기를 꾸며냈다. 그는 멀비힐에게 외곽 지역인 앤트워프 공항에서의 미팅이 좋겠다고 말해두었다. 그는 멀비힐에게 그림 값을 지불한 후 소형 비행기에 올라 프랑스와 이탈리아를 가로질러 레바논으로 돌아갈 거라고 했다. 아주 노골적으로 밝히진 않았지만, 힐은 바로 그곳에 구매자가 살고 있다는 것을 암시했다.

돈이 궁했던 멀비힐은 흔쾌히 그러자고 했다. 앤트워프에서 만나는 것도 문제 없을 거라고 한 후, 힐이 계속해서 언급하는 돈은 어떻게 받을 수 있느냐고 물었다.

힐은 멀비힐에게 돈은 완벽하게 준비될 것이니 걱정할 것 없다고 안심시켰다. 그는 오히려 그림을 계획대로 인도받을 수 있는지를 걱정했다.

모든 불법 거래는 조심스럽게 이루어진다. 양쪽이 서로를 신뢰하지 못하기 때문이기도 하고, 서로를 무척이나 필요로 하기 때문이기도 하다.

양쪽이 공통적으로 궁금해하는 것은 바로 이것이다. 손이 재킷 안으로 사라지면 과연 수표가 나오게 될까, 아니면 권총이 나오게 될까?

1993년 8월 어느 날 밤의 앤트워프. 데키서 호텔에서 저녁식사를 하던 중에 멀비힐이 힐에게 뭔가 보여줄 게 있다고 했다. 러스보로 하우스 사건이 벌어진 지 칠 년이 지난 후였다. 두 남자는 인근 주차장에서 엘리베이터를 타고 3층으로 올라갔다. 주차장은 꽉 차있었다. 멀비힐과 힐은 몇 분간 엘리베이터를 타고 주차장을 오르내리며 조용히 얘기할 수 있는 기회를 기다렸다.

멀비힐이 주차된 메르세데스로 힐을 안내했다. 그리고 힐에게 가까이 다가서라고 손짓한 후 트렁크를 열었다. 트렁크 안엔 검은색 비닐 쓰레기봉지에 담긴 무언가가 들어있었다. 힐이 봉지의 끝부분을 조심스럽게 말아 내려보았다. 봉지 안엔 여전히 캔버스 틀에 끼워져 있는 베르메르의 「편지를 쓰고 있는 여인」이 들어있었다. 힐이 가치를 따질 수 없는 이 명화를 번쩍 들어올렸다.

"제 손으로 들고 있기엔 너무 눈부신 그림이었습니다. 베르메르의 작품이 분명했죠. 명화가 놀라운 것은 '이게 정말 명화인가?' 하는 미련한 질문을 스스로에게 던지지 않아도 된다는 점입니다. 그 답은 첫눈에 알 수 있으니까요."

십 년이 지났을 때 그가 당시 상황을 설명했다.

"멀비힐은 아주 사무적인 사람이었습니다. 양가죽 외투를 트럭 가득 싣고 다니며 파는 사람과 달라 보이지 않았죠. 그에게 있어서는 그저 별다를 것 없는 거래였을 뿐입니다."

힐은 보물을 접한 구매자답게 그림을 들여다보며 흥분을 감추지 못했다. 자연스러운 반응을 보이는 것이 중요했다. 힐은 그림의 역사에 대해 설명한 후 보존상태가 썩 괜찮은 편이라는 말도 덧붙였다. 손수건을 손에 말아 액자를 쥐는 것도 잊지 않았다. 멀비힐이 한눈을 팔 때 힐은 그림 뒷면에 살짝 지문을 묻혀놓았다.

그것은 만약을 대비한 조치였다. 힐의 암흑가 친구들은 그와 유쾌하게 술을 마시곤 하지만, 필요할 땐 언제라도 그에게 총구를 들이밀 사람들이었다. 힐이 종종 '야만인들이 훔친 명화'에 대해 이야기할 때면 그들은 그가 훔친 그림의 진가를 모르는 도둑들에 관해 이야기하고 있다고 넘겨짚었다. 하지만 그것은 고작 요점의 일부에 불과할 뿐이었다. 카힐 같은 깡패는 야만인만큼이나 투박할 뿐 아니라, 폭력적이기까지 했다. 그림에 지문을 남겨놓았으니 나중에라도 힐에게 무슨 일이 생기면, 베르메르를 찾아낸 경찰에게 중요한 단서가 되어줄 수 있을 것이었다.

힐은 멀비힐에게 그림을 넘겨주었다.

일주일 후, 이번엔 힐이 뭔가를 보여줄 차례였다. 시티은행의 협조로 런던 경찰청은 멀비힐의 이름으로 된 수표 두 장을 준비했다. 한 장은 백만 달러짜리였고, 또 한 장은 2십5만 달러짜리였다. 멀비힐이 어디에 돈을 뿌리며 다닐 것인지, 그리고 왜 두 장의 수표를 요구했는지에 대해서는 아무도 묻지 않았다.

힐과 멀비힐은 시티은행의 브뤼셀 지점으로 향했다. 안내는 힐이 맡았다. 본점으로부터 브리핑을 받은 지점장이 잰걸음으로 나와 그들을 맞았다.

"어서 오십시오, 로버츠 씨. 반갑습니다."

지점장은 매끄럽게 맡은 역할에 충실했고, 힐 역시 자연스럽게 그의 알랑거림을 받아들였다. 긴 인사가 끝나고, 수표를 보여줘야 할 시간이 왔다. 지점장이 마치 양고기가 담긴 은쟁반을 가져온 급사장이라도 되는 듯 과장된 모습으로 수표를 내놓았다. 멀비힐이 두 장의 수표를 유심히 들여다보았다.

'1백만 달러, 제로 센트.'

그는 내키지 않는 얼굴로 수표를 지점장에게 돌려주었다.

힐과 멀비힐은 다음에 만나서 본격적으로 거래를 매듭짓기로 했다. 멀비힐은 돈을 챙겨 사라질 것이고, 힐은 그림을 챙겨 비행기에 오르게 될 것이었다.

잔뜩 들뜬 힐과 멀비힐은 함께 앤트워프로 돌아갔다. 돌아가는 길에 잠시 한눈을 판 힐은 하마터면 앤트워프 출구를 놓칠 뻔했다. 출구가 눈에 들어오자 힐은 급하게 핸들을 꺾어 아슬아슬하게 토마토를 가득 실은 대형 트럭 앞으로 끼어들어갔다. 트럭 운전사가 클랙슨을 요란하게 울렸다. 멀비힐이 만족스럽다는 표정으로 힐을 보며 말했다.

"잘했습니다. 이젠 아무도 우릴 미행하지 못할 겁니다."

그렇게 친분을 쌓은 두 남자는 교환 스케줄을 잡고 헤어졌다. 날짜는 9월 1일. 장소는 앤트워프 공항이었다.

약속한 날이 되자 힐은 미팅 장소로 향했다. 앙투안이라는 이름의 벨기에 비밀 수사관이 그의 경호원 역을 맡기로 했다. 힐은 앙투안을 잘 알고 있었고, 그를 무척 마음에 들어했다. 게다가 그는 진짜 경호원처럼 생기기까지 했다.

"앙투안은 한결같고 듬직한 경찰입니다."

힐은 말한다.

"그는 술도 마시지 않고, 오직 오렌지 주스와 요구르트만 먹고 삽니다."

마치 머지않아 그가 염소 소변과 메뚜기만 먹고 살게 될지도 모른다는 듯한 톤이었다.

"언제나 든든하게 무장을 하고 다니죠. 분위기만으로도 상대를 압도합니다. 아주 진지한 친구죠. 수표가 든 서류가방은 그가 챙기기로 했습니다."

골동품 차를 좋아하는 앙투안은 오래된 메르세데스를 몰고 나타났다. 그와 힐은 곧장 앤트워프 공항으로 향했다. 그들 옆으로 나이가 지긋한 여자가 자전거를 타고 전차 선로를 따라 달리고 있었다. 자전거 벨이 그녀의 핸들에서 떨어져 나왔다. 오전의 중반이었고, 거리엔 쏟아져 나온 차들로 북적거렸다.

"차를 세워요!"

힐이 소리쳤다. 그리고 메르세데스에서 훌쩍 내려 벨을 주운 후 그것을 자전거를 탄 여자에게 건네주었다.

"그녀는 환하게 웃으며 고맙다고 했습니다. 다시 차에 오르니 앙투안이 '대체 왜 그랬죠?' 라고 묻는 듯한 표정을 지어 보이더군요."

힐이 당시 일을 회상했다.

마치 '9회말 만루, 모든 시선이 홈플레이트로 향하는 자신에게 쏠려있는 순간의 주인공' 이라 생각하는 힐에게는 그런 사소한 일조차도 영웅이 될 수 있는 기회로 느껴졌다.

"월터 롤리*가 떠오르는 순간이었죠."

그가 당시 일을 떠올리며 자랑스럽게 말했다.

"하지만 불쌍한 앙투안은 운전석에 앉아 '임무에만 신경 써도 부족할 판에 고장 난 자전거를 탄 아주머니에게 영웅 노릇이나 하고 있으면 되겠어요?' 라고 중얼거릴 뿐이었습니다."

공항 주차장에 차를 세우고 나서 힐과 앙투안은 작은 레스토랑으로 들어갔다. 정오였다. 힐은 커피와 코냑을 주문했다. 열 명 남짓의 승무원들 뒤로 멀비힐과 그의 친구가 모습을 드러냈다.

"준비는 다 됐습니까?"

멀비힐이 물었다.

"물론이죠."

힐이 대답했다.

---

* 영국의 군인이자 탐험가. 진흙길 위에 값진 망토를 펼쳐 여왕을 지나가게 했다는 전설로 유명하다.

거래에 있어 가장 까다롭고 위험한 때는 바로 교환의 순간이다. 돈과 물건이 서로 오가는 순간. 힐과 멀비힐은 친구를 한 명씩 데려왔다. 만약의 상황에 대한 당연한 준비였다. 힐이 멀비힐의 친구와 레스토랑에 앉아있는 동안 멀비힐과 앙투안은 주차장으로 나갔다. 두 사람 모두 차를 좋아했고, 그런 이유로 앙투안의 메르세데스는 그들 사이의 서먹함을 깨줄 것이었다. 멀비힐은 수표가 브뤼셀에서 봤던 것들과 동일한지를 확인해보았다.

수표를 확인한 멀비힐이 만족해하며 다시 레스토랑으로 들어왔다. 그가 힐을 돌아보았다.

"그림을 보고 싶습니까?"

힐은 멀비힐의 파트너와 주차장으로 나왔다. 그들은 렌트한 푸조 승용차 앞으로 다가갔다. 경호원이 트렁크를 열었다. 커다란 스포츠 가방이 힐의 눈에 들어왔다. 테니스 라켓과 운동화만이 간신히 담길 것 같은 크기였다. 그 옆으로 직사각형의 뭔가가 검은색 비닐봉지로 싸여있었고, 포장지로 덮인 커다란 물체 몇 개도 보였다. 비닐봉지는 힐이 앤트워프에서 봤던 베르메르 작품의 크기와 같았다. 힐은 그것을 잠시 한쪽에 남겨두고 스포츠 가방의 지퍼를 열었다. 가방엔 고야의 「도냐 안토니아 자라테의 초상」이 돌돌 말린 채 들어있었다. 반갑기도 했지만 이백 년도 넘은 유화가 10달러짜리 포스터처럼 아무렇게 말려있는 걸 보니 소름이 돋았다. 무슨 꿍꿍이가 있었다면 도둑들은 그것을 가져오진 않았을 것이었다. 힐이 스포츠 가방을 살며시 내려놓았다. 그리고 베르메르가 담겨있는 비닐봉지 쪽으로 시선을 돌렸다. 마치 보풀을 떼어내듯 그가 한 손을 셔츠에 문질러 닦았다.

힐의 신호에 맞춰 두 대의 대형 BMW가 소리 없이 다가와 푸조의 앞뒤를 막아섰다. 각각 네 명의 남자가 타고 있었다. 운전사와 세 명의 남자는 벨기에의 특별 기동대 요원들로, 더티 해리처럼 터프한 형사들이었다. 그들은 플라망 어로 모든 걸 내려놓고 바닥에 엎드리라고 명령했다. 당황한 그들이 멍하니 서있자 형사들은 힐과 멀비힐의 경호원을 직접 바닥에 꿇어 앉혔다.

아스팔트에 엎드린 힐과 거래 파트너의 손에 수갑이 채워졌다. 그들은 곧장 인근 경찰서로 후송되었다. 멀비힐과 앙투안도 체포되었다. 한바탕 소동에 커피숍에 있던 모든 이의 시선이 한 곳으로 쏠렸다. 넋이 나간 종업원의 비명소리가 모든 상황을 더욱 실감나게 해주었다.

경찰서에 도착하자마자 힐과 앙투안은 수갑으로부터 풀려날 수 있었다. 형사들이 몰려들어 그들에게 축하 인사를 했다. 멀비힐은 훔친 물건을 취급한 혐의로 체포되었다. 하지만 〈아이리시 이그재미너〉가 '그가 기적적으로 기소를 면할 수 있었다'고 전했다.

흔히 벌어지는 기적이기도 했다. 여전히 사람들이 예술 범죄를 진지하게 여기고 있지 않다는 사실이 다시 한 번 증명된 셈이었다. 벨기에 법원은 아일랜드에서 벌어졌던 도난사건에 대한 멀비힐의 혐의를 벗겨주었다. 벨기에 사법권이 미치지 못하는 지역이기 때문이었다.

트렁크 속 쓰레기봉지엔 예상대로 베르메르가 담겨있었다. 벨기에 경찰은 러스보로 하우스에서 도난당한 네 점의 그림을 모두 찾아냈다. 위조된 피카소 작품 세 점을 포함해서 베르메르, 고야, 앙투안 베스티에의 초상화, 그리고 가브리엘 메추의 「편지를 쓰고 있는 남자」였다. 메추의 그림은 「편지를 읽고 있는 여인」의 자매 작품으로, 경찰이 이스탄불에서 찾아낸 것이었다. 도둑들은 그것을 넘겨주고 헤로인을 받아 챙기려던 참이었다. 그 두 작품은 메추의 최고작으로 꼽힌다.

1986년에 러스보로 하우스에서 도난당한 총 열여덟 점의 그림 중 두 점을 제외하고는 현재 전부 회수된 상태다. 여전히 행방이 묘연한 작품은 프란체스코 구아르디가 그린 베니스 풍경화들이다. 소문에 의하면, 그것들은 플로리다의 어딘가로 옮겨졌을 거라고 한다.

베르메르의 「편지를 쓰고 있는 여인」은 그동안의 소동에도 아랑곳하지 않고 고요한 더블린 국립 미술관에 걸려 있다.

* *

러스보로 하우스 절도를 계획했던 마틴 카힐은 1994년 8월, 차를 몰고 가던 중 더블린 시 소속 인부로 위장한 총잡이에 의해 살해되었다. 클립보드를 손에 쥔 킬러는 정지 표지판 앞에 멈춰 선 카힐에게 다가와 도로 상태에 관한 질문을 던지는 척하다가 그를 총으로 쏴 죽였다.

2003년 1월, 니얼 멀비힐 또한 더블린에서 라이벌 갱단에 의해 살해되었다. 멀비힐은 네 개의 총탄이 박힌 상태로 병원을 향해 무려 3킬로미터나 차를 몰았다. 하지만 결국 병원을 코앞에 둔 지점에서 4중 추돌 사고를 일으키고 말았다. 그를 살해한 범인들은 기소되지 않았다.

뭉크

1994년 3월

✤ 러스보로 하우스의 그림들을 회수한 후 오 개월간 크리스토퍼 찰스 로버츠는 세상에 모습을 드러내지 않았다. 하지만 「절규」가 사라지자 그가 다시 나타났다. 이번엔 게티에서 온 사나이로 분하게 되었다.

찰리 힐의 첫 번째 작업은 에드바르트 뭉크에 관해 공부하는 것이었다. 예술가에 대한 연구는 그가 가장 좋아하는 작업이었다. 예술에 대한 힐의 애정은 실로 대단했다. 하지만 그는 학자라기보다는 그저 팬에 가까웠다. 어느 도시에 가든 그는 여가 시간이 생길 때마다 미술관을 찾았다. 프라하에선 뒤러의 자화상에, 상트페테르부르크의 허미티지에선 렘브란트의 「제물로 바쳐지는 이삭」에, 런던 내셔널 갤러리에선 레오나르도의 「암굴의 성모」에 푹 빠져 지냈다.

워싱턴 D.C.에 갈 때마다 힐은 빼놓지 않고 길버트 스튜어트의 「스케이터」(윌리엄 그랜트의 초상화)를 감상하러 갔다. 이 작품은 언제 봐도 탄성이 나오게 한다. 스튜어트를 유명하게 만들어준 행동 회화는 특히 경직되고 진지한 장르였다. 이 작품엔 우아한 검은색 코트와 모자를 걸친 모습으로 얼어붙은 런던 하이드 파크의 서펜타인 호수 위에서 멋지게 스케이트를 타고 있는 키 큰 남자가 그려져 있다. 그랜트는 스튜어트에게 "초상화 모델로 앉아있기보단 스케이트를 타는 데 더 잘 어울리는 날이네요."라고 말했다고 한다. 힐은 스케이트를 타는 스코틀랜드인의 모습이 이상주의적 자아상을 잘 표현하고 있다고 생각했다.

"그렇게 스케이트를 타고 있는 내 모습도 한번 보고 싶습니다."

「절규」 케이스에서 힐이 맡게 된 역할은 예술을 좋아하는 아마추어가 아닌, 세계 최고 미술관의 중요 인물이었다. 그런 이유로 사전 조사 작업 역시 어느 때보다도 치밀해야 했다. 지름길은 없었다. 뭉크에 관해 알고 싶다면 미술 관련 서적을 수북이 쌓아두고 하나씩 훑어가는 수밖에 없었다. 문제는 돈이었다. 물론 7천2백만 달러의 거액을 주고 그림을 되찾으려는 부자 미술관의 통 큰 거물 역을 맡게 되었지만 사실 힐은 공부에 필요한 책을 구입할 형편이 못 되었다. 하는 수 없이 그는 집 근처의 도서관과 서점을 배회하며 필요한 책을 찾아 읽어나갔다. 예술 서적 섹션에 죽치고 서서 수많은 책을 공짜로 읽기만 하고, 결국엔 단 한 권도 구입하지 않고 나가버리는 키 큰 사내에겐 항상 매니저의 날카로운 시선이 날아들었다.

처음에 힐은 대부분의 사람들만큼의 지식밖에는 가지고 있지 않았다.

원래 그는 17세기나 18세기의 전통 미술에 많은 관심을 가지고 있었다. 19세기 작품들 중에서는 몇몇만이 그의 흥미를 끌 뿐이었다. 그가 자동차 트렁크 안에서 봤던 고야의 초상화는 1805년에 그려진 것으로, 그의 눈을 사로잡은 몇 안 되는 19세기 작품이었다.

"눈이 반쪽이거나 지능이 모자란 사람이라도 그걸 보면 그 자리에서 위압당하게 될 겁니다."

그는 「절규」를 직접 본 적이 없었다. 만약 회수 작전이 수포로 돌아간다면 그는 영영 그 명화를 볼 수 없게 될 것이었다.

찰리 힐과 에드바르트 뭉크는 극과 극을 달리는 사람들이었다. 그들만큼이나 다른 두 사람을 찾는 일이란 쉽지 않을 것이다. 하지만 낙하산병 출신의 우락부락한 힐도 우울하고 예민한 예술가에게 적지 않은 연민을 느끼고 있었다. 거의 같은 시대에 활동한 반 고흐만큼이나 에드바르트 뭉크 또한 고뇌에 시달리고 불안정한 사람이었다. 그의 유년기는 순탄하지 않았다. 뭉크가 다섯 살 때 그의 어머니는 결핵으로 세상을 떠났다. 어린 아들은 어머니의 침대 옆을 지켜야 했다. 구 년 후, 그의 누나도 같은 병으로 세상을 떠나게 되었다. 그의 남동생도 결핵으로 고생했지만 다행히 목숨을 잃지는 않았다.

광기 역시 집안 내력이었다. 뭉크의 여동생 로라는 정신이상으로 병원에 갇혀 지냈다. 뭉크의 조부도 정신병원에서 숨을 거두었고, 뭉크 자신 또한 1908년에 마흔다섯 살의 나이로 신경쇠약에 걸려 여덟 달 동안 병원 신세를 져야 했다. 그곳에서 뭉크는 전기 쇼크 요법을 받았고, 결국 건강을 회복했다.

아주 건강했을 때도 뭉크는 강건함과는 거리가 멀었다. 유년 시절 내내 병약했던 그는 결핵을 가까스로 이겨냈고, 기관지염에도 오래 시달렸다. 발작도 평생 그를 따라다니며 괴롭혔다. 「절규」를 작업할 당시 그는 길을 건너거나 높은 곳에 오르는 일조차 쉽게 하지 못했다. 먼지나 세균을 들이마시는 것을 극도로 싫어했고, 외풍에도 예민하게 반응했다. 또한 열린 공간을 너무나 두려워한 나머지 외출할 땐 항상 벽에 바짝 붙어다니곤 했다.

'질병, 광기, 그리고 죽음은 내가 요람에 누워 지낼 때부터 내 곁을 지키던 천사들이다. 그들은 그때부터 평생 나를 졸졸 따라다녔다.'

뭉크는 일기에 그렇게 적었다.

'나는 어린 나이에 인생의 비참함과 위험을 배웠다. 그리고 내세와 죄지은 아이들이 지옥에 떨어져서 받게 될 영원한 벌에 대해서도 알게 되었다.'

그런 인생 교훈들은 대부분 그의 아버지가 가르쳐준 것들이었다. 하늘의 천벌을 굳게 믿을 만큼 종교에 집착한 그의 아버지는 오슬로의 가난한 사람들을 무료로 진료해주던 의사였다.

"불안에 사로잡혀있지 않을 땐 아버지는 우리와 잘 놀아주셨다."

뭉크는 그렇게 회상했다.

"하지만 우리를 벌하실 땐 전혀 다른, 폭력적인 모습으로 돌변하셨다. 어릴 땐 늘 불공평하다고 생각했다. 어머니의 부재와 병약함, 그리고 지옥에서 받게 될 천벌은 항상 나를 주눅 들게 했다."

뭉크는 수줍음 많고 외롭고, 과민한 청년으로 성장했다. 그는 키가 컸고 빼빼 말랐으며, 잘생긴 얼굴을 가지고 있었다. 세평에 의하면, 그는 '노르웨이 최고의 미남'이었다. 이십대에 접어든 뭉크는 숨 막히는 오슬로를 떠나 파리로 갔다. 베를린의 블랙 피글릿 카페에선 술에 취해 여자들의 뒤꽁무니를 쫓아다니는 데 열을 올렸다. 그리고 미완성 작품들이 어지럽게 널려있는 초라한 아파트에 틀어박혀 작품 활동에 몰두했다. 밤늦게까지 붓을 놓지 않았던 그는 마치 망상에 사로잡혀 있는 듯했다.

1890년대는 삼십대 초반의 뭉크가 가장 많은 작품을 쏟아냈던 시기였다. 그가 자신의 작품에 지어 붙였던 제목만 보더라도 당시 그의 정신 상태가 어땠는지 대충 알 수 있다. 1892년 그는 「절망」과 「죽은 자의 침대 옆에서」를 그렸고, 1893년엔 「절규」, 1894년엔 「불안」, 그리고 1895년엔 「죽음의 발버둥」을 각각 그려냈다.

그 작품들은 제목만큼이나 처절하다. 고립과 비애가 묻어나는 뭉크의 초상화들에 비하면 에드워드 호퍼의 텅 빈 식당 그림은 무척 밝은 편에 속할 정도다. 「병든 아이」는 자포자기 상태의 어머니가 침대에 누워 죽어가는 뭉크의 누나, 소피를 간호하는 모습을 담고 있다. 소피는 창백하고 기운이 빠진 모습이다. 죽어가는 소녀는 앞으로 남겨질 어머니보다는 덜 심각하게 고뇌한다. 전형적인 뭉크의 스타일이다. 어머니의 고통은 견딜 수 없을 정도다. 그녀는 딸의 손을 잡고 있지만 상황은 더 이상 말로 위로해줄 수 없는 시점을 훌쩍 넘긴 상태다.

1892년 작 「카를 요한의 저녁」처럼 마음이 동하는 그림에도 근심 많은 사람들 천지다. 어느 봄날 풍경에선 검은색 중산모를 쓴 남자와 짙은 색

드레스 차림의 여자들이 좀비처럼 걸어오고 있다. 그들의 눈은 휘둥그레져 있고, 얼굴도 해골에 피부만을 입혀놓은 것 같다. 한쪽에서 홀로 등을 보이고 있는 뭉크 자신의 모습은 쉽게 눈에 띄지 않는다.

뭉크는 그 이유를 이렇게 설명했다.

"외면적인 모습보단 인간의 고통과 감정을 그리고 싶었다. 화가의 임무는 가장 깊은 곳의 감정과 영혼, 비애, 그리고 환희를 담아내는 것이다."

즉, 화가는 붓을 든 심리학자라는 뜻이었다.

프로이트와 뭉크는 거의 같은 시대에 활동했다. 단 한 번도 서로의 이름을 언급한 적이 없었지만 그들이 추구하는 것만큼은 같았다. 불안의 시대에 프로이트는 위대한 탐험가였고, 뭉크는 지도 작성자였다. 뭉크는 어떤 화가보다도 훨씬 노골적으로 자신의 자서전을 캔버스에 담아냈다. 우리는 작품들을 통해 그의 개인적인 고뇌를 분명하게 볼 수 있다.

여자들과의 관계도 정상에서 벗어나 있었다.

'그의 아버지는 밤마다 아들이 여자들과의 정욕과 자유연애에 빠지지 않게 해달라고 기도를 올렸다.'

한 예술 역사가는 그렇게 적고 있다.

'하지만 술의 악마적 유혹과 자유 방종한 생활은 그의 기도를 어렵지 않게 압도해버렸다.'

1889년, 뭉크가 스물여섯 살 때 그의 아버지는 세상을 떠났다. 그의 아버지는 죽기 전에 손때 묻은 성서를 파리에 있는 뭉크에게 보냈다. 방황

하는 아들을 구제해보려는 아버지의 마지막 노력이었다.

뭉크 주위의 여자들은 남자들을 파괴하려 애쓰는 요부들이었다. 그리고 뭉크는 그런 유혹을 쉽게 떨쳐내지 못했다. 그는 스물두 살 때 처음으로 사랑에 빠졌다. 상대는 그보다 두 살 많은 여자로, 유부녀였다.

'내 인생에서 달콤함이 사라진 것은 그녀가 내 첫 키스를 앗아갔기 때문일까? 그녀가 내 눈에 씌인 깍지를 벗겨냈을 때 메두사의 머리 본 것은, 인생을 하나의 거대한 참사로 보게된 것은, 그녀가 나를 속였고 기만했기 때문일까?'

언젠가 그는 그렇게 적기도 했다.

여자들과의 관계는 점점 더 비참해졌다. 삼 년간 이 무일푼의 화가는 툴라 라르센이라는 아름답고 허영적인 여인과 폭풍 같은 정사를 나누었다. 그녀는 코펜하겐의 부유한 집안 출신이었다. 뭉크와 갈라서고 난 후 그녀는 그를 자신의 방으로 불러들였다. 친구들을 시켜 그녀가 죽을병에 걸렸으며, 그와 마지막으로 대화를 나누고 싶어 한다고 전하도록 했다. 뭉크가 도착하자 툴라가 침대에서 일어나 앉으며 손에 쥐고 있는 총을 흔들어 보였다. 그녀는 자신이 죽을병에 걸리지 않았다고 시인했다. 하지만 그가 다시 자신을 받아주지 않는다면 그 자리에서 자살해버리겠다고 했다. 뭉크가 총을 향해 손을 뻗자 툴라가 허둥대며 방아쇠를 당겼다. 총탄은 뭉크의 왼쪽 중지의 관절을 날려버렸다. 뭉크는 다행히 오른손으로 그림을 그렸다.

그 후에 뭉크는 몇몇 작품에 툴라 라르센을 담았다. 그중 「증오」와 「정물(살인녀)」이 특히 잘 알려져 있다.

"세잔 만큼이나 훌륭한 정물화를 그려냈다. 차이가 있다면 내 그림의 배경엔 살인녀와 희생자가 담겨있다는 것이다."

「정물」에 관한 그의 설명이다.

*　*

뭉크에 관한 공부에 매달리는 중간 중간에 힐은 게티 미술관 카탈로그를 훑었다. 그는 카탈로그를 통해 제임스 앙소르의 「1889년, 브뤼셀로 들어가는 그리스도」라는 기이한 작품도 그곳에 전시되어 있다는 사실을 알게 되었다. 가로 240센티미터, 세로 420센티미터에 달하는 거대한 그림엔 그리스도가 현대로 돌아왔을 때 벌어질 대혼란을 풍자적으로 담아내고 있다. 앙소르의 얼굴을 가진 예수는 소란스러운 인파에 파묻혀 있다. 정치 배너와 '콜먼 겨자'의 광고 슬로건들이 머리 위에서 나부끼고 있고, 시장은 마치 자신을 위한 퍼레이드라도 되는 듯 의기양양한 모습을 하고 있다. 앙소르는 표현주의의 선구자 격이었으며, 뭉크가 「절규」를 그릴 수 있게 초석을 놓아준 장본인이기도 했다.

힐의 눈이 번뜩였다. 앙소르의 그림이 작전의 돌파구가 되어줄 거라고 그는 생각했다. 게티가 흔쾌히 그림값을 내놓는 이유에 대해서 큐레이터가 「절규」를 앙소르의 작품들과 나란히 전시해두고 싶어 했기 때문이라고 둘러댈 수 있다. 앙소르의 그림을 보는 순간 힐은 무릎을 치며 게티 작전을 완성시킬 수 있었다.

아무도 그런 생각을 하진 못했다. 앙소르가 아니 라 해도 게티 작전으은 결코 단순하진 않았다. 힐이 돈 많은 미국인을 연기해야 한다면 굳이 미술관을 끼고 들어갈 필요가 있을까? 그냥 명화 수집에 취미가 있는 실업계 거물로 위장하면 될 일이었다. 하지만 힐은 그런 실업계 거물 역은 '진부하고, 편협하다' 며 무시해버렸다.

* *

'내 작품들은 이런 질문들에 뿌리를 두고 있다. 왜 나는 남들과 다른가? 왜 내 요람에 저주가 내려졌을까?'

뭉크는 그렇게 적어놓았다. 그에게 있어 그림은 직업이나 소명이 아닌, 심연으로부터의 외침이었다.

"더 이상 집 안에서 책을 읽거나 뜨개질하는 사람들을 그려선 안 된다. 살아있는 사람들이 숨쉬고, 느끼고, 고민하고, 사랑하는 그림을 그려야 한다. 앞으로 나도 그런 그림을 여러 점 그릴 것이다. 그리고 사람들은 내 작품을 통해 신성함을 이해하게 될 것이다. 그리고 마치 교회에 와있듯 모자를 벗어 경의를 표할 것이다."

뭉크는 그렇게 단언했다.

하지만 그들은 익살극을 보기라도 한 듯 썩은 과일을 꺼내 들어 냅다 던져버렸다. 문제는 주제가 아니라 뭉크의 거칠고, 다듬어지지 않은 테크닉 때문이었다. 그로부터 이십 년 전, 인상파 화가들이 첫선을 보였을 때 평론가들이 내뱉었던 조롱들이 고스란히 뭉크에게로 쏟아졌다.

"밑그림조차 제대로 그리지 않았다."

뭉크의 「화가 옌센 옐의 초상」을 본 노르웨이의 한 평론가는 덧붙여 쓴소리를 했다.

"조잡하고 서투르게 칠해놓았다. 다른 그림을 완성하고 나서 팔레트에 남아있는 물감으로 그려놓은 것 같다."

한 신문은 뭉크의 작품을 관람하고 나온 사람들이 그가 붓을 손에 쥐고 그렸는지, 발에 쥐고 그렸는지 입을 모아 물었다고 전했다.

훗날에 뭉크의 최고 걸작이라 불리게 된 작품들에도 혹평이 쏟아졌다. 한 전시회에서 뭉크는 무례한 사람들이 죽어가는 자신의 누나를 그린 「병든 아이」라는 작품을 보며 킥킥대는 모습에 큰 충격을 받았다. 뭉크는 밖으로 뛰쳐나갔다. 지금은 잊혔지만, 당시만 해도 꽤 인기가 높았던 한 화가가 달려와 그의 얼굴에 대고 소리쳤다.

"이 사기꾼!"

평론가들도 일제히 뭉크의 작품들을 경멸했다.

"화가 E. 뭉크를 위해 우리가 할 수 있는 일은 말없이 그냥 외면하는 것뿐입니다."

그중 한 명이 말했다.

많은 사람들이 뭉크의 스타일을 오해했다. 1892년 베를린 예술가 조합이라는 단체가 뭉크의 작품들을 전시하게 되었다. 그의 작품들이 어찌나 논쟁적이었던지, 뭉크를 지지하는 전위 예술가들과 그를 멸시하는 전통파 예술가들 사이에 내분이 일어나게 되었다. 엿새밖에 지나지 않았을 때 예술가 조합은 전시회를 끝내기로 결정했다. 물론 큰 소동이 뒤따랐다. 그때부터 현대미술의 상징이라 할 수 있는 뭉크의 명성이 만들어지게 되었다.

「절규」는 이듬해에 선보여졌다. 사람들은 대부분 그 작품에도 호의적이지 않았다. 한 프랑스 신문은 꼭 뭉크가 자신의 배설물을 손에 묻혀 아무렇게나 문질러댄 것 같다고 평하기까지 했다.

실제 경험을 바탕으로 그린 이 작품에 대해 학자들 사이에선 배경이 된 시기를 놓고 많은 논란이 일었다.

어느 날 저녁, 뭉크는 오슬로 인근의 강변을 산책하고 있었다.

"두 명의 친구와 함께 길을 걷고 있었다. 해가 지고 있었고, 나는 순간적으로 우울함을 느꼈다. 그리고 갑자기 하늘이 핏빛으로 바뀌기 시작했다."

몇 년이 지난 후 그는 당시 상황을 그렇게 회고했다. 몇 년에 걸쳐 뭉크는 당시의 일몰에 사로잡혀 지냈고, 그것을 캔버스에 옮겨 담기 위해 무던히 애를 썼다.

저녁 산책의 날짜에 대해 많은 엇갈린 의견이 쏟아져 나왔다. 1883년일 거라는 사람들, 1886년이었을 거라는 사람들, 1891년이었을 거라는 사람들도 있었다.

신경 쇠약 증세로 괴로워하던 뭉크는 역사상 가장 놀라운 기상학적 현상을 목격하게 되었다. 1883년 8월 27일, 오전 10시 2분. 노르웨이의 정반대편 크라카토아 섬에서 화산이 폭발했다. 그로 인해 섬 전체가 지구상에서 영영 사라져버리고 말았다. 10평방킬로미터에 달하는 거대한 바위가 속돌과 먼지로 부서져 비처럼 쏟아져 내렸다. 작은 입자들은 허공으로 떠올라 흩어져버렸다. 그 후로 몇 달간 그 입자들은 세계 곳곳을 둥둥 떠다녔고, 그 누구도 보지 못했던 강렬하고 화려한 일몰을 만들어냈다.

1883년 11월 28일, 〈뉴욕 타임스〉는 이렇게 보도했다.

'다섯 시가 조금 넘었을 때 서쪽 지평선이 갑자기 눈부신 진홍색으로 물들기 시작했고, 이내 하늘과 구름도 진홍색으로 변해버렸다. 사람들은 거리로 몰려나와 보기 드문 광경에 넋을 잃고 서있었다. 삼삼오오 모인 사람들은 서쪽을 바라보며 구름과 바다가 점점 핏빛으로 진하게 물들어가는 모습에 사로잡혔다.'

뭉크보다도 둔감한 목격자들은 어찌할 바를 몰라했다. 뉴욕의 포킵시에선 소방수들이 말들에 마구를 채워 양수 마차에 연결하고는 부리나케 지평선을 향해 달려갔다. 1883년 11월 30일, 오슬로의 한 신문은 이렇게 보도했다.

'어제와 오늘 이틀간, 도시 서쪽에서 강한 불빛이 목격되었다. 많은 사람들이 대형 화재라고 생각했지만, 사실은 일몰 후 붉은 빛이 뿌연 대기에 굴절되어 생긴 현상이었다.'

뭉크가 봤던 일몰이 바로 그것이었을까? 예술 역사가들은 「절규」에 나오는 하늘이 노르웨이의 선명한 일몰과 뭉크의 온전치 않은 상태가 어우러져 빚어낸 것이라고 주장해왔다. 반면 어떤 이들은 뭉크의 회상과 일몰에 관한 의문을 아예 무시해버리기도 한다. 하지만 두 명의 물리학자

---

* 크라카토아와 뭉크의 저녁 산책을 연결해 소개한 기사는 2004년 2월, 〈하늘과 망원경〉이라는 잡지의 '하늘이 빨갛게 물들었을 때'라는 제목으로 실린 것이다. 기사를 쓴 사람은 돈 올슨과 러셀 도서라는 물리학자와 마릴린 올슨이라는 영문학 교수로, 뭉크가 난간에 기대어 비틀거린 곳을 찾아내기까지 했다. 위에 인용된 신문 기사는 그들의 에세이에서도 인용되었다.

와 한 영문학 교수의 연구는 그런 틀에 박힌 생각을 확 바꾸어놓았다. *

그 광경이 뭉크를 어찌나 감동시켰는지 1892년, 그는 당시 상황을 이렇게 기록해두었다.

'나는 걸음을 멈추고 난간에 기대 섰다. 죽을 만큼 지쳐있었다. 핏빛으로 붉게 물들어있는 구름이 검푸른 피오르드와 도시를 파고드는 모습이 눈에 들어왔다. 같이 걷던 친구들은 그냥 모른 척 걸음을 옮길 뿐이었다. 나는 홀로 멈춰 서서 겁에 질린 모습으로 부들부들 떨었다. 순간 끝없이 이어지는 요란한 절규가 들려왔다.'

그 절규는 세계 곳곳에 쩌렁쩌렁 울려 퍼져야 할 운명을 가지고 있었다. 뭉크에게 있어 그것은 지극히 개인적인 공포였다.

'몇 년간 나는 거의 미친 듯 살아왔다. 그 순간엔 끔찍한 광기가 머리를 비비 꼬아대며 불쑥 솟구쳐 올라왔다. 내 작품 「절규」엔 바로 그 순간이 포착되어 있다. 나는 한계에 다다라있었다. 자연은 내 피를 타고 흐르며 절규해댔다. 그것은 내 한계점이었다.'

시간이 흐른 후 그는 그렇게 적어놓았다.

수십 년 후 「절규」는 세계적인 인기를 누리게 되었다. 사람들은 더 이상 한 남자의 고뇌의 표현으로 그림을 분석하지 않았다. 오히려 모든 이가 품고 있는 절망의 절규로 받아들이게 되었다. 뭉크는 전전긍긍하며 당황하고 있었던 것이었다. 반백 년 후 수백만 명이 두 차례의 세계대전으로 목숨을 잃고, 원자폭탄으로 무수한 사람들이 생명의 위협을 받고 나서야 그가 느낀 감정들은 전 세계로 공명되었다. 카페 실존주의의 출현, 베르히만 스타일의 유럽식 침울함의 경험, 신의 죽음에 관한 소문 같은 팝 트렌드는 고뇌와 소외감을 유행으로 만들어놓았다. 1961년 〈타임스〉는 '가책과 불안'이라는 제목의 커버스토리로 새 분위기를 띄웠다. 커버를 장식한 그림은 「절규」였다.

「절규」는 사방에 깔려 있었다. 포스터는 물론이고 심리학 교과서처럼 진지한 책에도 실리게 되었다. 처음에는 그저 경의를 표하는 차원일 뿐이었다. 하지만 그림이나 조각도 명사가 될 수 있다. 너무 유명하기 때문에 유명한 작품들. 우리는 너무 잘나가는 스타들을 냉대한다. 예술 작품들도 마찬가지다. 우리는 「모나리자」에 콧수염을 그려 넣고, 미켈란젤로의 「다비드」에 사각팬티를 입히며, 그랜트 우드의 「아메리칸 고딕」에 등장하는 주인공들을 시리얼 회사의 광고 모델로 만들어버렸다.

비뚤어진 에드바르트 뭉크에게 있어 「절규」의 운명은 상상을 넘어선 잔인한 조크였다. 그는 사람들이 자신의 이미지가 담고 있는 '신성함'을 이해해주기를 바라며 그림을 그렸다. 하지만 많은 시간이 흐른 지금, 그의 가장 유명한 이미지들은 열쇠고리나 할로윈 가면으로 사용되고 있고, 맥컬리 컬킨 버전으로 다시 태어나 할리우드 히트 영화의 상징이 되어버리기도 했다. 한 예술 역사가는 「절규」의 주인공은 이제 '익숙한 웃는 얼굴 이미지의 대조물'이 되었다고 선언했다.

「절규」는 스무 점이 넘는 「생의 프리즈」라는 작품의 한 섹션으로 그려진 것이었다. 정확한 수는 알 수 없다. 뭉크가 삼십 년도 넘게 그 한 작품에 매달렸기 때문이다. 그는 작업을 하다가도 툭하면 손을 놓았고, 여러 차례에 걸쳐 수정을 하기도 했다. 모든 작품은 뭉크가 즐겨 사용하는 주제를 담고 있었다. 섹스, 죽음, 그리고 소외감. 하지만 「절규」만큼은 달랐다. 감정으로 보나 테크닉으로 보나 「절규」는 뭉크의 가장 노골적인 작품이었다.

「생의 프리즈」를 이루는 다른 모든 그림들은 캔버스에 유화물감으로 그렸다. 「절규」는 템페라 물감이라는 포스터컬러와 파스텔, 그리고 초크를 사용해 캔버스가 아닌, 평범한 판지에 그렸다. 뭉크는 「절규」에서 사용한 테마를 계속해서 작업하고, 재작업했다. 섬뜩한 빨간색과 노란색의 하늘 등의 풍경은 그의 1892년 작 유화, 「절망」에서도 볼 수 있다. 하지만 「절규」에선 고통에 가까운 절박감이 묻어나온다. 유명한 주인공은 너무나도 급하게 그려졌다. 자세히 보면 그의 얼굴 한쪽으로 살짝 드러난 판지를 볼 수 있다.

찰리 힐에게 있어 그런 세세한 사실은 무척 중요했다. 「절규」를 되찾는 일은 일생일대의 업적이 될 것이었다. 하지만 위조된 그림이 너무 많았고, 그중 하나에 속아 넘어가면 수사는 치명타를 입게 될 것이 분명했다. 힐이 처음으로 맡았던 비밀수사 케이스는 바로 위조 명화를 찾아내는 것이었다. 솔직히 그는 도둑들보다 위조자들을 더 두려워했다. 도둑들은 그저 욕심이 지나칠 뿐이지만, 위조자들은 대개 욕심이 많고 똑똑하기까지 했다.

힐은 예술 역사가들이 일반적으로 품어온 질문들에 귀를 기울일 필요가 있다고 생각했다. 어쩌면 아주 지독한 상대와 대면하게 될지도 몰랐기 때문이다. 범인들은 전문가를 고용해 그를 테스트할지도 몰랐다. 게티에서 왔다는 사람이 예술에 관해 문외한이라는 사실을 그들이 알게 된다면 큰일이었다. 형사라면 당연히 거쳐야 하는 작업이기도 했지만, 힐은 전문가들을 만나 그들의 의견을 듣는 일에 큰 흥미를 느끼고 있었다. 절규하고 있는, 아니면 누군가의 절규를 듣고 있는 주인공이 바로 뭉크 자신일까? 혹시 그는(그녀? 그것?) 뭉크가 파리의 박물관에서 봤던 잉카의 미라가 아닐까? 그림 오른쪽의 빨간색 수직 줄무늬는 무엇을 의미하는 걸까?

하지만 그런 난해한 문제들보다도 더 중요한 것은 과연 자신이 진품 여부를 확인할 수 있을지였다. 하늘을 따라 나있는 빨간색 줄무늬엔 누군가가 연필로 이렇게 적어놓았다. '보나마나 미치광이가 그린 것이 틀림없다.' 그것은 뭉크의 필체가 아니었다. 어쩌면 아주 오래전, 한 관람객이 적어놓은 것인지도 몰랐다. 누가 적어놓은 것인지 아는 이는 아무도 없었지만, 어쨌든 그것은 진품 여부를 따지는 데 있어 중요한 요소가 되어줄 것이었다.

뭉크는 빨간색 줄무늬에 대해 숱하게 재고했던 것으로 보인다. 그림의 오른쪽 끝 중간 부분을 보면 마치 줄무늬를 잘라내려는 듯 날카로운 칼을 갖다 댄 자국을 선명히 볼 수 있다. 하지만 결국 그는 생각을 바꾸고 칼이 낸 상처를 짙은 초록색 물감으로 덮어버렸다.

그런 자국들을 여기저기 만들어놓는 것은 뭉크의 습관이었다. 생각해보면 그의 인생만큼이나 신기한 일이었다. 고막을 찢을 듯한 절규를 듣는 것만큼이나 그는 고요함을 두려워했다. 그는 작업을 할 때 항상 라디오를 켜두었다. 특정 방송국에 주파수를 맞추기보단 그 사이사이, 쉿쉿 소리가 나는 부분에 맞춰놓곤 했다. 작업이 순조롭게 진행되지 않을 때면 뭉크는 그림을 채찍으로 휘갈기곤 했다. 그는 그것을 '말 다루기'라 불렀다. 그리고 그것으로 그림의 성격을 향상킬 수 있다고 믿었다.

뭉크는 다른 방법으로도 그림들을 살아 숨쉬는 생물로 취급했다. 그는 다른 화가들을 질투하지 않았다. 그저 그의 작품들이 다른 화가의 작품들을 질투했을 뿐이었다. 그는 다른 화가의 작품 옆에 자신의 작품을 절대 걸지 않았다. 그는 자신의 작품들을 자신의 '아이들'이라 불렀고, 누구에게도 팔 수 없다고 했다. 하지만 그는 변덕스러운 아버지였고, 가끔 놀라울 정도로 부주의하게 자신의 작품을 다루곤 했다. 뭉크는 바깥 풍경을 그리기 위해 옥외 스튜디오를 지어놓았다. 그리고 여름이든 겨울이든 자신의 작품들을 열린 공간에 함부로 걸어두었다.

"아무렇지도 않게 그림을 바닥에 던져놓고 마구 밟아대기도 했습니다. 수프가 끓고 있는 냄비에 뚜껑 대신 덮어놓기도 했고요."

한 예술 역사가는 믿어지지 않는다는 듯 말했다.

한없이 실험적이었던 뭉크는 캔버스를 비롯해서 나무나 판지에 붓, 팔레트 나이프, 손가락 등을 사용해 그림을 그렸다. 그는 머릿속 이미지를 캔버스에 옮기기 위해 맹렬하게 붓을 놀렸다. 그리고 지칠 때까지 붓을 손에서 놓지 않았다. 어느 날 늦은 밤, 녹초가 된 채 「절규」의 작업을 마친 그는 옆에 놓아둔 촛불을 불어서 껐다. 그 바람에 촛농이 그림에 튀어버리고 말았다. 지금까지도 그림의 오른쪽 하단 구석에서 흰색 방울을 뚜렷하게 볼 수 있다.

뭉크는 1893년에 그 촛불을 불어서 껐다. 그로부터 백 년이 지난 1994

년 겨울, 찰리 힐은 그 일화를 읽으며 환하게 미소를 짓고 있었다. 똑같은 방법으로 두 번 이상 촛불을 불어서 끌 수 없다고 증명해 보였던 이탈리아 과학자가 있지 않았나? 촛농이나 피나 물감이나 마찬가지였다. 그것은 과학적으로 증명된 사실이었다. 지구상의 그 누구도 그것을 위조해낼 순 없었다. 그 어떤 사기꾼이라도 가짜 「절규」를 팔아먹을 순 없었다. 물론 그가 촛농에 얽힌 일화를 알고 있다면 더더욱 그럴 것이다. 캔버스에 튄 촛농이야말로 절대 위조할 수 없는 요소였던 것이다.

인근 도서관의 책상에 예술 관련 서적을 수북이 쌓아놓은 힐은 「절규」의 근접사진을 유심히 들여다보았다. 그리고 촛농의 정확한 위치와 모양을 외우기 시작했다.

에드바르트 뭉크, 「절규」, 1893년, 판지에 템페라 및 오일 파스텔, 73.5×91cm
PHOTO J. 라시온; ⓒ 노르웨이, 국립 미술관 / ARS

에드바르트 뭉크는 1893년에 「절규」를 그렸다. 그가 그린 것 가운데 가장 생생하고 감정적인 작품으로, 산책 중 보게 된 일몰에서 영감을 얻어 그리게 되었다. "나는 걸음을 멈추고 난간에 기대섰다. 죽을 만큼 지쳐 있었다." 뭉크는 당시 일을 그렇게 회상했다. "핏빛으로 붉게 물들어 있는 구름이 검푸른 피오르드와 도시를 파고드는 모습이 눈에 들어왔다. 나는 홀로 멈춰 서서 겁에 질린 모습으로 부들부들 떨었다. 순간 끝없이 이어지는 요란한 절규가 들려왔다."

에드바르트 뭉크, 「흡혈귀」, 1893년-1894년
캔버스에 유채, 109 × 91cm
오슬로, 뭉크 미술관 ⓒ 뭉크 미술관 / 뭉크-옐링센 그룹 / ARS 2004

뭉크의 작품 중 두 번째로 유명한 「흡혈
귀」도 한 번 도난당한 적이 있었다. 뭉크
는 여자들을 두려워했지만, 그와 동시에
사모의 정을 품기도 했다. 원래 「사랑과
고통」이라는 제목이 붙었던 이 작품은
흡혈귀가 아닌, 사랑을 동반하는 고뇌에
관한 그림이다.

「병든 아이」는 뭉크의 누나, 소피의 임
종을 그린 것이다. 아이의 어머니가 절
망적으로 딸을 지켜보고 있다. 「병든
아이」가 처음으로 공개되었을 때 무례
한 관람객들은 그림 앞에 모여 킥킥거
리며 큰소리로 그를 조롱했다.

에드바르트 뭉크, 「병든 아이」, 1885년-1886년
캔버스에 유채, 120 × 118.5cm
PHOTO J. 라시온 ⓒ 노르웨이, 국립 미술관 / ARS

프란시스코 고야, 「도냐 안토니아 자라테」,
1810년경, 캔버스에 유채, 82 × 103.5cm
© 아일랜드 국립 미술관

벨기에 공항에서의 함정수사가 클
라이맥스에 다다랐을 때 찰리 힐은
더블린의 러스보로 하우스에서 도
난당한 유명한 그림 두 점을 회수하
는 데 성공했다. 고야의 「도냐 안토
니아 자라테」와 베르메르의 「편지를
쓰고 있는 여인」은 싸구려 포스터처
럼 쓰레기봉지에 담겨진 채 차 트렁
크 안에 아무렇게나 쑤셔 넣어져 있
었다.

현존하는 베르메르의 작품 서른다
섯 점 중 세 점은 도난당한 적이 있
다. 그중 「콘서트」는 1990년 이후로
행방이 묘연해진 상태다.

얀 베르메르, 「편지를 쓰고 있는 여인」,
1670년경, 캔버스에 유채, 71.1 × 60.5cm
© 아일랜드 국립 미술관

찰리 힐이 비밀수사관으로서 처음 맡게 된 사건은 16세기에 이탈리아 화가 파르미자니노가 그린 그림을 팔려고 했던 두 명의 범죄자들을 상대하는 것이었다. 파르미자니노의 대표작으로도 꼽히는 이 작품은 그의 과장된 표현력 때문에 「긴 목의 성모 마리아」라고 불렸다. 힐은 그림을 감정한 후 아무래도 위조품 같다고 말했다.

「그리스도와 간음한 여인」은 런던의 코톨드 미술관에서 도난당한 작품이다. 도둑은 그림을 겨드랑이에 낀 채 달아나버렸다. 2백만 파운드를 호가하는 브뤼겔의 그림은 결국 삼류 건달들의 손으로 들어가게 되었다. 그들은 전문가를 고용해 그것의 가치를 확인해보려 했고, 감정가는 그림을 들여다본 후 그대로 기절해버렸다.

프란체스코 마촐라 파르미자니노, 「긴 목의 성모 마리아」, 1534년-1540년, 패널에 유채, 135 × 219cm
© 이탈리아 피렌체, 우피치 미술관 / 브리지먼 예술 도서관

피터 브뤼겔, 「그리스도와 간음한 여인」, 1565년, 패널에 유채, 34.4 × 24.1cm
© 런던, 코톨드 미술관, 사무엘 코톨드 보관 위원회

1961년, 고야의 「웰링턴 공작」이 런던의 내셔널 갤러리에서 사라졌다. 미술관이 그림을 구입해 전시한 지 2주 만에 벌어진 일이었다. 그림은 사 년 후 회수되었지만, 1962년작인 제임스 본드 시리즈 '닥터 노'에서 카메오로 살짝 모습을 드러내기도 했는데, 악당의 카리브 해 은신처에 걸려있었다.

프란시스코 고야, 「웰링턴 공작」, 1812년
목판에 유채, 52.4 × 64.3cm
© 런던, 내셔널 갤러리

지금까지 가장 많이 도난당했던 그림은 렘브란트의 「제이콥 3세 드 게인」으로, 무려 네 차례나 도난당하고, 회수되기를 반복했다. 도단당하는 대부분의 그림들과 마찬가지로 이 그림 역시 유명 화가의 작품이고, 재킷 안에 쏙 들어가는 작은 크기였다. 런던의 덜리치 미술관은 이제 보안상의 어떠한 문제도 없다고 큰소리 치고 있다.

렘브란트 반 레인, 「제이콥 3세 드 게인」,
1632년, 패널에 유채, 24.9 × 29.9cm
© 덜리치 미술관

뭉크는 우울한 거리의 풍경을 담은 「카를 요한의 저녁」을 1892년에 그렸다. 「절규」보다 일 년 먼저 선보인 작품이다. 해골 같은 얼굴과 노려보는 눈은 「절규」에서 다시 등장한다.

에드바르트 뭉크, 「카를 요한의 저녁」, 1892년
캔버스에 유채, 121 × 84.5cm
ⓒ 베르겐 미술관 / ARS

에두아르 마네, 「체즈 토르토니」, 1878년-1880년
캔버스에 유채, 34 × 26cm
© 매사추세츠 보스턴, 이사벨라 스튜어트 가드너 미술관 / 브리지먼 예술 도서관

가드너 도난사건은 역사상 최대 규모였다.
도난당한 작품 중 가장 유명한 것으로는 마
네의 「체즈 토르토니」와 베르메르의 「콘서
트」를 꼽을 수 있다. 사건은 아직 미해결로
남아있고, 그림들도 여전히 회수되지 못하
고 있다.

얀 베르메르, 「콘서트」, 1658-60년경
캔버스에 유채, 64.7 × 72.5cm
© 매사추세츠 보스턴, 이사벨라 스튜어트 가드너 미술관 /
브리지먼 예술 도서관

파블로 피카소, 「파이프를 든 소년」, 1925년, 캔버스에 유채, 81.3 × 100cm
ⓒ 뉴욕, 존 헤이 위트니 씨 부부 소장 / 브리지만 예술 도서관 / ARS / ⓒ 2006 - Succession Pablo Picasso - SACK (Korea)

2004년 5월, 소더비 경매에서 피카소의 「파이프를 든 소년」이 1억 4백십만 달러라는 기록적인 액수에 낙찰되었다. 피카소의 다른 걸작에는 못 미친다는 평가를 받았던 「파이프를 든 소년」이 반 고흐의 「가세 박사의 초상」이 세웠던 종전 기록, 8천 2백 5십만 달러를 훌쩍 뛰어넘은 것이다. 천문학적인 액수는 뉴스로 전해졌고, 많은 사람들의 귀를 솔깃하게 만들었다. 문제는 그들 중에 음흉한 마음을 품고 있는 사람들도 포함되어 있었다는 사실이다.

빈센트 반 고흐, 「가셰 박사의 초상」, 1890년, 캔버스에 유채, 56 × 67cm

블렌하임 궁전 앞에 서있는 찰리 힐. 자신이 가장 좋아하는 작품인 길버트 스튜어트의 「스케이터」에 경의를 표하기 위해 즉흥적으로 포즈를 잡았다. 전문가의 식견을 갖춘 동시에 행동하는 액션맨인 힐, 그는 자신이 스튜어트의 작품 속에서 스케이트를 타고 있는 학자와 정신적인 면에서 동류라고 생각하고 있다.

1969년, 사이공에서 찍은 힐의 여권 사진.

1969년 부활 주일 다음날, 복병에 의해
전멸한 브라보 중대의 리마 소대 소속
병사 열한 명을 위한 추모식.

찰리 힐의 어머니 지타 힐. 우아하고 원
기 왕성한 지타는 발레리나였고, 제2차
세계대전이 발발하기 직전 블루벨 켈리
의 흥행단에 들어가 유럽 투어를 하기도
했다.

공군 제복 차림의 찰리의 아버지, 랜던 힐.

힐은 자신의 이중 가계를 자랑스럽게 생각한다. 그의 표현을 빌리자면, "한쪽은 통나무 오두막집, 다른 쪽은 왕국의 기사" 였다. 그의 어머니는 영국의 귀족 집안 출신으로 조지 버나드 쇼, H. G. 웰스 같은 유명 인사들의 방문에 익숙한 사람이었다. 반면에 그의 아버지는 미국 서부 출신이다. 사진은 힐의 선조들이 1890년대 오클라호마의 가옥 앞에서 포즈를 잡은 모습이다. (왼쪽에서 여섯 번째 서있는 소년이 바로 힐의 할아버지다.)

빅토리아 여왕 시대에 악명 높았던 도둑 애덤 워스는 셜록 홈스의 숙적인 모리어티 교수의 모델이 되기도 했다. 워스는 당시 가장 유명했던 그림, 게인즈버러의 「조지아나의 초상」을 훔쳤다. 그리고 무려 이십오 년간 명화를 홀로 감상했다. 워스는 돈을 위해서가 아닌, 순전한 쾌락을 위해 명화를 훔친 유일한 도둑으로 기록되어 있다.

뭉크는 이 잉카족 미라를 파리의 트로카데로 궁(지금은 파리 인류 박물관으로 불린다)에서 보았는지도 모른다. 어떤 예술 역사가들은 바로 이것이 「절규」의 영감이 되어주었을 거라 믿고 있다.

「절규」는 무수히 많은 패러디와 만화의 소재가 되고 있다. 고뇌와 침울함에 사로잡혀 살았던 뭉크가 보았다면 작품의 신성함을 몰라주는 사람들을 무척 야속하게 생각했을 것이다.

데이비드와 메리 더딘 부부. 메이저급 장물아비인 더딘은 영국 판사로부터 "미스터 빅"이라는 별명을 얻었다. 더딘은 한때 누군가가 훔친 렘브란트의 그림을 팔아넘기려 한 적도 있었다. 하지만 그 자신은 그림에 큰 흥미를 보이지 않았다. 그가 코웃음 치며 이렇게 말했다.

"내 집 벽엔 걸고 싶지 않습니다."

1986년, 더블린 갱 두목 마틴 카힐은 러스보로 하우스를 다시 털었다. 역사상 가장 큰 규모의 예술품 절도 사건이었다. 그는 사악한 흉한으로, 언젠가 배신한 부하의 손에 못을 박아 넣기도 했다. 그렇지만 그에겐 사람들의 시선을 끄는 묘한 힘이 있었다. 얼굴을 가리고 다니기를 좋아하는 카힐이 사각 팬티와 미키 마우스 티셔츠 차림으로 교도소로 향하고 있다. 지금까지 러스보로 하우스는 네 차례에 걸쳐 털렸다.

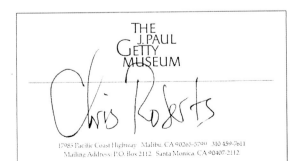

"게티에서 온 사나이" 크리스 로버츠로 분한 찰리 힐이 사용했던 명함.

니얼 멀비힐은 카힐의 동료였다. 마틴 카힐이 훔쳐간 그림 중 가장 가치 있는 두 점을 회수하는 데 성공한 찰리 힐은 멀비힐과도 협상을 해본 적이 있었다. 2003년, 멀비힐은 더블린에서 총을 맞고 숨졌다.

보스턴에 자리한 이사벨라 스튜어트 가드너 미술관에서도 세기의 도난사건이 벌어진 적이 있었다. 3억 달러의 가치를 지닌 열한 점의 그림과 스케치가 사라져버린 것이었다. 여전히 해결되지 않고 있는 그 사건은 예술 범죄의 성배로 여겨지고 있다. FBI는 그 사건에 5백만 달러의 현상금을 걸었으나, 사건이 발생한 지 십 년이 지난 후 여전히 아무런 단서도 찾지 못했다고 시인했다. 그 이후로도 수사는 전혀 진전되지 않고 있다.

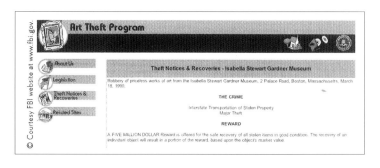

PART 3

게티에서 온 사나이

"신문을 봐!"

1994년 4월

🌿 찰리 힐은 본격적으로 에드바르트 뭉크의 인생을 구석구석 파고들기 시작했다. 게티 미술관의 협조로 힐은 크리스 로버츠를 무대 위로 끌어올릴 준비를 치밀하게 해나갔다. 문제는 아무도 도둑들에게 연락을 받지 못했다는 것이었다.

4월 중순이었고, 「절규」가 사라진 지도 두 달이 지나고 있었다. 런던 경찰청은 숨어있는 범인들을 끌어내보기로 결정했다. 딕 엘리스는 파리의 수상쩍은 예술품 딜러를 잘 알고 있었다. 그는 딜러에게 게티 미술관이 「절규」를 되찾기 위해 혈안이 되어있다는 소식을 살짝 흘렸다. 파리를 고른 것은 이번 사건에 런던 경찰청이 관련되어 있다는 사실을 감추기 위함이었다.

힐은 우선 가짜 범인들을 골라내기로 했다. 제일 먼저 노르웨이의 교도소에서 복역했던 영국인 범죄자, 빌리 하우드를 떼어버렸다. 「절규」를 훔쳐 간 범인들을 알고 있다고 주장한 하우드는 전문 사기꾼이었다.

힐이 하우드에게 전화를 걸었다. 그는 이미 「절규」를 회수하기 위해 노르웨이 국립 미술관에 협조하기로 한 게티의 크리스 로버츠로 분해있었다. 힐은 하우드와 불안한 감정을 표현하기 위해 뭉크가 강렬한 색을 사용했다는 따위의 사실을 논할 이유가 없었다. 하우드는 걸림돌이었고, 힐은 성질이 급한 사람이었다.

"비밀수사의 매력은 수사관의 그다지 끌리지 않는 면을 적나라하게 드러낼 수 있다는 데 있습니다. 예를 들면 거만하고, 못되고, 자만한 그런 면들 말이죠."

힐이 말했다. 마치 농담을 하듯 나지막이 말하긴 했지만 힐은 비밀수사관답게 솔직한 모습 뒤에 숨길 좋아했다. 그가 내뱉는 수많은 농담 중 대부분은 별로 듣고 싶지 않은 진실들이었다.

홀로 활동할 때가 많은 비밀수사관들에 있어 협박과 자만은 끊이지 않는 유혹이다.

"비밀수사 임무는 사람을 묘하게 변화시킵니다. 스스로가 떠벌리고 다닌 허튼소리들을 믿기 시작하면서 옳고 그름의 차이에 대해 설교해야 하는 일에 면역이 되어버리죠."

언젠가 힐은 그렇게 말한 적이 있었다.

학자적 취향에도 불구하고, 힐은 위협적이고 거만했다. 그는 그런 면들을 무기로 삼았다. 젊은 시절엔 빼빼 말랐지만 그는 체구가 억센 사내로 성장했다. 기분이 좋을 땐 곰 인형 같아 보였는데, 그런 부드러운 모습은 상대를 쉽게 현혹시켰다. 성질이 불 같은 그는 무섭게 화를 내는 것에서 묘한 쾌감을 느꼈다. 순찰 담당 경관 시절, 힐은 거리의 깡패들을 종종 때려눕히곤 했다. 수년이 지난 후에도 그는 당시 날렸던 주먹과 몸으로 받았던 상대의 주먹을 떠올리며 히죽거렸다. 하지만 그는 자신만의 방식에 따라 행동했다. 힐은 절대 자신보다 체구가 작은 사람은 건드리지 않았다. 하지만 미개척된 영역에서의 정의를 믿는 힐은 『엘머 갠트리』의 한 구절을 인용하길 즐겼다. 싱클레어 루이스는 싸움을 벌이는 주인공에 대해 이렇게 적어놓았다.

'그는 힘 좋은 젊은이만이 누릴 수 있는 행복한 상황에 푹 빠져 있었다. 정의를 위한 부당한 폭력.'

힐은 아주 특이한 사람이었다. 성질은 못됐지만 문학에 조예가 깊은 사람, 누군가를 흠씬 두들겨 패는 동안 쾌감을 느끼면서도 자신의 입장을 뒷받침해줄 수 있는 작가를 인용할 줄 아는 모습은 전형적인 그의 스타일이었다. 이제 크리스 로버츠는 빌리 하우드를 시야에서 제외시켰다.

그리고 그 사실을 분명하게 전했다. 힐은 하우드에게 수작 부리지 말고 꺼지라고 했다. 그리고 과욕을 부리는 비열한 그의 제안에 아무도 귀를 기울이지 않을 거라고 덧붙였다. 당황한 하우드는 말까지 더듬으며 자신이 얼마나 당국에 협조하고 싶어 하는지 강조했다.

"협조하고자 하는 시민이 5백만 파운드를 대가로 요구하나?"

하우드를 떼어낸 후 힐은 코웃음을 쳤다.

런던 경찰청의 지시에 따라 국립 미술관은 「절규」의 행방에 관한 정보를 알고 있는 사람은 미술관의 위원장, 옌스 크리스천 쑨에게 연락하라는 공고를 내걸었다. 쑨은 승승장구해나가는 유명한 변호사였다. 하지만 그는 태만으로 인해 「절규」 회수 작전의 관제 센터 역할을 맡게 되었다. 당당한 풍채와 붉은 얼굴을 가진 그는 국립 미술관의 어떤 임원보다도 세속적이었고, 그런 이유로 국립 미술관과 대중 사이의 중재인으로 적격이라는 평을 받았다.

하지만 쑨에게 이 모든 것은 새롭고 놀라울 뿐이었다. 명화 도난사건, 아우성치는 세계 언론, 런던 경찰청의 지시, 비밀수사 작전. 그는 마치 자신이 즐겨 읽는 스릴러 소설 속의 주인공이 된 듯한 기분을 느꼈다. 「절규」 도난사건은 그가 국립 미술관 위원장 자리에 앉은 지 일주일도 채 지나지 않아 벌어졌다. 그가 맡은 직책은 명예직일 뿐이라고 사람들은 설명해주었다. 그저 일 년에 몇 차례 열리는 위원회 미팅에 참석하고, 이듬해에 은퇴하기로 되어있는 크누트 베르그 관장의 후임 선정 작업을 돕기만 하면 된다고 했었다. 가끔 기금 모금 행사에서 와인 몇 잔 마셔주는 것 외엔 힘들 게 전혀 없다고도 덧붙였었다.

2월 10일 금요일, 도난사건이 발생하기 하루 전, 베르그는 새 위원장을 데리고 다니며 옥상부터 지하실까지 국립 미술관의 구석구석을 보여주었다. 쑨은 모든 미술관 직원들을 만나보았고, 경비실을 둘러보았으며, 전시된 뭉크의 작품들을 경이에 찬 눈으로 관람했다. 다음날 아침 토요일, 그는 식구들과 함께 오슬로의 기차역으로 향했다. 올림픽 개막식을 보기 위해 릴레함메르로 향하기 위해서였다. 오전 6시 25분 택시 한 대가 국립 미술관 앞을 지나쳐갔다. 쏜은 둘러보고 온 미술관과 자신의 새 직장에 대해 식구들에게 들려주었다.

만약 그 택시가 사 분 늦게 지나갔더라면 그는 사다리가 있어선 안 되는 자리에 기대어져 있는 것을 똑똑히 볼 수 있었을 것이다.

＊ ＊

미술관의 위원장 자리에 앉자마자 비정한 형사들과 수상한 정보 제공자들의 세계로의 입장권을 쥐게 된 쏜은 무척 흥분하며 자신의 임무에 열정적으로 임했다. 특히 그는 경찰이 자신의 사무실에 테이프 녹음기를 설치해놓았다는 사실을 흡족히 여겼다. 전화벨이 울릴 때마다 그는 잊지 않고 '녹음' 버튼을 눌렀다.

전화벨은 쉴 새 없이 울려댔고 테이프는 연신 돌았으며, 헷갈리는 제보는 쌓여만 갔다. 대부분의 제보는 귀기울일 가치조차 없는 것들이었다.

"저녁식사와 술을 사면 원하는 정보를 주겠소."

하지만 경찰은 그것들을 무조건 외면할 수만도 없었다. 어떤 단서들은 수사 단계에 이르기까지 많은 시간과 노력을 요했다. 4월 초, 경찰 소식통은 이번 사건을 담당하게 된 레이프 리에르 형사에게 뭉크의 그림이 스톡홀름의 기차역 보관함에 들어있다고 귀띔해주었다. 「절규」가 액자에서 빼내어져 하키 가방에 쑤셔 넣어졌다는 제보에 리에르가 신음했다. 노르웨이 경찰은 스톡홀름 경찰의 협조를 받아 기차역의 수천 개 보관함을 일일이 열어 내용물을 확인했다. 수색은 부활 주일인 4월 3일에 시작되었고, 그 때문에 스웨덴 경찰의 공휴일도 날아가 버렸다. 사흘에 걸쳐 모든 보관함을 뒤졌지만 그들은 아무것도 찾지 못했다.

4월 24일 일요일, 마침내 돌파구가 나타났다. 쑨에겐 아이나르―토레 울빙이라는 친척이 있었다. 그는 예술품 딜러였다. 작고 신경질적이며, 머리가 벗겨진 그는 만화 캐릭터, 엘머 퍼드를 닮았다. 그다지 알려지지 않았지만 그는 거래의 귀재였고, 그의 사업은 나날이 번창해갔다. 울빙은 여름 별장을 소유하고 있었고 동업자와 호텔을 운영하고 있었는데, 오스고르스트란에 자리한 두 곳 모두 뭉크의 여름 별장에서 가까웠다. 그는 또 헬리콥터를 타고 노르웨이의 시골 위를 낮게 떠다니길 좋아했다.

울빙의 고객 중 한 명이 제보를 해왔다. 그의 이름은 토르 욘센*이었고, 그와 울빙은 묘하게도 잘 어울리는 한 쌍이었다.

울빙은 부드럽고 예민한 타입으로, 마치 피아노 리사이틀을 앞둔 열 살짜리 소년처럼 핑크빛으로 달아오른 얼굴을 가지고 있었다. 욘센은 체구가 크고, 거칠었다. 썩 잘생긴 편은 아니지만 그렇다고 아주 못난 편도 아니었다. 무엇보다도 그는 위협적이었다. 노르웨이에선 그런 사람을 '어뢰'라고 부른다. 욘센의 직업은 상대의 다리를 부러뜨려놓는 취미를 가진 집행자, 고용자의 돈을 빌린 사람들을 찾아가 순순히 갚는 게 신상에 좋다고 경고하는 것이었다. 그는 집에 불을 질러 몇 명을 살해한 혐의로 교도소에서 십이 년간 복역하기도 했다. 독방에 갇혀 지내면서도 그

---

* 토르 욘센은 가명이다.

는 틈날 때마다 교도관들을 공격했다. 강하고, 민첩하고, 성질이 고약한 그는 타이 킥복싱을 연마해 교도소의 스타가 되었고, 나중엔 스칸디나비아 챔피언에 등극하기도 했다.

1990년대 초, 욘센은 뜻밖의 것에 흥미를 보이기 시작했다. 그는 미술관과 경매장에 자주 모습을 드러내기 시작했고, 사고파는 일에도 왕성히 매달렸다. 첫 만남에서 울빙은 '옷을 잘 차려입고, 서글서글하게 생긴' 풋내기를 눈여겨봤지만 그가 어떤 인물인지까지는 꿰뚫어보지 못했다. 왜냐하면, 욘센은 유명한 선주와 동행했기 때문이다. 두 사람은 경마장에서 만났다고 한다. 오래 가지 않아 울빙은 욘센에 대해 많은 것을 알게 되었다. 그리고 욘센은 그의 귀한 고객이 되었다.

1994년 4월, 욘센이 울빙에게 전화를 걸었다. 그는 자신과 친분이 있는 전과자가 「절규」를 국립 미술관으로 돌려보낼 수 있을지 모른다고 했다. 울빙과 쏜이 친척지간이라는 사실을 기억하고 있으며, 울빙이 쏜에게 그 소식을 전해주었으면 한다고 말했다.

4월 24일, 울빙은 쏜에게 전화를 걸었다. 평소 같았으면 자신이 보증하는 누군가에 대한 자랑을 늘어놓았을 그였다. 하지만 이번엔 욘센이 범인이거나, 범인의 친구일 거라는 가능성에 무게를 두고 상황을 설명했다.

몇 년 후 울빙은 "그에게 욘센 씨의 평판이 별로 좋지 않다고 얘기했습니다."라고 회고했다.

"그가 폭력적이고, 십이 년간 감옥에서 썩기도 했다고 알려주었죠. 쏜이 그에 대해 잘 알 수 있도록 말입니다. 그가 묻더군요. '믿어도 되겠습니까?' 그래서 제가 대답했죠. '토르 욘센에 관해 알고 있는 사실들에

의하면 그렇습니다. 아무래도 눈여겨볼 필요가 있는 것 같습니다.'"

울빙이 다시 욘센에게 전화를 걸어 쑨이 얼마나 진지하게 자신의 메시지를 받아들였는지 모르겠다고 시인했다. 며칠 후 욘센은 앞으로 신문을 눈여겨보라고 말했다.

다음날 4월 25일, 〈다그블라데트〉의 사건 담당 기자가 수화기를 들자 귀에 익은 음성이 흘러나왔다. 오래전부터 쓸 만한 제보를 종종 제공해 주었던 사람이었다. 그는 「절규」에 관한 정보가 있지만 자세한 내용은 전화상으로 알려줄 수 없다고 했다.

군나르 헐트그린 기자는 정보 제공자를 직접 만나보기로 했다. 헐트그린은 숱한 질문을 쏟아냈지만 정보 제공자는 자신은 그저 누군가의 메시지를 전할 뿐이라고 했다. 그는 자신의 주장을 뒷받침해줄 수 있는 '증거'에 대해 모호한 몇 마디를 흘렸다. 그리고 몇몇 장소를 언급했다. 그는 헐트그린에게 사진가를 찾아보라고 했다. 헐트그린은 언급된 이름들과 분명치 않은 장소를 수첩에 받아적었다. 오슬로를 벗어나 동쪽으로 가면 니테달이 나오고, 스케드스모코르세트 표지판을 지나면 슬라툼이라는 작은 마을이 나올 거라고 했다. 거기서 우회전하면 버스 정거장이 나온다고 덧붙였다.

헐트그린은 함께 작업할 신문사 사진가를 섭외해놓았다. 그리고 국립 미술관의 복원 전문가, 리에프 플라터에게 전화를 걸어 몇 분 후 데리러 가겠다고 했다. 플라터는 「절규」의 복원을 담당했던 장본인이었다.

니테달은 오슬로로부터 약 20킬로미터쯤 떨어져 있었다. 정보 제공자가 알려준 길은 찾기가 쉽지 않았지만, 결국 그들은 버스 정거장을 찾아내는 데 성공했다. 길을 따라 천천히 차를 몰아 나아가며 주변을 유심히 살폈다. 사실 그들은 무엇을 찾아야 하는지도 모르고 있었다. 왔던 길을 되돌아가면서도 주변을 다시 꼼꼼히 살펴보았다.

사진가가 제일 먼저 소리쳤다.

"이게 아닐까요?"

그가 발견한 것은 도로변 잔디에서 뒹굴고 있는 조각난 나무토막이었다. 세 남자가 허둥지둥 차에서 내렸다. 백발의 복원가도 두 남자를 따라 달리기 시작했다.

"오, 맙소사."

플라터가 울부짖었다.

"이건 액자입니다."

좀 더 정확히 말하면 뒤집혀진 채 잔디를 뒹굴고 있는 것은 액자의 일부였다. 범인들의 지문이 묻어있을지 모른다는 생각에 누구도 선뜻 건드리지 않았다. 플라터는 웅크려 앉은 채 그것을 유심히 내려다보았다. 그는 대번에 액자를 알아볼 수 있었다. 색과 디자인 때문이었다. 그리고 논란의 여지가 없는 또 하나의 명백한 증거도 찾아낼 수 있었다. 플라터가 액자 뒤에 적혀있는 레터링을 가리켰다. 국립 미술관의 승인 번호였다.

다음날, 타블로이드판 신문의 헤드라인은 이렇게 외쳐댔다.

'액자 발견.'

유혹의 기술

     액자가 발견되었다는 것은 좋은 소식인 동시에 나쁜 소식이기도 했다. 우선 경찰이 더 이상 사기꾼들이 아닌, 진짜 범인들에 수사의 초점을 맞출 수 있게 되었다는 점이 좋은 소식이었다. 그리고 무엇보다 「절규」가 노르웨이 밖으로 빠져나가지 못했다는 사실 또한 그들을 안도할 수 있게 해주었다. 하지만 나쁜 소식도 있었다. 만약 액자를 벗겨냈다면, 뭉크의 명화가 쉽게 손상을 입을 수도 있는 상태라는 뜻이었다. 등딱지에서 빼내어진 거북과 다르지 않았다. 게다가 범인들의 행방은 여전히 오리무중이었다.

    예술품 딜러 울빙은 노르웨이 당국에 자신은 선량한 시민이며, 자신의 의도와는 상관없이 이런 일에 빠져들게 되었다고 말했다. 그리고 최대한 당국에 협조하고 있는 중이라는 말도 덧붙였다. 그는 도난당한 그림을 되찾기 위해 경찰에 협조하는 것이 이번이 처음은 아니라고 했다.

1988년, 도둑들이 오슬로의 여러 저택에서 뭉크의 그림과 석판화를 훔쳐 달아난 사건이 있었다. 누군가가 뭉크의 석판화를 팔기 위해 울빙에게 전화를 걸어왔고, 울빙은 그것이 도난당한 작품이라는 것을 금세 알아챘다. 그는 경찰에 신고했고, 경찰은 그에게 모른 척 거래에 임하라고 했다. 하지만 거래 장소로 향하던 범인들은 잠복중인 경찰을 발견하고 도망쳐버리고 말았다.

며칠 후, 울빙의 교섭자가 다시 전화를 걸어왔다. 그는 뭉크의 작품을 더 내놓을 용의가 있다고 했다. 울빙은 다시 경찰에 그 소식을 전했다. 그들은 또 다른 덫을 놓기로 했다. 경찰은 울빙에게 독일의 한 고객을 위해 여러 점의 판화와 그림을 구입하고 싶다는 의사를 그에게 전하라고 지시했다. 그리고 훔친 것들이니 백만 크로나밖에 줄 수 없다고 잘라 말하라고 했다. 환산하면 12만5천 달러 정도 되는 액수였다.

예술품 딜러와 도둑은 거래 조건에 합의했다. 경찰은 도둑의 아파트 바로 위층에 자리를 잡고 지속적으로 상황을 감시하기로 했다. 토요일 아침, 미팅을 앞두고 있을 때 한 형사가 울빙에게 전화를 걸었다. 도둑이 집을 나섰으며, 차와 비행기로 그를 미행하고 있는 중이라고 했다. 그는 울빙이 있는 장소로부터 점점 멀어지고 있으며, 설령 미팅 장소에 도착한다 해도 많은 시간이 소요될 거라고 했다.

이 분 후, 울빙은 노크소리를 들었다.

도둑이 불쑥 들어왔다.

"준비 다 됐습니까?"

나중에 알게 된 사실이었지만, 경찰은 차를 잘못 골라 미행했던 것이었다. 도둑은 이틀간 오슬로를 떠나있었다. 경찰이 텅 빈 그의 오슬로 아파트를 감시하고 있는 동안 도둑은 오스고르스트란이라는 작은 마을의 한 호텔에 체크인해 있었다. 울빙은 깜짝 놀랐다. 오스고르스트란의 호텔?

울빙은 시간을 벌어보기로 했다. 돈을 준비해 새 미팅 스케줄을 잡으려면 적잖은 시간이 필요했다. 그는 손님을 문밖으로 내쫓듯 몰아내고 경찰에 전화를 걸어 믿기 힘든 이야기를 들려주었다.

수많은 노르웨이의 호텔 중 도둑이 고른 곳은 바로 울빙이 소유한 호텔이었다. 나중에 한 인터뷰에서 울빙은 그것이 무척 기이하고 믿기 힘든 우연의 일치였다고 말했다. 그는 호텔 지배인에게 전화를 걸어 숙박부를 체크해보라고 했다. 그리고 남자 혼자 이틀간 묵은 기록을 찾아보라고 했다.

한 이름이 지배인의 눈에 들어왔다. 그는 부리나케 문제의 방으로 올라갔다. 방 안 옷장에서 뭉크의 석판화와 그림 일곱 점이 발견되었다. 경찰은 미팅 장소에서 도둑을 체포하는 데 성공했다.

비록 해피엔딩으로 끝나긴 했지만 울빙은 훨씬 소심해졌다. 도둑들과의 거래는 한 번으로 족했다. 그가 다시 같은 상황에 처하게 되리라고 누가 상상이나 했을까?

의심 많은 찰리 힐에게 있어 울빙에 관한 모든 것이 의혹 투성이었다. 이 선한 사마리아인이 어떻게 또 다시 도난사건에 뒤엉키게 되었을까? 울빙은 욘센과의 관계가 전혀 부정하지 않았다고 주장했다. 그는 경험

많고 해박한 예술품 딜러였다. 욘센은 예술품에 흥미를 가진 지 얼마 되지 않았다. 작품 보는 눈을 높이기 위해 풋내기가 전문가에게 한 수 배우는 것은 자연스러운 일이었다. 힐의 이론은 간단했다. 욘센은 울빙에게 자신이 훔친 그림, 아니면 다른 누군가가 훔친 그림을 가져왔고 울빙은 그것을 팔았다. 울빙은 전형적인 예술품 딜러였다. 거짓말을 밥 먹듯 하고 교활했다.

독단적인 면은 힐의 천성이었다. 그는 진지하고, 생각이 깊으며, 헌신적인 예술품 딜러를 여러 명 알고 있었다. 하지만 수상한 딜러 한 명과 대면한 후엔 그런 생각들을 순식간에 잊어버렸다.

"예술품 딜러들은 중고차 세일즈맨들과도 다르지 않습니다. 차이가 있다면 사람들이 그들을 무척 고상하게 여긴다는 것뿐이죠."

울빙을 떠올리며 그가 못마땅한 듯 말했다. 물론 그것은 일반화된 생각일 뿐이었다.

비록 겸연쩍은 실수를 할 때도 많지만 힐은 상대의 마음을 읽는 데 남다른 재능을 가지고 있었다. 그는 상대를 빠르게 판단하고, 아주 느긋하게 그 판단을 수정했다. 울빙에 대한 본능적 혐오가 그의 남다른 통찰력을 증명하는지, 아니면 그저 타고난 못된 천성을 증명하는지 분간하기 힘들었다. 경찰은 빈민굴을 순찰하는 일로 오랜 시간을 보낸다. 상대의 인간성에 밝은 견해를 가질 수 있는 처지가 아니다. 울빙을 만나기 전 어느 화창한 봄날, 힐은 우연히 런던에서 가장 넓고 가장 푸르른 공간인 리치몬드 공원 앞에서 조깅을 하는 남자를 본 적이 있었다.

"보나마나 강간범이었을 겁니다. 오로지 아이에만 정신을 팔고 있는 여자를 찾고 있던 강간범 말입니다."

힐이 중얼거렸다.

소설가이자 전직 검사인 스콧 터로가 경찰에 대해 얘기했던 것처럼 힐역시 '월급을 받는 편집증 환자'였다. 터로는 경찰에 대해 이렇게 적어 놓았다.

"경찰은 흐린 날에도 음모를 어렵지 않게 찾아낸다. 아침인사를 건네기만 해도 그들은 반역죄를 의심한다."

* *

힐은 울빙을 혐오하고 신뢰하지 않았지만, 자신의 편으로 끌어들일 수는 있다고 확신했다. 수년에 걸쳐 그는 사기꾼, 거짓말쟁이들과 친해지는 법을 익혀왔다. 형사들에게는 필수적인 기술 중 하나였다.

"제가 가진 재능 중 가장 쓸 만한 것은 바로 범죄자들과 돈독히 지내면서 다른 사람들에겐 절대 말하지 않는 것들을 제게 얘기하게 만드는 것입니다."

신기하게도 힐의 그런 재능은 사회의 중간 계층을 상대로는 먹혀들지 않았다. 킬러들은 기꺼이 힐과 술자리를 함께했다. 암흑가 거물들과 여자들 또한 마찬가지였다.

"그 친구는 누가 보더라도 끔찍한 킬러죠. 사회의 쓰레기 같은 존재입니다."

힐이 한 갱 단원을 언급하며 말했다.

"하지만 전 그와 부담 없이 대화를 나눌 수 있죠."

언젠가 두 남자는 자정이 훌쩍 지난 늦은 시간에 만나 황량한 술집으로 향했다. 바텐더가 힐과 동행한 사내를 금세 알아보았다. 술을 서빙하는 그의 손이 덜덜 떨렸다.

"그 자식은 영국판 카이버 패스(파키스탄과 아프가니스탄을 잇는 주요 산길—옮긴이) 산적이었습니다."

나중에 힐은 그렇게 말했다.

"하지만 자신을 두려워하지 않는 상대와 대화하기를 즐겼죠. 그 상대가 자신을 해치려 하지 않는다는 확신이 들면 말입니다. 그 친구들은 원래 그렇습니다. 키플링의 시 한 구절과도 같죠. '세상의 극과 극에서 왔다 해도 강한 두 남자가 대면하는 순간엔 동쪽도 없고 서쪽도 없다. 양식과 출신의 경계도 없다.'"

힐은 뷰포트 공작과도 예술과 아르마냑(프랑스 아르마냑 지방산 브랜디—옮긴이)에 관한 대화를 나누며 오후를 보낼 수 있다. 갱 단원과 공작, 그 누구와도 친하게 지낼 수 있지만 그들 사이의 공통점은 하나도 없다.

"절대 그럴 수 없죠."

힐이 말했다.

"그런 일은 있을 수 없습니다. 갱 단원이 저택에 몰래 들어가 공작의 머리에 총을 겨누고 공작부인과 함께 침실 벽장에 가두어 놓은 후 저택 안을 샅샅이 뒤지지 않는 이상, 그들이 서로 접촉할 수 있는 길은 없습니다."

하지만 힐에게 귀족과 도둑들은 쉬운 상대였다. 까다로운 상대는 그 두 그룹 사이에 끼는 이들이었다. 힐은 기계적 거래를 사사로운 대화로 바꾸기를 좋아하기 때문에 규칙에 지나치게 집착하는 사람들을 대할 때면 일이 꼬이곤 한다.

"관료주의자를 상대할 땐 꼭 뭔가가 잘못되어 버립니다."

2003년, 한 인터뷰에서 그가 말했다.

"대개 그렇죠. 그들은 저를 야바위 약장수 따위로 여깁니다. 그들은 번잡한 절차와 점잔빼는 말투와 간부들 간의 은어로 상대에게 접근하려 하죠."

힐은 자신의 실패를 미덕의 증거로 여겼다. 관료 무리의 일원이 되기보다는 키플링이 말하는 강한 사람이 되고 싶어 했다. 노력하면 적들도 같은 편으로 만들 수 있을 거라 믿었다. 하지만 그는 좀처럼 노력을 하지 않았다. 오히려 힐은 아주 고상하거나 더 이상 추락할 곳이 없는 이들에게 사적인 농담과 모호한 암시를 즐겨 던졌다.

가끔 힐은 미술관 임원들이나 보험회사 직원들을 찾아가 이야기를 나누었다. 그는 매번 그들을 당혹스럽게 만들었다. 그의 이야기는 항상 중간에서부터 시작되었고, 아무런 예고 없이 끝났다. 그는 어떠한 설명도 없이 수많은 이름을 흘려댔다. 그가 뻔한 이야기를 해도 상대는 강의실을 잘못 찾아 들어온 학생처럼 난감해했다. 언젠가 힐은 예술품 도둑들을 두려워하는 소장가들이 무조건 경찰에만 의존하기보단 스스로를 보호할 줄 알아야 한다는 이야기를 하고 있었다.

"5세기 초, 로마 황제는 불만에 차있는 브리튼족에게 스스로를 지켜낼 수 있어야 한다는 내용의 서신을 보냈습니다. 그리고 같은 해, 알라리크와 서 고트족이 로마를 점령했죠. 황제는 제국을 위해 자신이 할 일을 충실히 한 셈이었습니다."

그와는 달리 사기꾼들을 상대할 때 힐은 신뢰를 쌓기 위해 무던히 공을 들인다. 도둑들 간의 신의는 소설 속에서만 볼 수 있는 것이었다. 하지만 범죄자들은 자존심과 자부심이 강한 사람들이었고, 힐은 그 점을 교묘히 이용하는 법을 배웠다.

역할연기는 그로 하여금 자신의 성격으로부터 멀어지게 만들었다. 사실 힐의 도덕률은 무척 엄격했다. 그는 "전 가장 지독한 청교도입니다. 영국인이거든요."라며 자신의 올바름을 놀림감으로 삼으면서도 그런 보수적 믿음을 약속과 우정의 신성한 의무라고 여겼다. 거짓말을 하지 못하는 성격 때문에 종종 무례한 모습을 보이기도 했다. 하지만 업무에 있어서 거짓말은 운전과 마찬가지로 기본적인 기술이다. 범죄자들과 잡담을 나누고, 도둑들에게 이런저런 이야기를 둘러대는 것도 늘 하는 업무다. 사기꾼들에게도 거짓말은 제2의 천성이었다. 힐은 자신의 소식통 중에도 상대방의 눈에서 눈물을 쏙 빼놓을 수 있는 거짓말을 어렵지 않게 둘러댈 수 있는 인물이 있다고 말했다.

다른 사람으로 분해 비밀수사를 하든 스스로의 모습으로 수사를 하든, 힐은 트릭보다 기본적인 레퍼토리에 더 의존했다. 그는 외향적이지만 감정을 내색하는 것엔 인색했다. 등을 토닥이며 농담을 툭툭 던지기엔 너무 말수가 적었고 지나치게 영국적이었다. 하지만 그는 다정하고, 세심하고, 상대의 이름을 잘 외우며, 길고 산만한 이야기를 주의 깊게 들어준다. 좋은 매너 때문이기도 하지만, 그의 깊은 마음 때문이기도 하다.

"악당에게도 약간의 인간다움이 있기 마련이죠. 문제는 어떻게 그것을 끄집어내느냐입니다."

뭉크 도난사건이 벌어지기 전, 힐은 암흑가의 범죄자들과 친분을 쌓아두려 애썼다. 미팅은 은밀하게 이루어졌지만 힐이 비밀수사를 한 것은 아니었다. 2002년, 오랫동안 알고 지내온 한 정보 제공자와의 만남을 봐도 그의 스타일을 알 수 있다. 톰 러셀*은 육십대로, 앤소니 홉킨스를 닮은 단단한 사내였다. 그는 금 장신구를 치렁치렁 걸고 다니고, 가슴털이 훤히 들여다보이는 셔츠를 즐겨 입었다. 겉은 번지르르하지만 러셀은 위험한 사업의 초라하고 취약한 부분에 몸담고 있다. 런던 암흑가의 생태계에서 그는 겁에 질려 사는 작은 동물일 뿐이었다. 못된 성질과 날카로운 이빨을 가진 커다란 괴물들 틈에서 오직 지혜만을 무기 삼아 살아갔다.

힐과 러셀은 묘한 커플이었다. 생긴 것, 음성, 모든 면에서 너무 달랐다. 블레이저 코트 차림의 힐은 마치 한잔하러 나이트클럽에 불쑥 나타난 사람 같았고, 러셀은 애틀랜틱시티에서 밤새도록 도박을 하다 온 사람 같았다. 힐의 어법은 우아했지만 러셀은 속어와 암흑가 은어가 끊이지 않는 전형적인 런던 범죄자의 어법을 사용했다. '밀리언 퀴드'를 '밀리언 스퀴드'로 '낫씽'을 '넛핑'으로 발음하는 식이다.

그럼에도 두 사람은 꼭 오랜 친구 같았다. 술은 그들의 대화를 매끄럽게 해주었다. 힐은 스스로를 술고래라 부를 정도였고, 물론 러셀도 그에 뒤지지 않았다. 오늘밤, 힐은 진 토닉을 마셨다. 전채요리가 바닥나기 전

---

* 톰 러셀은 가명이다.

에 무려 세 잔을 비워냈다. 러셀은 스카치위스키를 마셨다. 호스트인 힐은 손님이 잠시라도 빈 잔을 들고 있지 못하도록 특별히 신경을 썼다. 더 이상 못 마시겠다고 거절하는 것은 마치 바텐더에게 카모밀라 차를 끓여 달라고 조르는 것과 다르지 않다.

말이 많은 러셀의 음성은 나지막하고 능글맞다. 말을 하면서도 그의 눈은 연신 주변을 초조하게 훑는다. 웨이터나 손님이 다가올 때면 러셀은 입을 꾹 닫고 그들이 멀어질 때까지 기다린다.

러셀의 이야기에서 반복적으로 등장하는 테마는 바로 경찰이 항상 그를 배반한다는 것이다. 그가 정보를 제공하면 경찰은 약속한 대가를 지불하기보단 그를 무시하거나 노골적으로 겁을 준다. 만약 그가 불만을 토로하면 그들은 그를 적들에게 넘겨버리겠다고 협박한다. 가끔 예술에 가까운 배반이 그를 당혹스럽게 할 때도 있었다.

"얼마나 교묘하게 당했는지 느낄 틈조차 없었다니까요."라고 러셀은 비탄에 차서 말했다.

러셀은 법을 수호하는 이들이 오히려 법을 파괴하고 다니는 『이상한 나라의 앨리스』 같은 세상에 살고있다고 했다. 그곳에선 도둑들 사이에서도 신의를 찾아볼 수가 없다는 것이다.

"땅에 떨어진 이 나라의 도덕성은 치욕스럽기까지 합니다. 곳곳에서 벌어지고 있는 일들… 부끄러워서 얼굴을 들 수도 없습니다. 세 사람을 제외하고는 아무리 경찰이라 하더라도 난 신뢰하지 못합니다. 찰리, 당신은 그들이 누구인지 알고 있죠?"

힐은 그 말에 절대 공감하며 귀를 기울였다. 두 남자가 대화를 나눌 때면 종종 톤이 바뀌곤 한다. 밝고 가볍다가도, 어느 순간 어둡고 무겁게 바뀐다. 러셀은 항상 대화를 주도해나가고, 힐은 금세 그때그때 분위기에 적응한다. 러셀이 비리 경찰의 이름을 언급하자 힐의 눈은 모멸감에 가늘어졌다.

"나도 그 친구가 정말 싫소."

힐이 으르렁거렸다. 악의에 찬 모습에서 말씨가 점잖은 예술 애호가의 모습을 찾기란 쉽지 않다.

"잘됐군요. 나도 그 친구를 혐오하거든요."

러셀이 말했다. 두 남자는 다시 묵묵히 술을 홀짝였다.

러셀은 자신의 과오를 들려주는 사이사이에 자신의 집안 이야기를 힐에게 들려주었다. 힐은 러셀에게 아내의 안부를 물었고, 그의 아이들 소식을 전해 들었다. 수술은 잘됐는지, 아들의 풋볼 팀이 시즌을 산뜻하게 시작했는지, 몸이 꽤 단단해 보이는데 꾸준히 운동을 하는지, 살은 어디서 태우는지, 휴가는 다녀왔는지.

기본적으로 주고받는 안부였지만 힐은 모든 답변에 지나치게 집착했다. 두 사람은 옛 동지들에 관한 정보가 담긴 노트를 서로 비교하며 알고 지내던 경찰과 도둑들의 이름을 훑어나갔다. 그들의 대화를 가만히 듣다 보면 술집에서 옛 경기를 회상하는 스포츠 팬들의 대화와도 많이 흡사하다.

"정말 지독한 녀석이었죠. 안 그래요?"

힐이 또 하나의 이름을 언급하자 러셀이 명랑한 톤으로 말했다.

화제는 과거의 승리와 바보짓들에 관한 회상에서 예술 범죄 케이스로 옮겨갔다. 러셀은 힐에게 아직까지 두 개의 머리에 관한 일을 기억하는지 묻는다. 몇 년 전, 두 명의 도둑이 헨리 무어의 동상을 훔치러 나섰던 적이 있었다. 「왕과 여왕」이라는 제목의 동상은 두 사람이 옮기기엔 너무 컸다. 그래서 그들은 전기톱으로 왕과 여왕의 머리를 잘라냈다. 그들의 머리만이라도 팔아볼 생각이었던 것이다.

러셀은 힐에게 도난당한 예술품들에 관한 많은 소문을 들려주었다.

힐은 "그가 범죄를 저지른다면 저는 한 치의 머뭇거림도 없이 그를 체포할 겁니다. 하지만 그 친구는 범죄자가 아닙니다. 그저 암흑가에 몸담고 있을 뿐이죠. 그 친구의 정보력은 정말 대단합니다."라고 했다.

힐은 예술에 관한 자신의 지식이나 의욕을 감추는 것으로 러셀과 가까워지려 하지 않았다. 러셀이 런던의 암흑가에 불쑥 나타난 그림의 제목을 몰라 쩔쩔맬 때 찰리는 그 작품이 브뤼겔의 「그리스도와 간음한 여인」이라고 친절하게 알려주었다. 16세기 종교예술에 관한 러셀의 흥미는 실로 하찮을 정도였다. 하지만 힐은 몇 분을 할애해 브뤼겔에 관해 설명해주는 일에 짜증을 내지 않았다. 오히려 그는 그런 수고를 즐겼다.

피터 브뤼겔은 '늙은 브뤼겔'이라고도 불린다. 왜냐하면, 화가인 그의 아들 또한 피터라는 이름을 가지고 있었기 때문이다. 아들은 '젊은 브뤼겔'로 불린다. 한 가지 차이가 있다면 아들의 이름엔 'h'가 들어간다는 것이다.

무의미한 자기자랑처럼 번지르르하게 설명을 하는 데엔 사실 이유가 있다. 이유는 두 가지다. 우선, 추켜세우기 위해서다. 겸손대신 존중으로 러셀을 대하는 것은 돈 한 푼 들이지 않고 신뢰를 쌓아가는 지름길이다.

또한 과장된 말씨는 힐이 진정으로 예술에 열정을 가지고 있다는 사실을 좀 더 확실하게 드러내준다. 그래야 앞으로도 도난당한 그림이 모습을 드러낼 때마다 러셀이 찰리 힐에게 자신이 알고 있는 소문을 빠짐없이 들려줄 테니까.

러셀과 그의 동료들 사이의 동지애가 어느 정도 진실되고, 어느 정도가 그렇지 않은지 힐은 알지 못한다. 반면 부정직한 경찰에 대해 그가 느끼는 경멸감은 그들의 수가 적지 않을 거라는 믿음만큼이나 진실되다.

"단 한 차례의 예외도 없이, 제가 몸담았던 곳마다 부패한 경찰이 있었습니다."

하지만 같은 편을 불신한다고 해서 악당들에게 호감을 가지고 있는 것은 아니다. 도둑들은 필요할 때 적절한 조언과 도움을 받지 못하고 자란 불행한 영혼들이라는 말을 믿기에는, 그는 너무 냉소적이었다. 힐은 영국 역사와 전설 속 위대한 이름을 곧잘 떠올린다. 그중에서도 그가 특히 좋아하는 이야기는 간악한 악당들을 물리치는 기사들에 관한 이야기였다. 찰리 힐의 영국엔 로빈 후드가 없다.

힐의 아내는 똑똑하고 통찰력이 있다. 심리학자인 그녀는 항상 섬뜩한 파트너들을 두둔하는 남편을 비난했다. 그들이 도난당한 그림을 찾는 데 큰 도움이 되어줄 거라 믿기 때문에, 찰리가 정보 제공자들에게 호감을 가질 수밖에 없을 거라는 것이 그녀의 생각이다.

"절대 좋은 사람들이 아니에요."

숱하게 반복해온 말을 그녀가 되풀이했다.

"아주 나쁜 사람들이에요. 그들이 도난당한 그림을 찾는 데 발 벗고 나서는 이유는 가석방 시무관이나 판사에게 가서 '내가 찰리 힐을 도와주었습니다' 하고 당당하게 말하기 위해서라고요. 아주 교활한 사람이죠. 많은 무고한 사람들이 그들 때문에 피해를 입었어요. 이제 그들은 과거와는 전혀 다른 전략을 쓰고 있죠. 오직 자신들의 이득을 위해서만 말이에요."

그럴 때면 힐은 항상 냉담한 반응을 보였다. 하지만 적어도 자신이 무시무시한 사람들과 어울린다는 사실만큼은 순순히 인정했다. 그의 아내가 지적하는 문제는 또 있다. 찰리가 그들의 신뢰를 얻어내어 비밀수사를 완벽하게 완수해내기 위해서 어쩔 수 없이 그들을 다정하게 대한다는 사실이다.

고지식하게 상대의 인간성을 좋게만 바라보는 견유학파에게는 자신을 가장 잘 아는 이에게 비난을 듣는 것만큼 짜증스러운 일도 없다. 하지만 힐은 별로 개의치 않았다. 단순한 것은 죄가 아니기 때문이다. 그의 관용은 전혀 다른 근원을 가지고 있다.

F. 스콧 피츠제럴드는 이런 말을 한 적이 있다.

"최상의 지성을 시험하는 방법은 상반되는 두가지 생각을 머리에 담은 채 제대로 기능하는지 지켜보는 것이다."

최상이든 아니든, 우리 모두는 매일 그런 능력을 드러낸다. 우리는 천문학과 우주에 관한 기사를 읽은 후 곧바로 뒷면에 실린 별점을 훑기도 한다.

친구나 연인을 평가할 때 사람들은 모순에 대해 관대함을 보이지 않는다. 우리를 배신하는 연인은 자신의 완전한 정체를 드러낸다.

"그래도 나만큼은 당신을 알고 있다고 생각했어요!"

우리는 그렇게 울부짖는다. 분노와 어리둥절함이 뒤섞인 울부짖음이다.

힐에겐 상대를 꿰뚫어보는 탁월한 능력이 있다. 그는 범죄자 친구를 흘끔 쳐다보며 이렇게 말할 수 있는 사람이다.

"이 친구, 정말 괜찮은 친구입니다."

그리고 이렇게 말할 수도 있는 사람이다.

"이 친구는 언제라도 날 배반할 준비가 되어있는 위험한 친구입니다."

힐은 폭력적이고 부정직한 사람들에게 관대하지 않았지만 그들에게 많은 흥미를 느끼긴 했다. 물론 인간 자체에 흥미가 있는 건 아니었다. 그들은 그저 학창시절부터 못된 짓만을 일삼아온 폭력배들일 뿐이다. 하지만 그들은 힐에게 기회를 제공한다. 사기꾼은 사건이 있는 곳으로 그를 안내한다.

힐의 캐릭터는 상반되는 많은 조각들을 섞어놓은 것 같다. 그중 가장 뚜렷한 것은 '불안정' 이다. 불안정은 무모함을 낳는다. 삶에 자극을 주기 위해서는 아드레날린 충격이 필요하다. 몇 년 전 그의 친구는 힐을 '미스터 도박꾼' 이라 부르기도 했다.

힐은 항상 새로운 경험의 기회를 위해 노력하는 타입이다. 그는 자신이 비행기에서 뛰어내리고 제 발로 베트남으로 들어갔던 것을 '지적 호기심' 때문이었다고 주장한다. 사기꾼들과 범죄자들은 전혀 따분하지 않다. 힐처럼 따분함과 판에 박힌 일을 천성적으로 싫어하는 사람들에게 있어 그것은 값으로 따질 수 없는 미덕이다.

"저는 그들과 일하는 게 좋습니다. 그들이 어떤 사람들인지, 어떤 생각을 가지고 있는지 밝혀내는 것이 좋아요."

언젠가 그답지 않은 방어적인 자세를 취하며 힐이 말했다.

"사무실에 앉아 추상적인 생각에만 잠겨있거나 각기 다른 범죄의 발생률을 따지는 업무보다도 흥미롭기 때문입니다."

그다운 호전적인 성격이 서서히 드러나면서 그의 톤이 어두워졌다.

"사실 저는 모든 사람을 좋아하고, 모든 사람을 싫어합니다. 저를 포함해서 말이죠. 기왕이면 난폭한 사람들과 어울리고 싶어요. 그저 제 취향이라고나 할까요. 밋밋한 샤르도네보다는 독한 리오하가 낫죠."

힐이 진정으로 좋아하는 것은 어느 순간에라도 두 번 다시 회복할 수 없을 정도로 일이 꼬여버릴 수 있는 가능성을 제공하는 사람과 상황들이다.

첫 만남

1994년 5월 5일

🌿「절규」의 액자가 발견되자 경찰 수사도 다시 활기를 띠게 되었다. 노르웨이 경찰과 국립 미술관 위원장 쏜은 찰리 힐에게 연락해 관련자들을 알려주었다. 전과자 욘센과 중개인 역할을 맡게 된 예술품 딜러, 울빙이었다.

힐이 곧바로 울빙에게 전화를 걸었다.

"크리스 로버츠라고 합니다. 게티 미술관의 유럽 담당 대리인이죠. 한 번 뵙고 싶습니다."

힐이 그에게 벨기에 연락처를 알려주었다.

벨기에 연락처는 책략이었다. 런던 경찰청과의 관계를 감추기 위해 힐은 울빙에게 자신이 브뤼셀에서 활동하고 있다고 알렸다. 몇 달 전, 앤트워프에서 러스보로 하우스의 베르메르 작품을 되찾는 데 많은 도움을 주었던 런던 경찰청에 고마움을 표시하기 위해 벨기에 경찰은 전화 셋업을 기꺼이 맡아주었다.

힐은 울빙에게 오슬로에서 만나 협상하자고 제안했다. 울빙은 좋은 생각이라고 했다. 그리고 힐에게 현금 5십만 파운드를 요구했다.

돈은 비밀수사를 위해 현금 계좌를 만들어놓은 런던 경찰청에서 마련해주었다. 예술반 형사 딕 엘리스가 승인 서명을 해주었다. 헌 지폐로 5십만 파운드. 아주 잠시 동안만이라도 그런 큰 액수의 책임을 선뜻 맡으려 하는 형사는 없었다. 누구도 부인할 수 없는 큰 재난의 가능성 때문이었다. 오랫동안 형사로 활동해온 엘리스조차도 그런 큰돈이 오고가는 거래를 맡아 처리해본 적이 없었다. 그는 두툼하게 묶은 지폐 다발을 스포츠 가방에 쑤셔 넣었다. 계획은 날이 밝자마자 돈을 가지고 오슬로로 날아가는 것이었다. 최종 확인 서명을 하기에는 너무 이른 시간이기 때문에 엘리스는 돈을 런던 경찰청 금고에 일단 보관해두기로 했다.

금고에 넣기에는 가방의 부피가 너무 컸다. 하는 수 없이 엘리스는 자신의 사무실에 돈을 보관해두기로 했다.

"경찰청 건물은 무척 안전합니다. 하지만 그 날은 특히 밤이 길게만 느껴지더군요."

다음날 아침, 엘리스가 무미건조하게 말했다.

"저는 제 시간에 맞춰 나왔습니다."

5월 5일 아침, 엘리스가 시드 워커*라는 억센 체구의 형사에게 돈 가

---

* 시드 워커는 가명이다.

방을 넘겼다. 180센티미터의 키, 100킬로그램이 넘는 체중, 굵은 음성, 거친 태도를 가진 워커는 그냥 자극하지 않고 내버려둬야 좋을 것 같은 사람이었다. 오랫동안 비밀수사관으로 일해오면서 그는 범죄자들보다 훨씬 범죄자 같아졌다. 그는 힐과 엘리스보다 열다섯 살쯤 많았고, 젊은 시절엔 레슬링과 럭비 선수로 활약하기도 했다. 적지 않은 나이에도 그는 여전히 무시하지 못할 체격을 유지하고 있었다. 가끔 지나치다는 생각이 들 정도였다.

"그는 살인 청부업자들보다도 더 자주 살인 임무를 맡았습니다."

엘리스가 감탄하며 말했다.

서로 사이가 그다지 좋지 않은 그의 동료들도 경이로운 워커의 임무 수행 능력만큼은 순순히 인정했다. 하지만 수상한 예술품 감정가 역할만큼은 그가 쉽게 맡을 수 없었다.

"마약, 총, 청부 살인, 그런 것들은 시드에게 잘 어울리죠. 외모도 그렇고 목소리도 그렇고, 고릴라를 닮았거든요."

힐이 말했다.

하지만 그런 외모와는 어울리지 않게 워커는 머리 회전이 무척 빨랐다. 그뿐 아니라 몸놀림도 민첩했다. 어찌나 경험이 많고 노련한지, 그 어느 것도 그를 깜짝 놀라게 할 수 없었다. 워커는 런던 경찰청의 비밀수사 작전 지침을 만든 장본인이었다. 워커는 힐의 선도자였고, 특히 그가 비밀수사에 첫발을 내딛었을 때 많은 도움을 주었었다. 그리고 힐이 상부와의 마찰로 곤란한 상황에 처하게 되었을 때 그가 시베리아로 쫓겨나지 않도록 손을 써주었던 은인 역시 워커였다.

힐은 그를 무척 존경했다.

"그는 자기 세대 최고의 비밀 수사관이었습니다."

힐은 종종 그렇게 말하곤 했다.

"저는 그를 절대적으로 신뢰합니다."

예술반이 「절규」 회수 작전 준비에 착수했을 때 힐은 상부에 딱 한 가지를 요청했다. 시드 워커를 팀에 넣어달라는 것이었다.

* *

현금이 준비되고 완벽한 계획이 세워지자, 「절규」 팀은 런던 경찰청을 떠나 오슬로로 향했다. 멤버는 세 명이었다. 찰리 힐은 크리스 로버츠 역을 맡았고, 시드 워커는 그의 보디가드 역을 맡았다. 존 버틀러 반장은 그들 주변을 맴돌며 작전을 지시하기로 했다.

힐은 오슬로에서 가장 화려한 플라자 호텔 로비에서 울빙과 만나기로 했다. 지어진 지 얼마 되지 않아 번쩍거리는 고층 건물이었다. 힐, 워커, 그리고 버틀러는 각각 다른 층에 방을 잡았다. 우선 워커가 홀에 제일 먼저 도착하게 되어있었다. 버틀러는 노르웨이 경찰의 협조를 받아 자신의 방을 작전본부로 꾸며놓았다. 힐은 늦은 저녁, 마지막으로 나타나기로 되어있었다.

5월 5일 아침, 워커는 5십만 달러가 든 가방을 들고 히드로 공항을 빠져나왔다. 9·11 사건이 벌어지기 전이라 검색은 심하지 않았다. 하지만 공항 보안부는 그들의 비밀수사에 관해 전혀 모르고 있는 상태였고, 만약 누군가가 그 돈을 발견했다면 워커는 해명하는 데 진땀을 빼야 했을 것이다.

오슬로에 도착한 힐은 공항에서 빌릴 수 있는 가장 비싼 렌터카에 몸을 실었다. 최신식 메르세데스였다. 그는 브로드웨이 스타 같은 번지르르한 모습으로 플라자 호텔에 도착했다. 그는 리넨 정장과 흰색 셔츠, 그리고 커다란 초록색 물방울무늬가 있는 파란색 나비넥타이를 걸치고 있었다. 메르세데스에서 내린 그의 손엔 팁을 주기 위해 지폐 뭉치가 쥐어져 있었다. 그는 두 명의 사환을 손짓으로 불러 차를 주차시키고, 가방을 챙기게 했다. 그런 다음, 로비로 성큼 들어가 프런트데스크 앞으로 다가갔다.

"안녕하시오. 난 크리스 로버츠라고 하오."

그가 완벽한 미국 악센트로 말했다.

울빙은 욘센과 로비에서 기다리고 있었다. 힐의 음성이 들리자 울빙이 고개를 들었다. 그가 욘센과 쪼르르 달려 나와 자기소개를 했다.

시드 워커는 이미 로비에 자리를 잡고 앉아 상황을 지켜보고 있었다. 하지만 특유의 신중함은 보여주지 못했다. 눈치 빠르고, 노련한 욘센이 워커를 수상하게 여겼지만 그는 잠시 입을 닫고 있었다. 사납게 생긴 그는 확실히 호텔 분위기와 어울리지 않았다.

밤 열 시. 힐은 울빙과 욘센에게 방에 올라가 옷을 갈아입고 올 테니 잠시 후에 다시 만나 술이나 한잔 하러 가자고 했다. 몇 분 후, 세 사람은 호텔의 옥상 라운지에 자리한 바로 들어섰다. 잠시 후, 워커가 뒤따라 들어왔다. 욘센이 의심 어린 눈으로 힐을 쳐다보았다.

"저 사람, 일행입니까?"

이런 상황에서 머뭇거림은 재난을 가져올 수 있었다.

"물론이죠."

그가 한 치의 머뭇거림도 없이 대답했다.

"제 경호를 맡고 있습니다. 이런 큰돈을 혼자 들고 다닐 순 없는 일 아닙니까? 그러다가 당신들이 돈을 낚아채 달아나버리면 큰일이니까요."

욘센은 더 이상 의심을 하지 않았다. 힐은 손짓을 해 워커를 불렀다.

문제는 워커가 상황 파악을 제대로 하고 있는지 여부였다. 그는 힐이 그들에게 무슨 이야기를 했을지 스스로 추측할 수밖에 없었다. 만약 그의 추측이 틀린다면 두 사람 모두 큰 곤경에 빠질 수도 있었다. 욘센이 빤히 지켜보고 있었기에 눈썹을 실룩거려 조심하라는 메시지조차 워커에게 보낼 수 없었다.

"당신을 아래층에서 봤습니다."

욘센이 워커에게 도전적으로 말했다.

"그랬겠지. 하루 종일 방에만 틀어박혀 있을 순 없지 않소."

워커가 거만하게 대꾸했다.

힐은 워커와 입을 맞춰두었던 화제를 서둘러 꺼냈다. 워커는 네덜란드에 살고 있는 영국인 범죄자로 분하기로 했다. 그리고 가끔 힐의 경호원으로 일하기도 한다는 설정이었다.

힐은 언젠가는 워커를 그들에게 소개할 계획을 세워두고 있었다. 어쩌면 그들은 타이밍을 맞추지 못하고 무모하게 도박을 했던 것인지도 몰랐다. 워커를 그냥 풀어두었던 것은 그가 뭔가 흥미로운 일을 떠올려줄지도 모른다는 막연한 기대 때문이었다. 힐은 욘센이 그토록 빨리 눈치를 채버릴 거라고는 미처 예상하지 못했었다. 과연 이렇게 되어버린 일을 유리하게 이용할 수는 없을까? 욘센은 분명 자신을 대견스러워 하고 있을 것이다. 어쩌면 그 덕분에 그의 경계심이 조금 느슨해졌을지도 몰랐다.

힐은 미리 입을 맞춰놓았던 부분에 대해서는 크게 걱정하지 않았다. 누구든지 워커를 보면 그가 어떤 종류의 일을 하고 있을지 한눈에 알아볼 수 있었기 때문이다. 게다가 게티 미술관에서 파견된 대리인이라면 적어도 운전사 겸 경호원 정도는 동행하는 것이 자연스러운 일이었다. 외국에서 벌어지는 협상이었고, 적지 않은 돈이 오가는 거래였기 때문이다. 상대도 그 점을 충분히 이해해줄 거라 힐은 믿었다. 게티가 전과가 있는 경호원에게 일을 맡길 리가 없었기 때문에 힐은 그 부분을 굳이 드러내진 않았다.

시드는 별 다섯 개짜리 호텔과는 어울리지 않는 외모를 가지고 있었다. 힐은 좀 더 주의를 기울였어야 했다며 속으로 자책했다. 워커는 분명 노르웨이인이 아니었다. 게다가 국제적 비즈니스맨보다는 무장 강도에 가까운 외모의 소유자였다.

그럼에도 힐은 분하게 여기기보다는 오히려 후련함을 느꼈다. 그에게 있어 위험이 내포된 상황은 너무나도 익숙했다.

"절대 머뭇거려선 안 됩니다."

과거의 비밀수사 경험을 통해 그가 배운 교훈이었다.

"아주 잠시라도 머뭇거림을 상대에게 노출한다면 작전은 수포로 돌아가게 됩니다. 어떤 위기가 닥쳐와도 최대한 차분하고, 느긋하고, 무관심한 모습을 보여야 합니다. 그리고 어떠한 상황에서도 통제력을 잃어선안 됩니다. 무엇을 해야 할지 몰라 허둥대서도 물론 안 되겠죠. 적어도저는 그러지 않습니다. 그저 본능을 믿을 뿐이죠. 제겐 이성적인 머리가없습니다. 머리를 굴리며 계산을 해대기보다는 본능을 믿는 것이 훨씬쉽습니다. 대개 일이 순조롭게 해결되기도 하고요. 물론 그렇지 않을 때도 있지만."

다행히 이번엔 매끄럽게 해결되었다. 술이 몇 잔 들어가자 워커에 대한 욘센의 의심은 소리 없이 사라져버렸다. 그들은 어느새 동지가 되어있었다. 노르웨이인 범죄자는 성질 사나운 영국인 사내를 무척 마음에들어했다. 두 사람 모두 프로였고, 함께 거래하는 데엔 아무런 문제가 없을 것 같았다.

옥상의 바엔 지역민보다 관광객들이 훨씬 많았다. 그곳의 술값이 전망만큼이나 놀라웠기 때문이다. 게티 미술관으로부터 신용카드를 받아온힐에게 돈은 문제가 되지 않았다. 울빙과 욘센도 그의 의기양양함을 인상적으로 받아들였다.

힐은 연신 술을 주문하며 대화를 이어나갔다. 이런저런 화제가 줄지어떠올랐다. 어떻게든 울빙과 욘센으로 하여금, 그들이 게티가 파견한 대리인과 거래를 하고 있다는 것을 믿도록 만들어야 했다. 두 명의 노르웨이인은 서로 너무나도 다른 사람들이었다. 힐은 울빙의 캐릭터를 속속들이 알 수 있을 것 같았다. 예술품 딜러는 상대를 불쾌하게 하고, 전혀 신뢰를 주지 못했다. 지나친 거만함은 그의 큰 약점이었다. 힐은 예술에 관해 이야기할 때 좀 더 주의를 기울여야겠다고 생각했다. 물론 그는 될 대로 되라는 식의 대화 스타일에 적지 않은 신뢰를 가지고 있었다. 울빙은 자신의 헬리콥터와 호텔 따위에 대해 지껄이기를 좋아했다. 반면에 로버츠는 통이 크고 자유분방한 게티맨이었다. 그 부분에 있어서만큼은 힐은 크게 걱정하지 않았다.

하지만 욘센은 여전히 큰 위협이었다. 그는 언제나 경계를 늦추지 않는 범죄자로, 신중하고 교활했다. 욘센이 예술품을 사 모은다는 이야기는 전혀 믿을 만한 게 못 되었다. 힐이 본격적으로 예술 관련 화제를 떠올리자 욘센은 어리둥절해했다. 하지만 그가 위험한 인물이라는 사실에는 변함이 없었다. 그런 범죄자들에게 있어 중요한 것은 그들이 무엇을 알고 있는지가 아니었다. 지식이 아닌, 본능이 중요했다. 욘센은 직감과 경험에 따라 움직였다. 과연 상대는 진짜인가? 과연 상대는 만만한가?

힐은 욘센에게 그 상황에서 그가 돈과 그림 모두를 챙겨갈 수도 있다는 인상을 풍기지 않으려 애썼다.

울빙, 욘센, 그리고 워커와 술을 마시는 동안 힐은 제임스 앙소르의 기이한 삶과 화가로서의 생애에 대해 이야기했다. 그는 벨기에 화가로, 뭉크와 같은 시대에 활동했으며 다다이즘 초현실주의에 심취했던 괴짜였다. 게티 미술관은 앙소르의 걸작 「1889년, 브뤼셀로 들어가는 그리스도」를 소장하고 있었다. 그 엄청난 크기의 그림은 「절규」보다도 오 년이나 앞서 완성되었고 뭉크의 걸작과 주제적, 그리고 심리적으로 밀접한 연관이 있었다.

"우리는 게티가 소장하고 있는 위대한 표현주의 작품들과 함께 고뇌와 병렬의 성상을 소개할 계획을 가지고 있습니다."

힐은 이 전시회가 얼마나 중요하고 독창적인 기획인지에 관해 역설하는 것으로 미팅을 마쳤다. 욘센은 힐을 의심하지 않았다. 어쩌면 더 이상 따분한 예술 이야기를 듣고 싶지 않았기 때문인지도 몰랐다.

"거래는 내일 아침에 하도록 하죠."

욘센이 말했다.

"네, 그러죠. 그게 좋겠습니다."

힐이 동의했다. 그는 워커를 외면했다. 워커는 그의 파트너가 아니라 경호원이었다. 힐이 의견을 물을 만한 상대가 아니라는 뜻이다. 그는 오직 욘센과 울빙에게만 신경을 썼다.

"내일 호텔 레스토랑에서 만나 아침식사를 합시다."

힐이 말했다.

힐이 엘리베이터에 올라 16층 버튼을 눌렀다. 그리고 알아들을 수 없는 신나는 가락을 휘파람으로 불기 시작했다. 이유는 간단했다. 지금껏 한 번도 음악가를 흉내내려 해본 적이 없었기 때문이다. 그는 미니바에 과연 무엇이 들어있을지를 궁금해하며 자신의 방으로 향했다. 다음날 오전의 거래는 계획대로 순조롭게 진행될 것이다. 하지만 그것은 그의 희망이었을 뿐이었다.

플라자 호텔에서의 대실패

1994년 5월 6일

옥상의 바로 향하는 길에 힐은 호텔 로비가 유난히 북적인다고 생각했지만 크게 신경을 쓰진 않았다. 그러나 그는 곧 자신이 치명적인 실수를 저질렀다는 사실을 깨닫게 되었다.

그와 워커가 울빙, 욘센과 술을 마시는 동안 수백 명의 손님들이 체크인을 한 모양이었다. 그들 모두가 옥상의 비싼 술집으로 몰려들진 않았지만 다음날 아침, 힐이 호텔 레스토랑에 들어섰을 땐 많은 인파가 북적이고 있었다. 대체 서로를 오랜 친구처럼 반기며 법석을 떠는 이들은 누구인가?

프런트데스크 옆에 붙어있는 작은 표지판을 힐이 보았더라면 그 궁금증은 쉽게 풀렸을 것이다.

'스칸디나비아 마약 수사관 연차 총회에 오신 것을 환영합니다.'

호텔과 레스토랑은 사복 경찰들로 득실거렸다. 그들은 이름과 계급이 적혀있는 배지를 차고 있었다. 스웨덴, 노르웨이, 핀란드, 그리고 덴마크에서 온 경찰과 세관 직원들이 사방에 진을 치고 있었다. 스칸디나비아의 모든 경찰이 아내와 애인들을 데려온 것 같았다. 그뿐 아니라, 힐과 워커의 보호를 위해 노르웨이 경찰의 감시팀도 호텔에 파견되어 있었다.

최악의 타이밍이었다. 울빙과 욘센의 신경을 건드리지 않는 것이 중요했다. 과연 그들이 2백 명의 경찰이 바글대는 호텔에서 마음놓고 협상에 응해줄까?

더 큰 문제는 호텔에 모인 경찰 중 힐을 알아보는 옛 동료가 있을지도 모른다는 사실이었다. 힐은 자신이 먼저 눈에 익은 얼굴을 찾아 헤매고 싶은 충동을 가까스로 억제했다. 지난 몇 년 간 힐은 숱한 마약 사건을 맡아 처리하며 유럽 전역의 형사들과 헤아릴 수 없이 많은 만남을 가졌다. 누군가가 힐을 알아보고 환히 웃으며 달려올 수도 있었다.

힐은 오직 울빙과의 거래에만 신경을 쓰고 있었다. 욘센은 전날 밤에 자신은 아침식사를 거를 것이며 나중에 그들과 자리를 같이 하겠다고 말해두었다. 힐과 울빙은 뷔페를 나왔다. 사방은 경찰들로 바글거렸다. 다행히 울빙은 크게 개의치 않아 했다.

힐은 당혹스러웠다. 그와 친분이 두터운 스웨덴의 고위 경찰 간부가 눈에 들어왔기 때문이다. 그의 이름은 크리스터 포겔베리로, 돈세탁 케이스 전문이었다. 힐도 비슷한 케이스를 맡은 적이 있었다. 포겔베리는 런던 경찰청에서 사용하고 있는 수사 방법을 고안해낸 장본인이었다. 그가 힐을 알아본다면 보나마나 무척 반가워할 것이었다.

'젠장!'

힐이 속으로 중얼거렸다.

'많이도 데려왔군.'

포겔베리는 레스토랑의 반대편에서 아내, 측근들과 식사를 하고 있었다.

"제가 그쪽에 앉아도 되겠습니까? 자리를 좀 바꿨으면 하는데요."

힐이 울빙에게 물었다.

"햇빛 때문에 당신 얼굴을 똑바로 볼 수가 없습니다."

힐이 허둥지둥 자리를 옮겨 포겔베리를 등지고 앉았다. 이젠 최대한 빨리 식사를 마치고 포겔베리가 자신의 테이블로 다가오기 전에 레스토랑을 빠져나가야 했다.

그런 상황을 알 리가 없는 울빙은 사업과 예술에 관한 자신의 견해에 대해 주절주절 이야기를 늘어놓았다. 말을 하면서도 가끔씩 짬을 내어 앞에 놓인 음식을 입으로 가져갔다. 이야기는 계속 이어졌다.

힐은 울빙보다 훨씬 큰 체구를 가진 대식가였다. 하지만 그는 서둘러 거래를 시작했으면 한다며 중얼거릴 뿐이었다. 울빙이 식사를 마쳤다. 포겔베리는 여전히 식사를 하고 있었다. 힐은 계속해서 포겔베리를 등진 채로 레스토랑을 빠져 나왔다.

무사히 빠져 나온 후 힐은 울빙에게 방에 뭔가를 두고 왔다고 둘러대고 서둘러 자신의 방으로 향했다. 그리고 곧장 호텔방에서 대기하고 있는 존 버틀러 반장에게 전화를 걸었다.

힐은 버틀러에게 포겔베리 문제를 해결해달라고 요청했다. 버틀러는 스톡홀름 경찰청에 전화를 걸어 중대 비밀수사가 진행 중이라는 메시지를 전했다. 포겔베리가 누굴 알아보더라도 절대 아는 척을 해선 안 된다고 했다. 그 메시지가 언제쯤 포겔베리에게 전달될지 알 길이 없는 힐은 계속해서 호텔 이곳저곳을 돌며 숨어 다녔다.

포겔베리가 그를 알아보게 되었을 때 힐의 유일한 계획은 그저 능청을 떠는 것뿐이었다. 돌아올 수 없는 다리에선 그냥 뛰어내려버리는 것이 상책이다.

"어떤 방법이든 찾아야 했죠. '사람 잘못 봤습니다.'라고 미국 악센트로 말하고 나서 황급히 자리를 피하든지. 하지만 누가 뭐래도 가장 좋은 방법은 숨는 것이었습니다. 그래서 저는 그걸 행동에 옮겼죠."

힐은 아찔했다. 그저 고개를 숙이고 운명에 모든 것을 맡길 뿐이었다. 힐이 몸담고 있는 세계에선 제대로 먹혀들어간 계획은 대단히 만족스러운 것이다. 하지만 뜻밖의 행운은 그 이상의 스릴을 안겨준다. 힐은 자신을 향해 날아온 총탄이 빗나가는 것보다 흥분되는 일은 없다고 한 윈스턴 처칠의 말에 깊이 공감하고 있었다.

버틀러에게 상황을 보고한 후 힐은 아래층 커피숍으로 내려가 울빙과 다시 만났다. 욘센도 와있었다. 전날 밤 그들은 이미 「절규」의 값에 대해 합의를 해두었다. 35만 파운드. 53만 달러, 또는 3백5십만 크로나에 달하는 액수였다. 어째서 값이 울빙이 요구했던 5십만 파운드에서 떨어지게 되었는지 힐은 끝내 밝혀내지 못했다.

워커는 이미 돈을 영국 파운드에서 노르웨이 크로나로 환전해놓았다.

워커의 스포츠 가방에 담긴 돈은 프런트데스크 옆의 호텔 금고에 보관되어 있었다. 힐은 협상 중 잘못해서 '달러'가 아닌 '파운드'라는 단어가 불쑥 튀어나와 버릴까봐 조마조마했다. 크리스 로버츠는 영국인이 아닌, 미국인이었다. 그런 실수를 사전에 막기 위해 아예 돈을 크로나로 바꿔 놓은 것이었다.

그런 사소한 일들도 무척 중요했다. 지난 몇 년간 힐은 거짓말이 가져오는 숱한 질문들과 씨름해왔다. 어떻게 그것을 정당화시킬 것인가? 언제 그렇게 할 것인가? 어떻게 빠져 나올 것인가? 그의 집 책장엔 시셀라 복의 『거짓말 : 공적, 사적 생활에서의 도덕적 선택』과 같은 몇몇 책들이 꽂혀있다. 하지만 그의 접근법은 철학적인 쪽보다는 실용적인 쪽에 더 가까웠다.

"거짓말은 유용합니다. 하지만 지나치게 욕심을 부려선 안 되죠. 하나에 집중해서 효과적으로 사용해야 합니다."

황야에서 살아남는 법을 가르치는 보이스카우트 리더처럼 진지한 톤으로 힐이 말했다.

가끔 그는 경찰이 아닌 친구들에게 비밀수사의 중심에서 벌어지는 속임수에 관해 설명하곤 했다. 가장 기본적인 수칙, 거짓말을 해야 할 땐 최대한 과장을 할 것.

"모든 것이 거짓말이 되어야 합니다. 박봉을 받는 경찰도 백만 파운드가 들어있는 서류가방을 들고 퍼스트 클래스에 앉아 여행하는 사람을 충분히 연기할 수 있습니다. 거기까진 괜찮아요. 하지만 문제는 작은 것들에 대한 거짓말로부터 비롯되는 경우가 많습니다. 모든 세부적인 사항을 기억하지 못하면 그때부터 스스로 파놓은 함정에 빠지게 되는 것이죠. 너무 많은 것을 기억하려 하면 행동이 부자연스러워집니다. 최대한 진실을 말하려 노력하는 것이 중요합니다. 그래야 떳떳치 못할 게 없게 되는 것이죠. 얼굴을 붉힐 일도 없을 테고 말입니다. 진실을 얘기할 땐 어떠한 문제도 벌어지지 않습니다. 바로 그것이 전술의 일부죠. 자신이 진짜 인생을 가진 진짜 캐릭터라는 사실을 악당들이 믿게 해야 합니다. 그러려면 대화부터가 자연스러워야 하죠."

힐의 행동은 이론에 어긋나는 것이었다. 복잡하고 위험한 뭔가를 떠올릴 수 있을 때면, 힐은 일부러 쉬운 길을 피해갔다.

『허클베리 핀의 모험』의 끝부분을 보면 톰 소여가 허크 핀과 도망치다가 잡힌 노예, 짐을 구하기 위해 아주 복잡한 계획을 떠올리는 장면이 있다. 허크는 수월한 방법을 제안했다.

"그렇게 하면 되지 않을까?"

"물론 되겠지."

톰이 대답했다.

"하지만 그건 너무 쉽잖아. 전혀 힘들지도 않고 말이야. 어려움 없는 계획이 무슨 의미가 있겠어?"

그리고 톰은 곧바로 자신의 계획을 들려주었다.

"내 계획보다 열다섯 배는 나은 것 같은데. 잘하면 짐을 자유의 몸으로 만들어줄 수 있을지 모르지만, 자칫하다간 우리 모두가 큰일을 당할 수도 있을 거야."

허크가 말했다. 허크는 이내 자신의 계획을 잊고 톰의 계획을 따르기로 한다.

찰리 힐 역시 본능적으로 톰에게 한 표를 던졌다.

* *

5월 6일 금요일 정오, 플라자 호텔의 커피숍은 조용했다. 힐의 경호원, 시드 워커는 의자 등받이에 몸을 기대고 앉아 바깥을 내다보고 있었다. 워커의 임무는 최대한 위협적인 모습을 보이는 것이었다. 그는 맡은 바 임무에 최선을 다하고 있었다. 힐의 임무는 협상이었다. 그들은 두 명의 관객 앞에서 연기를 해야 했다. 물론 조금의 실수도 용납되지 않았다. 모든 것이 계획대로 풀리기 위해서는 두 사람의 연기가 서로 보완이 되어 주어야 했다. 예술과 게티 미술관에 관한 힐의 실없는 소리는 차분한 멜로디 라인이었고, 침묵에 가까운 워커의 나지막한 으르렁거림은 베이스 라인인 셈이었다. 상대에게 이런 은밀한 거래에 익숙하다는 모습을 보여 주는 것이 관건이었다.

힐은 욘센을 유혹할 시간이 되었다고 생각했다.

"시드, 돈을 보여주겠소?"

"네, 그러죠."

의식은 외부인들이 상상하는 것보다 훨씬 조심스러웠다. 너무 정중한 부탁의 말투를 쓰는 것은 큰 실수다. 크리스 로버츠는 자신이 신사라는 것을 보여주기 위해 웨이터 등에게만 부탁하는 말투로 이야기했다. 거친 상대가 자신을 겁쟁이로 여기게 만들어선 안 되었다. 놈들이 약점을 감지하면 그들은 머뭇거림 없이 그 틈을 파고든다. 힐은 무장을 하고 있지 않았을 뿐더러 적진에 들어와 있었다. 천진난만함으로는 위기를 모면할 수 없었다.

워커 또한 스스로 주의를 기울여야 했다. 그의 임무는 로버츠와 그의 돈을 보호하는 것이었다. 하지만 그는 하인이 아닌, 악한을 연기하고 있었다. 지나치게 고분고분한 모습은 상황과 어울리지 않았다. 그들은 잭 베니와 로체스터의 관계와는 거리가 멀었다.

너무 정중하게 말하거나 무심코 넘어가는 사소한 일들도 나중에 큰 문제를 초래할 수 있었다. 크리스 로버츠를 연기하는 데 있어 힐이 명심해야 할 것은 한 번에 두 가지 이미지를 남겨야 한다는 점이었다. 거래 상대에게 자신이 진정한 예술 기관의 멤버라는 인상을 주는 동시에 절대 얕볼 수 없는 프로라는 인상을 주어야 했다.

워커와 욘센은 돈을 확인하기 위해 프런트데스크로 향했다. 두 사람 사이에 대화는 없었다. 그저 일련의 소음만이 들릴 뿐이었다. 반짝거리는 로비의 바닥 위로 떨어지는 무거운 발소리. 호텔 금고 문이 열리는 소리.

욘센이 목을 길게 빼고 워커의 넓은 어깨 너머를 흘끔 엿보았다. 워커가 몸을 돌리고 욘센에게 가방을 불쑥 내밀었다. 소리 없이 가방의 지퍼를 연 욘센이 멍한 표정을 지었다.

3백5십만 크로나.

"세어보겠소?"

욘센은 그럴 필요가 없을 것 같다고 대답했다. 워커가 두꺼운 엄지로 돈다발을 휙 훑자 지폐가 차르륵 소리를 냈다. 워커가 다시 가방을 금고에 넣었다.

욘센이 흥분을 감추지 못한 채 다시 테이블로 돌아왔다. 힐은 만족스러웠다. 이제 욘센의 머릿속은 온통 돈 생각만으로 가득 차 있었다.

'저 친구는 이제 됐어!'

힐이 속으로 외쳤다.

힐과 워커는 미끼를 제대로 썼다는 데에 의견을 달리하지 않았다. 지나치게 극적인 진행으로 상대를 겁주기보단 아주 천천히 줄을 당겨 성과를 올리는 것이 중요했다. 협상은 지금부터가 시작이었다. 허세, 호언장담, 다급함 등은 더 이상 내보여선 안 되었다.

힐은 예전의 거래들을 통해 이 순간이 얼마나 많은 위험을 내포하고 있는지를 잘 알고 있었다. 모든 것이 자연스러워야 했다.

"돈을 먼저 보겠소?"

하지만 그것은 자연스럽다기보단 결정적인 한마디였다. 왜냐하면 이미 그들의 상상력을 확실히 사로잡아 두었기 때문이다. 이제 그들은 그림을 내놓고, 돈만 챙겨 가면 되는 것이었다. 가끔 돈을 세어보겠다고 나서는 상대도 있지만 그것은 큰 문제가 아니다. 그저 돈이 확실히 준비되었다는 사실을 상대에게 각인시키는 것이 중요할 뿐이다. 수백 번 말하는 것보다 한 번 보여주는 것이 훨씬 효과적이다.

욘센은 최대한 침착해보려 애썼지만 잘되지 않는 모양이었다. 여느 때와 마찬가지로 오늘 이 자리에서도 역시 예술품 딜러인 울빙이 협상의 모든 것을 떠맡았다. 하지만 두 눈으로 직접 돈을 보고 온 욘센도 말이 많아지고 있었다.

그러다가 그가 갑자기 입을 닫았다. 파트너가 안중에도 없는 울빙은 계속해서 수다를 이어나갔다. 욘센이 자리에서 일어나 바에 앉아있는 남자에게로 다가갔다.

욘센이 낯선 남자 뒤에 잠시 멀뚱하게 서 있다가 마치 문에 노크하듯 그의 등을 힘껏 두드렸다. 툭툭 소리가 사방으로 퍼져나갔다.

"방탄조끼 차림으로 뭐 하고 있는 거요?"

욘센이 으르렁거리며 물었다.

남자가 몸을 웅크리고 뭔가 조리가 서지 않는 말을 더듬거렸다. 누군가에게 방탄조끼를 빌렸으며 자신은 그저 테스트 삼아 걸치고 있는 거라고 했다. 마음에 들면 자신도 구입할 생각이라고 덧붙이기까지 했다. 욘센이 그의 해명을 툭 끊어버렸다.

"아까부터 신문 너머로 우리를 지켜보고 있던데. 삼십 분 전에 주문한 술은 여전히 글라스에 가득 채워져 있고."

그가 손대지 않은 채 놓여 있는 맥주를 가리켰다.

"대체 뭐 하는 거요?"

"…"

욘센이 다시 자리로 돌아와 앉으며 말했다.

"저 친구 경찰이에요."

'젠장! 이젠 어쩐다?'

힐이 속으로 중얼거렸다.

사복경찰이 욘센과 울빙을 감시하고 있었다는 사실을 어떻게 해명할 것인가? 만약 런던 경찰청을 돕기 위해 노르웨이 경찰이 나섰다면 어째 서 힐과 워커에겐 귀띔하지 않았을까?

힐은 이런 돌발 상황에 대해 전혀 준비가 되어 있지 않았다. 순간 그의 뇌리를 스치는 생각이 있었다.

"젠장."

그가 중얼거렸다.

"몇 달 전, 아랍―이스라엘 평화 협정을 이곳에서 서명했습니다. 아마 테러리스트들 때문일 겁니다. 그래서 집회에 모인 경찰들을 지켜보고 있 는 걸 거예요."

힐은 노르웨이가 브로커로 나섰던 오슬로 평화 협정을 이야기했다. 1993년 가을, 이츠하크 라빈과 야세르 아라파트는 이곳에서 협정을 맺었 었다. 힐은 당시 협상을 유심히 지켜보았다. 런던에서 힐은 종종 책상 에 앉아 커피를 홀짝이며 〈타임스〉를 훑었다. 그럴 때마다 동료들은 차 라리 타블로이드 신문에 실린 토플리스 여자 모델을 감상하는 편이 낫지 않겠느냐며 놀리곤 했다.

감시 중인 경찰들에 대해 불평을 늘어놓는 힐의 목소리 톤은 그가 전 달하려 하는 메시지만큼이나 중요했다. 조급하고, 짜증나고, 따분해한다 는 인상을 동시에 전달해야 했다. 무슨 일이 있어도 당황하는 기색을 보 여선 안 되었다. 테러리스트에 관한 언급은 마치 폭포 밑으로 떨어지기 직전에 나뭇가지를 움켜잡은 것만큼이나 행운이었다.

욘센은 크게 의심하지 않았다. 아니, 절반쯤은 힐의 설명에 말려들어 있었다. 힐은 안도했다. 비밀수사관들에게 있어 언제라도 즉흥 연기를 태연하게 해보일 수 있는 능력은 필수였다. 힐이 위기 모면에 대한 안도를 미처 끝내지도 못했을 때 욘센이 다시 초조한 모습을 보이기 시작했다.

"그러고 보니 다른 사복경찰들도 본 것 같아요."

'오, 맙소사.'

힐이 다시 속으로 중얼거렸다. 모든 이가 어렵지 않게 눈치 챌 수 있을 만큼 노르웨이 경찰의 비밀수사가 아마추어 같았다면 힐은 그 점을 유리하게 사용할 수도 있을 것 같다는 생각을 하게 되었다.

"거봐요. 내가 그랬지 않습니까."

힐이 불만스럽다는 듯 말했다.

"빌어먹을 집회를 감시하고 있는 거라고요."

힐은 다른 호텔로 자리를 옮기자고 제안했다. 거래를 몇 주 뒤로 연기하는 것도 상관없다고 했다. 물론 힐은 허세를 부리고 있는 것이었다. 예술반장이 이 호텔에 지휘소를 차려놓았기 때문에 다른 장소로 옮기는 것은 불가능했다. 다행히 욘센은 그의 제안에 찬성하지 않았다.

"잠시 나갔다 와야겠습니다."

욘센이 그렇게 말하고는 휙 사라져버렸다.

러스보로 하우스 리덕스

🦟 욘센이 어디로 갔는지 힐은 알지 못했다. 가능성은 무한했다. 골이 나버린 것일 수도 있고, 직접 돈을 챙기기 위해 라이플을 가지러 간 것일 수도 있었다. 욘센이 복수를 위해 자리를 박차고 나갔든, 아니면 그저 술이나 한잔 하러 나가버린 것이든, 찰리 힐은 그 상황을 무척 즐기고 있었다.

예술 범죄는 '진지한 소극'이다. 그에겐 두 단어 모두 중요하다. 예술품은 대치가 불가능하기 때문에 분명 심각한 문제다. 하지만 사기꾼들을 상대하는 일은 어떻게 보면 익살스러운 게임 같기도 하다. 하지만 힐에게 있어 소극은 '키스톤 캅스'나 범인이 사다리에서 미끄러져 떨어지는 것, 그 이상을 포함하고 있다. 좀 더 포괄적인 싸움. 우리 편과 악당 사이의 끝없고, 불가피하고, 무익한 전쟁을 의미했다.

힐은 수년간 그런 전쟁을 숱하게 치러왔다. 하지만 원죄를 굳게 믿는다고 스스로가 인정하는 그는 나태함으로 경찰이 파산하는 일은 절대 없을 거라 확신하고 있다. 힐에겐 쾌활함과 깊은 염세관이 묘하게 공존했다. 그리고 코미디와 비극이 적절히 섞여있을 때 그는 특히 빛을 발했다.

골목에서 강도들을 쫓던 시절도 그를 크게 자극하진 못했다. 위험하지도 않고 놀랄 일도 많지 않은, 그야말로 단순범죄였기 때문이다. 처음으로 세계적 수준의 사건을 맡게 될 때까지 힐은 자신의 인생에서 무엇이 빠져있었는지 깨닫지 못했다. 1986년, 마틴 카힐은 베르메르의 「편지를 쓰고 있는 여인」을 비롯한 열일곱 점의 그림을 러스보로 하우스에서 훔쳐 달아나버렸다.

그에게 일생일대의 절도라 여겨지는 이 사건은 사실 별일 아니었다. 카힐이 일을 벌이기 훨씬 전인 1974년, 도둑들이 이미 러스보로 하우스를 털었던 적이 있었다. 그들은 2001년, 그리고 2002년에 다시 러스보로 하우스에서 수백만 달러 상당의 그림들을 털어가는 데 성공했다. 베르메르의 「편지를 쓰고 있는 여인」을 비롯한 몇몇 그림은 수차례 도난당한 불명예스러운 기록을 가지고 있다. 게인즈버러의 「바첼리 부인」은 무려 세 차례나 도난당했다.

언젠가 힐은 마틴 폴리라는 아일랜드의 깡패에게 대체 러스보로 하우스의 주인인 베이트 부인에게 어떤 원한을 가지고 있는지 물은 적이 있었다.

"그녀에게 원한이 있는 게 아니오. 그저 너무 손쉽기 때문일 뿐이오."

라고 마틴 폴리가 대답했다.

러스보로 하우스는 거대하고 무질서한 건물이다. 창문마다 창살과 자물쇠가 붙어있고, 곳곳에 카메라도 설치되어 있다. 하지만 도둑들은 마치 제집 드나들듯 러스보로 하우스를 넘나든다. 고립된 곳에 자리하고 있어서 경찰이 그곳에 도착하기까지 무려 십오 분 이상이 소요된다.

"그들은 절도를 즐깁니다."

힐이 말했다.

"아주 거친 놈들이죠. 누구라도 그들을 막아섰다간 낭패를 보게 될 겁니다."

그들에게 있어 절도는 스포츠나 다름없으며, 대부분의 스포츠가 그렇듯 이것 역시 굉장한 돈벌이가 된다. 언론 역시 러스보로 하우스 도난사건을 가벼운 엔터테인먼트로 다룬다. 봄이 언제올지 예언한다는 '펑수토니 필' 이란 그라운드호그(대형 다람쥐과 동물—옮긴이)만큼의 화젯거리밖에 되지 않는다는 뜻이다.

만약 대부분의 예술 범죄가 '진지한 소극' 이라면 러스보로 하우스에서 반복되는 도난사건은 그 가장 좋은 예라고 할 수 있다. 우선 세팅을 살펴보자. 러스보로 하우스는 아일랜드에서 규모가 가장 큰 미술관이다. 온갖 범죄가 벌어지는 비열한 거리와는 차원이 다르다. 다음으로 범죄 그 자체에 초점을 맞춰보자. 누가 자신의 집 벽에 베르메르와 고야의 작품들을 걸어놓았는가?

다음은 그다지 동정을 얻지 못할 피해자들. 세상을 떠난 알프레드 경은 '튜턴 사람 특유의 진지함'으로만 알려진 인물이었다. 베이트 부인 역시 속을 꿰뚫어보기 힘든 사람이었다. 저널리스트들에 의하면, 그녀는 그루초 막스의 상대역을 맡았던 마가렛 뒤몽 부인과 무척 흡사했다고 한다. 2002년 여름, 베이트 부인은 한 저널리스트를 러스보로 하우스로 초대했다. 그녀는 고야의 「도냐 안토니아 자라테의 초상」을 손으로 가리켰다.

"이 그림은 내게 각별한 의미가 있습니다."

베이트 부인이 설명했다.

"알프레드는 바로 이 그림 밑에 서서 내게 청혼했었죠. 덕데일 사건이 있었을 땐 이 그림 밑에 묶여있었고요."

1974년 덕데일 사건은 러스보로 하우스를 대상으로 벌어진 첫 번째 범죄였다. 첫 번째 급습을 계획한 로즈 덕데일은 신탁 자금으로 일년에 십만 달러씩 벌어들이는 영국의 상속인이었다. 그녀의 범행은 네 차례 벌어진 사건 중 가장 서툴렀다. 그녀의 부모는 런던과 스코틀랜드에 저택을 소유하고 있었다. 육백 에이커에 달하는 대저택에서 성장한 그녀는 스위스에서 교육을 받았고, 옥스퍼드에서 경제학을 공부했다. 이십대 시절, 그녀는 스스로를 '혁명론자'라고 불렀다. 사실 그녀의 눈을 뜨게 하고, 기분을 상하게 만든 것은 바로 십대 시절 그녀가 봐왔던 사교계의 참모습이었다.

"내 사교계 데뷔 파티는 포르노 파티와 다를 게 없었어요."

체포된 후 그녀가 기자들에게 말했다.

"예순 명의 연금 수령자들이 6개월간 받는 액수를 합한 것보다도 돈이 많이 들었다고요."

덕데일의 첫 번째 범행은 야망과 아마추어의 솜씨가 마구 뒤섞인 것이었다. 1973년 6월, 서른두 살의 덕데일은 부모 집에서 잡다한 그림들과 은식기, 그리고 보석을 훔쳐 나오다 덜미를 잡혔다. 법정에서 그녀는 IRA를 위해 범행을 저질렀다고 밝혔다. 판사는 재범의 가능성이 적어 보인다며 그녀에게 무죄를 선고했다.

6개월 후, 덕데일은 판사가 낙천주의자라는 사실을 증명해보였다. 1974년 1월, 아일랜드의 더니골 주에 놀러온 관광객으로 분한 덕데일은 관광용 헬리콥터 한 대를 빌렸다. 그녀는 조종사를 구슬려 대형 우유통 네 개를 헬리콥터에 실었다. 헬리콥터가 이륙하자마자 덕데일은 공중납치에 들어갔다.

덕데일의 계획은 인근 경찰서를 폭파시키는 것이었다. 그녀는 우유통에 폭발물이 담겨있다고 했다. 하지만 위험에 빠지게 된 것은 경찰이 아니었다. 우유통 하나가 거의 폭발할 지경에 다다랐고, 그녀는 하는 수 없이 그것을 헬리콥터 밖으로 던져버려야 했다. 우유통은 강에 떨어졌다. 다른 두 개의 우유통도 타깃을 맞추지 못한 채 바다에 떨어져버렸다. 마지막 우유통은 공영 주택 단지에 떨어졌지만 폭발하진 않았다. 덕데일은 가까스로 법망을 빠져나올 수 있었다.

헬리콥터 폭발물 투하 사건이 있은 지 한 달이 지났을 때였다. 1974년 2월의 어느 날 저녁, 런던 북부에 자리한 작은 미술관, 켄우드 하우스의 경비가 금속이 부딪치고 유리가 깨지는 소리를 들었다. 그는 소리가 난 곳으로 달려갔다. 누군가가 큰 쇠망치로 창문의 창살을 부수고 들어와 베르메르의 「기타를 연주하는 여인」을 훔쳐 달아나버렸다. 경찰은 그 사건을 '원시적인 범죄'라고 불렀다.

감미로운 분위기로 명성이 자자한 이 그림은 음악에 심취해 있는 젊은 여인의 모습을 담고 있다. 베르메르는 기타 줄이 가볍게 떨리는 것까지 그려내는 성의를 보였다. 그림 속 한쪽 구석을 보면 그림자에 덮여있는 몇 권의 책이 눈에 들어온다. 여인과 그녀의 기타는 꿀색 빛으로 번쩍이고 있다.

액자는 도난사건이 벌어진 지 하루 만에 햄스테드 히스의 관목 속에서 부서진 채 발견되었다. 도둑들이 던져놓고 간 것이었다. 대중과 언론은 도난사건에 격분과 냉담함이 어우러진 기이한 분위기로 반응했다. 어찌 되었든 사라진 그림은 값으로 따질 수 없는 명화였고, 그것을 회수하는 것은 국가적인 의무였다. 하지만 그것은 한낱 그림에 불과했다. 텔레비전 기자들은 사건을 숨가쁘게 보도했다. 그들은 그림을 자료 화면으로 보여줄 수 없었다. 컬러 슬라이드의 판권을 소유하고 있는 회사가 십 파운드의 사용료를 요구했기 때문이다. 상업 방송사인 BBC와 ITV는 돈을 아끼는 쪽으로 방향을 잡았다.

바로 그때, 일이 꼬이기 시작했다. 신문사와 라디오 방송국이 익명의 전화 메시지를 받기 시작했다. 20세기의 정치적 불만을 해결하기 위해 삼백 년 된 그림을 가져갔다는 것이었다. 전화를 걸어온 이는 만약 당국이 두 명의 IRA 행동대원, 돌러스와 메리온 프라이스 자매를 런던 교도소에서 아일랜드 교도소로 이송시키지 않으면 「기타를 연주하는 여인」을 훼손시켜 버리겠다고 협박했다. 프라이스 자매는 런던에서 자동차 폭탄

테러를 연이어 벌인 혐의로 유죄 판결을 받은 상태였다. 그들로 인해 무려 230명의 무고한 사람들이 부상을 당했다.

종신형을 선고받은 자매는 아일랜드로 보내달라며 단식투쟁을 벌였다. 하지만 도둑들은 프라이스 자매에게 아무런 귀띔도 하지 않은 채 언론에 전화를 걸었던 것으로 확인되었다. 1974년 3월 6일, 도난사건이 벌어진 지 2주가 지났을 때, 〈타임스〉로 편지봉투 하나가 배달되었다. 봉투 안엔 가로 0.5센티미터, 세로 2.5센티미터 크기의 캔버스 조각과 파란색 종이에 구두점 없이 소문자로만 씌어진 편지가 들어있었다. 캔버스 조각은 「기타를 연주하는 여인」의 뒷면에서 오려낸 것이었다. 편지엔 이런 내용이 적혀있었다.

'프라이스 자매는 감사 표시를 하지 않았다 우리는 자본주의 사회가 돈을 인간애보다 훨씬 소중하게 여긴다는 사실을 확인했다 우리는 성 패트릭의 날 밤 신나게 그림을 태워버릴 생각이다'

성 패트릭의 날, 폭파범 자매의 아버지 앨버트 프라이스는 도둑들에게 그림을 돌려달라는 청원을 발표했다. 그의 딸들은 미술을 공부했으며 베르메르의 작품이 훼손되는 것을 바라지 않는다고 했다.

"돌러스는 그 작품을 본 적이 있습니다. 딸아이가 그러더군요. 세상에 남은 몇 안 되는 아름다운 것들을 훼손하는 것은 죄악이라고 말입니다. 자신들을 위해 노력 중이라는 사실에 대해서는 고맙게 생각하지만 그림이 손상되는 것만큼은 원치 않는다고 했습니다."

성 패트릭의 날은 조용히 지나갔다.

한 달 후 1974년 4월 26일, 여전히 「기타를 연주하는 여인」의 행방은 묘연했다. 로즈 덕데일은 걸어서 러스보로 하우스로 향했다. 그녀는 직원 전용 출입구 앞에서 벨을 눌렀다. 직원이 나오자 그녀는 차가 고장났다고 말했다. 덕데일이 자신이 처한 곤경에 대해 설명하는 동안 총으로 무장한 세 명의 남자가 그녀 뒤에서 불쑥 나타나 건물 안으로 무작정 밀고 들어왔다. 그들은 직원에게 알프레드 경과 베이트 부인에게 안내하라고 명령했다. 베이트 부부는 서재에 앉아 음악을 듣고 있었다. 강도들은 베이트 부부를 바닥에 앉히고 끈으로 묶어놓았다.

덕데일이 다시 나타나 세 명의 공범자들에게 가져갈 그림들을 알려주었다. 그녀는 틈틈이 지시를 멈추고 베이트 부부를 향해 "자본주의 돼지들!"이라고 소리쳤다. 십 분 후, 도둑들은 열아홉 점의 그림을 챙겨 달아났다.

일주일 후, 아일랜드 국립 미술관 관장은 익명의 편지를 받았다. 한 달 전, 성 패트릭의 날에 협박편지를 보내왔던 베르메르 도둑들의 메시지와도 크게 다르지 않았다. 편지는 영국 당국이 프라이스 자매와 두 명의 동료를 아일랜드로 이송시키지 않으면 베이트 부부의 그림들을 전부 망쳐놓겠다고 경고했다. 게다가 1백2십만 달러의 돈도 요구했다. 도둑들은 편지와 함께 알프레드 경의 일기장에서 뜯어낸 세 장의 종이를 봉투에 넣어 보냈다. 일기장은 그림을 훔쳐 갈 때 함께 챙겨 간 것이었다.

도둑들의 계획은 그다지 이치에 맞는 것이 아니었다. 런던의 정치인들을 압박하기 위해 더블린에서 명화를 훔치다니. 어쨌든 러스보로 하우스의 명화들은 그렇게 사라져버렸다. 아일랜드 경찰은 도둑을 잡기 위해 국가적인 차원에서 수색에 들어갔다. 협박편지가 배달된 다음날, 호텔과

임대 주택을 돌며 수상한 사람들을 확인하던 한 경관이 더블린에서 약 320킬로미터쯤 떨어진 글랜도어의 외딴 바닷가 별장의 창문을 흘끔 들여다보았다. 유화 세 점이 그의 눈에 들어왔다. 베르메르의 「편지를 쓰고 있는 여인」과 고야의 「도냐 안토니아 자라테의 초상」, 벨라스케스의 「창밖으로 그리스도와 열두 사도가 내다보이는 주방의 하녀」였다. 사라진 열아홉 점의 그림 중 최고작들이라고 할 수 있는 것들이었다. 로즈 덕데일은 범행을 벌이기 이틀 전에 그 별장을 빌려놓았다. 나머지 그림은 아직 그녀의 차 트렁크에 실려 있었다. 다행히 손상된 그림은 없었다.

덕데일은 이내 체포되었다. 며칠 후, 런던 경찰은 익명의 제보자로부터 반가운 소식을 전해들을 수 있었다. 그들은 성 바르톨로뮤 성당으로 달려갔다. 그리고 그곳 공동묘지의 한 묘석에 기대어진 채 놓여있는 베르메르의 「기타를 연주하는 여인」을 회수했다. 그림은 오래된 신문지로 덮여있었다.

덕데일은 「기타를 연주하는 여인」의 절도 혐의로 기소되지 않았다. 하지만 경찰은 그녀가 주범이라는 의심을 버리지 않았다. 러스보로 하우스 그림과 함께 발견된 지 한 달이 지난 1974년 6월, 그녀는 더블린의 법정에 서게 되었다. 그녀는 비록 유죄이긴 하지만, 스스로가 무척 자랑스럽고 당당하다고 했다. 그녀에겐 징역 9년이 선고되었다.

* *

1986년, 마틴 카힐이 러스보로 하우스를 털었다. 덕데일 사건과 차이가 있다면 범행 당시 베이트 부부가 그곳에 없었다는 것뿐이었다. 카힐 일당은 열여덟 점의 그림을 훔쳤다. 2001년 6월, 도둑들은 다시 러스보로 하우스를 찾았다. 세 번째 도난사건이었고, 대낮에 벌어진 첫 번째 사건이기도 했다. 훔친 미쓰비시 지프를 타고 온 세 명의 도둑이 러스보로 하우스 정문을 부수고 안으로 뛰어 들어갔다. 삼 분 후, 그들은 벨로토의 「플로렌스 풍경」과 게인즈버러의 「바첼리 부인」을 들고 밖으로 나왔다. 게인즈버러의 작품이 도난당한 것은 이번이 세 번째였다. 도둑들은 훔친 두 번째 차를 몰고 달아났다. 그 두 점의 그림은 무려 2백3십만 파운드의 가치를 지니고 있었다.

무척 대담한 범행이었지만 매끄럽게 마무리되진 않았다. 도둑들은 휘발유를 지프에 붓고 불을 붙이려 했지만 실패하고 말았다. 나중에 경찰은 차 안에서 그들이 버리고 간 장갑을 발견할 수 있었다. 도주 중에 그들은 총으로 위협해 다른 차를 강탈하려 했지만, 운전자는 그들에게 순순히 열쇠를 넘겨주지 않았다.

2002년 네 번째 도난사건이 벌어졌다. 이번엔 9월의 어느 새벽이었다. 제보를 받은 경찰이 일 년 전에 러스보로 하우스에서 도난당했던 그림 두 점을 회수하기 나흘 전의 일이었다. 그로부터 한 달 전, 그들은 1986년 러스보로 하우스에서 도난당했던 루벤스의 초상화를 회수했었다.

이번 사건은 경찰들로 하여금 범인들이 그들보다 우위에 있다는 것을 상기시키기 위함이었다. 도둑들은 다섯 점의 그림을 훔쳐 갔다. 그것들의 가치는 7천6백만 달러에 달했다. 그중 루벤스의 그림 두 점이 가장 가치가 높았다. 「도미니크회 수사의 초상」은 이미 마틴 카힐이 훔친 적이 있었다. 이번엔 일 년 전의 범행 수법과는 약간 차이가 있었다. 도둑들은 정문 대신 후문을 통해 러스보로 하우스에 들어왔다. 문을 부수는 도구로 1층 창문을 덮고 있던 강철 셔터를 뜯고 들어가 원하는 그림을 챙겼다. 그리고 시속 160킬로미터로 차를 몰아 달아났다. 홀로 근무를 서고 있던 칠십대의 경비는 그들을 저지하는 데 역부족이었다.

"그들은 아일랜드 당국과 경찰을 조롱하기 위해 범행을 벌이는 겁니다."

찰리 힐이 말했다.

도난당했던 그림들은 거의 모두 회수되었다. 로즈 덕데일이 가져간 그림들은 그녀와 함께 발견되었다. 카힐이 훔쳐 간 그림들은 두 점을 제외하고는 모두 회수되었다. 2001년에 도난당한 그림 두 점, 그리고 2002년에 도난당한 그림 다섯 점은 제보를 통해 경찰이 모두 회수할 수 있었다.

하지만 여전히 도둑들이 유리한 게임이다. 그들도 그 사실을 알고 있다. 적절한 환경이 조성되면 그들은 언제라도 다시 들이닥칠 것이다.

돈은 꿀이다

🌿 러스보로 하우스 도난사건이 일깨워준 사실은 도둑들이 돈을 위해서만 세계적인 명화를 훔치지는 않는다는 것이었다. 평판이나 스릴 때문이기도 하고, 예술품 애호가들을 조롱하기 위함이기도 하다. 하지만 매력적인 가격표가 붙어있지 않은 그림이라면 도둑들은 아예 거들떠보지도 않을 것이다.

큰돈은 항상 모든 것을 꼬아놓는다.

"예술 세계에 대해 명심해야 할 것은 나를 포함한 소수의 사람들을 제외하곤 모두가 사기꾼이라는 사실입니다."

찰리 힐의 이 말은 농담으로만 넘길 수 없는 얘기다.

힐은 흑백이 뚜렷한 세상에서 살고 있다. 세상 사람들 대부분이 정직하고 근면하다는 상투적인 생각을 힐은 오만하게 무시한다. 정치판에서,

역사 속에서, 사회에서, 오직 사기꾼과 협잡꾼, 배신자, 위선자들만이 날 뛰고 있다고 생각한다. 물론 가끔 영웅도 있겠지만.

힐과 같은 편견을 가진 사람에게 예술은 완벽한 분야다. 예술 세계의 상류층은 허영과 선망과 탐욕으로 얼룩져있다. 게다가 예술 시장은 규제가 되지 않는 무법지대나 다름없다. 짧게 말하자면, 예술 시장은 가장 난폭하고 우스운 인간 코미디의 장이라 할 수 있다.

"전 허튼소리로 가득 찬 세상에서 살고 있습니다."

그가 그토록 유감스럽게 생각하는 것에 빠져 지내지 않았다면 힐의 이런 비탄은 좀 더 진지하게 들릴지도 모른다.

편견에 물든 힐에게 울빙과 욘센은 악당과 배신자들이 득실거리는 세계의 또 다른 캐릭터들일 뿐이었다. 그들 대부분은 상대가 겉보기처럼 고상하지 않다는 사실을 모른다. 그들은 예술품 거래가 '화려한 색상을 팔아치우는 수상한 사람들'에 의해 이루어진다는 오래된 농담을 인용하기를 좋아한다. 분개하며 목소리를 높이는 것은 스스로가 풋내기이며 시골뜨기라고 인정하는 것과 다르지 않다. 연극 속 악당으로부터 칼을 빼앗기 위해 무대로 뛰어오르는 관객처럼.

이십 년간 소더비의 회장으로 활동해온 피터 윌슨은 "누가 보더라도 어리석은 일이죠."라고 말했다.

"누군가에게 지금이 바로 소장하고 있는 그림을 상상조차 할 수 없는 높은 값에 팔 수 있을 때라고, 두 번 다시 이런 좋은 기회는 오지 않을 거라고 조언하면 그것은 분명 잘못된 조언일 겁니다. 오히려 절대 그림을 내놓아선 안 된다고 조언해야죠. 구매자들에겐 항상 그렇게 얘기하니까요. 지금이 바로 투자하기 좋은 때라고 말이죠."

＊ ＊

　부자들은 항상 예술품을 수집한다. 하지만 명화들을 둘러싼 열기는 새로운 것이다. 과거의 최고가 기록을 요즘 환율로 계산해보면 전혀 놀랍지 않다. 평론가이자 예술 역사가인 로버트 휴스는 그 이유를 20세기 이전엔 예술품을 투자 대상으로 여기는 사람이 많지 않았기 때문이라고 설명한다.

　"과거 사람들은 오직 만족과 지위와 기념물로만 그림을 사 모았습니다. 낡은 천장에 뚫린 구멍을 가리기 위해 그림을 사기도 했죠. 하지만 돈을 벌어보겠다는 생각으로 그림을 사들이는 일은 없었습니다."

　하지만 이젠 그런 기대와 희망이 중심이 되었다. 예술은 신기한 비즈니스다. 유행과 기회가 중심적인 역할을 한다. 반 고흐는 세상을 떠나기 일 년 전, 동생에게 돈을 빌려줘서 고맙다는 내용의 편지를 띄웠다. 그리고 대담하게 이렇게 주장했다.

　'내 해바라기 그림은 5백 프랑의 가치를 가지고 있어.'

　요즘 돈으로 환산하면 약 오백 달러쯤 되는 액수였다. 구매자들은 그의 말에 동의하지 않았다. 1987년, 크리스티에서 벌어진 경매에서 일본의 야스다 화재 해상 보험회사는 3천9백9십만 달러에 반 고흐의 「해바라기」를 사들였다.

　모든 것은 이름에 따라 정해진다. 2002년에 루벤스의 「유아 대학살」은

7천6백7십만 달러에 팔렸다. 현재 그 작품은 네 번째로 비싼 그림으로 기록되어 있다. 지난 이백 년간 사람들은 「유아 대학살」이 루벤스의 작품이 아닌, 그의 제자의 작품이라고 믿고 있었다. 1923년에 그림을 상속받은 이들은 흐느끼는 어머니로부터 낚아챈 아기들을 무자비하게 땅에 내팽개치는 모습을 담고 있는 이 그림을 무척 못마땅하게 생각했다. 그들은 그동안 숱하게 그림을 처분하려 애써왔지만 쉽게 팔리지 않았다. 결국 그들은 오스트리아의 한 수도원에 빌려주었고, 그림은 수십 년간 어두침침한 수도원 복도에 걸려있었다. 2002년 여든아홉 살이 된 주인은 다시 구매자를 찾아 나섰고, 비로소 그림은 제 가치를 인정받게 되었다. 수도원의 복도가 어찌나 어두웠던지 소더비에서 파견한 감정가들은 손전등을 켜들고 그림을 꼼꼼히 살펴본 후에야 루벤스의 작품이 분명하다는 판정을 내릴 수 있었다.

* *

수요와 공급의 간단한 공식이 인간 심리학이 만든 복잡성과 정면으로 충돌하면 정반대의 뒤틀린 모습으로 나타난다. 예술 세계에서 높은 가격은 방해물이 아닌, 미끼가 된다. 뉴욕의 한 딜러는 기록적인 가격이 자석처럼 작용한다고 설명했다. 높은 가격은 구매자들이 쫓던 작품의 가치를 확인시켜준다. 그리고 판매인들로 하여금 다른 작품들을 시장에 내놓도록 유혹한다. 고인이 된 예술품 딜러, 해롤드 색은 이런 말을 남겼다.

"돈은 꿀입니다."

결과는 혼란스럽다. 사람들은 싸게 구입한 작품을 자랑하기보다는 오히려 그림 구입에 들어간 엄청난 액수를 더 자랑스러워한다. 뉴욕의 한 예술품 딜러는 그림을 보지도 않은 상태에서 백만 달러의 거금을 선뜻 제시하는 사람들이 적지 않다고 귀띔한다. 그런 구매 패턴을 진작부터 눈치 챘던 유명한 예술품 딜러, 조셉 두빈은 승승장구했다. 특히 20세기 초반은 그에게 있어 영광의 나날이었다.

"두빈의 고객들은 언제나 엄청난 액수를 뿌리고 다니길 좋아했습니다. 그리고 두빈은 항상 그들을 만족시켜주었죠."

그의 전기 작가가 말했다.

풋내기들에겐 절대 볼 수 없는 면이다. 1967년 워싱턴 D.C.의 내셔널 갤러리가 레오나르도 다 빈치의 「지네브라 벤치」를 1천2백만 달러에 사들였을 때, 존 워커 관장은 그림의 1평방인치 당 가격이 역사상 최고라고 설명했다.

그와 비슷한 이유로 한번 도난당했다가 회수한 그림은 도난 전보다도 높은 가격을 호령한다. 누군가가 그림의 가치를 인정하고 절도를 계획했다면 그보다 더 좋은 광고가 또 어디 있겠는가?

* *

예술 범죄의 붐은 1980년대와 1990년대, 예술품의 가격이 급등하면서부터 일기 시작했다. 1961년, 메트로폴리탄 미술관이 2백3십만 달러를 지불하고 렘브란트의 「호머의 흉상을 응시하는 아리스토텔레스」를 사들였을 때 그 가격은 종전 기록을 두 배나 뛰어넘는 액수였다. 〈타임스〉는 그 작품을 커버에 실었고, 다음날 아침 '백만 달러짜리 렘브란트'라는 기사가 〈뉴욕 타임스〉의 제1면을 화려하게 장식했다.

그로부터 삼십 년 후, 백만 달러는 그저 푼돈에 지나지 않게 되었다. 1990년 5월 15일 저녁, 대여섯 개의 각기 다른 언어가 뒤섞인 채 웅성거리는 가운데 사람들로 북적이는 방에서 크리스티 경매인이 반 고흐의 「가셰 박사의 초상」의 입찰을 2천만 달러에서 시작했다. 가격은 백만 달러 단위로 올라갔다. 오 분 후, 초상화는 8천2백만 달러에 낙찰되었다. 이틀 후, 소더비는 한 시간 동안 무려 3억 달러 상당의 그림들을 팔아치우는 기록을 세웠다.

프로들조차 달라진 세상에 놀라움을 금치 못했다.

"가격대가 확 달라져버렸어요."

미국 크리스티의 크리스토퍼 버그 회장이 〈워싱턴 포스트〉와의 인터뷰에서 말했다.

"한때 백만 달러는 충격적인 액수였습니다. 백만 달러가 2백만 달러가 되고, 그것이 5백만 달러, 4천만 달러로 불어나버렸죠. 2백만 달러짜리 르누아르 그림이 6백만 달러로 값이 오르고, 지금은 2천만 달러짜리 그림이 되어버렸습니다. 물론 그보다 유명한 작품들은 몇 배 이상의 가격을 호가합니다."

1868년, 르누아르는 초상화 한 점을 신발 한 켤레와 맞바꾸었다.*

---

* 르누아르는 구두 수선공의 아내에게 초상화를 그려주었다. 그는 "그림을 완성하고 신발을 신고 있을 내 모습을 상상할 때마다, 숙모와 딸, 늙은 하인까지 들어와 흠을 잡았다."고 비탄했다.

〈뉴욕 타임스〉의 경제부 기자는 고개를 저으며 경탄했다.

'1970년대, 유명한 인상파 화가의 작품들은 롤스로이스 한 대 값과 맞먹었다. 하지만 지금은 보잉 757기 한 대 값과 맞먹게 되었다.'

그는 1990년 2월, 한 기사에 그렇게 적었다.

1990년대가 지나면서 가격대는 조금 떨어졌다. 그러나 2004년 봄, 또 하나의 상징적인 장벽이 무너져 내렸다. 뉴욕의 소더비 경매장에서 익명의 입찰자가 피카소의 「파이프를 든 소년」을 1억 달러가 넘는 액수에 사들였다. 빨간 장미 화관을 쓰고 파란색 옷을 입은 어린 소년이 그려진 그림이었다. 피카소는 그 작품을 1905년, 스물네 살의 나이에 그렸다. 그를 유명하게 만들어준 세계적인 명화는 그 후에 그려졌다. 「아비뇽의 처녀들」은 1907년, 「거울 앞의 소녀」는 1932년, 「게르니카」는 1937년에 각각 발표되었다. 피카소 전문가들은 「파이프를 든 소년」을 두고 그럭저럭 마이너 급에 속한다고 평했다.

하지만 미술관에 걸려있는 피카소의 걸작들과는 달리 「파이프를 든 소년」은 누구든 돈만 있으면 사들일 수 있었다. 5천5백만 달러에서 입찰이 시작되었고, 팔 분간 경매가 진행되었다. 가격은 이내 6천만 달러, 7천만 달러, 7천5백만 달러를 훌쩍 뛰어넘었다. 8천만 달러까지 오르자 새로운 입찰자가 끼어들었다. 그리고 결국 익명의 입찰자는 1억4백1십만 달러를 지불하고 그림을 손에 넣었다.

그런 뉴스는 많은 사람들의 귀를 솔깃하게 만들고, 그들 중엔 음흉한 생각을 품은 이들도 물론 있었다.

닥터 노

✒ 보잉 757기 값과 맞먹는 그림이 사라질 때, 도둑들이 렘브란트나 반 고흐나 베르메르 같은 유명 화가들의 그림을 훔쳐 갈 때, 경찰은 마치 시나리오에 따라 움직이듯 반응한다. 경찰 본부장은 부케처럼 한데 모아진 마이크들 앞으로 나와 또 한 점의 걸작이 사라졌다는 음울한 소식을 전한다. 2000년을 하루 앞둔 날, 한 도둑이 4백8십만 달러짜리 세잔의 그림을 옥스퍼드 대학의 애쉬몰린 박물관에서 훔쳐 달아났다. 박물관 밖에선 파티가 열리고 있었다.

"우리는 누군가가 범행을 지시했을 거라고 생각하고 있습니다."

경찰이 서둘러 발표했다.

"영국, 또는 다른 곳의 예술 애호가가 전문가를 고용해 그림을 훔치도록 지시한 것이죠."

언론은 그 말을 액면 그대로 받아들였다. 대체 어떤 예술 애호가가 프로를 고용해 그런 범행을 저질렀을까? 그런 뉴스는 셜록 홈즈 이야기에서나 나올 법한 캐릭터를 상상하게 만든다. 깊은 밤, 성에서 그림에 관해 전문적인 지식을 지닌 주모자가 하인을 시켜 브랜디 한 잔을 가져오게 한다. 그리고 벽난로의 장작을 마지막으로 찔러본 후 서재 문을 닫고 나가라고 지시한다. 홀로 남겨진 그는 벽 앞으로 다가간다. 벽엔 가로 60센티미터, 세로 90센티미터 크기의 뭔가가 걸려있고, 그 위로는 초록색 벨벳 커튼이 드리워져 있다. 그것은 마치 무대 모형 같다. 스모킹 재킷 차림의 그가 다가가 커튼을 걷는다. 그리고 뒤로 물러서서 세상의 모든 이가 대번에 알아볼 수 있는 명화를 만족스러운 시선으로 올려다본다.

과연 그 추측이 맞을까? 브랜디와 스모킹 재킷을 제쳐두고서도 무척 흥미로운 이론이다. 우리는 훔친 명화들이 절대 합법적인 구매자를 찾지 못한다는 것을 알고 있다. 또한 그럼에도 많은 명화들이 항상 도둑들의 타깃이 된다는 것과 그것들 대부분이 영영 자취를 감춰버린다는 것도 알고 있다.

훔치든 아니든, 그림 한 점에 5백만 달러나 1천만 달러씩 투자하는 사람들은 분명 대다수의 보통 사람들과 다른 이들이다. 열렬한 애호가들은 마치 자신들이 뭔가에 홀려있다는 듯 얘기한다. 20세기 초반, 미국 산업을 통치했던 재정가 J. P. 모건은 예술 역사가 버나드 베런슨이 크로이소스의 전당포 업자에 비교할 만큼 많고 다양한 보물을 소장했다. 그가 소장하고 있는 보물 중엔 구텐베르그 성서 두 권과 마지막 남은 『실낙원』

원고도 포함되어 있었다.

언론 재벌 윌리엄 랜돌프 허스트의 전기 작가가 말했다.

"그가 예술을 바라보는 시각은 평범하지 않았습니다. 열기 식은 시장 가격을 무시하고 오로지 최고 가격만을 제시했죠. 절대 흔들림이 없었습니다. 입찰할 때 그는 무척 고집이 셉니다. 팔든지 말든지, 하는 태도로 일관하죠. 하지만 결국엔 원하는 것을 손에 넣고야 맙니다. 누구에게라도 원하는 그림을 빼앗기면 잠을 이루지 못할 정도였죠. 그는 자신의 약점을 잘 알고 있었지만, 그것을 바로잡기에는 의지가 부족했습니다."

J. 폴 게티는 스스로가 "단단히 사로잡혔다"고, 그리고 "중독되었다"고 순순히 인정했다. 그의 일기장엔 '이번이 정말 마지막이다' 라는 말이 숱하게 등장한다. 하루에 세 갑씩 담배를 피우는 흡연자의 맹세와도 다르지 않다.

게티도 마찬가지였다.

'더 이상 그림은 사들이지 않겠다. 이미 충분한 투자를 했다. 그레코로만 대리석 조각과 동상도 더 이상 사 모으지 않겠다. 프랑스제 가구도 마찬가지다. 마음을 굳게 먹었다. 더 이상 흔들리는 일은 없을 것이다.'

게티가 적어놓은 그 다음 문장은 이것이었다.

'가장 좋은 계획은 바로…'

대개 수집가들은 단순히 사로잡히는 수준에 머무르지 않는다. 특히 미술품 수집가들의 경우엔 자제력을 잃고 상상 밖의 일을 저지르거나 당할 위험이 더 높다. 페라리나 다이아몬드 목걸이 같은 사치품들의 값은 부담스러울 만큼 높다. 하지만 예술품의 값은 우리의 상상을 초월한다. 예술품은 비교 대상이 있을 수 없기 때문이다. 아무리 멋진 요트를 산다 해도 누군가가 똑같은 요트를 사버리면 특별함은 그대로 사라지고 만다.

반 고흐의 「해바라기」와 흡사한 작품은 존재할 수 있지만 그렇다 해도 조립 라인에서 찍어내는 페라리들과는 차원이 다르다.

"만약 세상의 책들이 오직 한 권씩만 존재한다면 어떤 일이 벌어지겠습니까?"

예술 평론가, 로버트 휴스의 말처럼 예술 세계는 그 정도로 광란에 싸여있다.

2002년, 게티 미술관이 라파엘로의 「핑크의 성모 마리아」를 사들이기 위해 5천만 달러를 내놓았을 때 예술품 딜러, 리처드 파이겐은 이렇게 호들갑을 떨었다.

"게티가 그렇게 나올 줄 알았습니다. 초록색 지폐 다발을 명화와 바꾸는 것은 무척 현명한 일이죠. 돈은 불어나고, 명화는 사라지고." *

전설적인 예술품 딜러 조셉 두빈도 똑같은 구매 권유로 큰 성공을 거두었다. 두빈은 새 가격에 오래된 명화를 팔아치우는 일을 전문으로 했다. 20세기 초반 미국의 스카이라인을 지배해온 헨리 프릭, J. P. 모건, 앤드류 멜런 같은 거물들은 모두 그의 소개를 받아 예술품을 수집했다.

"예술품은 값으로 따질 수 없습니다."

---

* 런던 내셔널 갤러리는 게티 미술관보다 높은 값을 불러 라파엘로의 명작을 영국에 붙들어놓을 수 있었다. 판매인인 노섬벌랜드의 공작은 6천5백만 달러를 챙겼다. 세금을 제하고 난 후의 금액은 4천만 달러였다. 1980년대에 그 그림이 라파엘로의 제자의 작품이며 1만1천 달러 정도의 가치밖에 지니고 있지 않다는 사실이 밝혀졌다.

수표를 꺼내드는 고객들에게 두빈은 열광적으로 말하곤 했다.

"무한한 가치를 가진 그림을 돈으로 구입한다는 자체가 엄청난 이득이죠."

경제학자들은 아이템의 희귀함 때문에 가치가 높아지는 것이라고 설명한다. 그들은 그것을 '희소가치'라 부른다. 동생에게 "이건 내 것이니까 만지지 마."라고 말하며 놀려대는 여섯 살배기는 이미 그 원리에 정통해있는 것이다.

위대한 명화는 시각적 아름다움은 물론 엄청난 희소가치를 지닌다. 하지만 희소성과 아름다움은 그저 매혹물에 지나지 않는다. 베르메르의 작품이 서른 점 정도밖에 존재하지 않고, 앞으로 새 작품이 발표될 리도 없기 때문만은 아니다. 그림은 다른 유일한 작품들조차도 필적할 수 없는 매력을 가지고 있다. 구매자가 유일한 소유인이 되는 것이다. 절대 자신의 것만으로 소유할 수 없는 소설이나 시, 교향곡과는 다르다. 낡은 종이 표지판 셰익스피어 작품을 가지고 있는 것은 셰익스피어의 원본 원고를 소장하고 있는 것과 큰 차이가 없다. 셰익스피어 작품의 가치는 그의 필체가 아닌, 그의 글에 담겨있다. 셰익스피어의 필체는 그의 예술과는 전혀 무관하다. 반면에 렘브란트의 붓질은 그 자체가 예술이다.* 언젠가 J.

---

* 셰익스피어가 손으로 쓴 것의 대부분은 사라져버린 지 오래다. 남은 것이라고는 철자가 제각각인 여섯 개의 서명뿐이다. 손으로 직접 쓴 문서가 세운 최고 기록은 3천8십만 달러로, 1994년 빌 게이츠가 구입한 레오나르도 다 빈치의 72페이지 분량의 원고가 세웠다. '코덱스'라 불리는 그것은 달의 밝기나 강의 구부러짐 따위에 얽힌 미스터리를 풀 수 있는 과학적 정보를 삽화와 함께 담고 있다.

P. 모건은 세상에서 가장 비싼 단어는 바로 "세계 유일"이라고 말한 적이 있다. 어떤 수집가들은 소유의 스릴에 지나치게 무게를 두어 구입한 명화들을 숨겨놓고 두 번 다시 꺼내 보지 않기도 한다. 17세기 프랑스의 탐욕스러운 책 수집가, 마셜 데스트레는 자신이 구입한 6만 권의 책을 꽁꽁 숨겨놓고는 자신이 숨을 거둘 때까지 한 번도 꺼내 보지 않았다.

명화가 사라졌을 때 모건이나 허스트나 데스트레처럼 광적이지만 그들만큼 정직하지 않은 수집가, 현실 속의 '닥터 노'를 의심해보는 것은 지극히 당연한 일이다. 유명한 보험 중개인이자 예술품 수집가, 로버트 히스콕스는 도난당한 명화들 대부분은 결국 부잣집 벽에 걸리게 될 거라 믿는다.

"사실 이것도 질병이나 다름없습니다. 헤로인 중독자가 헤로인을 갈망하는 것만큼이나 지독하죠. 그것들을 소장해야만 직성이 풀리는 사람들이 있습니다. 미술관은 좌절만을 안겨줄 뿐입니다. 마음껏 볼 순 있지만 소유할 순 없거든요. 갈망은 선하고 정직한 사람들만 느끼는 것이 아닙니다. 사회 도처에서, 특히 악당들이 강하게 느끼죠. 그냥 슬쩍 훔칠 수도 있는 것을 굳이 살 필요가 있겠습니까?"

히스콕스는 덧붙였다.

"사람들은 이렇게 말합니다. '예술품을 소장하는 것은 남들에게 보이기 위해서다.' 그것은 정말 엄청난 오해입니다. 제 침실 벽에도 그림이 한 점 걸려 있는데 아무에게도 보여주지 않고 있죠. 아마 앞으로도 그럴 겁니다. 제 자신이 친구들이나 대중에게 공개하고 싶은 마음이 없습니다. 고야의 「웰링턴 공작」을 훔쳐 자신의 방에 걸어둔 악당도 보나마나 혼자서 마음껏 즐길 겁니다. 고야의 작품을 소유하고 있다는 사실보다 더 스릴 넘치는 것은 바로 그가 그것을 멋지게 훔쳐냈다는 사실이겠죠."

세계에서 가장 비싼 그림들을 합법적으로 사들이는 구매자들 역시 자신들의 기념물을 꽁꽁 숨겨놓고 산다. 그리고 오직 자신들의 시각적 만족만을 채운다. 경매에서 기록적인 액수를 들여 사들이는 그림들 중엔 여전히 베일에 싸여있는 것들이 꽤 있다. 입찰은 정체를 드러내지 않는 구매자의 대리인이 한다. 요즘은 점점 그런 추세로 가고 있다. 황금시대의 거물들은 자신들이 소장하고 있는 예술품들을 남들에게 과시하기 위해 혈안이 되었었다. 도널드 트럼프가 자신의 건물들을 자랑스레 내보이는 것과도 다르지 않았다. 구매한 것을 과시하지 않는다면 구입한 이유는 대체 무엇인가?

황금시대가 펼쳐지기 백 년 전, 애덤 스미스는 마치 모두가 알고 있는 사실을 자신이 먼저 밝혀내기라도 한 듯 비슷한 의견을 내놓았다.

"부자들에게 있어 가장 큰 즐거움은 자신들의 부를 과시하는 것이다. 문제는 이미 아무도 가질 수 없는 부를 소유하고 있음에도 완전한 만족을 얻지 못한다는 데에 있다."

하지만 요즘 거물들은 다르다. 역사가 벤 매킨타이어는 이렇게 말한다.

"세계에서 가장 비싼 그림 네 점의 소유자와 그들의 소재는 아직까지 알려지지 않고 있습니다."

매킨타이어가 언급한 네 점의 그림은 8천2백만 달러에 팔린 고흐의 「가셰 박사의 초상」, 7천8백1십만 달러에 팔린 르누아르의 「물랭 드 라

갈레트」, 7천6백7십만 달러에 팔린 루벤스의 「유아 대학살」, 그리고 7천1백5십만 달러에 팔린 고흐의 「수염 없는 화가의 초상」이다. 매킨타이어의 기사가 실린 후 피카소의 「파이프를 든 소년」이 1억4백1십만 달러에 팔려나가며 최고 가격 기록을 갈아치웠다. 피카소의 작품을 사들인 구매자의 정체 역시 베일에 싸여있다.

1990년대 초반까지 세계에서 가장 비싼 그림 두 점의 주인의 정체는 세상에 알려져 있었다. 1990년 5월, 료에이 사이토라는 이름의 일본 기업가가 「가셰 박사의 초상」과 「물랭 드 라 갈레트」를 한꺼번에 사들였다. 그리고 구입한 그림들을 베니어판 상자에 넣어 도쿄 인근에 자리한 금고에 보관해두었다. 그로부터 몇 년 후, 사이토는 파산하게 되었고 부정행위로 유죄를 선고받았고 1996년에 심장마비로 세상을 떠났다. 아직까지도 그가 보관하고 있던 명화 두 점의 소재는 밝혀지지 않고 있다. 사이토는 「가셰 박사의 초상」을 소각해 자신과 함께 묻어달라는 유언을 남겼다. 하지만 마지막 순간에 마음을 바꾸었다고 한다.

만약 억만장자들이 유행처럼 소장하고 있는 명화들을 숨기고 지낸다면 억만장자 도둑도 그 유행을 따르지 않을까?

* *

그런 얘기를 찰리 힐에게 들려주었다간 보나마나 오랫동안 부루퉁해 있거나 룸펠슈틸츠킨 동화 스타일의 장광설을 늘어놓을 게 뻔하다. 물론 그의 기분에 따라 달라지겠지만. 사람들이 얘기하는 '닥터 노' 시나리오는 할리우드 영화를 너무 많이 본 사람들이 만들어낸 허튼소리일 뿐이라고 그는 잘라 말할 것이 분명하다. 그런 이야기를 꺼내놓는 것은 스스로가 '무식한 나는 당신의 소중한 시간을 허비하려는 중이다'라고 인정하는 것과 다를 게 없다고 그는 생각하고 있다.

힐의 분노는 그저 불신에서 비롯되는 반사적인 현상이 아니다. 연신 가설을 떠들어대는 언론이 힐을 분노하게 만드는 이유는 그들로 인해 악당들이 매력적으로 그려지기 때문이다. 도난당한 명화들이 절대 잡을 수 없는 범인들의 은밀한 갤러리에 차곡차곡 쌓여가고 있다는 가설은 경찰청이 예술반을 포기해야 하는 타당한 이유가 될 수도 있다. 영영 찾을 수 없는 곳에 숨겨진 그림들을 찾기 위해 헛돈을 쓸 필요가 있을까? 그저 예술품일 뿐인데.

전문가들 대부분이 가설에 대한 힐의 경멸에 동의한다. 하지만 그들의 의견은 요점을 빗나간다. 힐과 그의 동료들은 기꺼이 적지 않은 돈을 들여 반 고흐를 훔쳐내고도 남을 억만장자 예술 애호가의 존재를 믿지 않는다. 하지만 중요한 것은 도둑들이 그것을 믿고 있다는 사실이다.

그들의 믿음이 변하지 않는 한 명화들은 계속해서 사라져갈 것이다.

"피터 브류걸입니다"

명화에서 쏟아지는 광채는 도둑들에게도 적지 않은 영향을 끼친다. 그것을 쐴 자격이 없는 이들이지만 위세당당한 도둑의 이미지가 너무 매력적인 나머지 그대로 용인되곤 한다. 할리우드에 의하면, 예술품 도둑들은 피어스 브로스넌이나 숀 코너리처럼 생겼다. 〈시카고 트리뷴〉은 그들이 품격 높은 엘리트 특별 기동대로, 대담하고 교양 있는 범죄 집단이라고 독자들을 위해 정리해주었다.

현실 속의 예술품 도둑들은 오직 두 종류로만 나뉜다. 그 두 종류 모두 우아함과는 거리가 멀다. 그들은 엘모어 레너드 소설에서 흔히 볼 수 있는 얼뜨기거나 마틴 카힐 같은 갱 단원이다. 아무래도 갱 단원들이 훨씬 위험한 그룹이겠지만, 그림이 한 범죄자로부터 다른 범죄자에게로 넘겨지면서 그들은 공범이 될 수도 있다.

런던에서 활동하는 예술사건 담당 보험 조사관, 마크 달림플이 이들에 대해 말한 적이 있다.

"상업적 거래는 아주 복잡합니다. 항상 현금 거래일 필요는 없겠죠. 도둑들은 그림을 마약과 교환하거나 더 그럴듯한 거래를 노릴 수도 있습니다. 아니면 1만 파운드를 빌린 후 '이 그림으로 빚을 청산하겠소'라고 할지도 모르고요."

달림플은 눈 밑에 두툼하게 살이 붙어 있는 호리호리한 사람으로 염세적인 태도를 가지고 있었다. 그는 담배연기를 뿜어내며 감상적인 느린 말투로 그렇게 말했다. 마치 약점 투성이의 인류가 더할 나위 없이 우습다는 듯한 투였다.

"많은 범죄자들은 존경스럽기까지 합니다. 그들은 아주 똑똑하고, 세상 물정에 밝습니다. 도청을 의식해서 새로 산 휴대폰을 다음날 버리죠. 몇 킬로미터 밖에서도 비밀수사관들의 냄새를 맡을 수 있는 사람들입니다. 하지만 세계적인 명화가 걸려있는 범행일 땐 그들은 돈 냄새를 더 강하게 맡죠. 한마디로 과하게 흥분한다는 겁니다."

달림플은 한쪽 눈썹을 실룩거리며 말을 이었다.

"빈틈없는 그들도 욕심 앞에선 어쩔 수 없는 인간일 뿐이죠. 그들은 비상한 아이디어를 잘 떠올립니다. 남미의 마약 왕이나 마이애미의 마피아 친구에게 그림을 팔 수 있을 거라 생각하기도 하고, '아, 이런 것들에 관심을 보이는 알바니아인들을 알고 있어. 그 친구들에게 넘기고 권총이나 몇 자루 받아야겠군.' 하고 자신감을 보이기도 합니다. 그림의 주인에게 돈을 요구하거나 일 년쯤 기다렸다가 보험회사로부터 연락이 오기를 기

다리기도 하죠. 물론 자신들을 고용한 이들로부터 사례금을 받고 손을
떼기도 합니다."

달림플은 터프가이 악센트로 흉내를 내듯 말했다.

"'십만 파운드를 제시하면 소재를 알려줄 수도 있소. 난 사례금을 받
게 되고, 당신들은 빌어먹을 그림을 손에 넣고.' 그들 대부분은 교묘히
법망을 빠져 나갑니다. 그리고 항상 돈 버는 사람들이 있기 마련이고요.
범행이 끊이지 않는 이유가 바로 그겁니다."

달림플 같은 동맹자와 경찰들은 프로들보다 얼뜨기들을 상대하길 원
한다. 다른 관할권의 동료들을 만나면 그들은 불운한 아마추어들에 관한
이야기를 나눈다. 북적거리는 술집에 모인 형사들은 서로 자신이 맡았던
사건이 더 위험했다고 허풍을 떨기 바쁘다. 그들은 1998년, 1만 달러짜
리 추상 미술 금속 조각을 훔친 로스앤젤레스 도둑이 고물상에 9달러 10
센트를 받고 넘겨버린 황당한 이야기 따위를 주고받는다.

경찰은 웃자고 그런 이야기를 서로에게 들려주지만 그들이 짓는 것은
쓴웃음일 뿐이다. 뒤에 숨은 메시지가 하도 어이없기 때문이다. 예술품
절도는 쉬운 게임이고, 덜미를 잡힌다 해도 대가는 무겁지 않다. 서툰 얼
간이들도 할 수 있는 게임이라 이야기도 단순할 수밖에 없다. 앤서니 데
이즐리의 경우를 봐도 그렇다. 1991년 12월의 어느 화창한 날, 술에 잔뜩
취한 그는 비틀거리며 버밍엄 미술관으로 들어갔다. 그리고 잠시 후 벽
에 걸려있던 헨리 월리스의 「채터턴의 죽음」을 떼어 겨드랑이에 끼고 밖
으로 걸어 나왔다. 가로 15센티미터, 세로 25센티미터 크기의 이 그림은

7만5천 달러짜리였다. 최근 이 미술관은 수십만 달러를 들여 최신식 전자 보안 장치를 설치했다. 하지만 경보기는 건물이 텅 비는 밤에만 작동하도록 되어있었다. 그림을 둘러보던 한 관람객이 그 장면을 목격하고 경비에게 알렸지만 이미 그림은 사라진 후였다.

데이즐리는 지나가던 버스에 올라 승객들에게 그림을 보여주었다. 그는 사람들에게 방금 미술관에서 훔쳐온 것이라고 했고, 단돈 2백 파운드에 팔 의향이 있다고 했다. 도둑은 버스가 어디로 향하는지 물었다. 누군가가 셀리 오크로 가는 버스라고 대답해주었다. 데이즐리는 자신의 전부인이 살고 있기 때문에 그곳으로 가선 안 된다고 소리쳤다. 그는 휘청거리며 버스에서 내렸다. 물론 그림도 확실하게 챙겼다. 5일 후, 경찰은 제보를 통해 버밍엄의 한 가정집에 사라진 그림이 보관되어 있음을 알게 되었다. 판사는 데이즐리에게 앞으로 12개월 동안 자숙하라며 그냥 풀어주었다. 버밍엄 미술관 관장은 그에게 원하는 그림을 보러 오라며 정식으로 공개 초청장을 보냈다.

찰리 힐은 그런 이야기들을 좋아했다. 왜냐하면 그것들이 대부분의 사람들이 멍청하다는 그의 시각을 뒷받침해주기 때문이기도 하지만, 무엇보다 예술 범죄자들이 하루 종일 복잡한 절도 계획만을 떠올리는 주모자들이라는 일반적인 믿음에 금을 그어놓기 때문이기도 하다.

"예술품을 훔치는 도둑들은 대개 과거에 자동차 휠캡 따위나 훔치고 다녔던 사람들입니다."

힐의 휠캡 발언은 그냥 내키는 대로 내뱉은 말이 아니었다. 실제로 2

백만 달러짜리 케이스를 통해 증명된 진실이다. 1982년, 도둑이 런던의 코톨드 미술관에서 브뤼겔의 「그리스도와 간음한 여인」을 가슴에 품은 채 도망친 사건이 발생했다.(브뤼겔은 수많은 작품을 남겼다. 하지만 그가 사망한 지 450년이 지난 오늘날, 고작 마흔 점만이 남게 되었다.) 그 후로 팔 년간 그 그림은 숱한 도둑들의 손을 거쳤다.

결국 그림은 네 명의 삼류 건달의 손에까지 오게 되었다. 그중 두 명은 빚더미에 올라앉은 비즈니스맨이었고, 한 명은 자동차와 신용카드 도둑, 그리고 또 한 명은 휠캡 도둑이었다.

그중 한 명이 브뤼겔의 그림을 우연히 발견했다. 하지만 그는 그 작품의 특별함에 대해 전혀 알지 못했다. 자신에게 팔자를 뜯어고칠 수 있는 절호의 기회가 굴러들어 왔다는 사실을 눈치 채지 못한 것이다. 그림은 기묘했다. 화려한 일상을 그린 브뤼겔의 다른 유명 작품들과는 분명한 차이가 있었다. 「그리스도와 간음한 여인」은 자유 화법으로 그려진 작고 음울한 작품으로 그리스도와 다른 인물들은 돌조각처럼 그려졌다. 아마추어라면 그저 성서 속의 한 장면이려니 하며 무심코 지나쳐버렸을 것이다.

"그동안 우리가 가장 우려했던 것은 그림을 가져간 사람들이 따분해하며 그것을 쓰레기통에 처박아버릴지도 모른다는 가능성이었습니다."

코톨트 미술관 관장이 설명했다.

네 명의 건달은 전문가를 불러 그림의 가치를 물었다. 그때까지만 해도 그들 중 그림을 미처 보지 못한 이가 몇몇 있었다. 그들 중 자동차 딜러인 바비 디가 가장 먼저 그림을 유심히 들여다보았다.

"그림을 집어 들고 들여다보며 말했습니다. '이런 젠장!' 전문가 눈에 우리가 바보로 보이면 어쩌나 걱정이 됐습니다. 정말 한심해 보이는 그림이더군요."

전문가가 도착했다.

"그리고 그 놈이 들어왔죠. 뭔가 알아들을 수 없는 말을 중얼거리더니 몸을 휙 돌리며 기절해버렸습니다. 그제야 우리는 그것이 보통 그림이 아니라는 것을 깨닫게 되었죠."

광장한 명화를 손에 넣었다는 사실을 알게 된 그들은 간판으로 내세울 사람을 고용해 거래에 들어갔다. 1990년 4월의 어느 금요일 오후, 코톨트 미술관 관장 데니스 파는 책상에 앉아 업무에 열중하고 있었다. 그때 전화벨이 울려댔다.

"피터 브류걸입니다."

전화를 걸어온 사람이 말했다.

"당신들이 오랫동안 보지 못했던 걸 가지고 있습니다. 흥미가 있을 겁니다."

"브류걸"은 "뷰글"과 운이 맞았다. 그의 이상한 이름과 런던 남부 악센트에 파가 잠시 어리둥절해했다. 나중에 파가 그의 흉내를 내보았을 땐 꼭 앨리스테어 쿡(영국 BBC의 칼럼니스트―옮긴이)이 실베스터 스탤론 흉내를 내는 것처럼 보였다. 하지만 그는 이내 알아차릴 수 있었다. 정체 모를 남자의 이름은 피터 브뤼겔의 이름에서 따온 것이었다.

브류걸은 파에게 그림을 다시 되찾을 기회를 주겠다고 했다. 그가 요구한 금액은 2백만 파운드였다.

파는 곧장 예술반에 그 소식을 알렸다. 그들은 복잡한 함정수사를 계획했다. 찰리 힐은 명화 수집에 취미를 가진, 돈 많고 소란스러운 구매자로 분하게 되었다. 하지만 모든 것이 헛수고였다. 예술반과 도둑들 모두 또 다른 경찰 팀이 그림의 소재에 관한 정보를 입수하고 수사에 착수했다는 사실을 전혀 모르고 있었기 때문이다. 그 팀은 런던 외곽의 한 가정집을 급습했다. 그리고 침실 서랍장 위에 베갯잇으로 덮인 채 놓여있는 브뤼겔의 그림을 찾아냈다. 다행히 손상된 부분은 없었다.

모나리자의 미소

🌿 아무리 노력을 해도 찰리 힐은 '닥터 노' 시나리오를 떨쳐버릴 수 없었다. 그럴 수밖에 없었다. 사람들은 평범한 진실보다 매혹적인 스토리를 좋아한다. 네스호의 괴물을 보기 위해 여전히 사람들은 스코틀랜드로 향한다.

하지만 사람들이 그 가능성에 집착하는 것은 남다른 취향 때문만은 아니다. 또 다른 이유는 그들이 형사들을 낭만화시키고, 악당들을 폭력적이고 비열한 사람으로만 보는 비관론자들을 수상하게 여기는 경향이 있기 때문이다. 물론 형사인 힐 또한 마찬가지다. 어쩌면 악당들은 그가 생각하는 것보다 다양한 모습을 가지고 있는지도 몰랐다.

설령 힐이 닥터 노에 어울리는 인물을 본 적이 없다 하더라도 그것이 최종적인 답이 될 수는 없다. 훔친 그림을 수집하는 억만장자라면 파티를 열고 이웃들을 쉽게 집으로 초대하지 않을 것이다.

하지만 가끔 귀가 번쩍 뜨이는 이름이 들려오기도 한다.

뉴욕 메트로폴리탄 미술관의 보안실장으로 일했던 앨런 고어는 "이디 아민(전 우간다 대통령으로, 독재자로 군림해 국내외적으로 비난의 표적이 되었다—옮긴이)은 훔친 예술품을 가장 많이 수집한 사람입니다."라고 말했다.

"프랑스에 커넥션이 있고, 주로 마르세유에서 그림을 빼돌리죠. 그는 항상 프로들을 고용해 일을 벌입니다."

진실이었는지도 모른다. 하지만 고어의 주장을 뒷받침해줄 만한 증거는 나오지 않았다. 명화들은 종종 남미의 마약 왕의 저택에서 발견되곤 했다. 하지만 그들이 누군가를 고용해 그림을 훔쳐오게 했다는 주장의 근거 역시 없었다. 오히려 그들이 합법적으로 그림을 구입했다는 주장이 더 진실되게 들릴 정도였다. 언제부터인가 그들에게 그림은 헬리콥터나 하마처럼 자신들의 왕국을 꾸미는 데 없어서는 안 될 아이템이 되어버렸다.

* *

힐조차도 수집을 겸하는 도둑들이 있다는 사실을 인정한다. 그들은 원하는 그림이 있으면 직접 행동에 나선다. 그럼 이야기가 어떻게 되는 것인가? 우리는 몇몇 도둑들이 자신들의 만족을 위해 그림을 훔치고 다닌 사실을 알고 있다. 그렇다면 그들을 대신해 다른 도둑들에게 일을 맡기는 수집가가 따로 있다는 뜻인가?

2003년 겨울 전 세계를 떠들썩하게 만든 프랑스인 웨이터, 스테판 브레이트위저의 케이스를 한번 보자. 그는 재미삼아 14억 달러 가치에 달하는 그림과 그 외 예술품을 훔친 혐의로 체포되었다.[*] 칠 년 동안 그는 7개국의 179개 미술관을 털었다. 그는 보안이 허술한 소규모 미술관만을 노렸다. 그리고 코트 주머니에 쑤셔 넣고 나올 수 있는 작은 것들만을 골라 훔쳤다.

브레이트위저는 대낮에만 작업을 했다. 무척 간단한 방법이었다. 그의 여자친구가 망을 보거나 경비와 시시덕거리는 동안 브레이트위저는 칼을 꺼내 그림을 액자에서 떼어냈다. 그리고 그림을 돌돌 말아 챙겨 들고 미술관을 나왔다. 그가 훔친 그림 중 가장 가치 있는 것은 루카스 크라나흐의 「클레베의 시빌레」로 8백만 달러에 달했다.

크라나흐의 그림에서 우아한 빨간색 가운을 걸친 시빌레는 빨강머리를 허리까지 늘어뜨린 미녀로 묘사되어 있다. 시빌레에겐 미혼의 여동생이 둘 있었다. 앤과 아멜리아였다. 1539년, 네 번째 부인을 찾던 헨리 8세는 궁정 화가 한스 홀바인을 보내 자매의 초상화를 그리도록 했다. 헨리는 앤을 선택했고, 그녀의 초상화는 현재 루브르 박물관에 걸려있다. 홀바인은 지나치게 자신의 임무에 충실했던 것 같다. 앤이 영국에 도착했을 때 헨리는 그 '플랑드르 여자'의 실제 모습에 크게 실망했다. 결혼식이 시작되기 직전, 그는 잠시 머뭇거리며 자신의 운명을 탄식했다.

"세상과 내 왕국을 위하는 일이 아니라면 그 무엇을 위해서도 오늘 이

---

[*] 프랑스 경찰은 브레이트위저가 훔친 예술품들의 가격을 14억 달러에서 19억 달러 사이로 보고 있었다. 하지만 텔레비전 프로듀서이자 예술 범죄 전문가, 조나단 사조노프는 1억 5천만 달러가 넘지 않을 거라고 주장했다.

일만은 하고 싶지 않도다."

6개월 후, 헨리는 결혼을 무효화하고 돈을 주어 앤을 떠나보냈다. 성한 채도 앤 불린의 소유가 되었다.

* *

브레이트위저는 스물다섯 번째 생일에 크라나흐의 초상화를 훔쳤다. 스스로에게 주는 선물이었다. 그는 자신이 훔친 그림들을 한 번도 팔려고 내놓아본 적이 없었다. 예술품 애호가인 그는 훔친 그림들을 어머니의 아파트에 보관해놓았다. 그것들을 어머니에게 가져가기 전에 브레이트위저는 종종 집 근처의 액자 가게에 들르곤 했다.

브레이트위저는 스위스의 루체른에서 뷰글을 훔치다가 경비에게 덜미를 잡히고 말았다. 체포된 아들을 보호하기 위해 또 당국이 자신의 취업 허가증을 취소시켜버릴지 모른다는 우려 때문에 브레이트위저의 어머니는 증거들을 없애기 시작했다. 그녀는 백 개의 예술품을 수로에 던져버렸고, 육십 점의 유화를 망쳐놓았다. 그중엔 크라나흐의 작품도 포함되어 있었는데, 그녀는 그것을 잘게 잘라 주방 쓰레기통에 커피 찌꺼기, 세란 껍데기와 함께 버려버렸다.

* *

그럼 영화에 나오는 닥터 노는? 그런 삼류 절도를 뒤에서 조종하는 캐릭터는 그림자가 어둡게 드리워진 어딘가에 여전히 숨어 지내지 않을까?

예술 범죄 전문가인 영국 형사, 짐 힐의 말에 귀를 기울일 필요가 있다. 상냥한 스코틀랜드인 짐 힐은 이십 년간 사라진 예술품을 찾아 분주히 뛰어다녔다. 대부분 쓸 만한 그림들이었지만 아주 괜찮은 것들은 아니었다. 대개 1만 달러 정도 되는 작품들이었지만, 한때 그는 십만 파운드짜리 대형 괘종시계를 되찾는 데 성공하기도 했다.

이야기를 들려주기 좋아하는 사람들이 득실거리는 분야였다. 그리고 대부분 이야기의 주인공은 자기 자신이었다. 하지만 짐 힐은 스포트라이트를 멀리하는 드문 성격의 소유자였다. 짐 힐은 찰리가 무척 좋아하는 고전 스릴러 영화의 주인공으로도 손색이 없을 캐릭터였다. 기병대가 나오고 멋진 최후의 한 판이 등장하는 그런 영화 속에서, 동지애 넘치고 언제나 자신의 자리를 굳게 지키는 군인 역할에 적격일 것 같았다. 대사는 한두 마디밖에 없을 것이다. 그리고 위생병이 어깨에 박힌 총탄을 끄집어내는 동안 그는 그저 씨익 미소를 짓고 있을 것이다. 나지막한 저음으로 "견딜 만합니다."라고 한마디 툭 내뱉는 것도 잊지 않을 것이다.

짐 힐이 입을 열고 자신의 이야기를 들려줄 때는 아무도 그를 방해하지 않는다. 그는 형사로 활동할 때 훔친 그림들로 꾸며놓은 개인 갤러리를 소유한 소장가들을 두 차례 본 적이 있다고 말했다.

"큰 작업실 뒤로 비밀스러운 방을 만들어둔 사람이 있었습니다. 오직 그만이 출입할 수 있었죠. 수년간 그는 훔친 예술품들을 사들였습니다. 은화, 동상, 그림 따위 말입니다. 그는 방 안의 유리장에 그것들을 가득 채워두었죠. 그리고 안락의자에 앉아 은은한 음악을 들으며 홀로 소장품들을 감상했습니다. 그것들을 사용하거나 팔 생각은 전혀 하지 않았습니다. 그는 부자였고, 그저 소장품 감상에 만족을 느꼈을 뿐이죠."

＊　＊

그렇다면 세계적인 명화를 소장하고 있거나 혹은 적어도 그렇게 알려져 있는 여섯 명의 닥터 노는 누구일까? 1911년 8월 21일 이른 아침, 빈첸초 페루자라는 이탈리아인 목수가 루브르 박물관의 창고를 슬그머니 빠져나왔다. 그는 밤새 그 안에 숨어있었다. 월요일이었고, 박물관이 하루 문을 닫는 날이었다. 페루자는 한때 루브르 박물관 직원으로 일한 적이 있었다. 그는 옷 위에 무릎까지 내려오는 헐렁한 제복 상의를 걸치고 있었다. 수백 명에 달하는 박물관 직원들에게 제공된 것이었다. 제복 차림의 페루자는 거의 투명인간이 된 듯이 자유롭게 움직일 수 있었다. 그는 살롱 카레에 걸려있는 「모나리자」 앞으로 다가갔다. 그리고 주위에 아무도 없는 것을 확인했다. 그는 벽에서 그림을 떼어내 제복 안에 쑤셔넣고 박물관을 나왔다.

여기까지는 명백한 사실이었다. 나머지 이야기는 누가 이야기하느냐에 따라 완벽한 범죄로 들릴 수도 있고, 완전한 넌센스로 들릴 수도 있다.

시모어 레이트가 『그들이 모나리자를 가져간 날』에서 자세히 설명했듯 페루자는 그저 고용된 도둑에 불과했다. 「모나리자」 도난사건의 배후에는 아르헨티나인 주모자가 있었다. 그는 마르케스 에두아르도 드 발피에르노 후작이라 불리는 사기꾼이었다. 그는 프랑스의 유능한 위조자,

이브 쇼드롱과 손을 잡고 모조 명화를 멍청한 수집가들에게 팔아왔다.

부에노스아이레스에서 두 명의 사기꾼이 모조품을 팔아넘기는 일을 그만두고 국립 미술관의 벽에서 떼어온 진품을 팔 복잡한 계획을 세우기 시작했다. 이미 경비를 매수해 자리를 피하게 해놓은 후작은 구매자를 멋진 그림 앞으로 데려가 혹시 구미가 당기느냐고 나지막이 물었다. 그는 상대가 세상 물정에 훤한 비즈니스맨이라는 것을 대번에 알아차렸다. 진지해져야 할 시간이 왔음을 깨달은 그는 주머니에서 멋진 펜을 하나 꺼내 상대에게 건넸다. 그리고 구매자에게 마음에 드는 그림의 뒷면에 자신만 알아볼 수 있는 암호를 적어놓으라고 했다. 그래야 나중에 자신이 찍은 그림을 제대로 넘겨받았다고 확인할 수 있을 테니까.

어떤 구매자는 펜을 치우고 주머니칼을 꺼내 캔버스 뒷부분의 한쪽 귀퉁이를 조금 잘라내기도 했다. 물론 그림이 손상될 정도는 아니었다. 그는 건네받은 그림의 잘린 부분을 자신이 가지고 있는 캔버스 조각에 맞춰보는 것으로 진품임을 확인했다. 후작은 그저 구매자의 노련함에 혀를 내두를 뿐이었다.

사실 쇼드롱은 구매자를 만나기도 전에 이미 모조품을 그려놓은 상태였다. 그리고 발피에르노는 두 점의 그림을 같은 액자에 끼워두었다. 관람객들은 앞에 끼워진 진품을 마음껏 감상할 수 있었다. 그리고 뒤에 끼워진 모조품은 멍청한 구매자가 가져갈 것이었다.

스케일을 키우기로 한 발피에르노와 쇼드롱은 파리로 갔다. 그곳에서 쇼드롱은 「모나리자」를 모조했고, 발피에르노는 새 고객들을 모으기 시작했다. 발피에르노는 돈은 많지만 머리는 그리 좋지 않은 여섯 명의 얼간이들을 모았다. 세계에서 가장 유명한 그림을 소장하고 싶으십니까? 세상에서 오직 당신만이 소유할 수 있고, 당신만이 감상할 수 있는 명화라면 구미가 당기십니까? 후작은 여섯 명의 고객에게 여섯 차례에 걸쳐 같은 미끼를 던졌다.

그런 다음, 발피에르노는 목수인 페루자에게 임무를 맡겼다. 1907년, 앵그르의 작품이 심하게 손상된 사건이 있었다. 겁을 집어먹은 루브르는 「모나리자」를 보호하기 위해 그림을 유리 상자로 덮어두었다. 유리 상자를 제작하는 데 가담했던 페루자는 루브르 내부를 자신의 방처럼 훤히 알고 있었다. 절도 자체는 무척 쉬웠다. 1911년의 루브르 박물관은 도둑들이 아닌, 오직 고의적 파괴자들에게만 초점을 맞추고 있었다. 낮에는 보안이 철통 같았지만 밤엔 지나치게 허술했다.

도난사건 소식은 파리, 그리고 온 세상을 들썩이게 만들었다. 〈르 마땅〉은 커다란 활자로 다음과 같은 헤드라인을 실었다.

'상상조차 할 수 없는 사건!'

발피에르노가 여섯 명의 얼간이들을 찾아가 여전히 흥미가 있는지 물었다.

"그럼요."

여섯 명 모두에게 같은 대답이 나왔다. 발피에르노는 여섯 장의 모조품을 각각 3십만 달러에 팔아치웠다. 지금 돈으로 환산하면 6백만 달러에 근접하는 엄청난 액수다. 완전범죄를 멋지게 성공시킨 그는 유유히 사라져버렸다. 모조품을 구입한 여섯 명의 미국인 구매자들은 발피에르노의 본명을 알지 못했다. 그것은 페루자도 마찬가지였다. 후작은 페루자에게조차 자신이 꾸민 사기극에 대해서 털어놓지 않았다. 페루자가 알고 있었던 것은 말씨가 점잖은 낯선 이가 자신을 고용해 「모나리자」를 훔치게 했다는 사실뿐이었다. 돈은 후불로 치르겠다고 했다. 그는 자신의 임무를 완벽히 해냈지만 약속된 돈은 받지 못했다. 페루자는 2년간 초조하게 기다렸다. 진품 「모나리자」는 상자에 넣어져 페루자의 아파트에 있는 스토브 밑에 숨겨져 있었다.

그림을 위조한 쇼드롱은 조용히 숨죽이고 있어야 했다. 구매자들 역시, 자신들이 훔친 그림을 구입했다고 경찰에 신고할 수 없는 입장이었다. 발피에르노도 진품 「모나리자」가 세상에 드러난다고 해서 걱정할 이유가 하나도 없었다. 피해자들은 그를 어떻게 찾아야 할지 몰라 난감해했다. 어떻게든 그를 찾기 위한 노력이라도 해봐야 했다.

"자, 진정하고 냉정하게 한번 생각해봅시다."

발피에르노는 그렇게 말할지도 모른다.

"가장 유명한 그림을 잃고 나서 루브르가 뭘 어떻게 할 수 있겠습니까? 그림을 다시 찾았다는 기쁜 소식이 있다고 떠들어대는 것뿐이겠죠. 하지만 우린 누가 진품 「모나리자」를 가지고 있는지 알고 있지 않습니까?" *

---

* 끊임없이 들려오는 소문에도 불구하고 학자들은 루브르에 걸려있는 「모나리자」가 진품이라는 데에 의심을 품지 않았다. 그들은 그림이 도난당하기 직전, 사진을 찍고 분석한 내용을 문서화시켜 두었었다. 도난 전과 후의 상태를 비교해본 결과, 그림의 표면을 덮고 있는 바니시의 작은 균열이 일치한다고 했다.

* *

　여섯 점의 모조품 이야기는 과연 진실일까? 그 답은 아무도 모른다. 정의대로라면 완전범죄는 발각되어선 안 된다. 그 이야기의 출처는 칼 데커라는 저널리스트였다. 유능하고 인정받는 그는 〈허스트〉의 기자로, 1932년 〈새터데이 이브닝 포스트〉에 그 기사를 실었다. 데커는 알고 지내던 후작에게서 그 이야기를 들었고, 후작은 자신이 죽기 전엔 절대 기사화해선 안 된다고 당부했다.

　반세기 후 1981년, 유명 작가인 시모어 레이트는 데커의 기사를 토대로 책을 써냈고 〈뉴요커〉, 〈뉴욕 타임스〉 그리고 〈아트 뉴스〉 등으로부터 극찬을 받았다. 이십 년 경력을 가진 FBI 베테랑 로버트 스피엘은 예술 범죄 전문가로, 『예술품 절도와 위조에 관한 수사―완벽한 현장 교범』이라는 책을 써낸 적이 있었다. 그는 관계 서적 목록에 레이트의 책을 싣고, '예술 범죄에 관해 단 한 권의 책만을 읽어야 한다면 이 책을 읽어야 한다'고 적었다.

　데커와 레이트는 수년 전에 세상을 떠났다. 두 사람 모두 사기를 암시하는 힌트를 남겨놓지 않았다. 레이트는 제2차 세계대전에 사용된 위장 전술의 역사에 관한 책을 출간하며 호평을 받기도 했지만, 종종 아동 서적을 출간하며 회의론자들의 눈썹을 실룩이게 만들었다. 그는 착한 유령 캐스퍼를 만들어낸 장본인이기도 했다. 역사가 도널드 새순의 책, 『모나리자』는 그 그림이 어떻게 성상이 될 수 있었는지를 설명하면서 레이트의 이야기를 그저 전설일 뿐이라고 넘겨버렸다.

페루자는 1913년, 플로렌스의 유명한 예술품 딜러에게 진품 「모나리자」를 넘기려다가 체포되었다. 그의 범행 동기는 분명히 밝혀지지 않았다. 어쩌면 후작에게 돈을 받지 못했기 때문에 크게 절망했었는지도 모른다. 딜러는 우피치 미술관 관장에게 전화를 걸었다. 그리고 두 명의 남자가 페루자가 묵고 있는 플로렌스의 초라한 호텔로 찾아갔다. 페루자는 직접 만든 나무 트렁크를 뒤져 빨간색 천으로 덮여있는 「모나리자」를 그들에게 넘겨주었다. 몸을 숙이고 그림을 유심히 들여다보던 딜러와 큐레이터는 서둘러 우피치로 가져가야겠다고 했다. 페루자는 자신의 방에 남아 기다리기로 했다. 두 남자가 호텔 정문을 서둘러 빠져나가자 데스크 직원이 뭘 들고 나가는 것이냐고 소리쳐 물었다. 혹시 호텔에 걸려있던 그림이 아니냐고 했다.

법정에서 페루자는 애국심을 내세워 자신을 방어했다. 그는 이탈리아의 국보를 프랑스가 소유하고 있다는 사실이 못마땅해서 「모나리자」를 가져갔다고 해명했다. 페루자의 변호사는 그림도 훼손되지 않았고, 크게 피해를 본 사람도 없다는 사실을 강조했다. 오히려 이번 사건을 통해 그림의 인기가 한층 더 높아졌다고 큰소리쳤다. 사람들도 그 점을 인정했다. 페루자는 아주 잠깐 동안이나마 영웅으로 칭송을 받을 수 있었다. 법원은 징역 12개월을 선고했지만 그는 항소를 통해 7개월로 형량을 줄였다.

* *

「모나리자」 이야기는 찰리 힐과 같은 견유학파들에겐 그저 우스갯소리에 지나지 않을 것이다. 하지만 그냥 무시해버리기엔 힐은 역사를 너무 존중했다. 게다가 「모나리자」 도난사건이 발생했던 당시부터 전해져 오는 이야기였으니 논란의 여지가 있을 수 없다는 게 그의 생각이었다.

애덤 워스는 빅토리아 여왕 시대에 활동한 위대한 도둑이었다. 그는 명화를 훔쳐 비밀 공간에 숨겨놓고 홀로 감상하기를 즐겼다. 한 세기 전, 워스는 세계에서 가장 비싼 그림을 훔쳤다. 무려 이십오 년간 그는 팔려고도 하지 않았고, 누구에게도 절도 사실을 말하지 않았다.

워스의 집착에 대해서는 벤 매킨타이어의 『범죄의 나폴레옹』이라는 책을 통해 자세히 알 수 있다. 1876년, 런던을 방문한 미국인 관광객이 게인즈버러가 그린 데번셔의 공작부인, 조지아나의 초상화를 요즘 돈으로 환산해서 6십만 달러라는 기록적인 액수를 지불하고 사들였다.

다이애나 공주의 조상이기도 한 조지아나는 매력적이면서 동시에 악평이 자자했다. 하지만 영국 최고의 미인이라는 사실에 이견을 갖는 이는 없었다. 18세기에 다이애나 공주만큼이나 유명세를 톡톡히 치러야 했던 조지아나는 소설가였고 강박관념에 사로잡힌 도박꾼이었다. 그녀는 엄청난 거부이자 엘리자베스 포스터와 염문을 뿌리기도 했던 데번셔 공작의 부인이었고, 미래 수상의 정부이기도 했다. 조지아나는 젊은 나이에 세상을 떠났다. 하지만 영광의 나날은 이미 훌쩍 지나가버린 후였다.

'나를 비난하기 전에 내가 열일곱 살 때 이미 인기인이었고, 미녀였으며, 공작부인이었다는 사실을 잊지 말아요.'

세상을 뜨기 전 그녀는 그렇게 적었었다.

조지아나가 세상을 떠난 지 한 세기가 지난 후, 그녀의 초상화가 경매에 나왔다. 마치 그녀가 여전히 살아있기라도 한 듯 사람들의 반응은 뜨거웠다. 올드 본드 가에 자리한 토머스 애그뉴 미술관엔 그림을 보기 위해 몰려든 사람들로 북적거렸다. 더들리의 백작과 퍼디낸드 드 로스차일드도 그것을 무척 탐냈다. 하지만 그 누구도 미국 은행가, 주니어스 스펜서 모건에 맞서 경쟁할 수 없었다. 그는 그림을 좋아하는 아들, J. P. 모건을 위해 게인즈버러의 명화를 선뜻 구입했다. 하지만 조건이 하나 있었다. 그림을 가져가기 전에 그림을 잠시 전시해둬야 한다는 것이었다.

몇 주 후 1876년 5월의 어느 날 밤, 땅딸막한 사내가 애그뉴 미술관의 창문을 뜯고 안으로 들어왔다. 그는 조지아나를 금박 액자에서 떼어내고, 돌돌 말아 코트 안에 집어넣었다.

도둑은 바로 애덤 워스였다. 미국에서 태어난 그가 어찌나 우아하고 교묘했던지, 아더 코넌 도일은 그를 셜록 홈스의 적, 모리어티 교수의 모델로 삼아버렸다. 워스에겐 동생이 한 명 있었고, 그의 이름은 존이었다. 존은 형만큼이나 악명 높았지만 형이 지니고 있는 기지는 가지고 있지 못했다. 절도가 벌어졌을 때 존은 위조 혐의로 유죄 판결을 받고 뉴게이트 교도소에서 복역 중이었다. 애덤은 거래를 위해 범행을 저질렀다. 런던 전체가 사랑에 빠진 그림을 넘겨주는 대신 동생의 자유를 요구할 참이었다.

하지만 계획은 수포로 돌아가 버리고 말았다. 존 워스의 변호사는 생각보다 유능했다. 애덤 워스가 동생의 석방을 위해 본격적인 협상에 들어가기도 전에 존의 변호사는 그를 자유의 몸으로 만들어주었다.

덕분에 애덤 워스는 애매한 상황에 놓이게 되었다.

그 후로 이십오 년간 워스는 조지아나를 보관하고 있엇다. 돈이 급히 필요했을 때도, 경찰이 수사망을 좁혀왔을 때도, 여러 수상한 인물들이 다가와 구미가 당기는 거래를 제안했을 때도 워스는 그림을 내놓지 않았다.

'그는 전부 무시해버렸다. 공작부인과 떨어질 바에야 차라리 불명예와 가난과 감금을 택하겠다는 것이었다.'

매킨타이어는 그렇게 적었다.

'그림은 그의 벗이었다. 그가 여행을 할 때도 그녀는 바닥이 이중으로 된 여행 가방에 실려 그를 따라다녔다.'

런던 집에서 잠을 잘 때도 그는 초상화를 매트리스 밑에 끼워두었다.

많은 세월이 흐르고, 형사들이 포위망을 좁혀오자 워스는 결국 자신의 정부를 그들에게 넘겨주게 되었다. 워스는 밝혀지지 않은 액수를 받고 그림을 넘겨주었다. 2만5천 달러였다는 주장도 있었다. 또한 그는 면책도 약속 받았다. 그림은 예술품 딜러의 아들에게로 되돌아갔다. 정당한 권리를 가진 주인은 오랫동안 실종되었던 그림을 품고 증기선 에트루리아 호에 올라 런던으로 향했다. 승객 중엔 침울한 표정의 땅딸막한 남자도 끼어 있었다. 더 이상 사랑하는 연인을 품어볼 순 없었지만 마지막 항해만큼은 그녀와 함께 하고 싶었던 것이다.

데번셔의 공작부인 조지아나는 현재 주인에게로 돌아와 있다. 1994년, 현 데번셔 공작은 초상화를 구입해 자신의 조상 전래의 집, 챗츠워스에 걸어두었다. 조지아나는 생전에 알현식을 베풀었던 대식당에서 다시 사람들을 내려다볼 수 있게 되었다.

갱스터들

✤ 찰리 힐은 자신이 현대의 애덤 워스와 상대하고 있다고 생각하지 않았다. 그에 비하면 욘센과 울빙은 아마추어였다. 하지만 그는 그들의 배후에 누가 있을지가 걱정되었다. 범죄 집단은 예술 범죄가 식은 죽 먹기라는 사실을 깨달았고, 이젠 얼간이들까지도 갱단과 연계해 범죄를 모의한다. 자칫하다가는 큰일을 당하게 될지도 모르는 일이었다.

거칠고 냉혹한 프로들은 삼류 도둑들과 같은 어리석음을 절대 드러내지 않는다. 경찰의 시각으로 볼 때 프로들은 아마추어들보다 훨씬 복잡한 범행 동기를 품고 있다. 만약 갱단이 돈을 위해서가 아닌, 특정 메시지를 전달하기 위해 예술품을 훔쳐 간다면 그것들을 회수할 수 있는 가능성은 그만큼 줄어든다.

갱단이 예술 범죄에 발을 담그게 된 것은 1960년대부터였다. 그리고 예술 시장이 붐을 이루기 시작한 이십여 년 후부터 급격히 늘어났다.* 1969년 5월, 이탈리아 경찰은 세계 최초로 예술반을 편성했다. 이탈리아 정부에 의하면, '문화유산 보호 사령부'라는 거창한 이름의 수사 집단의 임무는 이탈리아의 그림과 조각들을 보호하는 것이라고 했다.

오 개월 후, 시칠리아의 팔레르모에서 도둑들이 산 로렌조 성당에 들어와 카라바조의 「그리스도 탄생을 경배하는 성 프란치스코와 성 라우렌시오」를 액자에서 떼어내 가져갔다. 성당엔 경보 시스템이 설치되어 있지 않았다. 근처 방에서 자고 있던 사제는 아무 소리도 듣지 못했다. 가로 180센티미터, 세로 270센티미터에 달하는 거대한 그림은 카라바조가 후반에 완성한 그림 중 하나였다. 격동의 시대를 살았던 그의 인생에서 한가하게 그림을 그릴 시간은 많지 않았다. 삼십대 시절, 육 년간 카라바조는 무려 열한 차례나 체포되고 법정에 섰다. 살인 혐의로 체포된 적도 있었다. 1606년 그는 테니스를 치던 라이벌과 언쟁을 벌였고, 그를 살해하고 말았다. 1609년 서른두 살의 나이로 숨을 거둘 당시 그는 도망자 신세였다. 「그리스도 탄생을 경배하는 성 프란치스코와 성 라우렌시오」는 1609년부터 팔레르모에 걸려 있었다. 그림은 수천만 달러를 호가했

---

* 갱단이 훔친 예술품들의 수는 나치가 훔친 예술품들의 수에 크게 뒤진다는 사실을 분명히 밝히고 넘어갈 필요가 있을 것 같다. 양측 모두 만만치 않았지만 나치의 방식이 훨씬 조직적이고, 능률적이었다. 헥터 펠리치아노의 『잃어버린 미술관 : 세계적 명화를 훔치려는 나치의 음모』에 의하면, 나치는 프랑스에서만 개인 소장 예술품의 3분의 1을 약탈해 갔다고 한다. 나치의 예술품 약탈 행위에 관한 단 한 권의 책을 읽어야 한다면 린 니콜라스의 『유럽의 약탈』을 자신 있게 권한다.

고, 사람들은 두 번 다시 그 그림을 볼 수 없게 되었다.

마피아가 도난사건의 배후에 있다는 소문이 돌기 시작했다. 마피아 시나리오와 함께 언론은 다시 닥터 노를 거론하기에 이르렀다.

"누가 그림을 그런 식으로 가져갔겠습니까?"

이탈리아 경찰의 예술반장, 로베르토 콘포르티가 코웃음을 쳤다.

"아무리 파렴치한 예술품 소장가라 해도 이럴 순 없는 일이죠. 게다가 그 큰 그림을 어디에 걸어놓을 수 있겠습니까? 그래서 우리는 처음부터 그것이 마피아가 보내는 메시지라고 생각했습니다. 그들은 우리에게 자신들이 마음만 먹으면 팔레르모의 그 무엇이라도 가져갈 수 있다는 것을 보여주고 싶었던 겁니다. 그리고 경찰도 어쩔 수 없다는 것을 보여주고 싶었을 겁니다. 보나마나 그들은 그림을 상징적인 의미로 보관하고 있을 겁니다."

카라바조의 그림이 사라진 지 이십오 년이 지났을 때 드디어 마피아가 입을 열었다. 1996년 11월, 전 이탈리아 수상 줄리오 안드레오티는 부정부패를 저지르다 결국 법정에 서게 되었다. 전 동료들에게 불리한 증언을 하기로 한 참회한 마피아가 스크린으로 가려진 증인석에 올랐다.

프란체스코 마리노 마노야는 외모와는 달리 아주 위험한 사람이었다. '모차렐라'라는 별명으로 불리는 그는 온화한 매너와 나지막한 음성을 가지고 있었다. 마노야는 굉장한 정보력의 소유자였고, 그런 이유로 검사 측의 중요한 증인으로 대접받았다. 그는 무장한 차를 타고 마피아의 팔레르모에 자리한 은신처와 헤로인 공장으로 경찰을 안내했다. 그는 정치인들과 지역 거물들에게 준 뇌물을 기록해둔 두툼한 장부를 경찰에게 넘겨주었다. 그뿐 아니라 헬리콥터를 타고 팔레르모 상공을 가로지르며 마피아가 살해해서 몰래 묻어버린 시체들의 위치를 정확히 짚어주기까지 했다. 한 달 후, 그가 경찰에 들려준 이야기들이 하나둘씩 흘러나오기 시작했다.

1989년 어느 11월의 저녁, 마노야의 어머니, 숙모, 그리고 누이가 집을 나와 차에 올라탔다. 세 여자 모두 검은색 옷을 걸치고 있었다. 그들은 마피아 총잡이였던 프란체스코의 동생의 장례식에 가는 길이었다. 프란체스코의 동생은 라이벌 조직에 의해 살해되었다. 마피아는 절대 여자들에게 보복하지 않는다는 철칙을 가지고 있었다. 하지만 그들은 그 철칙을 지키지 않았다. 암살자는 세 여자를 살해하고 달아나버렸다.

마약 거래 혐의로 기소되어 징역 17년을 선고받은 마노야는 안드레오티 케이스에 증인으로 서게 되었다. 정부 최고 레벨에서의 정치적 스캔들에 초점을 맞춘 케이스에서 이십 년 전에 벌어진 명화 도난사건이 우연히 떠오르게 되었다.

"한창 활동할 때 몇몇 그림을 훔친 적이 있습니다."

과거 범죄 행각을 묻는 질문을 받은 마노야가 법정에서 털어놓았다.

"안토넬로 다 메시나 같은 모던한 작품들이 대부분이었습니다. 오, 1969년에 팔레르모에서 사라졌던 카라바조 작품 아시죠? 바로 제가 훔쳤습니다."

그와 그의 동료들은 예술에 대해 아무것도 몰랐다고 마노야는 털어놓았다. 카라바조의 그림이 어찌나 컸던지 도둑들은 그것을 반으로 접어 가져갔다고 했다.

"구매자가 그림을 보고 눈물을 흘리더군요. 결국 구입을 포기해버렸습니다."

마노야는 거짓 증언을 하고 있었는지도 몰랐다. 마노야에 의하면, 그림을 구입하려 했다가 눈물만 흘리고 말았다는 '저명한 누군가'는 바로 부정행위로 법정에 서게 된 전 수상 줄리오 안드레오티였다고 했다. 하지만 도난사건이 마피아와 연관이 있다는 주장에 의심을 품는 사람은 없었다.*

"우리는 마노야가 거짓말을 했다고 생각하지 않습니다."라고 예술반장 콘포르티는 말했다.

"그는 진실을 말했습니다. 우리가 수사한 바에 의하면, 그는 카라바조의 그림을 얘기한 것이 아니었습니다. 비슷한 시기에 인근 성당에서 도난당한 비슷한 그림을 얘기했던 것이죠."

논란의 여지가 없는 한 가지 사실은 바로 카라바조의 그림이 여전히 세상에 모습을 드러내지 않고 있다는 것이다.

* *

마피아와 다른 범죄 조직이 예술 범죄에 깊이 관련되어 있다는 것은 위험이 엄청나게 커졌다는 것을 뜻한다. 암흑가 조직들은 이제 '진정한' 범죄로부터 잠시 휴식을 취할 땐 부담 없이 손댈 수 있는 예술 범죄로 눈

---

* 영국 저널리스트 피터 왓슨은 『카라바조 킨스피러시』라는 책을 1984년에 출간했다. 왓슨은 그림이 1980년에 발생한 지진으로 사라져버렸다고 주장했다.

을 돌린다.

"그들은 다릅니다."

구소련으로 떠났다가 최근 돌아온 삼십 년 경력의 한 영국 예술 범죄 수사관이 말했다.

"영국의 보통 범죄자들은 다른 범죄자에게 뒤통수를 맞으면 주저 없이 상대를 죽여버립니다. 아무리 비열한 사람이라 해도 그 당사자만을 처치하고 끝내버리죠. 하지만 세르비아와 알바니아의 범죄자들은 그들의 가족까지 해치워버립니다. 아이들과 키우는 개, 고양이들까지 말입니다. 그뿐 아니라 그들이 사는 집까지 태워버려야 직성이 풀립니다."

시대가 바뀌면서 예술 범죄는 더욱 거칠어지고 횟수도 증가했다.

"유럽의 범죄자들은 예술 범죄에 본격적으로 뛰어든 지 오래입니다."

FBI 예술 범죄 팀장 린 샤핀치의 이야기다.

"러시아 정보국 사람들이 그러더군요. 자기들은 이미 예술 범죄에 발을 들여놓은 조직을 마흔 개 이상 찾아냈다고 말입니다. 국경에선 훔친 성상과 그림을 가득 실은 기차가 잡히기도 한답니다."

옛 소비에트 연방이 붕괴되고, 서방 세계를 향해 문을 활짝 열어젖히기 시작하면서 동유럽은 무법지대가 되어버렸다. 도둑들은 성당과 미술관들을 타깃으로 삼고 빠르게 움직이기 시작했다. 1996년, 체코 공화국에서 찰리 힐은 전 비밀경찰들로 이루어진 예술 범죄 조직을 소탕하는데 큰 공을 세웠다. 한때 굉장한 권력을 휘두르던 이들이었다. 힐과 그의 동료 형사들은 그들로부터 스무 점이 넘는 명화를 되찾을 수 있었다. 그중엔 프라하 국립 미술관에서 도난당했던 루카스 크라나흐의 「어울리지 않는 연인들」도 포함되어 있었다. 수사의 클라이맥스는 독일의 특별 기동대와 체코 도둑들 사이의 대립이었다. 도둑들의 리더는 금니를 한 '키틀러' 라는 킬러였다. 나중에 사람들은 키틀러나 더블린의 범죄 조직 보스, 마틴 카힐 같은 갱들을 무척 흥미롭게 여기게 될지도 모른다.

1994년, 독일 프랑크프루트에서 도둑들이 런던의 테이트 갤러리로부터 빌려온 터너의 그림 두 점을 훔쳐 달아나는 사건이 발생했다. 잘 알려진 「그늘과 어둠」, 그리고 「빛과 색」은 노아의 홍수를 테마로 삼고 있는 추상주의 작품으로, 합쳐서 8천만 달러를 호가했다. 그 후로 몇 년간 두 그림은 지옥의 변방을 떠돌아야 했다. 그것들은 세르비아 갱단과 '아르칸' 이라는 이름으로 알려진 군사 지도자의 손을 거치게 되었다. 수천 명의 군사를 거느린 아르칸은 인종 청소의 선봉자였고, 결국 전범으로 기소되었다.

백 년 전, 예술 범죄자들은 대부분 게인즈버러의 '공작부인' 과 사랑에 빠진 빅토리아 여왕 시대의 애덤 워스 같았다. 20세기 말, 워스 같았던 예술 범죄자들은 아르칸 같은 이들로 교체되었다. UN의 한 외교관은 아르칸을 두고 '정신병을 앓고 있는 다중 살인범' 이라고 불렀다.

그는 무척 끔찍한 최후를 맞았다. 베오그라드의 인터콘티넨탈 호텔에서 두 명의 경호원과 함께 총에 맞아 살해된 것이었다. 터너의 그림들의 운명은 그보다 훨씬 나았다. 2002년, 크리스마스가 얼마 남지 않았을 때 테이트 갤러리는 기자회견을 열고, 두 점의 그림을 모두 되찾았다는 기쁜 소식을 세상에 알렸다. 비록 약간의 손상이 있긴 했지만.

PART 4

언더커버 게임

사기꾼? 아니면, 익살꾼?

1994년 4월~5월

　　노르웨이 경찰은 자신들이 어떤 사기꾼들을 상대하고 있는지 모르고 있었다. 찰리 힐이 울빙, 그리고 욘셴과 협상을 펼치는 동안 경찰은 계속해서 단서를 찾아 분주히 수사에 임하고 있었다. 물론 그것은 헛수고였다. 그들이 누구였든, 범인들은 프로가 분명했다. 그들은 치밀한 계획을 세워두었고, 그 계획에 따라 흔적도 남기지 않은 채 사라져버렸다. 그리고 그렇게 모든 이의 시야로부터 벗어나 있었다. 아마추어가 아니라는 뜻이었다. 경찰은 정보 제공자들을 최대한 압박해보았지만 아무것도 얻지 못했다. 술김에 떠들어대는 허풍도 없었고, 거래에 관한 어떠한 정보도 없었다. 몇 주는 몇 달이 되었고, 그들은 여전히 「절규」의 액자 조각만을 유일한 단서로 부여잡고 있을 뿐이었다.

　　하지만 다른 각도에서 보면 위와 같은 이유로 도둑들이 아마추어일지도 모른다는 추측을 할 수도 있었다. 물론 신속하게 움직이긴 했지만 그들은 사다리에 오르는 것을 마치 죽마를 타고 걷는 것만큼이나 힘들어했다. 꽤 오랫동안 침묵을 지키고 있었지만 그것은 경찰을 압박하려는 술수라기보다는 도둑들 스스로가 그만큼 어리둥절해 있었다는 뜻으로 해석할 수도 있었다. 어쩌면 명화를 손에 넣은 도둑들은 곤경에 처해있었는지도 몰랐다. 만화에 나오는 개가 결국 쫓던 차를 잡고 당혹스러워하듯. 이젠 어쩌지?

그러면 범행 타이밍은 과연 무엇을 의미했던 것일까? 올림픽으로 들뜬 열기에 살짝 묻어가려 한 작전은 대성공이었다. 하지만 도둑들의 대담함만을 보고 그들을 프로라 부를 수 있을까? 언론은 그렇게 생각하고 있었다. 세상에 대고 보란 듯이 자신들의 실력을 과시했던 것만 봐도 충분히 그렇게 생각할 수 있었을 것이다. 하지만 진정한 관객은 센세이션에 중독된 대중이었다. 그런 시각으로 본다면「절규」도난사건은 프로의 솜씨라기보다는 주목받고 싶어 하는 아마추어의 솜씨에 가깝다고 할 수 있었다.

도둑들에 관한 불확실성은 혼란스러운 체인의 첫 고리에 불과했다. 만약「절규」를 훔쳐 간 도둑들이 이미 그림을 팔아치워 버렸다면 그동안 떠올랐던 모든 의혹과 이론들은 전부 요점에서 벗어나게 될 수밖에 없었다.

낙태 반대 활동가들의 무익한 단서들과 시간만 잡아먹는 헛된 제보들을 전부 걸러낸 노르웨이 경찰은 오슬로의 작은 범죄 조직에 수사의 초점을 맞추기 시작했다. 런던이나 뉴욕에 비해 오슬로는 아늑하고 안전했다. 도시의 인구는 5십만 명 수준이었다. 하지만 언제부터인가 오슬로에도 헤로인과 관련된 심각한 범죄들이 하나둘씩 발생하기 시작했다. 1990년대, 거의 모든 범죄의 배후엔 트베이타 갱이라는 조직이 있었다. 조직원은 2백 명이 넘었고, 노르웨이 밖의 많은 범죄자들과도 두터운 친분을 쌓아놓고 있었다. 그 갱단의 중심엔 평판이 나쁜 젊은 사기꾼, 팔 엥게르가 있었다.

「절규」가 사라졌을 당시 스물여섯 살이었던 엥게르는 십대 후반부터 악명을 떨쳐왔다. 크고 구부러진 코와 뾰족하게 솟아오른 귀를 가진 그는 잘생기진 않았지만 다정한 미소와 친밀감 넘치는 매너를 지니고 있었다. 누구도 엥게르를 로맨스 영화의 주인공으로 캐스팅하지 않겠지만, 주인공의 절친한 친구 역으로는 제격이었다. 엥게르는 노르웨이의 명문, 발레렌가에서 프로 축구선수로 활약했었다. 은퇴 후 그는 노르웨이에서 가장 유명한 범죄자로 이름을 날리게 되었다.

"선수 시절, 최고의 자리까진 오르지 못했습니다."

언젠가 그가 BBC와의 인터뷰에서 말했다.

"하지만 암흑가에선 최고 소리를 들었죠. 기왕이면 내가 최고로 인정받을 수 있는 팀에서 뛰는 게 낫지 않겠습니까?"

1988년 2월, 엥게르와 공범자가 뭉크의 또 다른 작품 「흡혈귀」를 오슬로의 뭉크 미술관에서 훔쳐 갔다. 경찰은 전면적인 수사에 들어갔다. 며칠 후 그들은 사건이 해결될 기미가 보인다고 발표했다. 물론 그것은 사실과 달랐다.

시간은 그렇게 계속 흘러갔다. 다급해진 경찰은 영매에게 도움을 요청하기도 했다. 그러던 중 드디어 돌파구가 보이기 시작했다. 「흡혈귀」를 들고 기차에 오른 두 남자가 목격되었던 것이다. 경찰은 그들의 아파트를 급습했다. 그들은 사라진 명화를 발견하자마자 당혹스러워하며 신음을 토했다. 그들이 발견한 것은 20세기의 가장 위대한 화가의 그림이 아닌, 누군가가 총각파티를 위해 몇 시간 만에 장난삼아 뚝딱 그려낸 그림이었다.

「흡혈귀」가 사라진 지 육 개월이 지난 후 경찰은 엥게르와 공범자를 체포했다. 엥게르는 자신이 그림을 훔쳤다고 자백했다. 흥미 있어할지 모르는 아랍인들에게 큰돈을 받고 넘기려 했다고 했다. 엥게르와 공범자는 유죄를 인정하고 징역 4년을 선고받았다.

그 범행은 프로 범죄자의 실력으로 보기 힘들었다. 하지만 엥게르에겐 축구 외의 또 다른 특별한 기술이 있었다. 홍보 기술이 바로 그것이었다. 그는 경찰을 길거리 무대로 끌어들여 전 운동선수였던 자신을 주인공 자리에 앉혔다.

잘나갔을 땐 엥게르의 이름이 신문과 텔레비전에 걸리지 않는 날이 없었다. 하지만 축구를 그만둔 후로는 독창성을 내세워 자신의 존재를 알릴 수밖에 없었다. 그래서 엥게르는 여러 트릭을 만들어냈다. 그중 그가 가장 즐겨 사용한 트릭은 익명의 제보자로 분해 경찰에 전화를 거는 것이었다. 그리고 엥게르가 무슨 꿍꿍이를 꾸미고 있는 것 같다고 제보했다. 팔 엥게르가 훔친 물건을 지니고 있는 것을 보았다고, 팔 엥게르가 훔친 물건에 대해 속삭이는 걸 들었다고 했다. 그리고 경찰이 나타나면 엥게르는 더 이상 괴롭히지 말라며 고래고래 소리쳤다. 그 후엔 변호사를 찾아가 경찰에게 부당한 대우를 받았다고 알렸다. 그러면 변호사는 언론에 연락을 하고, 엥게르는 다시 한 번 노르웨이의 신문과 텔레비전을 화려하게 장식했다.

「흡혈귀」를 훔쳤다는 이유만으로 엥게르는 「절규」를 훔쳐 간 범인으로 가장 먼저 지목되었다. 하지만 그에겐 알리바이가 있었다. 그리고 경찰은 그럴듯한 증거를 내놓지 못했다. 엥게르는 사람들의 주목을 즐겼다. 국립 미술관을 찾은 그는 「절규」가 걸려 있었던 텅 빈 벽 앞에 서서 사진기자들에게 포즈를 잡아주었다. 썰렁한 벽엔 포스터와 손으로 쓴 벽보만이 붙어있을 뿐이었다.

"난 「절규」를 훔치지 않았습니다."

그가 말했다.

"난 이번 사건과 아무런 상관이 없습니다."

국립 미술관의 보안 카메라 테이프를 차례로 훑던 경찰은 뭉크 전시회를 보기 위해 몰려든 인파 속에서 눈에 익은 한 사람을 발견했다. 도난사건이 벌어지기 오 일 전, 엥게르가 전시회에 왔었던 것이다.

경찰서에서 그는 미술관을 찾은 사실을 당당히 털어놓았다. 몇 년 만에 오슬로에서 열리는 대형 이벤트이니만큼 당연히 구경을 가야 하는 게 옳지 않느냐는 게 그의 설명이었다. 게다가 그는 뭉크 찬양자로 잘 알려져 있었다.

경찰은 다시 한 번 한숨을 내쉬었다. 엥게르는 세상의 주목을 받기 위해서라면 무슨 일이든 서슴지 않는 스타일이었다. 제멋대로 구는 아이를 둔 부모와 마찬가지로 노르웨이 경찰 역시 오래 가지 않아 두 손을 들어버리고 말았다.

「절규」도난사건을 담당하는 노르웨이 경찰 측 책임자, 레이프 리에르도 엥게르를 오랫동안 눈여겨봐왔다. 경찰이 아닌 이들조차도 놀랄 정도의 인내력을 가진 리에르는 엥게르의 익살에 그저 어깨를 으쓱해 보일 뿐이었다.

"엥게르는 가끔 골칫거리로 돌변하곤 합니다. 하지만 그 친구가 하는 걸 보면 너무 재미있습니다."

4월 12일, 「절규」가 사라진 지 두 달이 지난 후 엥게르의 아내가 아들을 낳았다. 너무나 기쁜 나머지 아이의 아버지는 〈다그블라데트〉에 그 소식을 실었다. 아이가 '절규' 하며 세상에 나왔다고.

소품 덫

🦟 찰리 힐은 노르웨이 경찰을 상대로 벌이는 팔 엥게르의 게임보다도 더 시급한 문제와 대면하고 있었다. 힐의 최우선적인 목표는 「절규」를 되찾는 것이었다. 체포할 누군가를 찾아 헤매는 것 따위의 일은 그에게 전혀 중요하지 않았다. 그것이 바로 예술 범죄 수사에 임하는 힐의 접근법이었다. 그가 궁금해하는 것은 누가 했는가가 아니라, 어디에 있는가였다. 그의 예술반 동료들은 그의 방식을 이해했지만, 경찰들 대부분은 동의하지 않았다. 힐은 범인이 아닌, 캔버스에 수사의 초점을 맞췄다. 절도 사실에 대해서는 크게 신경 쓰지 않았다. 그 점을 문제 삼았다간 힐은 곧바로 관료주의와 선견지명 없는 경찰에 대한 장광설에 들어가게 될 것이었다.

그림도 되찾고 도둑도 체포할 수 있다면, 그야말로 금상첨화일 것이다. 하지만 일이 그렇게 완벽하게 해결되는 경우는 드물다. 그렇다면 둘 중 무엇을 원하느냐고 힐은 물었다. 육 개월간 감방에서 썩게 될 휠캡 도둑? 아니면, 세상 사람들이 다시 마음껏 감상할 수 있도록 브뤼겔을 되찾아 미술관에 걸어놓는 것?

어떻게 예술품 딜러와 그의 방화범 동료가 「절규」 도난사건에 뛰어들게 되었는지는 나중에 따져봐도 상관없었다. 지금 당장은 그림을 되찾는 일이 급선무였다. 욘센, 울빙과의 첫 만남은 순조롭게 진행되었다. 워커가 돈을 보여주었을 때 욘센은 분명 들떠있었다. 하지만 호텔에서 벌어진 경찰 집회와 방탄조끼를 입은 사복 경찰에 대해선 노르웨이 듀오가 어떻게 생각했을까?

욘센은 오후에 돌아오겠다는 말만을 남긴 채 서둘러 플라자 호텔을 나섰다. 힐은 노르웨이 사기꾼이 파트너들을 만나 「절규」를 반환하는 방법에 대해 분주히 의논하고 있기를 바랐다. 물론 협상이 결렬되지 않았다면. 경찰 집회는 욘센을 불안하게 만들었다. 그가 미팅을 포기하고 달아나버렸다 해도 힐은 이해할 수 있었을 것 같았다.

힐은 욘센의 입장이 되어보기로 했다. 돈, 경찰이 득실거리는 호텔, 그리고 협상 테이블에 마주앉은 두 명의 낯선 사내. 대체 로버츠와 워커의 정체는 무엇일까?

욘센이 다시 나타날 때까지 얼마간의 시간이 남자, 울빙은 힐에게 마을 구경을 시켜주겠다고 나섰다. 호텔을 나서기 전, 예술품 딜러는 힐을 자신의 메르세데스 스테이션 왜건 뒤로 데려갔다. 울빙이 판화로 가득 찬 큰 상자를 열었다. 그 틈으로 「절규」의 목판화도 보였다. 힐은 그것들이 진품인지 가늠할 수 없었다. 하지만 진품 같다는 생각이 강하게 들었다. 두 사람은 몇몇 미술관을 둘러보았다. 미술관에서 울빙은 고기가 물을 만난 듯 활개를 치며 돌아다녔다. 그는 무척이나 거만했다. 다른 딜러들의 조소와 성난 얼굴은 전혀 눈치 채지 못하는 듯했다.

오후 두 시, 울빙과 힐은 욘센이 돌아왔는지 확인하기 위해 호텔로 향했다. 그들은 워커를 만나 커피숍에서 기다렸다. 십오 분 후, 욘센이 불쑥 나타났다.

"건물 전체에 경찰이 득실거리고 있습니다."

그가 말했다.

"밖엔 순찰차가 서있고요. 적어도 두 대는 본 것 같습니다."

욘센은 화가 단단히 나있었다. 힐 역시 노르웨이 경찰의 꿍꿍이를 모르고 있었지만, 분개하는 욘센과는 달리 평온한 모습을 보이려 애썼다.

"내 방으로 올라갑시다."

힐이 말했다.

"캐네디언 클럽 한 병이 있으니 그거나 마시며 얘기하죠."

항구가 내려다보이는 멋진 전망을 가진 힐의 방은 16층에 자리하고 있었다. 욘센도 호텔 정문이 내려다보이는 전망에 만족해했다. 욘센과 힐은 창가에 나란히 서서 창밖을 내려다보았다. 힐은 속으로 신음했다. 빌어먹을 경찰들이 차에 앉아 무료함과 싸우고 있었다.

욘센이 그들을 내려다보다가 힐을 돌아보았다.

"무슨 일이죠?"

그가 물었다.

힐은 방탄조끼를 걸친 사복경찰에 대한 설명을 반복했다. 만약 노르웨이 경찰의 감시팀이 좀 더 노련했었더라면, 그럼에도 욘센이 용케 그들을 찾아냈다면 일은 훨씬 복잡해졌을 것이다. 하지만 이런 무능력함은 오히려 힐에게 빠져나갈 구실을 제공해주었다. 그들은 전혀 몸을 숨기려 하지 않고 있었다.

"저 친구들을 한번 봐요."

힐이 말했다.

"우릴 찾고 있을 리 없습니다. 만약 그랬다면 저렇게 호텔 곳곳에 보란 듯이 늘어져있지 않았을 테죠. 보나마나 마약반 형사들 집회 때문에 모인 걸 겁니다."

그들은 자리를 잡고 앉았다. 울빙은 술 생각이 없다고 했다. 힐은 좀 더 불안해졌다. 욘센과 힐은 캐네디언 클럽 한 병을 깨끗이 비웠다. 그리고 스카치와 버번에 비해 호밀 위스키가 나은 이유에 대해 떠들어댔다. '계속 이렇게 편안한 분위기로 가는 거야.' 힐이 속으로 중얼거렸다. 서두르지 말고.

힐이 일어나 욕실로 들어갔다. 아침에 그는 이미 필요한 문서와 여행 도구들을 챙겨놓았었다. 브로드웨이 연극의 화장도구 세트와 다름없는 소품들이었다. '소품 덫'을 쳐놓는 것은 소리 없이 이야기를 들려주는 것과도 비슷했다. 힐은 이미 침대 옆 램프 근처에 명함을 쌓아두었다. 크리스토퍼 찰스 로버츠, 게티 미술관. 비행기 티켓은 전화기 옆에 놓아두었다. 일부러 찢어진 봉투 밖으로 티켓이 살짝 보이게 했다. 사진이 붙어 있는 그의 게티 신분증도 멀지 않은 곳에 걸어두었다. 책상 위엔 게티 로고가 찍힌 메모지가 뒹굴고 있었다. 재떨이 밑엔 구겨진 신용카드 영수증 몇 장이 깔려있었다. 물론 크리스토퍼 로버츠의 서명이 되어있었다. 영수증 위엔 미국 동전을 50센트 정도 깔아두었다.

욘센이나 울빙이 욕실에 들어올지도 모른다는 생각에 힐은 세면도구까지 신경 써서 늘어놓았다. 면도 크림, 방취제, 치약. 전부 미국 브랜드였다.

그런 철저한 준비는 나름대로 성과를 거두었다. 워커에 의하면, 힐이 욕실 문을 닫자마자 욘센은 방 안을 샅샅이 살피고 다녔다고 했다. 그는 노골적으로 주변을 훑고 다녔다. 힐은 그에게 충분한 시간을 주기 위해 일부러 욕실 안에서 시간을 길게 끌었다.

힐이 다시 모습을 드러냈다. 욘센은 방 안을 세심하게 둘러보고 난 소감을 들려주지는 않았다. 하지만 힐이 욕실에 들어가기 전보다 훨씬 편안해진 모습으로 협상에 임했다. 그는 무슨 일이 있어도 그날 밤에 협상을 마무리 지어야 한다고 말했다. 힐과 워커는 그저 회합 장소로 돈을 가져오기만 하면 된다고 했다. 회합 장소는 나중에 알려주기로 했다.

그러다 힐이 이의를 제기했다.

"안 됩니다!"

그가 말했다.

"당신들이 가지고 있는 그림이 우리가 찾고 있는 진품이 맞는지 확인하기 전까진 돈을 호텔 밖으로 가지고 나갈 수 없소. 교환은 나중에라도 할 수 있습니다."

그들은 잠시 언쟁을 벌였다. 욘센이 전화를 걸기 위해 밖으로 나갔다. 그는 힐의 방에선 통화를 할 수 없다고 했다. 몇 분 후, 그가 돌아왔다. 걱정스러운 표정을 하고 있었지만 희망이 보이지 않는 건 아니었다.

힐에게 있어 그런 신경전은 스포츠와도 같았다. 한 시도 집중력을 잃어선 안 된다. 하지만 무엇에 집중해야 하는지 알 길은 없다. 그 와중에도 친밀감을 유지하기 위해 말을 멈춰선 안 된다. 물론 끊임없는 대화는 시간을 죽이기 위해서도 필요하다. 하지만 무엇보다도 주절거림은 자신을 즐겁게 해준다.

모든 케이스는 도둑들의 반응에 모든 것을 걸어야 하는 단계를 반드시 거치게 된다. 그 단계에 이르러선 경찰은 아무것도 할 수 없다. 힐은 마음을 편하게 먹고 차분히 기다리기로 했다. 하지만 그것은 쉬운 일이 아니었다. 힐은 대담한 사람이었지만 결코 차분한 사람은 아니었다. 비번일 땐 대화의 흐름이 잠시라도 끊기게 되면 그는 초조하게 열쇠 꾸러미를 짤랑거리거나 안경을 만지작거리기 시작한다. 그리고 여기저기 둘러보며 읽을 책이나 텔레비전이나 잡지를 찾아 헤맨다.

하지만 수사 중일 땐 힐의 초조함은 어디서도 찾아볼 수 없었다. 악당이 질문을 하면 그냥 따라가야 했다. 약간의 술도 도움이 되었다. 때로는 일부러 게임의 규칙을 무시하고, 상대가 누구인지 제대로 알려고 노력하지도 않았다. 그것 또한 비밀수사의 한 방법이었다. 가끔 대담하게 깊은 대화 속에 빠져보기도 했다. 자신의 능력을 분명하게 시험해볼 수 있는 기회였다. 성공한다면 스프린터나 스키 선수들이 신기록을 수립했을 때의 쾌감도 느낄 수 있었다.

울빙은 힐에게 게티와 그가 하는 일에 대해 캐물었다. 힐은 능숙하게 많은 이야기를 꾸며냈다. 사실 그는 미술관의 새 건물을 보지 못했다. 그저 이십 년 전에 한 번 들러봤을 뿐이었다. 하지만 울빙 역시 새 건물을 보지 못했다는 사실을 알고 나서는 좀 더 대담해져 보기로 했다.

"미국에 올 일이 있으면 꼭 한번 들러주세요. 제게도 꼭 연락 주시고요. 제가 없을 땐 그냥 제 친구라고 하시면 됩니다."

그런 '시시한 농담'은 힐의 장기였다. 무료함도 달래주고, 일의 진행에도 적지 않은 도움이 되어주었다.

첫 번째 비밀수사

✳ 「절규」가 사라졌을 당시 찰리 힐은 십이 년 경력의 베테랑 비밀수사관이었다. 그의 첫 번째 비밀수사 케이스 역시 도난당한 그림을 되찾는 것이었다. 예술품이 관련되지 않은 케이스에선 힐은 위조지폐를 구입하려는 사기꾼으로 분했다. 힐에게 예술품 관련 케이스가 맡겨지게 된 것은 지극히 자연스러운 일이었다. 그는 말씨가 점잖고, 전혀 경찰 같지 않은 외모를 가지고 있었으며, 군인 출신이라 위험한 상황에도 익숙했다. 그리고 그는 승부사였다.

1982년, 런던 경찰청은 런던 남부에서 무장 강도를 일삼는 조직에 형사들을 침투시켰다. 도둑들은 이탈리아 화가, 파르미자니노의 16세기 작품을 손에 넣었고, 그것을 팔아치우려고 했다. 수백만 파운드를 호가하는 명화였다. 강력반 형사 두 명이 찰리 힐에게 미국인 예술품 딜러로 분해 그림에 관심을 보이는 척해보는 게 어떻겠느냐고 제안했다.

어떻겠냐고? 그때까지만 해도 힐은 순찰을 돌며 시간을 보내다가 책상에 앉아 문서를 뒤적거리는 일만 해오고 있었다. 힐은 도저히 끝이 날 것 같지 않은 서류 세 통을 상세히 기입하는 군인이 된 심정이었다. 그는 이제 자유의 몸이 되는 것이었다.

"포트 브래그에서 주말 휴가를 받고 나올 때 느꼈던 기분이었습니다."

힐이 당시 기분을 설명했다.

"노스캐롤라이나의 브래그 대로와 페이트빌이 눈에 아른거렸었죠. 당시 일이 생생히 떠올랐습니다. 꼭 집으로 향하는 듯, 마음이 편안해졌습니다."

우선 옷이 문제였다. 힐은 런던의 옷가게를 차례로 돌아다녀보았다. 미묘함은 실수로 이어질 수 있었다.

"상대의 입장이 되어보기로 했습니다. 그리고 그들의 취향에 맞추려고 노력했죠. 화려하고 번지르르한 의상 말입니다. 유명 요리사와 버지니아의 프레피 타입의 중간 스타일이라고나 할까요."

평소 같았으면 힐의 조롱을 받고도 남았을 스타일이었다. 하지만 이젠 힐 자신이 그런 의상을 찾아 런던 바닥을 헤매고 있었다. 보통 넥타이? 나비 넥타이? 새로 산 구두와 잘 어울리는 양말 색은?

쇼핑을 하지 않을 땐 공부를 했다. 파르미자니노는 매너리즘에 빠진 화가였다. 그래서 힐은 매너리즘에 관한 책들을 골라 읽기 시작했다. 어째서 파르미자니노는 균형을 무시하고 그림을 그렸던 것일까? 어째서 그는 성모 마리아의 목을 길게 늘이고, 손가락을 비정상적으로 가늘고 길게 그려놓았을까? 파르미자니노의 이야기는 바사리가 쓴 『화가들의 삶』
에도 실려 있었다. 힐은 그의 인생에 대해서도 꼼꼼히 살펴보았다. 공부
를 해나갈수록 힐은 그가 사람이라기보다는 오히려 천사에 가깝다는 생
각을 하게 되었다. 그는 열여섯 살 때 이미 유명 화가들의 부러움을 한 몸
에 받기 시작했다.

　비밀수사관으로서의 힐의 생애는 히드로 공항에서 시작되었다. 그는
뉴욕에서 콩코드를 타고 막 도착한 사람을 연기했다. 런던 경찰청은 필
요한 문서를 제공해주지 않았다. 다행히 브리티시 항공이 적절한 문서를
흔쾌히 제공해주었고, 힐의 가방에 태그까지 붙여주었다. 그는 콩코드
기내식 메뉴를 달달 외워두었다. 대화가 엉뚱하게 그런 방향으로 흐르게
될지도 몰랐기 때문이다. 힐은 충분한 휴식을 취해 말쑥한 모습으로 공
항 게이트를 빠져나왔다. 비행시간이 불과 몇 시간밖에 걸리지 않았기
때문에 그에 어울리는 모습을 연기해야 했다.

　공항에서 그와 만나기로 한 사람은 모두 세 명이었다. 파르미자니노를
훔친 도둑들 중 한 명, 그의 여자친구, 그리고 힐이 정말로 예술품 딜러인
지를 확인해줄 이스트 엔드 출신의 갱단원. 그 갱단원은 바로 시드 워커
였다. 그 임무는 힐과 워커가 함께 작업했던 첫 번째 케이스였다. 작업은
순조롭게 진행되었다. 마치 할리우드 영화의 한 장면 같았고, 힐은 대단
히 만족스러웠다. 사기꾼과 그의 정부까지 만나게 되다니. 책상에 앉아
서 하는 업무와는 비교조차 할 수 없을 만큼 스릴 넘쳤다.

　그들은 술을 한잔 하기 위해 자리를 잡고 앉았다. 힐은 일부러 미국 지
폐를 흔들어 보이며 영국 지폐를 찾아 헤매는 척했다. 도둑은 힐에게 의

심을 품지 않았지만 그의 여자친구는 긴장을 풀지 않았다. 힐과 워커는 오랜 친구처럼 많은 대화를 나누었다. 도둑은 겁에 질린 누군가에 대한 이야기를 슬쩍 꺼냈다. 힐이 불쑥 끼어들었다.

"그 친구의 똥구멍이 6펜스 은화만 해졌겠는데요. 반 크라운 정도."

그것은 방언이 아닌, 압축된 농담이었다. 6펜스는 10센트짜리 동전 크기였고, 반 크라운은 1달러짜리 은화에 가까웠다. 마침 힐은 며칠 전 그런 표현을 듣게 되었고, 적절한 타이밍에 써먹을 수 있었다.

"그냥 나도 모르게 불쑥 튀어나와 버렸습니다."

나중에 그가 설명했다.

"제가 맡은 첫 번째 비밀수사 임무였고, 저는 그때 터프가이 이미지로 밀고나가야 했거든요. 문제는 그 말을 내뱉고 나자마자 미국인들은 절대 그런 투로 말하지 않는다는 걸 깨달았다는 것이죠. 크라운이나 6펜스 은화 따위에 대해서는 얘기할 필요가 없었는데 말입니다. 맙소사! 나는 재빨리 이렇게 덧붙였습니다. '이곳에선 그렇게 얘기하지 않나요?' 마치 농담이었다는 듯 말입니다. 제 말에 모두 웃음을 터뜨리더군요. 가장 먼저, 가장 크게 웃은 사람은 바로 시드였습니다. 나머지는 그를 따라 웃은 것이었죠. 하지만 제가 처음 말을 꺼냈을 땐 그는 웃지 않았었습니다."

워커는 이미 런던 경철창의 전설 같은 수사관이었고 힐의 임기응변 능력을 높이 사주었다. 훌륭한 비밀수사관이 될 재목으로 눈여겨보기 시작했던 것이다.

힐은 술을 더 주문했다. 파티는 다운타운 파크 레인에 자리한 그로스

베너 하우스까지 이어졌다. 힐은 자신의 방으로 올라갔다. 비행기 티켓과는 달리 방은 제대로 갖춰져 있었다. 그로스베너 하우스의 투숙객들은 전부 재력가들이었다. 힐 역시 그들에게 만만치 않은 재력의 소유자로 비쳐야 했다.

어두워지자 워커가 파란색 메르세데스를 몰고 호텔에 나타났다. 두 경찰은 저녁을 먹었고, 워커는 힐에게 자신이 떠올린 여러 시나리오를 들려주었다. 그런 다음, 런던의 동쪽 변두리에서 도둑들과 다시 만났다. 켄트의 팔콘우드 역에서 한 시간 정도 기다리자 공항에서 만났던 도둑이 나타났다.

그와 힐은 차를 몰아 그 자리를 벗어났고, 워커는 홀로 남았다. 미행자가 있을지 모른다는 생각에 일부러 좁고 꾸불꾸불한 길로 차를 몰아나갔다. 그들은 튜더 양식을 흉내낸 커다란 저택에 도착했다. 그 안에서 두 사람은 또 다른 남자를 만났다. 비밀수사에 임하다 보면 아무런 예고 없이 새로운 인물들을 만나게 된다. 그럴 때마다 형사들은 그저 직감과 경험에 의존해야 한다. 힐은 새 인물의 나이를 예순 살 정도로 짐작했다. 책임자로 보이는 그는 꼭 '대부'에 엑스트라로 나왔던 사람 같았다. 레미 마틴 한 병이 서빙되었고, 힐에게 질문공세가 쏟아졌다. 대체 당신은 누구요?

힐은 그때그때 상황에 따라 즉흥적으로 답변을 떠올렸다. 가능할 땐 진실을 털어놓았다. 아무도 예술에 대해 묻지 않았다. 파르미자니노에게 끼친 라파엘로의 영향에 관한 질문 대신, 오로지 힐에 관련된 질문들만 쏟아졌다. 베트남전 이야기는 의외로 잘 먹혀들었다. 할 얘기도 많았을 뿐더러 영국 도둑들에겐 무척 생소한 분야라서 힐은 마음을 놓을 수 있었다.

힐은 포화를 받았을 때의 긴박했던 상황에 대해 들려주었다. 그는 베트남의 외딴 고지에 2주간 머물렀다. 힐의 소대가 선두에 서서 가파른 언덕을 올라갔다.

"갑자기 북베트남 진영에서 공격을 퍼붓기 시작했습니다. AK-47로 마구 갈겨댄 거죠. 제가 속한 분대의 절반이 집중적으로 공격을 당했습니다. 처음 겪어보는 엄청난 일이라 저도 모르게 몸이 움츠러들었습니다. 얼마나 훈련을 받았든 상관없었죠. 정말 끔찍했습니다. 다들 '여기서 이렇게 죽는구나'라고 생각할 정도였죠. 공격이 멎자 이번엔 우리가 반격에 들어갔습니다. 문제는 언덕 밑에서 아군이 우리를 향해 총을 쏴대고 있었다는 것이었죠. 우리를 넘겨 적에게 포화를 쏟아 붓겠다는 계획이었지만, 척탄통의 거리가 짧아 우리가 피해를 많이 입었습니다. 한 아군 기관총 사수가 총을 쏴대고 있는 게 보였는데, 보조 사수도 없고 탄약을 챙겨주는 사람도 없더군요. 하사관 하나는 바위 뒤에 숨어 벌벌 떨고 있었고요. 정말 난감한 기분밖에 들지 않았습니다. 저는 그쪽으로 기어가 사방으로 펄럭이는 탄약 벨트를 붙잡았습니다. 사수인 스터거와 저는 앞으로 돌진해 나갔습니다. 그래야 뒤따라오는 아군이 앞서가는 대원들에게 총을 쏴대는 일이 없을 테니까요. 그야말로 대혼란이었습니다. 안경이 벗겨지는 바람에 잠시 공격을 멈춰야 했습니다. 제가 소리쳤죠. '제길! 기다려!' 저는 안경을 집어 들어 다시 걸쳤습니다. 땀이 비 오듯 쏟아졌죠. 우리는 다시 앞으로 나아갔습니다. 전 그저 탄약을 끊임없이 채워주는 일만 했었죠. 우린 엄청난 화력을 앞세워 계속 밀고나갔습니다. 위에선 M−79 척탄이 우수수 떨어졌고, 언덕 아래에선 베트남군을 향해 날아가는 총탄들이 솟아올랐죠. 설상가상으로 8킬로미터쯤 떨어진 포병 중대도 우리에게 막심한 피해를 입혔습니다. 최악의 상황이었죠. 그뿐이 아니었습니다. 갑자기 낡은 F−100 몇 대가 날아들더군요. 아군인지 적군인지 분간이 되지 않았습니다. 그들이 네이팜탄을 떨어뜨렸고, 우리 눈앞의 수목 한계선을 날려버렸습니다. 꽝! 네이팜탄이 터지자 모든 것이 빨간 불꽃과 검은 연기로 뒤덮여버렸습니다. 폐 속 공기가 쏙 빠져나가는 기분이 들더군요. 부상자 후송용 헬리콥터들은 그냥 허공에 둥둥 떠있을 뿐이었고, 부상자들은 보통 헬리콥터가 실어 날랐습니다. 중령과 대대의 특무 상사는 휴이 헬리콥터를 타고 탄약 박스를 연신 떨어뜨리다가 어딘가로 사라져버렸습니다. 스터거는 훈장을 받아 마땅했지만, 결국엔 아무런 상도 받지 못했습니다. 하지만 포화가 오가던 최전방엔 한 번도 발을 내딛지 않은 중령에겐 은성 훈장이 내려졌죠."

* *

그 이야기는 힐이 좋아하는 주제 몇 가지를 담고 있었다. 용감한 군인들과 그들의 무능력한 상사들, 아군들의 총격을 받아야 하는 위험한 상황, 명예를 나눌 때 덕행은 무시되고 비겁함이 보상받는다는 영원불변한 진실. 도둑들도 그의 이야기를 진지하게 들어주었다. 물론 힐은 도둑이 아니었다. 하지만 그의 반 권위주의적 태도는 도둑들의 호감을 사는 데 꽤 도움이 되었다.

우호적인 분위기가 만들어졌을 때 두 도둑 중 나이 많은 이가 훔친 그림을 꺼냈다. 가로 60센티미터, 세로 75센티미터 크기였다. 힐이 그림을 건네받았다.

"파르미자니노의 작품이 맞는 것 같았습니다."

나중에 힐이 말했다.

"하지만 뒷면을 보니 캔버스 틀이 별로 낡지 않았더군요. 중세의 것으로 보기 힘들었습니다. 캔버스를 좀 더 유심히 들여다보니 잔금이 보였습니다. 그림 표면에 생긴 균열의 패턴도 의심스러웠고요. 전 혼란에 빠졌습니다."

도둑들이 모조품을 팔아넘기려 하는 것은 분명 아니었다. 만약 힐의 추측이 맞다면 그들은 모조품을 진품으로 믿고 훔쳤던 게 틀림없었다. 아마 그림을 도난당한 주인마저도 그것을 진품이라 믿고 있었을 것이다. 그림에 대해 아무 말도 하지 않은 채 힐은 코냑을 홀짝거렸다. 두 도둑은 초조하기보다는 흥미롭다는 표정으로 힐을 쳐다보았다. 힐이 다시 한 번 그림을 앞뒤로 살펴보았다.

"문제가 좀 있는 것 같습니다."

힐이 말했다.

"파르미자니노의 작품이 아닌 것 같습니다. 스타일만 같을 뿐이죠. 그림을 자세히 보시면 아시겠지만…"

그가 나무의 벌레구멍과 균열 패턴 등에 대한 허튼소리를 장황하게 늘어놓기 시작했다.

도둑들은 분개했다. 그림이 모조품이라고?! 그들은 힐을 믿지 않았지만, 적어도 힐은 자신의 경찰 신분을 확실히 숨길 수 있게 되었다. 형사의 임무는 범죄자를 잡는 것이다. 도둑들이 생각하는 진정한 형사의 모습은 그림을 손에 넣자마자 신나게 수갑을 꺼내 보이는 것이었다.

어느새 새벽 네 시가 넘어있었다. 힐은 도둑들에게 그림을 원치 않는다고 말했다. 그들은 워커가 기다리고 있는 기차역까지 그를 태워다 주었다. 길고 추운 밤을 주차장에서 홀로 보낸 워커는, 힐이 술을 엄청나게 퍼마시고 왔다는 것을 대번에 알아차릴 수 있었다. 힐은 임무를 수행하려다 보니 어쩔 수 없었다고 설명했다. 그리고 맥주가 아닌, 고급 코냑이었다고 덧붙였다. 워커는 흥분을 가라앉히지 않았다.

힐은 훨씬 나쁜 소식을 갖고 있었다.

"모조품인 것 같아요."

"젠장! 정말이야?"

워커와 힐은 곧장 본부로 돌아가 그 소식을 보고했다. 그림이 진품이라 믿고 있던 그들의 상관들은 오랫동안 추적해왔던 범인들이라며 당장 힐이 다녀온 집을 습격하라는 명령을 내렸다.

다음날, 워커는 그로스베너 하우스에서 힐과 만났다. 경찰은 파르미자니노의 그림을 크리스티의 경매인에게로 가져갔다. 전문가들은 그림이 빅토리아 여왕 시대에 위조된 것이라고 했다. 3백만 파운드짜리가 아닌, 3천 파운드짜리 그림인 것이었다.

예술 역사가나 예술품 복구가에겐 모조품을 골라내는 일이 식은 죽 먹기일 것이다. 하지만 그들에겐 그것을 확인할 수 있는 충분한 시간이 주어진다. 담력과 관찰력으로만 무장한 힐은 아마추어였고, 도둑들이 지켜보는 가운데서 그림이 진품인지 여부를 판단해내야 했다.

도둑들은 이십오 년 전에 그림을 훔쳐 지금까지 보관해왔다. 4반 세기동안 그들은 그림을 흐뭇하게 들여다보며 수백만 달러의 퇴직금을 떠올려왔을 것이다.

"결국 모두가 실망하게 된 케이스였죠."

힐이 당시 분위기를 설명했다.

"경찰은 그들을 잡기 위해 대대적인 수사를 벌였습니다. 하지만 일이 꼬이는 바람에 제 평판에도 흠이 가버렸죠. 물론 얻은 것도 있었습니다. 그 후로 저는 런던 경찰청의 예술 '전문가' 칭호를 듣게 되었습니다. 시드도 제 진가를 인정해주었고요. 그가 으르렁거리며 이렇게 말했습니다. '찰리, 난 자네에게 카리스마가 있어서 좋아.'"

카리스마는 적절한 단어가 아니었다. 오히려 '담력'이나 '직감'이 더 잘 어울렸다. 하지만 중요한 것은 찰리가 결국 시드의 신뢰를 얻어냈다는 사실이었다. 몇 년이 지난 후에도 그는 당시 일을 떠올리며 무척 흡족해했다.

"기분이 좋았습니다. 그때까지 누구도 제게 그런 칭찬을 해준 적이 없었거든요. 시드는 비정한 경찰이었습니다. 오랫동안 소문으로만 들어왔던 최고의 비밀수사관이었죠. 그 순간부터 저는 그의 진정한 파트너가 될 수 있었습니다."

트릭

　🦋 일생동안 불만족스러운 여러 직업들을 전전하며 살아온 힐은 비밀수사에 큰 매력을 느꼈다. 예술 범죄 수사는 그에게 딱 맞는 일이었다. 삼백 년 된 그림의 붓놀림을 공부하면서 도둑들의 현관문을 발로 부수고 쳐들어갈 수도 있으니 그에겐 천직이 따로 없었다.

힐의 행동 양식은 절대 바뀌는 법이 없었다. 재능과 두뇌는 그를 전진하게 했고, 지나친 흥분과 반항적인 기질은 그를 후퇴하게 만들었다. 책을 좋아하는 그였지만 대학에선 낙제 위기도 여러 차례 겪었다. 군대에 있을 때는 자신을 이등병으로 강등시킨 상관을 구타해서 말썽을 일으키기도 했다. 런던 경찰청에선 거의 모든 상관을 '아무것도 모르는 무능력자'로 취급했다. 성공으로 향하는 사다리의 발판을 힐은 거침없이 부러뜨려왔다.

힐도 그것을 알고 있었다. 하지만 그는 자기파괴가 아닌, 성실함의 증거로 여겼다.

"제가 가장 자신 있게 할 수 있는 건, 바로 사람들을 화나게 만드는 것입니다."

그는 입버릇처럼 그런 말을 곧잘 했다. 진지함보다는 과장에 익숙한 그였다. 누가 뭐래도 그는 고립주의자였다. 마구에 채워진 채로는 제 기량을 마음껏 발휘할 수 없는 타입이었다.

"저는 군대를 싫어합니다. 하지만 싸움은 좋아하죠. 함께했던 전우들도 제가 싫지 않았던 모양입니다. 문제는 제가 훌륭한 싸움꾼이었지, 훌륭한 군인은 아니었다는 사실입니다. 마찬가지로 저는 도둑 잡는 데 소질이 있을 뿐 좋은 경찰은 아닙니다."

작은 팀이 즉흥적인 판단에 따라 움직여야 하는 비밀수사 임무는 그에게 자유를 주었다. 한때 힐을 아웃사이더로 만들었던 그런 특징들은 어느새 경찰 임무에 묘하게 맞아들어 가고 있었다. 상관들을 무시하는 태도, 우아한 악센트, 다음절어를 남발하는 버릇, 난해한 취미, 아웃사이더적인 분위기. 이 모든 것이 그의 장점이 되어버렸다. 비밀수사에 있어 가장 기본적으로 필요한 것은 바로 누구의 눈에도 띄지 않은 채 활동할 수 있는 능력이었다. 힐은 전혀 경찰 같아 보이지 않는 외모를 하고 있었다.

"영국 형사들은 전부 비슷비슷하게 생겼습니다."

보험 수사관, 마크 달림플이 말했다.

"그들은 하나같이 정장을 걸치고 있죠. 그것도 똑같아 보이는 싸구려 양복으로만 말입니다. 넥타이도 소박한 것만 매죠. 작고 단순한 매듭으로요. 머리는 짧게 깎고, 구두는 번쩍번쩍 광을 냅니다."

달림플이 와인글라스를 내려놓고 예를 들어 보이려는 듯 북적이는 술집을 둘러보았다.

"이런 곳에 그들이 들어오면 악당들은 한눈에 그들을 알아봅니다. 하지만 아무도 찰리 힐을 알아보진 못하죠."

그의 변장 실력이 뛰어나서가 아니다. 사실 힐이 커버할 수 있는 범위는 그다지 넓지 않다. 언젠가 그의 동료 형사가 유대 교회를 소이탄으로 공격하려는 계획을 세우고 있던 신 나치주의 갱단에 잠입했던 적이 있었다. 힐은 더 이상 스킨헤드를 자연스럽게 연기할 자신이 없었다. 아마, 배우 존 클리스만큼이나 어울리지 않을 것이었다. 힐은 한정된 연기력 때문에 주로 비슷한 배역만을 맡아야 했다. 하지만 허영심은 그로 하여금 특정 배역을 거부하게 만들곤 했다. 그는 언제나 주인공이었다. 야만적인 역할을 기꺼이 맡아줄 형사는 그 말고도 많았다.

비밀수사 팀 구성을 전문으로 하는 예술반 형사 딕 엘리스는 이렇게 설명했다.

"경찰 수사의 대부분은 마약이나 총기 사건에 관련된 것들입니다. 그런 사건들은 큰 문제가 되지 않습니다. 대개 범죄자와 범죄자 사이의 거래니까요. 우리 팀엔 잘 훈련되고 기민한 형사가 몇몇 있습니다. 그들은 이런 상황에 언제라도 투입될 수 있죠. 하지만 그들은 악당 외의 다른 배역을 소화해낼 능력이 없습니다."

신 나치주의 갱단을 무너뜨린 사람은 '록키'라는 이름의 잘나가는 형사였다. 그의 외모는 크고 터프한 찰스 브론슨이라고 할 수 있었다. 경찰

내부에서 그는 경사에게 책상을 집어던지는 따위의 일들로 악명이 높았다. 더욱 놀라운 일은 그런 짓을 벌이고도 아무런 징계도 받지 않았다는 사실이었다. 록키의 파트너는 유일하게 그를 다룰 수 있는 형사였다. 두 형사와 친하게 지내는 찰리 힐은 그들을 '괴물과 매니저'라고 부르기도 했다.

"록키를 만나봤습니까? 절대 게티 미술관의 대리인으로는 세울 수 없는 친구죠."

그렇게 말하며 록키의 모습이 상상되는지 엘리스는 씨근거리며 터져 나오려는 웃음을 애써 참았다.

"록키는 지적이고 미적 감각이 있고 부유해 보이지 않습니다. 오히려 록키는 저돌적인 암시장 딜러에 더 잘 어울리죠. 게다가 그 친구는 그 방면에서 꽤 실력을 발휘합니다. 사건 자체가 특이하다면 하는 수 없이 다른 사람을 찾아봐야 합니다."

바로 찰리 힐을 두고 하는 말이다.

힐은 매번, 오만하고 말 많은 부유층 미국인이나 캐나다인을 도맡아 연기한다. 그는 항상 거리낌이 없고, 범인들을 유혹해내기 위해서라면 지력이 부족한 듯한 연기도 기꺼이 선보인다.

미국에서 살아본 경험이 있음에도 힐에게 있어 북미인 연기는 까다롭다. 무엇보다 적절한 악센트 구사가 중요하고, 그 부분만큼은 걱정할 게 없다. 하지만 개별적 단어들에 비해 미국인 특유의 말투를 완벽하게 구사하기란 쉬운 일이 아니다. 미국인들은 문장 끝부분에서 어조를 뚝 떨어뜨리는 경향이 있다. 하지만 영국인들은 그렇게 급격하게 떨어뜨리지 않는다. 오히려 질문을 하듯 끝에서 살짝 올리기도 한다. 힐은 말끝에 자동적으로 따라붙는 질문을 특히 주의한다. 예를 들면, "그 친구는 아무래도 안 되겠죠, 안 그래요?"라는 식이다. 영국인들은 자신들의 판단을 완화시키기 위해 습관적으로 질문을 덧붙인다.

과속 방지턱은 도처에 도사리고 있다. 힐은 수많은 영국식 표현을 깨끗이 잊어야 한다. 엘리베이터를 뜻하는 '리프트'나 지하철을 뜻하는 '언더그라운드' 같은 단어들. 가장 까다로운 것은 전혀 다르게 발음되는 단어들을 기억하는 것이다. 예를 들면, '논쟁controversy' 같은 단어가 그렇다.

예술에 관해 이야기할 때도 발음에 특히 유의해야 한다. 미국인들은 '반 고흐'를 '반 고'로 발음하지만, 영국인들은 마치 목에 생선가시가 걸리기라도 한 듯한 후음 섞인 네덜란드식으로 발음한다. 가장 큰 위험은 의식적 생각이 아니라, 언어적 반사 신경에 의한 표현에 도사리고 있다. 술을 가져온 웨이터에게 "고마워요" 대신 "치어스"라고 했다가는 대번에 정체가 드러나게 된다. 나이프와 포크를 무심코 놓아두는 것처럼 생각보다 깊숙이 박힌 습관 또한 굉장히 위험하다. 영국인들과는 달리, 미국인들은 사용한 나이프를 내려놓고 포크를 오른손에 바꿔 쥔다. 미국인을 연기할 때면 힐은 종종 식사 중 상대와 언쟁을 벌이기도 한다. 포크를 쥔 오른손을 일부러 똑똑히 보여주기 위해서다. 언쟁을 벌이면서 화가 난 듯 포크를 허공에 쿡쿡 찔러대는 것이다.

문제는 영국과 미국의 엄청난 차이가 아니다. 그것은 분명하다. 문제는 런던을 찾는 관광객들이 흔히 저지르는 하찮은 것들이다. 예를 들면, 운전을 할 때 오른쪽이 아니라 왼쪽을 자동적으로 먼저 체크하게 되는 것. 순간적인 부주의함은 큰 재난을 불러일으킬 수도 있다.

비밀수사관들에겐 경계의 필요성이 항상 요구된다. 도둑들과 갱단원들은 낯선 상대와 대면할 때면 곧바로 상대의 정체 파악부터 시작한다. 그 과정은 포착하기 어려울 만큼 미묘하진 않다. 평소 같으면 호전적인 질문만으로 넘어갈 상황이지만, 못미더운 상대를 대할 때는 굉장히 노골적이고 공격적으로 달려든다.

"그들은 상대가 경찰이나 세금 징수원이 아닌지 확인하기 위해, 온갖 방법을 동원해 테스트합니다. 마음놓고 거래할 수 있는 상대인지 알아보려는 것이죠. 그들은 상대의 배경에 대해 묻고, 전직이 뭔지도 꼼꼼하게 묻습니다. 무엇이라도 질문의 주제가 될 수 있습니다. 제 경우엔 주로 예술이나 특정 작품에 대한 질문을 많이 받습니다."

겁쟁이들을 위한 게임이 아니라는 이유로 힐은 비밀수사에 큰 매력을 느끼고 있다. 힐은 위험한 순간에야말로 진정으로 살아있음을 느낀다. 용감해서인지, 무모해서인지, 아니면 자신에겐 아무 일도 생기지 않을 거라는 확고한 신념 때문인지 그 자신도 모른다고 했다. 베트남의 포화 속에서도 그는 그저 조금 걱정스러웠을 뿐, 전혀 겁이 나지 않았다고 한다. 황야에서 사흘간 혼란에 빠졌을 뿐 길을 잃진 않았다는 다니엘 분(미국의 개척자─옮긴이)의 주장과도 크게 다르지 않다. 힐은 육체적 용기에 높은 가치를 부여한다. 그는 압박 속에서 자신의 능력을 최대한 발휘할 수 있다고 믿으며, 스스로를 위험에 빠뜨리는 것을 무척 즐긴다.

비밀수사에 있어 이런 것들은 본질적으로 필요한 요소들이다. 만약 힐에게 대본을 건네며 적힌 대로 읽어보라고 한다면 그의 연기 또한 여느 형사들과 크게 달라지지 않을 것이다. 어차피 재능 있는 배우라면 언제든 미국인과 영국인 배역을 무리 없이 소화해낼 수 있어야 한다. 그래서 그는 대본을 집어던지고, 스스로 위험에 몸을 내던진다.

비밀수사 기술은 연기보다는 세팅에 의해 더 크게 좌우된다. 관객이 못 견디고 나가버린다던가, 무대 담당원이 큐를 놓치는 것이 가장 큰 위험인 연기는 무척 쉬운 일이다. 하지만 대사 한 마디를 잘못 뱉었을 때 산탄총이 머리에 겨누어진다면 얘기는 달라진다.

* *

"모든 비밀수사는 결국 독창력에 달려있습니다. 기지, 상상력, 그리고 언제라도 능청스럽게 거짓말을 둘러댈 수 있는 능력이 필수죠."

힐이 말했다.

'비벌리 힐스 캅'은 말도 안 되는 영화이긴 하지만 총보다 언변에 의지하는 경찰의 모습은 그 어떤 진지한 영화에서 그려지는 경찰의 모습보다도 비밀수사관들의 현실을 가장 근접하게 묘사하고 있다.

"언제나 할 말이 떨어지면 안 됩니다. 그리고 어떤 말을 하든 날카로움과 그럴듯함을 잃어서도 안 되고요. 한 마디로, 상대가 자신을 경찰로 의심하게 만들어선 안 된다는 말입니다. 악당에게 호감을 살 필요는 없지만 신뢰는 반드시 얻고 들어가야 하죠."

제임스 본드 영화에서 등장하는 최신식 무기들은 말할 가치도 없다.

"오직 기지로만 살아남아야 합니다. 그 외의 무기들은 오히려 방해만 됩니다."

이야기를 꾸며낼 때 힐은 항상 가장 단순한 전제로 시작한다. 그리고 점차 뇌리를 스쳐가는 믿기 어렵고 황당한 온갖 생각들로 살을 붙여나간다.

힐은 자신의 '갖춰지지 않을수록 좋다'는 태도를 극한 순간에도 버리지 않는다. 우선 그는 총을 소지하지 않는다. 살인범들과의 거래라 해도 마찬가지다. 녹음장치는 말할 것도 없고, 위장도 옷 몇 벌 바꿔 입는 것으로 해결한다. 턱수염이나 콧수염은 절대 기르지 않는다. 콘택트렌즈를 사용하지도 않고, 안경테도 바꾸지 않으며, 머리 모양도 항상 한결같이 유지한다. 방탄조끼도 입지 않는다. 무장하지 않은 기사가 안장 없는 말을 타고 적진으로 달려드는 것과 다르지 않다.

힐의 가짜 신원엔 깊이가 없다. 그러려고 의도했기 때문이기도 하지만 무엇보다도 그의 고집 때문이기도 하다. 처음엔 그가 연기하는 인물은 거물이나 수완가 또는 옛날 영화나 '댈러스' 같은 진부한 텔레비전 쇼에 등장하는 전형적인 캐릭터들과 무척 흡사했다. 1996년, 체코 공화국에서 비밀경찰로 활동한 경력이 있는 범죄자를 상대할 때 힐은 스스로 우스꽝스러운 캐릭터를 만들어냈다.

그는 보잘것없는 캐나다인 행세를 해보기로 했다. 특별한 이유도 없이 큼직한 베레모와 지나치게 화려한 오렌지색 블레이저 코트, 그리고 노란색 바지를 걸치고 다녔다.

"저는 캐나다에서 온 범죄자처럼 보이기 위해 최대한 노력했습니다. 그들에겐 여러 성당에서 훔친 중세 유물들과 그림들을 요트를 소유하고 있는 바하마의 부자들에게 팔아넘길 생각이라고 했죠. 하지만 동구권에서 온 멍청이가 아닌 이상 저를 신뢰할 리가 없었죠. 하지만 그들이 무척 좋아하더라고요. 바보처럼 그런 모습에 넘어가버렸단 말입니다."

힐이 얼굴이 빨개져라 웃으며 헐떡거렸다.

힐이 그저 스릴을 위해 그런 튀는 역할을 고르는 건 아니다. 무모함과는 아무런 상관이 없다. 범인들이 머릿속으로 그려놓은 추잡한 예술품 애호가의 이미지에 최대한 가까워지기 위함일 뿐이다.

"그 녀석들의 환상을 깨버려선 안 됩니다. 그들이 원하는 대로만 연기해주면 되는 거죠."

추측과 고정관념에 사로잡힌 그들의 상상력을 무시할 순 없지만 힐은 크게 염려하지 않는다.

그저 범인들이 눈치 채지 못할 만큼만 신경 쓰면 되는 것이다. 우아한 악센트와 호화로운 호텔 방으로 상대의 신뢰를 얻을 수 있다면 그냥 그렇게 보여주기만 하면 되는 것이다.

박물학자들은 그런 자극에 대해 오랫동안 연구를 해왔다. 새들이 둥지로 먹이를 가져가면 쩍 벌어진 작은 부리가 허공을 향한다. 배고파하는 새끼를 치우고 조잡한 모조 부리를 가져다놓아도 어미는 그것에게 먹이기 위해 열심히 먹이를 구하러 다닌다. 찰리 힐은 과학과는 거리가 먼 사람이다. 하지만 그 스스로가 '아마추어 연출법' 이라 부르는 연기는 범인들로 하여금 그가 원하는 대로 반응하게 만드는 자극을 찾는 근본적인 시험이다.

마크 달림플은 찰리 힐에 비해 훨씬 침착한 성격을 가지고 있다. 힐의 무모함엔 당연히 고개를 저어대지만 그의 비밀수사 기술에 대해서만큼은 순순히 인정한다.

"나머지 형사들의 두뇌와 배짱을 다 합쳐도 찰리 힐을 넘어설 수는 없을 겁니다."

무기 소지에 대한 힐의 혐오는 그의 버릇과 경험에서 비롯된 것이다. 굳이 이유를 물으면 그는 "영국인들은 총을 쓰지 않습니다."라고 대답한다. 하지만 그것은 명백한 거짓말이다. 만약 그가 무장한 채 임무를 수행하는 것을 선호했다면 보나마나 당장에 자신의 미국인다운 천성을 끄집어냈을 것이다. 사실 힐이 총을 기피하게 된 것은 베트남에서의 경험 때문이다. 주변에 총이 있으면 항상 문제가 발생한다. 그것은 쏘는 사람 역시 마찬가지다.

"무장이 되어 있지 않다고 해서 더 위험해지는 건 아닙니다. 오히려 위험이 줄어들죠. 왜냐하면 총은 사람을 방심하게 만드니까요."

총이 있으면 '먼저 쏘고, 생각은 나중에'라는 그릇된 접근법에 현혹될 수 있다. 베트남에서 힐은 사고로 동료를 죽일 뻔한 적이 있었다.

"피위라는 이름의 아주 자그마한 친구였습니다. 남미 출신이었지만 베트남인과 무척 흡사하게 생겼죠. 그 친구는 헬멧을 야구모자처럼 거꾸로 돌려 쓰는 미련한 버릇을 가지고 있었습니다. 어느 날 아침, 부들 위로 뭔가 움직이는 게 보였죠. 갑자기 머리 하나가 불쑥 솟아올랐습니다. 헬멧 모양이 특이했죠. 저는 그의 가슴을 겨누고 방아쇠를 당기려다가 급하게 동작을 멈췄습니다. 그 친구와의 거리는 15미터도 채 안 되었었죠. '오, 빌어먹을. 맙소사, 피위!' 하마터면 덤불 속에서 볼일을 보고 있던 그 친구를 쏴 죽일 뻔했었던 겁니다."

힐이 총을 싫어하는 이유는 일반적인 과학 기술에 대한 적개심 때문이기도 하다. 휴대폰을 사용하고, 전자 우편을 띄우는 것 외에 그가 기계로 할 수 있는 일은 거의 없다. 기계적 장치는 항상 가장 중요한 타이밍에 사용자를 배신한다고 그는 믿는다.

체코 공화국에서 비밀경찰 출신 예술품 도둑을 상대하게 된 힐은 어쩔 수 없이 소도구에 자신의 운명을 걸어야 하는 상황을 맞게 되었다. 독일 연방 수사국에서 힐에게 특수 제작된 서류가방을 안겨주었기 때문이다. 숨겨진 버튼을 살짝 누르면 '지원 요청' 메시지가 소리 없이 전달되도록 설계된 가방이었다. 힐은 독일 뷔르츠부르크에 자리한 한 호텔의 지하 주차장에서 체코 갱단원들과 만났다. 그리고 그들이 팔기 위해 가져온 그림들을 유심히 살폈다. 힐이 신호를 보내면 독일 수사관들이 잽싸게 달려오기로 되어 있었다. 하지만 힐이 아무리 버튼을 눌러도 그들은 나타나지 않았다. 장소가 지하였기 때문일 수도 있고, 기계적 결함 때문일 수도 있었다. 계속해서 버튼을 눌러댔지만 아무 소용이 없었다.

힐은 삼십 분에 걸쳐 그림을 들여다보았다. 시간을 벌어보기 위해 루카스 크라나흐와 베로네세, 그리고 레니에 대해 연신 중얼거려댔다. 하지만 상대는 전직 경찰과 킬러였다. 힐이 다시 한 번 몰래 지원 요청 신호를 보냈다. 역시 아무 일도 없었다. 같은 시간, 기다리다 못한 독일 수사관들은 힐의 신호와는 상관없이 달려 나와 더티 해리 스타일의 권총을 휘둘러대며 현장에 있는 모든 이를 체포했다. 힐과 체코 갱 두목은 나란히 콘크리트 바닥에 엎드렸다. 수사관이 힐의 손에 수갑을 채우기 위해 몸을 숙이며 들릴 듯 말 듯 속삭였다.

"훌륭했어요!"

맨 앞좌석

🦋 비밀수사는 관중을 위한 스포츠가 아니다. 언제나 목격자는 참여자들뿐이다. 경찰과 범인 모두 자신들의 시각을 왜곡하는 성향을 가지고 있다. 2백만 파운드짜리 브뤼겔 작품이 사라졌을 당시, 코톨트 미술관의 관장으로 재직했던 데니스 파는 비밀수사 과정을 지켜본 적 있는 몇 안 되는 민간인이다.

파는 키가 크고 호리호리했으며, 우아한 매너를 지니고 있었다. 들새 관찰이 취미이고, 오타를 발견하면 얼굴이 하얗게 질려버릴 것 같은 학자 타입이었다. 브뤼겔 케이스의 수사가 한창이었을 때 파는 범인들과의 전화 협상 임무를 맡게 되었다. 예술반 형사들은 그의 옆에 바짝 붙어 통화 내용을 엿들으며 지시사항을 메모지로 알려주었다. 그때 파는 자신이 가지고 있는 소질을 처음 발견하게 되었다.

"제게 이런 소질이 있었는지 미처 몰랐습니다."

파는 쑥스러운 듯 말했다.

한동안 찰리 힐과 데니스 파는 잘 어울려 지냈다. 첫 미팅 때 힐은 최대한 매너를 갖춰 '파 박사'에게 중대 임무를 맡아줄 것을 정중히 부탁했다. 그들은 코톨트 미술관에서 소장하고 있는 그림들과 예술에 관한 잡담을 나누었다. 브뤼겔은 힐이 가장 좋아하는 화가 중 한 명이었다. 힐은 사라진 명화, 「그리스도와 간음한 여인」에서 브뤼겔이 어떻게 왼쪽으로부터 내려오며 밝아지는 빛줄기를 그려냈는지를 과장된 제스처를 곁들여 이야기했고, 파는 작품의 테마에 관한 자신의 의견을 들려주었다. 두 사람은 렘브란트와 베르메르의 흡사한 스타일에 관해서도 오랫동안 수다를 떨어댔다.

파는 거만을 부리는 타입이 아니었다. 예술반의 다른 형사들에게도 호감을 느꼈지만 그는 특히 힐에게 큰 관심을 보였다.

"처음 봤을 때 찰리 힐에게선 아웃사이더 분위기가 물씬 풍겼습니다. 그의 첫인상을 보고 나서 저는 그가 나중에 런던 경찰국의 국장이 되든지, 아니면 경찰을 그만둬버리든지 둘 중 하나일 거라고 생각했습니다."

두 번째로 만났을 때 파는 힐의 또 다른 모습을 볼 수 있었다. 범인들과의 회합을 앞둔 힐은 이미 자신이 맡은 배역에 푹 빠져 있었다.

"입이 거칠고 소란스러운 사람을 연기해야 했습니다."

힐은 자연스러운 연기를 위해 예술 감정가의 모습이 아닌, 독선적이고 무지한 모습을 적나라하게 보여줘야 했다.

"미술가는 아니지만, 미술가의 연기만큼은 자신 있었습니다. 그, 왜

텍사스 댈러스의 J. 롤스턴 리지웨이 같은 타입 있지 않습니까. 그런 사람들이 의외로 많습니다. 위조된 그림을 사들이고, 터무니없는 값이 매겨진 그림에 큰돈을 쏟아 붓죠. 엄청난 재력을 가진 그들은 예술을 사회적 지위를 높이는 수단으로 여기고 있습니다. 제가 바로 그런 타입을 연기해야 했습니다. 상상조차 쉽지 않은 거부 말입니다."

그는 템스 강이 내려다보이는 스트랜드에 자리한 사보이 호텔에서 범인들과 미팅을 갖기로 했다. 도둑들이 그림을 보여주면 힐은 돈을 건네야 했다. 거래가 성사되는 순간 대기하고 있던 형사들이 현장을 덮치기로 되어 있었다.

파는 명화들과 흥미진진한 암거래 현장을 내부인의 위치에서 지켜볼 수 있게 되었다는 사실에 무척 들떠있었다. 힐과 파는 힐의 호텔 방으로 들어갔다. 넓고 잘 꾸며진 스위트룸이었다. 창밖으로는 강이 훤히 내려다보였다. 방에 들어서기가 무섭게 힐이 고함을 질러대기 시작했다. 사실 그는 하루 종일 기분이 좋지 않았다. 힐은 나무보다는 숲을 보는 타입이었다. 하지만 가끔 큰 그림보다도 사소한 것들이 거슬리는 경우가 있었다. 경찰은 20파운드짜리 지폐로 십만 파운드를 만들었고, 그것을 '경찰의 덫'이라는 것이 분명해 보이는 판지 상자'에 꾹꾹 쑤셔 넣은 채 힐에게 가져왔다. 상대가 그것을 봤다면 대번에 힐의 정체를 의심할 것이었다. 힐은 제대로 된 가죽 가방을 마련해줄 것을 부탁했다. 결국 경찰은 힐이 원하는 대로 해주었지만 그의 상관들은 한 차례만 쓰고 버릴 소품의 만만치 않은 가격에 적지 않은 충격을 받았다.

스위트룸의 카펫엔 경찰 감시팀의 발자국이 어지럽게 남아 있었다. 구석구석 사이즈 12짜리 구두 자국이 나있는 것으로 보아 사방에 도청장치를 깔아두었음을 짐작할 수 있었다.

"꼭 누(남아프리카산의 암소와 비슷한 영양—옮긴이) 떼가 우르르 몰려가고 난 후의 세렝게티 초원의 모습 같군요."

힐이 투덜거리며 파에게 말했다. 그는 곧장 형사들에게 전화를 걸었다.

"당장 카펫에 만들어놓은 발자국을 지워놔요. 그 녀석들이 보는 날엔 우린 끝장이란 말입니다!"

진공청소기로 발자국을 지워낸 후에야 힐은 마음을 놓았다. 그가 전화기를 집어 들고 룸서비스에 샴페인 한 병과 훈제 연어 샌드위치를 주문했다. 파는 방 안을 둘러보다가 만약 총격전이 벌어질 땐 잽싸게 소파 뒤로 숨는 것이 좋을 것 같다고 생각했다.

"구멍 뚫린 모습으로 귀가하진 말아요."

그날 아침, 그의 아내는 말했었다. 기다리는 동안 그는 자신에게 주어진 대사를 반복해서 연습했다.

"우리가 찾던 게 맞습니다."

파의 한 마디가 떨어지면 옆방에서 대기하고 있던 형사들이 우르르 몰려들어오게 되어 있었다.

힐은 파에게 십만 파운드를 현금으로 본 적이 있느냐고 물었다.

"아뇨. 어디 한번 볼까요?"

힐이 새로 마련한 가방을 열었다. 쇰쇠가 끌러짐과 동시에 지폐 다발이 쏟아져 나왔다. 바로 그때 호텔 직원이 훈제 연어 샌드위치를 들고 방 안으로 들어왔다.

"다급한 나머지 찰리 힐과 저는 바닥에 널브러진 돈 가방을 깔고 앉아 버렸습니다."

파가 말했다.

＊ ＊

"모든 게 계획대로 착착 진행되었습니다."

파가 들뜬 모습으로 이야기를 이어나갔다.

"힐의 연기는 흠잡을 데 없이 훌륭했습니다. 우아한 옷차림이었지만 지나치게 화려하진 않았죠. 어쨌든 외모에서부터 돈 냄새가 풀풀 풍겨 나오긴 했습니다. 타고난 배우라고나 할까요? 찰리 힐을 직접 만나본 적이 있습니까? 넓은 어깨에 크고 당당한 체구의 소유자죠. 언제든 자신의 엄청난 힘을 과시할 수도 있는, 그런 사람입니다."

힐이 연기했던 싸움대장은 파에겐 새로운 경험이었다. 그는 칠십오 년 전에나 유행했던 청소년 모험 잡지 속 표현들을 좋아했고, 그의 이야기 속엔 항상 '지독한 악당들'과 '소름끼치는 녀석들', 그리고 '허풍 떠는 놈들'이 넘쳐났다. 그런 이유로 힐의 연기를 지켜보는 그의 시선은 남다를 수밖에 없었다.

몇 년이 지난 후에도 그는 힐이 아무 때나 툭툭 내뱉곤 하던 지저분한 표현들을 고스란히 기억하고 있었다.

"이런 적도 있었습니다. 그가 표시가 되어 있는 돈이 담긴 가방 위로 몸을 숙이며 이렇게 말했죠. '이 돈은 개똥처럼 그 친구들에게 착 달라붙게 될 겁니다.'"

그 말이 무척 마음에 들었는지 파는 개구쟁이 소년이 벽에 휘갈겨진 음란한 낙서를 읽어나가듯 큰소리로 반복해서 읊어댔다.

"찰리 힐은 수다스럽고 허풍이 심한 미국인 거물을 너무나도 능청스럽게 연기해냈습니다."

파는 말을 이었다.

"그가 말했죠. '여기서 허비할 시간이 없습니다. 내일 당장 유럽으로 떠나야 한단 말입니다. 여기저기에 볼일이 널려있어요. 당신네들 같은 건달들과 시시덕거릴 시간이 없습니다.'"

파는 자신의 교양 있는 악센트가 힐의 '상스럽고, 거친 대사들'의 위협적인 분위기를 갉아먹진 않을까 염려했다. 그럼에도 그는 쉴 새 없이 인상적인 대사들을 들려주었다.

"당신들의 허튼소리는 이제 더 이상 들어줄 수가 없습니다."

그가 힐을 흉내내며 으르렁거렸다.

파는 모르고 있었지만 무심코 내뱉은 듯한 그런 대사들 또한 치밀한 대본에 의한 것이었다. 여기서 키워드는 '허튼소리horseshit' 다. 그것은 힐이 자신의 미국인 페르소나를 더욱 확고하게 굳히기 위해 선택한 단어였다. 난센스를 뜻하는 단어 중엔 'bullshit' 이 가장 일반적으로 사용되지만 'horseshit' 은 미국인들만의 표현이다. 게다가 'r' 발음이 들어가기 때문에 힐의 미국식 악센트가 더욱 빛을 발할 수 있었다.

사보이 호텔에서 힐은 한 시간에 걸쳐 도둑들을 괴롭혔다. 그리고 아직 브뤼겔의 작품을 확인하지 않은 상태로 그들을 방에서 내보냈다. 딕 엘리스는 바로 옆방에서 그들의 대화를 엿들으며 녹음을 하고 있었다.

엘리스를 비롯해서 이런 상황에 익숙한 형사들조차도 힐이 필요 이상으로 일을 벌여놓았다고 생각했다.

"제가 이렇게 말했습니다. '찰리, 흥분하면 안 돼. 이 친구들을 놓치면 안 된다고.' 그러니까 그가 대꾸하더군요. '염려 마. 분명 다시 돌아올 테니까.'"

엘리스는 덧붙였다.

"그 친구 말이 맞았습니다. 그들은 다시 돌아왔죠. 다시 돌아와서 체포되었고, 유죄 판결을 받았습니다."

도둑의 이야기

🖋 도둑들을 한눈에 알아볼 수 있는 힐의 능력은 그들의 이야기를 숱하게 들어오면서 자연스레 갖게 된 것이다. 그들 대부분은 입을 잘 열지 않는다. 하지만 데이비드 더딘만큼은 달랐다. 140킬로그램에 육박하는 체중을 가진 그는 한때 훔친 렘브란트를 팔아넘기려 했었다. 그는 은퇴한 운동선수가 자신의 이름을 미친 듯이 외쳐대는 관중을 처음 보았을 때를 회상하듯 자신의 과거 범죄 행각을 들뜬 모습으로 자세히 들려주었다.

힐이 헤쳐 나가는 세상은 신뢰할 순 없지만 그런대로 쓸 만한 더딘 같은 인물들로 넘쳐난다. 힐과 더딘의 관계를 설명하자면 몇 년 전으로 거슬러 올라가야 한다. 그들은 힐이 교도소로 더딘을 찾아가면서 처음 만났다. 렘브란트 케이스가 해결된 후였다. 힐은 더딘을 잡는 데 가담하진 않았지만 그를 소식통으로 만들어볼까 하는 기대를 안고 있었다.

더딘은 아무 거리낌 없이 거짓말을 술술 뽑아낼 수 있는 능력을 가지고 있다. 우호적이고, 자신에게 쉽게 도취되는 타입인 그는 범죄와 도둑들에 대해서도 비교적 자유로이 이야기했다. 오직 인습도덕에 대해서만 마지못해 묵례를 보낼 뿐이다. 어쨌든 그에겐 유쾌한 일이 아닐 수 없다. 어차피 손해 볼 것도 없으니.

그가 가장 즐기는 역할은 암흑가의 여행 가이드다.

"제게 얼마나 범죄자의 기질이 있는지 한번 평가해주십시오. 저 개인적으로는 범죄자의 기질이 전혀 없다고 생각합니다. 하지만 여섯 건의 장물 취급 혐의로 유죄 판결을 받았으니, 제 주장엔 설득력이 없겠죠."

고백처럼 들리는 그 말도 사실 알고 보면 농담으로의 초대에 지나지 않는다. 목소리 톤을 들어보면 꼭 "누구 말을 믿습니까? 제 말입니까, 아니면 판사의 말입니까?" 하고 묻는 것 같다. 더딘의 세계에서 도덕의 근본, 즉 진실을 말하고 약속을 지키고 빚을 갚는 따위의 일들은 살아가는 데 필요한 원칙이 아닌, 그저 어리석은 사람들을 위한 신조일 뿐이다. 땀 흘려 먹고 사는 것은 스스로를 얼간이라고 인정하는 것밖에는 되지 않는다고 그는 믿고 있다.

더딘은 얼간이가 아니다. 공명정대한 사회는 합류하는 것이 아니라 강탈하는 것이다. 예술품을 훔치는 자체가 쉬운 일이지만, 러스보로 하우스 같은 영국의 대저택에서 훔쳐 나오는 것은 특히 더 쉽다고 그는 무미건조하게 설명했다. 그런 저택의 관리비는 엄청나다. 그런 이유로 많은 집주인들이 입장료를 받고 관람객들을 받아들인다.

"자신의 집을 한번 생각해보십시오. 수천 명의 사람들이 득실거리는데 마음이 놓이겠습니까? 전혀 안 그러겠죠? 저는 그동안 많은 사람들을 만나왔습니다. 이 나라에서 가장 악명 높은 범죄자들도 물론이고요. 그들은 이렇게 말합니다. '만약 누군가가 뭔가를 보여주며 그것이 수백만 달러의 가치를 지니고 있다고 설명한다면 누가 눈독을 들이지 않겠습니까?' 이건 지극히 자연스러운 일입니다. 그리고 정상적인 현상입니다. 부의 재분배 말이죠."

그 마지막 한 마디는 조롱 톤의 농담이었다. 더딘은 혀를 과장되게 굴려가며 마지막 음절까지 음미했다.

육중하고 둔한 더딘의 팔뚝은 마치 햄 같다. 그의 외모는 꼭 부처를 보는 듯하다. 물론 진짜 부처라면 순금으로 된 롤렉스 시계를 걸치거나 화려한 빨간색 재킷에 번쩍이는 빨간색 구두를 맞춰 신지 않겠지만. 그의 범죄자적 야망은 그 몸집만큼이나 컸다. 한창 잘나갈 때 더딘은 롤스로이스를 타고 다녔다. 그리고 아내에겐 크리스마스 선물로 BMW를 선뜻 사주곤 했다. 렘브란트를 비롯한 많은 예술품을 팔아치운 그에게 유죄 판결을 내린 판사는 더딘이 영국에서 가장 악명 높은 장물아비라고 강조했다. 그리고 그를 '미스터 빅'이라고 부르기까지 했다.

젊은 시절 더딘은 보석 장사를 했는데 뒷방에선 불법거래가 이루어졌다. 더딘은 커다란 책상에 앉아 업무를 보았다. 책상 위엔 저울과 접안경과 현금이 가득 담긴 켈로그 콘플레이크 상자, 그리고 산탄총이 가지런히 놓여있었다. 바깥쪽을 향해 놓은 산탄총에 대해선 아무도 언급하지 않았다. 하지만 더딘이 고객들에게 제시한 가격에 대해 언쟁이 벌어질 때마다 유용하게 쓰이곤 했다.

그는 영국 북부에 자리한 뉴캐슬에 살았고, 그 지역 특유의 억센 악센트를 가지고 있었다. 미국인의 귀엔 길게 늘인 모음이 꼭 늘어진 테이프에서 흘러나오는 소리같이 들린다.

더딘의 아내, 메리는 항상 남편 곁을 지켰다. 자그마한 그녀는 엄청나게 높은 하이힐을 신고 다녔다. 머리는 눈부신 빨간색이었고, 작은 목소리는 거슬릴 정도로 끽끽거렸다. 메리는 꼭 '아가씨와 건달들'의 리허설에서 튀어나온 듯한 외모를 하고 있었다. 하지만 그녀는 남편보다 잔소리가 심했고 무척이나 약삭빨랐다. 말은 더딘이 했고, 메리는 옆에서 변호사 역을 맡았다. 검사들에게 등을 보인 채로 마이크를 손으로 가리고 의뢰인의 귀에 조언을 속삭여주는, 그런 변호사 역할.

메리의 가족 역시 예술에 깊이 관여해있다. 1961년, 역사상 가장 유명한 예술 절도사건 중 하나가 발생했다. 누군가가 고야의 「웰링턴 공작」을 런던 내셔널 갤러리에서 훔쳐 달아난 것이었다. 미술관이 그림을 사들인 지 몇 주밖에 지나지 않았을 때 벌어진 사건이라 언론의 관심은 뜨거웠다. 개인 소장가가 그림을 경매에 붙였고, 미국의 석유업자가 14만 파운드에 낙찰했다. 국가적 영웅이 그려진 위대한 명화를 외국인에게 빼앗겨버릴 위기에 처하자 의회와 사설 재단이 14만 파운드를 부랴부랴 만들었고, 결국 미국인은 그들에게 그림을 양보하기에 이르렀다. 그렇게 명화는 내셔널 갤러리에 걸리게 되었다. 그리고 정확히 십팔 일 후, 그림은 사라져버렸다.

1962년, 초상화의 행방이 여전히 묘연한 상태에서 첫 번째 제임스 본드 영화, '닥터 노'가 개봉되었다. 악당이 카리브해의 비밀 잠복처에서 사악한 음모를 꾸민다는 내용이었다. 닥터 노가 본드에게 집을 구경시켜 주는 장면에서 화가에 놓여있는 초상화 하나가 유독 눈에 띄었다. 관객들이 조크를 놓치지 않도록 본드는 깜짝 놀라며 다시 돌아보는 척했고, 카메라는 「웰링턴 공작」을 클로즈업으로 비춰주었다.

진품은 1965년에 다시 세상에 모습을 드러냈다. 다행히 손상되진 않았지만 액자가 벗겨진 그림은 버밍엄 기차역의 수하물 보관소에 덩그러니 놓여있었다. 6주 후, 도둑이 자수를 해왔다. 그는 사람들이 자신의 이야기를 듣고 싶어 한다고 생각했고, 그림도 이미 제자리에 돌아와 있었기에 자신에게 큰 해는 없을 거라 믿었다. 스스로가 도둑이라고 주장한 사람은 켐턴 번튼이라는 택시 운전사였다. 실업자 신세였던 그는 뉴캐슬 출신으로 알프레드 히치콕과 많이 닮아있었다.

육십대의 번튼은 서툴고 괴벽스러운 사람이었다. 바로 그가 메리의 삼촌이었다.

"유일한 시삼촌이시죠. 시숙모의 남편이세요. 그가 그림을 어떻게 집으로 가져왔는지 모르지만 침실 벽장에 고이 모셔져 있더군요. 시숙모님께선 삼촌이 자수하던 날 밤 이런 농담을 하셨어요. '난 지난 사 년간 웰링턴 공작과 동침해왔단다. 그런데도 그 사실을 지금껏 모르고 살았어.'"

법정에 선 번튼은 정치적 항의운동의 한 방법으로 절도를 계획했다고 설명했다. 그는 절대 돈을 위해 그림을 훔치지 않았다고 주장했다. 그저 구역질나는 불법행위들에 대항하기 위함이었다고 했다. 정부는 텔레비전을 소유한 모든 이에게 매년 시청료를 물렸고, 그 돈은 고스란히 BBC를 지원하는 데 쓰였다. 중장년층도 예외는 아니었다. 번튼은 제정신이 아니었다. 대체 어떤 정부가 국민들에게 텔레비전 시청료를 물리고, 빌어먹을 그림 한 점에 14만 파운드나 쏟아 붓느냐고 고래고래 소리쳤다.

판사와 배심원단은 번튼의 주장을 진지하게 받아들이지 않았다. 그가 남자 화장실 창문 밖으로 고야의 그림을 가지고 나올 만큼 기민한 사람으로 보이지 않았기 때문이다. 배심원단은 번튼에게 무죄 판결을 내렸다. 하지만 액자를 훔친 혐의에 대해서는 유죄 판결을 내렸다. 판사는 그에게 징역 3개월을 선고했다.

메리는 자신의 시삼촌이 초상화를 훔쳤다고 믿지 않았다. 보나마나 그의 두 아들의 짓이고, 번튼은 그저 그들로부터 스포트라이트를 빼앗아왔을 뿐이라는 것이다. 그녀에 의하면, 그 집안 식구들 모두가 정상이 아니라고 한다. 현실적으로 따져볼 때, 그녀의 시삼촌은 그런 명화를 훔치기엔 너무 뚱뚱했다. 그리고 그런 주장을 펼칠 만큼 솔직하지도 못했다.

더딘의 세상과 인습적인 세상은 완전히 독립적이지는 않다. 그것들은 가끔 서로와 만난다. 사자의 세상이 영양의 세상과 만나듯 말이다. 하지만 평소엔 두 개의 세상은 서로 격리되어 있다. 그의 인생의 또 다른 진부함을 외부인들이 신기하게 느낀다는 사실에 더딘은 무척 놀랐다. 평범한 질문들은 언제나 그를 잠시 휘청거리게 만들었다. 예를 들면 이런 질문들이었다.

'지폐를 2만 달러어치 담으려면 얼마나 큰 가방이 필요한가?'

'그 돈을 다 세는 데 과연 어느 정도의 시간이 걸릴까?'

마치 진지하게 샌드위치 만드는 법이나 전화 거는 법을 묻는 것과 같다.

'누가 명화를 훔쳤을까?'

아마추어조차도 기본이라고 느낄 만한 이런 노골적인 질문은, 그를 좌절하고 어리둥절하게 만든다. 예술품은 가치가 있기 때문에 훔치는 것이다. 또한 훔칠 만하기 때문에 가치가 있는 것이다.

더딘은 느리고 단호한 설명으로 문제를 확실하게 짚고 넘어가려 노력했다.

"무엇이든 너무 쉽게 가져갈 수 있다면, 구매자가 있든 없든 그것은 아무 문제가 되지 않습니다."

그는 말했다.

"하지만 쉽게 가져갈 수 없다면 스스로 그것을 위한 시장을 만들어야 합니다. 분명 그만큼의 노력이 들어갔을 테니까요."

하지만 그것으로 뭘 어쩔 수 있단 말인가?

머릿속이 혼란해진 더딘이 어린애 목소리로 징징거렸다. 찔끔찔끔 마시던 술도 갑자기 입안에 휙 부어버렸다.

"강도가 들어가 아무도 사지 않을 그림을 훔쳐서 나옵니다. 만약 그가 전문 강도라면 평소 거래하는 사람을 찾아갈 겁니다. 규칙적으로 예술품을 훔치는 사람들에겐 각자 함께 일하는 골동품 딜러가 있습니다. 그래서 그도 골동품 딜러를 찾아가 이렇게 말합니다. '이런 물건에 관심이 없을 줄 알지만 그래도 한번 가져와봤소.'"

더딘이 목소리를 낮추고 방백하듯 말했다.

"그리곤 이렇게 덧붙이죠. '굉장한 가치를 지니고 있는 겁니다. 시가로 2백만 파운드가 넘는 것이지만 그냥 2만 파운드만 주시오.'"

그리고 덧붙였다.

"그들이 원하는 건 그저 앞으로 6개월간 굶지 않고 살아갈 수 있는 정도의 돈입니다. 그들은 그걸 '워킹 머니'라고 부르죠. 그 돈으로 살아가며 또 다른 타깃을 찾아나서는 겁니다."

더딘이 살짝 얼굴을 붉히는 척해 보였다.

"저도 교도소에 들어가서야 깨달을 수 있었죠. 남의 집을 터는 강도들은 자신들에게도 삶의 이유가 있다고 믿습니다. 강도질을 당당한 직업으로 생각하는 것이죠. 병원에서 일하는 의사들처럼 강도짓도 엄연한 직업이 아니겠습니까? 안 그래요?"

사실 그것이야말로 정말 힘이 드는 직업이 아닐 수 없다.

"강도짓도 돈이 있어야 할 수 있는 겁니다."

더딘이 늘어지는 음성으로 말했다.

"돌아다니며 직접 눈으로 봐야 하니까요. 그러려면 교통비도 만만치 않게 들어갑니다. 꼭 토건업자들 같지 않습니까?"

더딘도 힐만큼이나 전문 도둑을 고용해 원하는 그림을 훔쳐내는 외로운 거물에 대한 아이디어를 무시했다.

"수백만 파운드의 돈과 수백만 파운드에 달하는 예술품을 소장하고 있는 사람이 뭐가 아쉬워서 그림 한 점 때문에 감옥에 갈 짓을 벌이겠습니까?"

그가 피식 코웃음을 쳤다.

"미쳤어요? 당신이 그 정도의 부자라면 그런 짓을 하겠습니까? 말이 되질 않죠. 아무것도 가지지 못한 상태에선 자유는 아무런 가치가 없습니다. 나무 밑에서 불편하게 잠을 자는 사람들은 오히려 감방에 들어가는 게 차라리 나을 거라고 생각할지 모르죠. 하지만 가진 게 많다면 자연히 자유의 가치도 그만큼 높아지는 거 아닙니까? 궁궐 같은 집에서 샴페인을 곁들여 바다가재를 먹고 지낸다면 교도소 행이 내키겠습니까?"

더딘은 그림을 훔치는 도둑에서 그것을 사들이는 중간 상인으로 화제를 돌렸다.

"딜러는 우리의 도둑님에게 2만 파운드, 또는 5만 파운드를 건넵니다. 액수는 어떤 그림인지에 따라 달라지겠죠. 어떻게 보면 은행과도 다르지 않죠. 자신에겐 쓸모없는 그림일지 모르지만 어쩌면 그건 수백만 파운드에 달하는 명화일 수도 있습니다."

더딘의 음성이 조금 높아졌다.

"이 정도면 괜찮은 담보물이라고 할 수 있겠죠?"

화제는 다시 철학으로 바뀌었다.

"당신에게 아끼는 그림 한 점이 있다고 칩시다. 만약 누군가가 그걸 훔쳐 가버린다면 당신은 소유물 중 가장 가치 있는 것을 잃게 되는 겁니다. 하지만 누군가가 펨브룩의 백작으로부터 렘브란트를 훔친다고 해도 그에겐 큰 타격은 아닐 테죠. 보나마나 그런 그림이 수백 점은 더 남아있을 테니까요. 그걸 필요 이상으로 중요하게 여길 이유가 없다는 겁니다. 그게 바로 제가 말하고자 하는 윤리입니다."

사실 누군가가 백작에게서 렘브란트를 훔쳐 달아난 일이 실제로 벌어졌고, 더딘은 그것의 매매를 맡았었다.

더딘은 앉은 채로 육중한 몸을 움직여 등을 의자에 기댔다. 그의 얼굴엔 만족스러운 표정이 떠올랐다.

"그 차이를 이해하시겠습니까? 누군가의 재산을 몽땅 훔친 게 아니란 말입니다. 물론 큰 일부를 가져오긴 했지만 말이죠. 한 노파의 집에 들어가 그녀의 전 재산이라 할 수 있는 연금 통장을 훔쳐 나오는 파렴치한 짓과는 전혀 다르지 않습니까."

범죄자 버전의 상대성 이론인 셈이다.

"렘브란트에 관심 있습니까?"

✳ 찰리 힐은 '내 방식대로의 인생'에 관한 수많은 이야기를 묵묵히 들어왔다. 더딘과는 어느 정도 친분이 있지만 두 사람 모두 상대를 친구로 여기지 않는다. 오히려 그들은 복잡한 대결을 펼치는 라이벌 관계였다. 최대한 많은 정보를 모으며 상대보다 우위를 차지하기 위해 끊임없이 싸우는 자유로운 형식의 게임을 벌이는 것이다. 그들은 서로 상대를 꿰뚫어보고 있다고 자신했다. 더딘을 상대할 때 힐은 위협적인 모습보다는 학구적인 모습을 보이기 위해 노력했다. 물론 노련한 사기꾼은 자신이 힐 같은 학자의 머리 꼭대기에 올라 앉아있다고 자신한다. 그는 틈날 때마다 말머리에 이런 얘기를 덧붙였다.

"제가 찰리에게도 설명했지만…."

메리 더딘도 남편의 그런 면을 많이 닮았다.

"우리가 찰리를 뭐라고 부르는지 알아요?"

그녀가 킥킥거리며 물었다.

"법원의 럼폴 판사라고 부른답니다."

언제나 당당한 힐이었지만 더딘 같은 상대에게까지 굳이 자신의 경력을 소상하게 밝히지는 않았다. 오히려 그는 상대가 자신을 과소평가해주기를 바랐다. 지난 몇 년간 힐은 데이비드 더딘에게서 세 가지의 중요한 사실을 배울 수 있었다. 물론 더딘이 의도적으로 나눠준 것은 아니었다.

첫째, 모든 것은 유명 상품으로부터 시작된다. 만약 도둑들에게 주목받고 싶다면 어떤 그림이든 세계적인 거장의 이름이 붙어있어야 한다. 피카소 이후의 그림들은 아마추어들만 관심을 가질 뿐이다. 둘째, 도둑들은 일단 훔치고 나서 질문을 던진다. 도둑들보다 낙천적인 사람들은 없다. 나중에 알아서 되겠지. 그리고 마지막, 돈은 모든 것의 원인이다. 명화가 매력적인 이유는 오직 가격 때문이다. 세 번째 교훈은 일반인들에겐 가장 이해하기 힘든 것이다. 그런 이유로 대관식 때 쓰는 보기류가 훔칠 만한 가치가 있다는 것에 시민들이 찬성할 리 없다. 하지만 도둑들은 주저 없이 동의한다. 만약 보기류가 오래된 명화만큼이나 훔치기 쉽다면 아마 내일쯤 감쪽같이 사라져버릴 것이 분명하다. 지난 십 년간 뉴욕에선 너무나 유명해 되팔 수도 없는 스트라디바리우스 바이올린이 무쳐 세 차례에 걸쳐 도난당하기도 했다.

심리학에 굉장한 관심을 가지고 있는 찰리 힐에게 있어 중요한 것은 도둑들이 어떤 생각을 가지고 있는지일 뿐, 그들의 의견이 하나로 일치되는지 여부는 아니다. 그는 도둑의 세계관을 이렇게 요약했다.

"예술품 절도사건은 허풍과 어리석음에 의해 저질러지는 겁니다. 그들은 어떤 얼간이가 불쑥 끼어들 때까지 계속 훔친 것들을 여기저기로 가지고 다닙니다. 마지막으로 행운의 편지를 받아보는 것과도 다르지 않죠. 그림은 항상 기본적인 가치를 지니고 있을 테니, 얼간이들은 계속 꿈만 꾸고 있는 겁니다."

* *

렘브란트 이야기가 바로 그런 케이스다. 더딘은 애처롭고 우스꽝스러운 이야기를 들려주었다. 도난사건이 이야기의 소재지만 더딘에게 그것은 범죄 이야기가 아닌, 위험을 무릅쓴 어느 건달의 이야기일 뿐이다. 결과적으로는 나쁜 일이었지만, 다행스럽게도 다친 사람은 없었고, 오히려 모두가 즐거운 시간을 갖게 되었다. 언뜻 들어보면 평범한 남자가 우연히 만난 슈퍼모델에게 데이트를 신청하는 것만큼이나 실없는 얘기다.

1994년, 스톤헨지에서 얼마 떨어지지 않은 궁궐 같은 윌턴 하우스에서 렘브란트 한 점이 사라졌다. 그것은 1685년부터 그곳에 걸려있던 렘브란트 어머니의 초상화였다. 윌턴 하우스와 렘브란트의 초상화는 펨브룩의 열일곱 번째 백작이 소유하고 있었다. 첫 번째 백작은 헨리 8세의 친구였다. 헨리는 개인적인 용도로 사용하기 위해 교회 재산을 몰수했고, 그 과정에서 자신의 소유로 들어온 대저택과 땅을 친구에게 주었다.

영국의 다른 유서 깊은 대저택들과 마찬가지로, 윌턴 하우스 역시 외부로부터 완전히 고립된 지역에 자리하고 있다. 건물은 웅장했고, 사유지는 드넓었다. 렘브란트의 그림은 11월 5일, 화약 음모 사건 기념일에 사라졌다. 화약을 터뜨리고 화톳불을 피우며 신나게 노는 날이었다. 도둑들은 그런 소란스러운 분위기를 적절히 이용했다.

"제가 듣기로는, 펨브룩의 백작을 비롯한 모든 사람이 화톳불에 모여 있을 때 도둑이 가져갔다는 것 같았습니다."

더딘이 말했다.

"백작의 딸이 다시 집으로 돌아왔지만 도둑들 중 하나를 그냥 지나치고도 몰랐다고 하더군요. 그는 그녀를 보았지만 그녀는 그를 보지 못했던 것이죠."

그림은 40만 파운드의 보험에 들어있었다. 경매에 내놓았다면 4백만 파운드는 족히 받을 수 있는 작품이었다. 하지만 그림엔 서명이 되어있지 않았고, 그런 이유로 진품 여부를 확인할 길이 없었다. 갈색 드레스 차림의 나이 지긋한 여자가 무릎에 책을 펼쳐놓고 앉아 독서를 하고 있는 모습을 그린 그림이었다. 전체적으로 어두운 분위기였지만 유독 책에서만큼은 빛이 뿜어져 나왔다.

"노파를 위대한 예술로 승화시킬 수 있는 사람은 세상에 렘브란트뿐입니다."

한 역사가는 그렇게 말했다. 하지만 더딘은 그 말에 동의하지 않았다. 그는 그림을 두고 '할멈'이라고 불렀다. 자신의 커다란 집을 한 번 쓱 돌아본 후 그는 이렇게 말했다.

"적어도 난 그런 그림을 내 집 벽에 걸어둘 생각이 없습니다."

더딘은 흥미로운 이야기일수록 식사를 하며 나눠야 한다고 생각했다.

그의 식성은 그다지 까다롭지 않다.

"교도소를 나온 후로는 모든 게 다 맛있더라고요."

그가 시내를 둘러보다가 한 중국 레스토랑을 골라 휙 들어가버렸다. 그리고 빈 테이블에 제멋대로 앉아 메뉴를 훑어보며 맥주와 갈비 요리를 주문했다.

"오랫동안 알고 지낸 친구가 연루되어 있죠. 얼마나 오래 알고 지냈지, 메리? 마틴 말이야."

마틴은 1990년에 더딘의 인생에 불쑥 나타난 신비한 인물이었다. 그는 5, 6년간 더딘에게 골동품인 은제품과 시계를 가져다주었다.

"저를 처음 찾아왔을 때 그는 제대로 된 비즈니스맨의 모습을 하고 있었습니다. 정장에 넥타이를 걸치고 있었죠. 게다가 자신이 팔기 위해 가져온 물건들을 올바른 방법으로 다루었습니다. 그게 무슨 뜻인지는 아시겠죠? '장물'이라고 적힌 봉지 따위에 아무렇게나 넣어오지 않았다는 겁니다."

하지만 뭔가 이상한 느낌이 들긴 했을 것이다.

"솔직히 말하자면…"

더딘은 마술사가 "제 소매 안엔 아무것도 없습니다"라고 입버릇처럼 말하듯, 그런 의미 없는 얘기를 말머리에 항상 덧붙인다.

"한동안 거래를 해오면서 그가 수상쩍게 느껴지기 시작했습니다. 하지만 어쩌겠습니까? 수년간 함께 일해 왔는데 어느 날 갑자기 달라진 태도를 보일 수가 없었죠. 그에게서 사들였던 모든 걸 들고 경찰을 찾아갈 수는 없는 노릇 아니겠습니까? 당연히 그럴 순 없죠. 그랬다간 그동안 모은 재산이 다 날아가버리게 될 테니까요."

더딘은 계속 말을 이었다.

"저와 종종 거래했던 다이아몬드 상인이 어느 날 제게 말하더군요. '데이브, 렘브란트 그림에 흥미를 가질 만한 사람이 없을까?' 그래서 제가 말했습니다. '미안하지만 난 렘브란트에 대해 아무것도 모른다'고. 그냥 그렇게 말하고 돌려보냈죠."

그로부터 얼마 지나지 않아 마틴이 다시 나타났다.

"마틴이 뭘 가져오든 전 항상 별 관심이 없는 척했습니다. 그래야 조금이라도 값을 깎을 수 있거든요. 모든 걸 다 시시하다고 해버리는 겁니다. 그가 아무리 훌륭한 것이라고 강조해도 전 무조건 그렇지 않다고만 말했죠. 그렇게 값을 절반 수준으로 깎곤 했습니다. 뭐 크게 문제될 일은 아니죠. 그가 오랜만에 다시 나타났을 때도 저는 언제나 그랬듯 별 관심을 보이지 않았습니다. 그러자 그가 말하더라고요. '지금껏 본 것 중 괜찮은 게 하나도 없습니까?' 그래서 제가 대답했습니다. '언젠가 렘브란트는 한 번 본 적이 있죠' 그러자 그가 하는 말이, '정말 렘브란트를 본 적 있습니까?' 그래서 전 그렇다고 말해줬죠."

더딘은 경찰의 함정수사에 걸리고 말았다. 덜미를 잡힌 마틴은 경찰로부터 은밀한 거래를 제안받았다. 경찰은 혐의를 완화시켜주는 대가로 그에게 수사 협조를 요구했다. 다시 더딘을 찾아간 마틴은 그에게 렘브란트를 원하는 한 마약 딜러를 소개해주겠다고 넌지시 말했다. 그리고 딜러와 그의 동료들이 미국인 구매자를 확보해두었다고 둘러댔다.

더딘에겐 제 발로 절대 들어갈 일이 없는 암흑가였지만 그곳으로 이끌려는 것에 대해 큰 두려움이 없었다.

"진짜 렘브란트의 그림이었으니 사라진 거였겠죠."

그가 명랑하게 인정했다.

"그걸 겨드랑이에 끼고 돌아다니는 사람이 어디 많습니까?"

하지만 그는 절도엔 전혀 가담하고 싶은 마음이 없었다. 그는 그저 비즈니스맨일 뿐이었다. 물론 돌아가는 상업 바퀴에 기름을 치는 것 이상은 하지 않았지만, 어쨌든 비즈니스맨들 대부분에 비해선 훨씬 기업가적인 사람이었다.

"제가 원했던 건 다 같이 모여 술이나 한잔 하는 것이었습니다. 양측을 한데 모아주고 나서 5백 파운드나 천 파운드의 수고비만 챙겨올 생각이었죠."

수렁에 빠진 더딘은 스스로 더 깊이 파고 들어갔다. 마약 딜러와 그의 동료들은 거래를 하기 전에 더딘이 자신의 주장대로 거물인지 확인해보고 싶다고 했다.

"그들은 제게 자신들이 구매할 만한 생각이 들 정도의 괜찮은 물건들을 가져와보라고 했습니다. 조건은 무조건 싸야 한다는 것이었죠. 다시 말해 장물이어야 한다는 뜻이었습니다."

더딘은 곧장 여기저기 수소문해보기 시작했다.

"전 그동안 거래해온 사람들에게 차례로 연락했습니다. 좀도둑이나 강도들 말고, 진정한 골동품 거래의 달인들에게 말입니다. 그중엔 정말 괜찮은 물건을 가지고 있는 이들도 있었죠. 전 그들에게 구매자가 싸고 괜찮은 물건을 찾고 있다고 알렸습니다. 그들은 대번에 제 말을 이해했죠. 그들 모두 '반드시 싸야 한다'는 말의 뜻을 알고 있었습니다. 뭐 그보다 더 노골적일 수는 없으니까요. 안 그렇습니까?"

곧바로 장물들이 속속 그에게 들어오기 시작했다.

"체셔에서 훔친 장식핀 세트도 있었습니다. 시가로 6만 파운드짜리죠. 지역 미술관에서 훔친 황금 상자도 있었는데 그건 약 2만 파운드 정도 나가는 것이 있었습니다. 개인 저택에서 훔친 상아 컬렉션, 그리고 플로어즈 성에서 훔친 은 꿀항아리 세 개도 들어왔습니다. 꿀항아리는 영국 최고의 은세공인, 폴 스토르가 직접 만든 것이죠. 또 쿡 선장을 죽인 검으로 만들었다는 지팡이도 있었습니다."

더딘이 놀라울 정도로 가녀려 보이는 손에 쥐고 있던 갈빗대를 내려놓았다.

"제가 얼마나 부담을 느끼고 있었는지 짐작이 가실 겁니다. 협상이란 게 원래 그렇긴 하지만요."

마치 지금까지도 그 부담을 안고 지낸다는 듯 그는 말했다. 후크 선장을 연기했던 시릴 리처드조차도 그보다 더 과장되어 보이진 못할 정도였다. 게다가 그는 누군가로부터 절대 중간에 손을 떼선 안 된다고 경고를 받았던 사실도 슬쩍 들려주었다.

"그뿐이 아니었습니다."

더딘이 신음을 토했다.

"렘브란트를 가져오지 않으면 제 아내와 저희 집 개를 쏴죽이겠다는 협박 전화도 두 차례나 받았습니다."

더딘이 흥분을 가라앉히고 계속 이어나갔다.

"하지만 판사는 그 사실을 완전히 무시해버렸습니다. 제 말을 믿어주지 않았다고요. 그는 제가 전혀 위협을 받은 것 같지 않다고까지 했습니다."

더딘의 말이 느려졌다. 마치 몇몇 사람들의 냉소에 어찌할 바를 모르겠다는 듯이 음성도 측은하게 늘어졌다.

결국 경찰이 쳐놓은 덫은 제대로 먹혀들었다. 더딘이 '마약 딜러'에게 받은 10만6천 파운드를 세는 동안 경찰이 우르르 몰려들어왔다.

"제겐 장물이 가득 담긴 가방이 들려있었습니다."

더딘이 당시 상황을 설명했다.

"상아와 검도 가지고 있었죠. 잠시 후 밴 한 대가 도착했고, 그 안에서 열 명 남짓의 경관이 쏟아져 나왔습니다. 그들은 제 사무실이 있는 차고 지붕 위에도 올라가 있었고, 울타리를 훌쩍 넘어 들어오기도 했습니다."

그가 애정 어린 눈으로 메리를 돌아보았다.

"당신은 그때 집 뒤편에 있었지? 아닌가?"

스포트라이트를 받을 수 있는 기회가 주어지자 메리가 기뻐하면서 설명을 이어나갔다.

"당신을 도와 돈을 세고 나서 집으로 들어와 소파에 앉았어요. 그리고 크로스워드 퍼즐을 했죠. 한참 몰입하다 말고 우연히 밖을 내다봤는데 글쎄 뒤뜰에 난리가 났지 뭐예요. 그래서 전 허둥지둥 현관으로 나가봤어요. 앞뜰엔 비디오카메라를 든 남자와, 지저분하고 단정치 못한 여자가 서있었죠. 그녀가 대뜸 이렇게 말하더군요. '더딘 부인, 당신을 체포합니다.' "

메리는 이틀 후 풀려났다.

"우리에게 렘브란트 이야기를 처음 들려줬던 다이아몬드 딜러, 로버트가 절 돌아보며 말했어요. '그냥 쉽게 끝날 거래일 줄 알았어요.' "

큰소리로 웃으며 더딘과 메리가 웨이터에게 술을 한 잔 더 주문했다. 더딘에겐 한 가지 슬픈 기억이 남아있었다. 그것은 그 스스로도 인정하는 가장 중요한 부분이기도 했다. 어떤 이유에서인지 판사는 더딘을 본보기로 삼겠다며 징역 9년을 선고했다. 그 후 그는 4년 반 만에 가석방되었다.

더딘은 아직까지도 분을 삭이지 못하고 있다. 그는 유죄판결이 아닌, 판사의 선고에 강한 불만을 가지고 있다. 규칙이 있는 게임에서 판사는 악의를 가지고 그것을 어긴 것이다.

교통경찰

1994년 5월 6일

✹ 찰리 힐은 더 이상 기다릴 수 없었다. 그는 이른 오후 시간을 아이나르-토레 울빙과 오슬로의 미술관을 둘러보는 것으로 보냈다. 찰리는 처음 만난 순간부터 그가 마음에 들지 않았었다. 어쨌든 그들은 울빙의 동료, 토르 욘센이 「절규」를 가지고 있는 도둑들과 전략을 짜는 동안 함께 시간을 죽여야 했다. 울빙과 몇 시간을 함께 보낸 힐의 기분은 조금도 나아지지 않았다.

어느 순간, 울빙이 홀연히 사라져버렸다. 홀로 남겨진 힐은 어느 때보다도 불안해졌다. 얼마나 지났을까, 울빙이 전화를 걸어왔다. 그는 오슬로 남부에 자리한 포르네부 공항에서 만나자고 했다.

힐은 워커를 찾아갔고, 두 사람은 존 버틀러에게 간략한 상황 보고를 한 후 곧바로 포르네부로 향했다. 두 형사는 한 시간쯤 기다렸다. 그리고 한 시간 반을 더 기다렸다. 아무 일도 벌어지지 않았다. 어느덧 저녁이 되어 있었다. 마침내 울빙이 나타났다. 그의 얼굴은 창백하게 질려있었고, 몸은 덜덜 떨리고 있었다.

"교통경찰에게 잡혔어요. 그가 차를 수색했습니다."

그가 말했다.

워커와 힐은 서로를 쳐다보지 않으려 애썼다. 물론 두 형사의 가슴은 철렁 내려앉아 있었다. 어찌 이런 일이!

경관은 울빙을 멈춰 세우고 무작위 검문을 펼쳤다. 그는 울빙에게 사고가 났을 때 도로에 세워두는 삼각형 표지판이 갖춰져 있는지 물었다. 울빙은 왠지 모르게 상황이 무척 부자연스럽다는 생각이 들었다. 경관은 마치 지시가 내려지기를 기다리는 듯이 한동안 머뭇거렸다. 함께 타고 있던 욘센은 점점 인내력을 잃어갔다.

십오 분쯤 지났을 때 울빙이 경관에게 검문이 곧 끝날 것인지 물었다.

"네. 아무 문제도 없는 것 같군요. 저, 혹시 예술품 딜러 아니십니까?"

울빙은 그렇다고 대답했다. 경관이 차 안을 살펴봐도 되느냐고 물었다. 경관 여러 명이 달려들어 사십오 분에 걸쳐 수색했지만, 아무것도 찾아내지 못했다. 그들은 울빙의 메르세데스 뒷좌석에서 꺼낸 판화들을 훑어나가기 시작했다. 하지만 다행히도 「절규」는 못 보고 지나쳤다.

경관들이 수색을 마치자 욘센이 울빙에게 혼자 힐과 워커를 만나고 오라고 했다. 노르웨이 경찰이 계속해서 나타나는 것을 우연의 일치로 보기에는 무리가 있다고 생각한 것이었다. 힐과 워커는 울빙을 진정시켰다. 힐은 어떻게 된 일인지 짐작할 수 있을 것 같았다. 그와 워커가 존 버틀러에게 공항에서의 회합에 관해 보고했을 때 버틀러와 함께 임시 본부에 남아있던 노르웨이 경찰이 상부에 보고를 올린 것이 분명했다. 울빙이 힐과 워커에게 「절규」를 보여주기 위해 공항으로 나가게 될 거라고 확신한 그들은 곧장 울빙을 멈춰 세우고, 차를 수색하라는 지시를 교통계에 내렸을 것이었다. 결국 그들은 사라진 그림을 찾는 데 실패했고, 그를 순순히 보내줄 수밖에 없었다.

힐은 노르웨이 경찰 동료들에 대한 분노를 애써 숨긴 채 그냥 잊어버리라고 울빙을 위로했다. 그리고 게티 미술관은 「절규」를 되찾기만을 원하고 있을 뿐, 시골을 누비며 이런 장난이나 치고 싶어 하진 않는다는 뜻을 분명히 밝혔다.

"그냥 재수가 없었다고 생각해요."

힐이 울빙에게 말했다.

"우리와는 아무 상관이 없는 일입니다. 우선 난 경찰을 개입시킬 만큼 바보가 아닙니다. 게다가 그건 내 스타일과도 거리가 멉니다."

그것은 언쟁으로 볼 수도 없었다. 언쟁일 필요도 없었지만. 울빙은 힐과 워커가 경찰과 한통속이 아니라는 것을 확인하고 싶어 했고, 힐은 그럴 듯하게 격노하는 모습을 보이며 위기를 모면했다.

결국 작전을 성공시키지 못한 채 모두 호텔로 돌아갔다. 힐과 워커는 공항 회합이 도대체 무엇을 이루어내기 위한 작전이었는지 알지 못했다. 울빙은 욘센을 만나러 갔고, 힐과 워커는 다시 존 버틀러를 찾아가 보고를 했다.

"제발 감시팀은 떼어내 줘."

힐이 버틀러에게 요청했다.

"그 사람들 때문에 자꾸 문제가 생긴다고. 머지않아 둘러댈 거짓말도 바다나버릴 거야. 우리가 경찰과 아무런 상관이 없다는 걸 진땀 빼며 설명하기도 이젠 지쳤어."

힐과 워커만큼이나 버틀러도 답답했다. 하지만 그 역시도 제멋대로 움직일 수 없는 입장에 처해있었다. 그가 노르웨이 경찰 측에 한번 얘기해보겠다고 했다. 물론 조건이 뒤따르는 요청이었다.

"이건 우리 케이스가 아니야. 노르웨이 경찰의 케이스라고."

버틀러가 말했다.

"그들이 원해서 하는 걸 우리가 막을 재간은 없어. 우린 그냥 저들을 도우러 온 것뿐이라고."

힐은 자신의 방으로 돌아와 전화벨이 울리기만을 기다렸다. 오후의 소동이 그의 자신감을 꺾어버렸다. 하지만 가방에 담긴 돈을 확인했던 욘센이 반드시 연락해올 거라는 확신엔 흔들림이 없었다.

힐이 침대에 벌러덩 드러누웠다. 그는 구두만 벗은 채로 누워 천장을 빤히 올려다보았다. 자정이 가까워졌을 때 전화벨이 울렸다. 울빙이었다.

"아래층에 와있습니다. 지금 좀 만났으면 하는데요."

"내일 아침에 만나죠?"

"지금 당장 해야 합니다."

"장난치지 말아요! 내일 봅시다."

힐이 수화기를 거칠게 내려놓았다.

물론 그것은 힐의 연기였을 뿐이다. 범인들은 항상 변덕스러운 요구
를 해왔다. 자신들다운 행동을 보여주는 것이다. 그들은 자신들의 요구
를 들어주지 않으면 그림을 불태우거나 갈기갈기 찢어버리겠다고 협박
을 한다. 물론 그렇게 그림이 손상될 가능성도 있다. 우선 좋은 말로 설
득해 그들을 진정시켜야 한다. 그런 다음, 사태가 진정되면 이쪽에서도
강공으로 나가본다. 어쨌든 그들이 원하는 돈은 이쪽에서 나오게 되어
있으니까.

범인들과의 협상에선 언제나 호전적인 모습을 보여주는 것이 중요했
다. 상대에게 끌려 다니는 것은 치명적인 실수다.

"상대방에 동의하는 순간 협상은 끝이 납니다."

언젠가 힐이 말했다.

"왜냐하면 신뢰가 뚝 떨어져버리니까요. 인생이란 원래 그런 겁니다.
창조적인 긴장감으로 가득 차있죠."

힐이 일반적인 인생을 두고 한 말인지, 아니면 어두운 구석에서의 인
생을 두고 한 말인지는 가늠하기 쉽지 않았다. 어쩌면 그 자신도 모르고
있을 것이다.

"도둑과 갱들은 서로를 무척 증오합니다. 그래서 서로를 괴롭히고, 배
신을 하는 거죠."

그는 덧붙였다.

"우리가 사는 세상이 그렇습니다. 갑자기 세상에 뚝 떨어져 그들이 하

는 모든 말에 동의하고, 그들이 원하는 대로만 움직인다면 당신은 그 길로 신뢰를 잃게 됩니다. 상대의 말에 기꺼이 동의하는 모습은 거래의 성사가 얼마 남지 않았다는 신호가 아니라, 상대에게 자신을 더 압박해달라고 요청하는 신호입니다. 정말 바보 같은 짓이죠."

* *

힐은 침대에서 일어나 앉았다. 그는 잠시 후에 전화벨이 다시 울릴 거라고 믿었다. 그는 버틀러에게 전화로 보고하지 않았다. 언제 그들에게서 연락이 올지 몰랐기 때문이다. 드디어 기다렸던 전화가 왔다.

"진지하게 말씀 드리는 겁니다. 지금 꼭 해야 합니다."

울빙이 말했다.

"하루 종일 당신들과 얘기를 했지 않소? 더 할 얘기가 남았단 말입니까?"

힐이 물었다.

"아뇨. 다른 문제 때문에 온 겁니다."

"알겠습니다. 커피숍에서 볼까요? 어쩌면 지금쯤 문을 닫았을지도 모르겠군요."

"아뇨. 거기 말고 차에서 보도록 합시다. 밖에서요."

"잠자리에 들려던 참이었습니다."

힐이 말했다.

"불도 껐고요. 씻고 나갈 수 있게 시간을 좀 줘요. 십 분 후에 봅시다."

힐은 전화를 걸어 버틀러를 깨웠다.

"지금 밖에 와있다는데."

버틀러가 말했다.

"내려가지 마!"

"가봐야 해. 걱정 마. 그들과 어디로 새진 않을 테니까. 그냥 지금 입은 차림으로 나갔다 올 거야."

힐은 황갈색 바지에 단추로 잠그는 파란색 셔츠 차림에 로퍼를 신고 있었다. 양말은 신고 있지 않았다.

"날 데리고 어딘가로 가려 하면 외투와 양말을 걸치지 않아서 안 된다고 할게."

"알았어. 절대 호텔을 떠나서는 안 돼."

"알았다니까."

"밖에 세워놓은 차에 들어가 앉아있는 것도 물론 안 되고."

"알았어."

아래층으로 내려간 힐은 밖으로 나갔다. 울빙의 메르세데스가 세워져 있었고, 차 안엔 울빙과 욘셴이 타고 있었다. 힐은 뒷좌석에 훌쩍 올라 탔다.

PART 5

지하실에서

낯선 남자

1994년 5월 6일 자정

　　울빙의 메르세데스 뒷좌석에 올라탄 힐은 차문을 열어두었다.

"뭣 때문에 왔는지 어디 한번 들어봅시다."

그가 말했다.

"하지만 당신네들과는 아무 데도 안 갈 거니까, 그렇게들 아시오."

울빙은 운전석에, 욘센은 조수석에 앉아있었다. 힐은 욘센의 바로 뒤에 앉아있었고, 그의 몸 전반은 차 밖으로 나가있었다. 그의 오른발은 땅에 닿아있는 상태였다. 욘센은 성질을 부리며 울빙과 노르웨이 경찰, 그리고 일상의 거의 모든 것에 대해 불평해대기 시작했다. 힐이 내려오기 훨씬 전부터 시작된 불평 같았다. 울빙은 웅크린 채 앉아 파트너의 말을 묵묵히 듣고 있었다.

욘센이 근처에 세워진 검은색 밴을 가리켰다. 밴의 창문은 검게 코팅되어 있었고, 지붕엔 안테나가 붙어있었다.

"내가 알아봤어요. 경찰 감시팀이더군요."

그가 으르렁거렸다.

"가서 얘기라도 나눠봤습니까?"

힐이 물었다. 노르웨이 경찰이 다시 상황을 엉망으로 만들고 있었다.

"아뇨. 안엔 아무도 없습니다. 그래도 확인을 위해 살짝 흔들어보기까지 했어요. 중요한 건 저게 감시팀 차량이라는 사실입니다."

"그럼 감시팀은 다 어디로 간 거죠? 경찰 말입니다."

힐이 물었다.

욘센이 호텔 옆에 자리한 클럽을 가리켰다. 그곳에선 요란한 음악이 흘러나오고 있었다. 경찰은 신나게 노는 중이었다.

힐은 욘센을 진정시켜보려 했다. 아첨은 언제나 효과 만점이었다.

"아마 당신을 지켜보고 있을 겁니다. 당신이 상습범이라는 걸 알고 있을 테니까요."

신기하게도 욘센의 불평이 멎었다.

'저런, 허영심.'

힐이 속으로 중얼거렸다.

어쨌든 경찰이 로버츠, 그리고 워커와 한 팀이 아니라, 욘센을 감시하기 위해 쫓아다니는 중이라고 믿게 만드는 게 중요했다.

그때 갑자기 누군가가 힐의 반대편 문을 벌컥 열었다. 낯선 남자가 뒷좌석에 잽싸게 올라타고 힐을 무섭게 노려보기 시작했다. 뭔가 심상치 않은 기운이 느껴졌다. 불쑥 나타난 남자의 눈에선 광기가 뿜어져 나오고 있었다. 머리부터 발끝까지 검은색으로만 차려입은 그는 덩치가 컸고 위협적인 분위기를 풍겼다. 모자는 이마 앞으로 푹 눌러썼고, 목도리를 둘렀으며, 장갑을 끼고 있었다. 다행스럽게도 그는 영어를 구사했다. 힐은 그의 악센트를 짚어낼 수 없었다. 대체 어디서 온 친구지? 프랑스?

욘센은 그를 잘 알고 있는 것 같았지만 울빙은 아니었다.

"내 친구를 만나면 그림을 볼 수 있을 겁니다."

낯선 남자가 힐을 향해 손짓하며 말했다.

그가 운전석에 앉아있는 울빙의 등을 툭 밀었다.

"갑시다!"

"허튼수작 말아요!"

힐이 말했다.

"내일 아침에 하자고 했지 않소. 난 아무 데도 못 갑니다."

남자가 힐을 향해 몸을 틀었다.

"왜 문을 열고 있죠? 빨리 닫아요."

"그럴 순 없소."

남자가 다시 말했다.

"어서 닫아요!"

"당신들 중 누구라도 38구경 권총을 꺼내 겨눈다면 나도 가만히 있지 않을 겁니다. 날 죽이겠다면 빨리 움직여야 할거요."

교착 상태였다. 하지만 그들은 터프가이의 대화를 무척 즐기고 있는 것 같았다. 남자는 흉한이었고, 욘센은 싸움꾼이었다. 힐은 그들이 쉽게 이해할 수 있도록 반응했다. 언제나 무모한 힐이었지만 그날 밤만큼은 그들에게 끌려 다니고 싶지 않았다. 익숙지 않은 외국에서 어둠을 헤치고 알 수 없는 목적지를 향해 달린다는 것은 그에게도 미친 짓이었다. 힐이 검은색으로 빼입은 남자의 툭 튀어나온 눈을 쳐다보았다. 순간 늑대와 빨간 두건의 소녀 이미지가 그의 뇌리를 스쳐지나갔다. 정말 숲으로 들어가고 싶어?

"계속 이렇게 앉아있고 싶진 않습니다. 날씨도 추운데다가 난 양말도 안 신고 있다고요."

힐이 말했다.

욘센과 낯선 남자가 목을 길게 뽑아내고 힐의 발을 내려다보았다. 때는 겨울이었고, 장소는 노르웨이였다. 팽팽했던 긴장감은 어느새 한층 풀어져 있었다.

"아침에 움직입시다. 그땐 어디든 기꺼이 따라가죠."

힐이 말했다.

울빙이 끼어들었다.

"지금 합시다."

모두가 그를 무시했다. 힐이 욘센을 돌아보았다.

"날 감시하고 싶다면 아예 호텔에 묵지그래요? 들어가서 체크인합시다."

힐과 욘센은 호텔로 들어갔다. 울빙은 흥분한 상태의 한 낯선 남자와 차에 남아있었다. 힐이 프런트데스크로 다가갔다.

"빈 방 있습니까?"

문제가 될 수도 있을 것 같았다. 수백 명의 마약반 형사들이 집회를 가졌던 참이라 빈 방이 없을 수도 있었다. 힐에겐 대체할 계획이 없었다.

"네, 로버츠 씨. 물론입니다."

힐이 게티 신용카드를 건네고 욘센의 방을 체크인했다. 숙박료도 묻지 않았다. 욘센이 모든 것을 유심히 지켜보고 있었다. 알랑거리는 데스크 직원, 그리고 당당하게 체크인을 하는 힐. 나중에 욘센은 힐을 이렇게 묘사했다.

"아주 품위 있는 사람이었습니다. 어쩌면 지나치게 품위가 있었는지도 모르죠. 물론 경찰치고는 그랬다는 말입니다."

다행스럽게도 욘센은 힐의 방과 꽤 멀리 떨어진 방을 쓰게 되었다. 힐이 상황 보고를 위해 버틀러의 방으로 황급히 들어갔다. 버틀러는 힐이 약속을 어기고 호텔을 나갔다 왔다는 사실에 무척 화를 냈다. 하지만 힐은 그의 질책을 못 들은 척 그냥 한 귀로 흘려버렸다. 다급한 건 자신이었고, 상황에 맞춰 판단해야 하는 것도 자신의 몫이었다.

하지만 문제는 다음날 계획이었다. 울빙과 욘센, 낯선 남자는 힐에게 도시를 벗어나야겠다고 말했었다.

"그 친구들과 남쪽으로 가겠다고?"

버틀러가 물었다.

"그래."

런던 경찰청 형사들은 상부로부터 오슬로를 마음껏 활보하고 다녀도 괜찮다는 허락을 받은 상태였다. 하지만 도시 남부엔 접근 금지령이 내려져 있었다.

"존, 대체 어쩌자는 거야?"

힐이 소리쳤다.

"그림을 되찾겠다는 거야, 말겠다는 거야? 이 상황에서 텃세와 관할권 얘기가 왜 나오느냐고? 제발 그만 좀 해!"

"미안하지만 안 되겠어."

"존, 이렇게 하지 않으면 저들에게 영영 신용을 잃게 된다고."

"잃게 되면 하는 수 없지 뭐. 어쨌든 자넨 못 가. 절차상 문제가 생기면 곤란해. 절대 안 돼."

잠자코 듣고 있던 시드 워커가 두 사람의 언쟁에 끼어들었다.

"존, 찰리 말을 듣는 게 좋을 것 같은데."

그가 나지막이 말했다.

2대 1 상황이 되자 결국 버틀러가 두 손을 들어버리고 말았다.

세 남자는 작전이 없는 상태로 일을 진행시킨다는 작전을 짰다. 워커가 욘센에게 보여준 돈을 어떻게 지켜내느냐가 관건이었다. 새벽이 되면 워커는 돈을 가지고 나와 그랜드 호텔의 금고에 넣어두게 될 것이었다.

그 외에는 달리 준비할 것이 없었다. 날이 밝으면 힐과 워커는 욘센을 따라 노르웨이인들이 그토록 가자고 졸랐던 곳으로 향하게 될 것이었다.

길에서

1994년 5월 7일 이른 아침

✦ 힐과 워커는 버틀러의 방을 나와 각자 방으로 돌아
갔다. 시간이 많이 흘러있었다. 힐은 자정이 넘어서 울빙의 차로 나갔었
다. 그들은 아침 일찍부터 움직여야 했다. 호텔을 바꿔야 하는 워커는 힐
보다 먼저 나서야 했다. 다행히 그들은 몇 시간 정도 눈을 붙일 수 있었지
만 아이나르─토레 울빙에게는 1994년 5월 6일 밤이 꽤 길게만 느껴졌
을 것이었다.

딜러의 시련은 자정에 시작되었다. 낯선 남자가 차 안으로 불쑥 들어
왔을 때부터. 욘센과 힐이 호텔에 들어가 있는 동안 정체 모를 남자는 뒷
좌석에 남아 운전석에 앉아있는 울빙에게서 시선을 떼지 않았다. 어둠
속에서 모자를 눌러쓰고 목도리를 추켜올린 남자는 그저 하나의 크고 어
렴풋한 형체로만 보일 뿐이었다. 입을 열거나 돌아보지도 못할 만큼 겁

에 질려있던 울빙은 잠자코 앉아 지시가 내려지기만 기다렸다. 불청객은 자신의 이름을 알려주지 않았다. 예술품 딜러는 그를 그저 '모자 쓴 남자'라고만 불렀다.

마침내 낯선 남자가 긴 침묵을 깨고 입을 열었다.

"갑시다."

그가 말했다. 그는 텅 비어있는 오슬로 거리를 달리는 울빙에게 방향을 지시했다. "오른쪽." "왼쪽." "터널 속으로."

울빙은 순순히 지시에 따랐다. 그들은 오슬로를 벗어나고 있었다. 울빙은 자신이 어디로 향하고 있는지 알 수 없었다. 그들은 적막한 거리를 달려나갔다. 집들은 불이 꺼져 어두웠고, 거리엔 사람 그림자도 보이지 않았다. 신호등도 없고, 차도 없고, 보행자도 없었다.

"여기서 멈춰요!"

울빙이 차를 멈춰 세웠다.

"잠깐 기리시오."

낯선 남자가 공중전화 부스로 들어갔다. 몇 분 후, 그가 나와 울빙에게 창문을 내려보라고 손짓했다.

"E-18번 도로를 타고 남쪽으로 가시오. 누군가가 연락을 해올 거요."

낯선 남자는 그렇게 말하고는 홀연히 사라져 버렸다.

울빙은 E-18번 도로를 잘 알고 있었다. 그는 차를 몰아나가며 휴대폰의 벨이 울리기만을 기다렸다. 전화는 끝내 오지 않았다. 그는 한 시간 오십 분 동안 침묵을 지키며 계속 달려나갔다. 오슬로를 벗어나 E-18번 도로를 타고 남쪽으로 달리자 톤스부르크가 나타났다. 그곳은 바로 울빙이 사는 곳이었다. 그는 그냥 집으로 돌아가기로 했다.

시간은 벌써 새벽 두 시가 넘어있었다. 울빙은 자신의 어두운 집으로 들어갔다. 들어서기가 무섭게 전화벨이 울렸다. 그의 휴대폰이 아닌, 집 전화로 연락이 온 것이었다. 내가 어디 있는지 어떻게 알았을까? 낯선 남자가 추가 지시 사항을 내려주었다.

"E – 18번 도로를 타고 '바이 더 웨이'로 가시오."

울빙은 그곳을 알고 있었다. '바이 더 웨이'는 자신의 집에서 약 오 분, 아니 십 분 거리에 자리한 고속도로변의 식당이었다. 그가 다시 차를 몰아 그곳으로 향했다. 식당은 이미 영업이 끝난 상태였고, 주차장은 텅 비어있었다. 울빙은 주차장 가장자리, 낮은 돌담 옆에 차를 세웠다. 그는 어둠 속에 조용히 앉아 기다렸다.

갑자기 낯선 남자가 울빙의 차 앞으로 불쑥 나타났다.

"내리시오!"

울빙은 텅 빈 주차장으로 나와 섰다. 낯선 남자가 한동안 말없이 그를 노려보았다.

"트렁크를 여시오!"

낯선 남자가 살짝 움직이자 또 다른 누군가의 형체가 돌담 한쪽 끝에서 어둠을 뚫고 나타났다. 그는 무엇인가를 담요에 돌돌 말아 품에 안고 있었다. 그는 담요를 낯선 남자에게 건네고 나서 어디론가 사라졌다. 낯선 남자가 담요와 그것에 싸여있는 내용물을 울빙의 차 트렁크에 실었다.

"그럼이오."

울빙이 가까스로 스스로를 진정시켰다.

"이걸 차에 싣고 다니기 싫습니다."

"이미 당신 차에 실렸소."

"어디로 가져가야 하죠?"

"당신 집으로."

"안 돼요. 애들과 아내가 있단 말입니다. 하지만 오스고르스트란에 여름 별장이 있습니다. 그곳엔 아무도 없죠. 거기로 가지고 가는 게 좋을 것 같습니다."

낯선 남자도 그의 뜻에 순순히 동의했다. 오스고르스트란은 몇 킬로미터밖에 떨어지지 않았다. 그와 울빙은 그림을 울빙의 여름 별장에 숨겨 놓았다.

진이 빠진 울빙은 낯선 남자에게 이젠 집에 가서 샤워를 하고 옷을 갈아입어도 되겠느냐고 물었다.

남자는 그러라고 했다. 그것은 남자의 입에서 처음 나온 다정한 한마디였다. 울빙은 차를 몰고 다시 집으로 돌아갔다. 그가 어두운 집에 들어서자마자 언제 따라왔는지 낯선 남자가 불쑥 들어왔다. 울빙은 곧장 욕실로 들어가 샤워를 했다. 그의 '손님'은 욕실 문을 열고 샤워 부스를 빤히 들여다보고 있었다.

새벽 다섯 시가 되자 울빙의 아내, 한네가 밖에서 나도 소음에 놀라 잠에서 깼다. 그녀의 남편은 샤워를 하고 있었고, 덩치 큰 낯선 남자는 그를 노려보고 있었다.

"무슨 일이예요?"

어디서부터 설명해야 할까?

"괜찮아, 여보. 아무 일도 아니야."

울빙이 말했다.

"방으로 돌아가."

"손 들어!"

✳️ 노르웨이 경찰도 잠 못 이루는 밤을 보내고 있었다.

"도무지 잠을 잘 수 없었습니다."

노르웨이 형사, 레이프 리에르가 말했다.

"비밀수사관들이 다치거나 죽으면 어쩌나 하는 걱정뿐이었죠. 우리가 범인들의 정체를 모르고 있었기 때문입니다."

찰리 힐은 누구보다도 리에르에게 호감을 가지고 있었다. 하지만 고민은 함께 나누지 않았다. 힐은 그리 느긋한 사람이 아니었다. 하지만 그는 자신의 안전에 대해선 크게 걱정을 하지 않는 스타일이었다. 프랑스 혁명처럼 바보 같은 생각을 가지고 있는 누군가를 만나기라도 하면 그는 주저 없이 그 생각을 바로잡아주지만 대화의 화제가 자신의 안전에 대한 것으로 바뀌면 이내 말을 돌려버린다.

1994년 이전, 힐이 맡았던 가장 위험한 사건은 위조지폐 케이스였다. 1988년 가을, 힐은 찰리 그레이라는 이름의 미국인 비즈니스맨으로 분해 비밀수사를 벌였다. 누군가가 엄청난 양의 위조된 1백 달러 지폐를 팔아 치우려 한다는 제보를 해왔었다. 그레이로 분한 힐은 자신이 구매에 관심이 있다는 말을 여기저기 흘리고 다녔다. 얼마 후 런던 외곽에서 중고차 매매업을 한다는 수상한 남자가 다가왔다. 그가 힐에게 위조지폐 몇 장을 건네주었다.

힐은 그것을 들고 미국 대사관으로 향했다. 그곳엔 재무성 검찰국에 소속되어 있는 힐의 친구가 근무하고 있었다. 힐로부터 위조지폐를 받아 든 그는 감탄을 금치 못했다. 프랭클린의 초상, 그리고 명암. 지폐는 완벽했다. 재무성 검찰국은 영국을 떠난 대량의 위조지폐가 이탈리아로 흘러들어갈 거라는 제보를 받은 상태였다. 그 정도의 범인이라면 달려가 잡을 가치가 있었다. 런던 경찰청도 같은 생각이었다. 그들은 미국 동료들에게 적극 협조하기로 했다.

찰스 그레이는 중고차 딜러의 교섭자를 만나 협상에 들어갔다. 옥신각신 입씨름 끝에 그들은 서로의 조건에 합의했다. 그레이는 위조지폐 1백만 달러를 6만 파운드에 사들이기로 했다. 분명 가짜 돈이었지만 육안으로는 전혀 식별할 수 없을 정도로 정교하게 만들어진 것이었다.

힐은 교환을 위해 히드로 공항 인근에 자리한 홀리데이 인 호텔 1층에 체크인했다. 홀로 활동하길 좋아하는 스타일이었지만 이런 일은 즉흥적인 솔로 연기로는 해결하기 힘들었다. 위조지폐 전담반과 지역범죄 전담

반이 함께 사건을 맡게 되었다. 힐의 호텔방엔 도청장치가 되어 있었다. 법정에서 사용할 증거를 잡기 위해서였다. 감시팀도 분주히 움직였다. 위조지폐 전담반은 힐에게 6만 파운드가 담긴 서류가방을 건넸다.

힐은 홀리데이 인에서 중고차 딜러를 만났다. 딜러는 위조된 1백 달러 지폐가 차 안에 두고 온 가방에 들어있다고 했다. 힐은 그와 함께 주차장으로 나갔다. 힐이 위조지폐가 든 가방을 집어 든 순간 그는 뭔가가 잘못되었다는 사실을 깨달았다. 1백만 달러어치의 1백 달러 지폐 다발의 무게는 적어도 10킬로그램은 되어야 했다. 하지만 가방은 너무 가벼웠다.

힐은 모른 척 자연스럽게 행동했다. 위조지폐가 든 가방을 들고 안으로 들어온 그는 6만 파운드가 기다리고 있는 방으로 들어가기 위해 복도를 걸어나갔다. 중고차 딜러는 그의 옆에 바짝 붙어 서있었다. 그때 스타킹을 머리에 뒤집어쓴 두 명의 남자가 불쑥 튀어나왔다.

그중 한 명이 톱으로 잘라낸 산탄총을 힐의 등에 갖다 댔다. 스타킹을 쓴 두 남자가 힐과 중고차 딜러를 힐의 방으로 끌고 갔다. 한 남자가 힐을 방 중앙으로 밀어내며 침대에 엎드리라고 지시했다. 그리고 산탄총 끝으로 힐의 뒷덜미를 꾹 눌러댔다. 그가 힐의 두 팔을 뒤로 꺾었다. 찌익! 송수관용 테이프였다. 범죄자들은 수갑이나 밧줄보다 테이프를 선호했다. 힐의 손과 발이 테이프로 꽁꽁 묶였다. 힐은 꼼짝할 수가 없었다.

침대 덮개에 얼굴을 파묻은 힐은 안경에 비친 반영을 통해 뒤에서 벌어지고 있는 상황을 지켜볼 수 있었다. 그는 범인들의 인상착의를 외우기 시작했다.

범인들은 중고차 딜러까지 묶어놓았다. 하지만 힐만큼 꽁꽁 묶어놓지는 않았다. 물론 힐은 그 사실을 알 리가 없었다. 나중에 알게 된 사실이지만, 범인들과 중고차 딜러는 한통속이었다. 그들은 무척 단순한 작전을 가지고 있었다. 범인들이 6만 달러와 위조지폐를 가지고 도망을 치면 중고차 딜러는 스스로 테이프를 풀고 나와 그레이를 풀어주게 되어있었다. 그리고 어수룩한 구매자는 그 길로 조용히 사라질 거라고 그들은 믿고 있었다. 경찰서에 가서 구매하려 했던 위조지폐를 빼앗겼다고 신고를 할 수도 없을 테니까. 그들에게 있어서는 완벽한 한탕인 셈이었다.

경찰의 작전은 우스울 정도로 허술했다. 힐이 위조지폐를 전달 받기 위해 주차장으로 나갔을 때 형사들 몇 명이 그를 뒤쫓고 있었다. 힐이 다시 호텔로 들어왔을 때 그들은 열리지 않는 비상구 앞에서 발만 동동 구르고 있었다.

그러는 동안 감시팀 형사들은 힐의 옆방에 숨어 녹음을 준비하고 있었다. 그들 또한 복도에서 힐에게 무슨 일이 벌어졌는지 알지 못했다. 범인들이 두 사람을 끌고 힐의 방에 들어왔을 때 감시팀은 조심스레 상황을 엿듣고 있다가 즉각 기동 경찰대를 투입했다. 대기하고 있던 히드로 공항 소속 경찰들이 우르르 쏟아져 들어왔다. 그들은 기관총으로 무장한 상태였다. 경찰 헬리콥터도 나타나 호텔 상공을 빙빙 맴돌았다. 회전 날개 돌아가는 소리가 요란했고, 사방에서 섬광이 번쩍거렸다.

이미 현장에 들어와 있던 무장하지 않은 형사들도 나름대로 최선을 다했다. 힐의 방 밖의 주차장에 서있던 한 형사는 주먹으로 창문을 깨고 이렇게 소리쳤다.

"경찰이다!"

그는 창문 유리에 손이 심하게 베이고 말았다.

나머지 형사들도 그의 리드에 따라 일제히 깨진 창문 안으로 손을 불쑥 밀어 넣었다. 커튼에 손이 가려진 그들은 총을 쥐고 있는 척 연기했다. 문간으로 들어온 두 명의 형사는 무전기의 안테나를 총처럼 겨눈 채로 "경찰이다!" 하고 소리쳤다.

범인들은 힐이나 경찰을 향해 총을 쏠 수도 있었다. 하지만 그들은 그냥 도망쳐버리기로 했다. 밖으로 뛰쳐나간 그들을 형사들이 추격했다. 얼마 지나지 않아 범인들은 형사들에게 체포되었다.

중고차 딜러는 도망치지 못했다. 테이프를 푸는 데 시간을 다 허비해버렸기 때문이다. 경찰이 문을 박차고 들어왔을 때도 그는 여전히 테이프에 묶여있었다. 경찰이 힐을 풀어주고는 딜러에게 수갑을 채웠다. 힐이 미니바에서 술을 꺼내들고 딜러를 향해 번쩍 들어 보였다.

"내가 한잔 권하지 않는다고 화가 난 건 아니죠?"

힐은 그런 극적인 순간을 즐겼다. 위험과 어리석음과 용맹함에 해피엔딩과 주인공의 재치 있는 한마디가 곁들여진 스릴 넘치는 모험. 세상에 무엇이 이보다 더 즐거울 수 있을까? 찰리 힐의 머릿속 한구석에선 항상 '카사블랑카'가 상영되고 있었고, 힐은 언제나 험프리 보가트의 연기에 푹 빠져 지냈다.

힐은 6만 파운드와 위조지폐를 경찰에 돌려주고 방을 나왔다. 밖엔 많은 사람들이 모여 있었다. 관광객들은 로비를 멍하니 들여다보며 어떻게 된 일인지 의아해하고 있었다. 식당에서 달려 나온 웨이터와 요리사들도 목을 길게 빼고 안을 들여다보고 있었다. 힐은 인파를 헤치고 나가 프런트데스크로 다가갔다.

"체크아웃하겠습니다. 방이 별로 마음에 들지 않았어요."

"오, 죄송합니다. 어째서 마음에 안 드셨죠?"

"너무 시끄러워요."

* *

힐은 경찰서에서 보고를 마치고 집으로 돌아왔다. 시간은 새벽 세 시가 넘어있었다. 다섯 시 반에 초인종이 울렸다. 시드 워커였다. 그와 힐은 더블린의 러스보로 하우스에서 사라진 그림과 밀접한 연관이 있다는 정보 제공자와 만나기로 되어 있었다.

"라디오로 위조지폐 사건에 대해 들었네. 잘했어."

시드가 말했다. 모든 것을 라디오 아나운서를 통해 상세히 들었음에도 그는 여전히 과묵한 모습을 보여주었다. 하지만 힐은 그의 과묵함이 최고의 찬사나 다름없다는 사실을 잘 알고 있었다.

"지금 몹시 기진맥진한 상태예요."

힐의 아내 카로는 초인종 소리, 그리고 누군가와 대화를 나누고 있는 남편의 목소리에 잠에서 깼다. 전날 밤에 힐은 아내를 깨우지 않았었다. 그녀가 아래층으로 내려와 워커에게 인사했다.

"어떻게 됐어요?"

그녀가 물었다.

시드가 불쑥 끼어들어 대답했다.

"오, 아주 잘 해결됐어요. 뉴스에서도 온통 그 얘기뿐이라니까요."

카로는 찰리의 셔츠 깃 위로 빨갛게 긁힌 자국을 발견했다.

"목에 난 상처는 뭐예요?"

시드가 성큼 다가와 상처를 직접 들여다보았다.

"2연발식 산탄총 자국 같은데요."

진지하게 그녀에게 설명을 하려는 듯 그가 무표정한 얼굴로 말했다.

추적의 스릴

🌿 그 후로 몇 년간 힐은 산탄총 이야기를 마치 명예로운 농담처럼 주위 사람들에게 들려주었다. 그와 워커는 카로를 약올려댔다. 어린 아이들이 놀이터에서 놀고 있는 예쁜 소녀에게 다가가 개구리를 불쑥 내밀어 놀래키려는 듯이.

하지만 힐은 수사에 임할 때만큼은 누구보다도 진지했다.

"저는 예술가가 아닙니다. 케네스 클라크나 로버트 휴즈 같은 사람도 아니고요."

의외로 냉정한 모습을 보이며 그가 말했다.

"하지만 사라진 그림을 찾는 일은 억제하기 힘든 욕망입니다. 그리고 무엇보다 저는 그 작업을 즐기죠."

아름다움을 창조해내는 것은 어렵고 고상한 일이다. 하지만 문화적 보물을 보호하는 것 또한 무시할 수 없이 진지한 일이다.

"그저 세상에 남아있게만 하면 되는 겁니다."

힐이 이어나갔다.

"제자리에 안전하게 걸어놓아서 사람들에게 즐거움을 선사하도록 만들어주기만 하면 되는 것이죠."

힐은 항상 예술과 진실과 아름다움에 대해 이야기하기를 극도로 꺼렸다. 그가 그토록 혐오하는, 예술계의 거만한 못난이 같아 보일지도 모른다는 두려움 때문이었다. 하지만 작전의 목적만큼은 마지못해 인정했다.

"노아와 무지개 이야기와 마찬가지입니다. 차이가 있다면 둘씩 짝지어진 동물들뿐만 아니라, 가치 있는 인생의 모든 것들을 위한 관리인이라는 사실이죠. 저는 신학교에서 2년간 공부하다가 자퇴했습니다. 아직까지도 가끔 제 자신이 실패한 성직자라는 생각이 들 때가 있습니다. 그래서 제가 이렇게 독선적인 놈이 되었나 봅니다."

자기반성으로 넘어오는가 싶더니 힐은 재빨리 안전지대로 되돌아가버렸다.

"하지만 그것은 어디까지나 사명감을 채우는 한 가지 방법일 뿐이죠."

성직자 지망자였던 그에게 불쌍한 영혼들을 영원히 구제할 수 있는 능력은 없다. 하지만 그는 적어도 인류의 가장 위대한 창조물을 지키려는 노력만큼은 최선을 다해 할 수 있다고 생각했다.

언제나 힐의 동기는 잡다했다. 사라진 명화를 되찾기 위한 그의 열의는 숭고한 마음에서 비롯되는 것이 아니라, 아드레날린을 위한 갈망에서 비롯되는 것이었다.

힐은 예술 범죄를 두고 '명예범죄'라고 표현했다. 부자가 되는 꿈만큼이나 도둑들을 유혹하는 것은 바로 스릴과 명예다. 명예범죄의 이면엔 명예추적이 있다고 힐은 인정했다. 만약 절도가 스릴 있다면 도둑들을 추적하는 것 역시 스릴 있을 수밖에 없다.

"명화를 되찾는 것은 굉장히 큰일입니다. 저 또한 그 작업을 통해 묘한 흥분을 느끼곤 하죠."

언젠가 명화를 되찾는 데 성공한 후 힐이 말했다.

어떤 도둑들은 남들이 소유하고 있는 것을 훔쳐 달아나는 행위를 통해 얻을 수 있는 스릴에 대해, 공공연하고 호색적으로 밝히기도 했다. 피터 스콧은 영국의 밤도둑으로, 한창 타블로이드 신문에 단골로 이름을 올렸던 인물이었다. 그 또한 힐의 타깃이었다. 첫 번째 범행부터 마지막 범행까지, 덜미를 잡힐지도 모른다는 불안감은 스콧에게 게임을 더욱 매혹적으로 만들어주었다.

스콧은 평범한 도둑이었다. 그 스스로가 최고로 꼽는 사건은 매혹적인 피해자들이 관련된 케이스였다. 수십 년에 걸쳐 남의 물건에 손을 대온 그는 총 3천만 파운드 상당의 장물을 손에 넣었다고 했다. 스콧은 로렌 바콜, 셜리 맥클레인, 그리고 비비안 리를 비롯한 수많은 유명 인사들의 소장품을 훔쳐왔다. 언젠가는 '백만장자'의 촬영차 영국에 온 소피아 로렌의 다이아몬드 목걸이를 훔친 적도 있었다. 스콧의 전성기 때 런던의 신문들은 그를 두고 '인간 파리'라는 표현을 즐겨 썼다. 그랬던 그가 지금은 빈털터리 신세가 되어버리고 말았다.

1998년, 스콧은 은퇴를 번복하고 피카소의 65만 파운드짜리 그림,「여인의 머리」의 매매에 나섰다. 그것은 은행 강도가 총으로 위협해서 손에 넣은 그림이었다. 그 강도는 항상 자신의 범행을 언론이 크게 다루지 않는다는 사실을 무척 못마땅해하고 있었다. 하지만 이번엔 사정이 달랐다. 스콧은 거래를 통해 7만5천 파운드를 받기로 되어 있었지만 예순일곱 살의 나이로 징역 3년 6개월의 선고를 받았을 뿐이었다.

스콧은 스릴의 유혹에 굴복 당했던 것이다. 그 어떤 여자도 범행이 안겨주는 스릴보다 매력적이지 못했다. 오직 규칙에 따라서만 움직이는 서투른 당국자들을 골려주는 재미 또한 무시할 수 없었다.

"남편으로서는 실패한 인생이었고, 애인으로서도 무관심한 사람이었습니다."

그가 회고록에서 말했다.

"왜냐하면 제 진정한 열정은 전국을 들쑤시고 다니며 유명해지는 데 있었거든요. 벽에 작은 터널을 내고 탈출하는 따위의 일들로 스포트라이트를 받아보고도 싶었습니다. 그러다가 다른 방법으로는 도저히 누릴 수 없는, 성적이고 반사회적인 흥분을 손쉽게 얻을 수 있는 특별한 세계를 발견하게 되었죠."

찰리 힐은 스콧을 허식가에 떠버리라고 생각했다. 하지만 당국에 대한 스콧의 경멸과 뻔뻔함은 힐의 마음에 쏙 들었다. 힐은 예술, 그리고 인생을 놓고 볼 때 오직 이판사판의 경우에만 빠져들 가치가 있다고 여겼다. 대학 시절, 그는 조정 팀에서 활동한 적이 있었다. 하지만 그 분야에서 위대해질 수 없다는 확신이 들자 그는 과감히 팀을 떠났다.

"올림픽이나 전국선수권대회에 나갈 희망이 없다면 뭣 하러 조정을 계속 하겠습니까?"

너무나도 자명하다는 듯 그가 말했다.

예술 범죄도 마찬가지였다.

"악당들과 얘기를 할 때도 케이스가 크면 클수록 더 흥미로워집니다."

힐이 말했다.

"제가 되찾으려 하는 그림들은 서유럽 기준으로 최고의 명화들입니다."

큰 야망은 그만의 특징이었다. 조롱조의 자기인식 역시 마찬가지였다. 세상을 바라보는 시니컬한 힐의 시선은 언제라도 자신을 향했다.

"성 조지가 된 기분이랄까."

그가 환히 웃으며 말했다.

"도둑들은 용이고, 이 훌륭한 그림들은 잡아먹히기 직전의 소녀들이나 다름없죠. 물론 허튼소리에 불과하지만 그래도 반드시 필요한 허튼소리입니다. 이 정도의 자부심은 가지고 살아야죠. 적어도 전 그렇습니다."

계획

1994년 5월 7일 아침

✤ 울빙이 낯선 남자의 이상한 지시를 차례로 따르는 동안 힐은 플라자 호텔에서 만족스럽게 코를 골고 있었다. 새벽 여섯 시, 전화벨이 울렸다.

"욘셴입니다. 로비에 와있습니다. 움직입시다."

힐이 워커에게 전화를 걸었고, 두 형사는 아래층으로 내려가 욘셴을 만났다.

"자, 갑시다."

욘셴이 말했다.

그들은 힐의 렌터카로 향했다. 워커가 운전석에 올랐고, 힐은 조수석에 앉았다. 욘셴은 힐의 뒷좌석에 타서는 몸을 반쯤 틀고 뒷유리를 내다보았다.

욘센이 방향을 알려주었지만 목적지는 끝까지 밝히지 않았다. 보나마나 어딘가에서 울빙, 그리고 눈이 튀어나온 낯선 남자와 만나게 될 것이었다.

"미행하는 차가 없는지 확인하기 위해서입니다."

욘센이 워커에게 말했다. 그가 옆 창문을 초조하게 내다보다가 다시 몸을 틀고 뒤를 확인했다.

워커도 미행자가 없음을 확인한 상태였지만 자연스러운 연기로 욘센에게 박자를 맞춰주었다. 역시 문제는 예측할 수 없는 노르웨이 경찰이었다. 워커는 원형 교차점을 넓게 돌며 시간을 끌다가 마치 엔진에 문제가 있다는 듯이 고속도로로 나와 차를 멈춰 세웠다. 그리고 뒤따르던 차들을 전부 보내고 나서 요란한 소리를 내며 유턴을 했다. 힐은 앞좌석에 앉아 흥미진진한 쇼를 즐기고 있었다.

오슬로를 벗어나 남쪽으로 55킬로미터쯤 달리자 드람멘이라는 마을이 나타났다. 욘센이 고속도로변에 자리한 식당을 손으로 가리키자 워커가 차를 그곳으로 몰고 갔다.

"메르세데스 옆에 세워요."

힐, 워커 그리고 욘센은 작고 아담한 식당으로 들어갔다. 추운 토요일의 이른 아침이라 그런지 식당은 텅 비어 있었다. 몇몇 손님만이 커피를 홀짝이며 잠을 쫓고 있었다. 한쪽 테이블에서 낯선 남자와 앉아 기다리고 있는 울빙이 보였다. 낯선 남자는 끝내 이름을 밝히지 않았고, 힐은 그냥 그를 '사이코'로 부르기로 했다.

잔뜩 주눅이 든 채 멍한 눈을 깜빡이며 앉아있는 울빙은 꼭 덩치 큰 낯선 남자의 포로 같아 보였다. 세 명이 울빙과 사이코가 있는 테이블로 다가가 앉았다. 울빙은 말이 없었다. 사이코는 지체하지 않고 협상에 들어갔다. 거래를 앞두고 그는 계획을 세워둔 상태였다. 우선 워커가 지정된 주소로 돈을 가져가면 액수를 확인한 후 힐에게 그림이 보관되어 있는 장소를 전화로 알려주는 방법이었다.

"그건 좀 곤란하겠습니다."

워커가 으르렁거렸다. 어떻게 그림도 보여주지 않는 도둑들을 믿고 돈을 선뜻 건네줄 수 있단 말인가.

사이코가 다른 방법을 들려주었지만 그것 역시 받아들이기 힘든 것이었다.

"말도 안 됩니다! 당신들과는 거래 못하겠습니다!"

워커가 버럭 화를 냈다. 병참술은 그의 전문 분야였다.

갑자기 분위기가 음울하고 어색하게 바뀌었다. 어느 쪽도 상대를 믿지 못했다. 하지만 양쪽 모두 상대가 가지고 있는 것을 원하고 있었다. 울빙은 겁에 질려있었고, 사이코는 허세를 부렸으며, 워커는 계속 으르렁거렸다. 사이코가 가망 없는 첫 번째 방법을 다시 꺼내놓았다.

"말도 안 되는 소리 집어치워요! 다른 방법을 내놔보란 말입니다."

이번엔 힐이 짜증스럽게 말했다.

관광버스 한 대가 주차장으로 들어왔다. 갑자기 자리를 잡고 앉아 메뉴를 뒤적이거나 화장실을 찾아 법석을 떠는 사람들로 식당이 가득 찼다. 울빙이 이때다 하고 벌떡 일어났다.

"일이 어떻게 돌아가는지 모르겠군요. 내가 여기 왜 끼어있는지 모르겠습니다. 이만 가보겠습니다."

사이코가 울빙의 팔뚝을 낚아챘다.

"앉아!"

그가 울빙을 끌어 앉혔다.

울빙의 입이 꾹 닫혔다. 사이코가 테이블 너머로 몸을 숙이고 워커와 힐을 노려보았다.

"여기서 협상을 마무리 짓지 그림을 그냥 먹어버릴 거요. 그리고 그걸 배설해서 문화부 장관에게 보낼 거고 말이오."

욘센이 자신이 떠올린 방법을 들려주었다. 그것 역시 들어줄 수 없을 만큼 비상식적인 방법이었다. 보다 못한 워커가 한마디했다.

"그럼 이렇게 합시다. 당신 둘이 나와 호텔로 돌아가는 겁니다."

그가 욘센과 사이코를 가리켰다.

"크리스는 당신과 움직이면 될 거고 말입니다."

워커가 힐과 울빙을 차례로 쳐다보았다.

"그런 다음, 그림을 보는 겁니다. 모든 것이 만족스러우면 크리스가 내게 연락을 하고, 나는 돈을 건넵니다. 크리스는 그림을 챙겨 택시를 타고 오면 되는 것이죠."

간단한 방법이었지만 모두가 수긍할 만한 바람직한 방법이기도 했다. 욘센과 사이코도 흔쾌히 동의했다. 그들은 워커가 돈 관리를 담당한다는 사실을 알고 있었고, 그가 가는 곳이라면 어디든 따라갈 준비가 되어있었다. 불쌍한 울빙 또한 그의 아이디어를 마음에 들어 했다. 더 이상 욘센이나 낯선 남자와 붙어 다니지 않아도 되었기 때문이다. 물론 힐은 「절규」를 되찾을 수 있는 방법이라면 어떤 것이라도 마다하지 않을 사람이었다.

워커는 홀로 덩치가 크고 위험한 사내 둘과 동행하게 되었다. 하지만 가까운 곳에 존 버틀러와 경찰의 임시본부가 있기 때문에 크게 걱정할 필요는 없었다. 그뿐 아니라, 욘센과 사이코도 그림으로부터 떨어지게 되는 것이었다. 하지만 힐이 그림을 찾지 못한다든지, 모조품을 건네받을 경우, 대처할 방법이 없었다.

어쨌든 힐은 그 방법을 무척 마음에 들어 했다. 우선 빌어먹을 식당에서 벗어날 수 있어서 좋았다. 워커는 터프한 형사였다. 스스로를 보호할 수 있는 능력이 충분한 사람이었다.

합의를 본 다섯 명의 남자가 주차장으로 나왔다. 사이코는 마치 자신이 리더라도 되는 듯이 몇 걸음 앞서 걸었다. 그것은 자랑꾼의 실수였고, 힐은 대번에 알아차릴 수 있었다. 거만한 인간. 힐과 워커는 뒤로 처진 채 걸으며 아무도 눈치 채지 못하게 몇 마디를 나누었다. 워커는 목소리를 낮추고 고속도로 소음에 자신의 중얼거림을 감추었다.

"곧장 버틀러에게 연락해서 일이 어떻게 돌아가는지 알리도록 해."

그가 속삭였다.

"네, 그러겠습니다."

그들은 두 개 그룹으로 나뉘어 차에 올랐다. 워커, 욘센, 그리고 사이코는 힐의 렌터카 타고 오슬로가 있는 북쪽으로 향했다. 힐과 울빙은 울빙의 메르세데스 스포츠 쿠페를 타고 남쪽으로 향했다. 울빙이 자신을 어디로 데려가는지 힐은 정확히 알지 못했다.

이제 「절규」를 찾아 떠나온 여정의 막바지에 다다라있었다. 하지만 어쩌면 그것은 그저 힐의 추측이나 희망에 불과할 뿐일 수도 있었다. 힐이 분명하게 알고 있는 것이라고는 단 한 명의 지원군 없이 미지의 장소로 이동 중이라는 사실 뿐이었다. 언제 어디서 누군가가 다시 그의 뒷덜미에 산탄총을 겨눌지 모르는 일이었다.

"계단 밑에 있습니다"

1994년 5월 7일 정오

울빙은 거칠게 차를 몰아나갔다. 속도는 문제가 아니었다. 힐 역시, 빠르고 공격적인 운전자였다. 하지만 그는 평소에도 다른 사람이 모는 차에 타는 것을 극도로 싫어했다. 게다가 울빙은 연신 재잘거리며 불안하게 차를 몰기까지 했다. 힐은 「절규」를 보지도 못하고 도랑에 빠지거나 반대편에서 달려오는 차와 정면으로 충돌하게 될지도 모른다는 생각에 불안했다.

"대체 뭐가 문젭니까?"

힐이 짜증을 내며 말했다.

힐은 울빙을 좋아하지 않았고, 그의 음성엔 적지 않은 위협도 담겨있었다. 하지만 울빙은 마치 순수한 호기심에서부터 비롯된 질문을 받기라도 한 듯 아무렇지도 않게 대답했다. 그는 너무 지쳐있는 상태라고 했다.

낯선 남자 때문에 밤에 한숨도 자지 못했다고 했다. 그는 자신이 얼마나 겁에 질려있었는지, 그가 얼마나 위협적이었는지, 덩치 큰 말없는 사내가 남편의 뒤를 졸졸 쫓아다니는 모습을 보고 아내가 얼마나 놀랐는지에 대해 쉴 새 없이 떠들어댔다.

힐이 웃음을 터뜨렸다. 불쌍한 놈. 그는 울빙을 그 파트너와 같은 사기꾼으로 여겨왔었다. 하지만 이렇게 나약한 인간일 줄이야.

"그래서 요점이 뭡니까?"

힐이 다그쳐 물었다.

울빙은 화제를 다시 「절규」로 돌려보려 애쓰고 있었다. 한적한 도로, 담요로 감싼 그림을 들고 그림자 속에서 불쑥 튀어나왔던 남자, 그리고 울빙의 여름 별장에 그림을 감춰놓기로 했던 계획.

힐은 아드레날린이 솟구치는 느낌을 받았다. 그는 최대한 뛰는 가슴을 진정시키고는 울빙의 이야기를 묵묵히 들어주었다. 하지만 그들 외의 다른 사람이 불쑥 끼어들어 그림을 관리하고 있다는 사실이 영 못마땅했다.

"그 사람 외에 누가 또 있습니까?"

"그냥 그 사람 한 명 뿐입니다."

"목적지에 도착하면 무슨 일이 벌어집니까?"

힐이 물었다.

"폭한들이 기다리고 있다가 총을 휘두르며 나와 우릴 덮치는 거 아닙니까? 욘센과 그 사람이 돈을 챙긴 것을 확인할 때까지 우릴 인질로 잡아놓을 게 아니냐는 말입니다."

"아닙니다. 전혀 아니에요. 그런 일은 없습니다. 절대로요. 전혀 위험하지 않습니다. 그림이 있는 곳을 아는 사람은 세상에 두 명뿐입니다. 저랑 그 모자 쓴 남자."

"정말 그렇습니까?"

잠시 침묵이 흘렀다. 울빙은 운전에만 신경을 썼고, 힐은 막판 시나리오를 진지하게 떠올려보았다. 오슬로로 간 보디가드가 무사하다 해도 예술반 형사가 노르웨이 동부 어딘가에 인질로 잡힌다면 문제가 될 수 있었다.

"내가 직접 두 눈으로 확인하기 전까지는 믿을 수가 없습니다."

힐이 말했다.

"날 인질로 잡고 몸값을 요구할 생각이라면 큰 실수를 하고 있는 겁니다."

"아닙니다. 약속드리지만 정말 그렇지 않습니다."

울빙이 말했다.

"그런 일은 없을 테니 염려마세요. 그냥 당신과 나, 두 사람뿐입니다."

힐은 그를 반만 믿고 있었다. 울빙은 누구에게나 짐이 되는 못난 존재였다. 만약 누군가가 불쑥 튀어나온다면 보나마나 그는 무슨 일이 벌어지기도 전에 절망에 빠져버릴 것이 분명했다.

그래도 힐은 여전히 불안감을 떨쳐내지 못하고 있었다.

"차를 세워요."

힐이 지시했다. 그리고 잠시 미행자가 있는지 확인했다. 몇 분 후, 그가 울빙에게 손짓하며 다시 움직이라고 했다.

"난 당신을 걱정하고 있는 게 아닙니다."

힐이 울빙에게 말했다.

"도착했을 때 과연 몇 명의 폭한들이 달려들지를 걱정하고 있는 겁니다."

몇 킬로미터쯤 달렸을 때 힐이 다시 차를 세우라고 지시했다. 그는 다시 미행자가 없는지 주위를 살펴보았다.

그들은 울빙의 여름 별장이 있는 오스고르스트란에 다다랐다. 한때 뭉크도 피오르드에 자리한 이 작은 마을의 여름 별장에 머물며 그림을 그린 적이 있었다. 힐은 잠시 예술에 대해 울빙과 대화를 나누었다. 힐은 뭉크가 세 명의 소녀가 선창에 앉아있는 그림을 여러 점 그린 적이 있었는데, 혹시 오스고르스트란의 선창을 배경으로 했던 게 아니었는지 모르겠다고 말했다.

울빙은 다시 으스대며 오스고르스트란이 맞다고 대답했다. 그리고 배경에 보이는 흰색 건물이 바로 마을의 호텔이라는 사실까지 덧붙여 들려주었다. 그 호텔은 아직까지 남아있으며, 바로 자신이 그곳 주인이라고 밝혔다. 울빙의 여름 별장, 호텔, 그리고 뭉크의 여름 별장 모두 몇 백 미터밖에 떨어져 있지 않다고 그가 설명했다.

울빙은 작은 집의 차고 앞에서 멈춰 섰다. 그의 별장은 눈부신 피오르드가 내려다보이는 곳에 자리하고 있었다. 별장 주변엔 자작나무가 우거져 있었다. 힐이 잠시 주변 환경을 감상했다. 사방엔 흰색 꽃들이 만발해 있었는데, 꼭 아네모네 같아 보였다.

"이게 바로 스칸디나비아의 에델바이스입니까?"

힐이 물었다.

5월 초였고, 노르웨이의 봄은 늦게 찾아왔다. 울빙의 별장은 굳게 문이 잠겨있었다.

"정말 들어가도 아무 일 없는 겁니까?"

힐이 다시 물었다.

"아무 일 없을 겁니다."

울빙이 말했다. 그가 문을 열고 안으로 들어갔다.

유리에 반사된 눈부신 햇살을 받은 두 남자가 잠시 멈칫했다.

"저게 뭐죠?"

힐이 물었다.

커다란 거울이 깨진 채 바닥을 뒹굴고 있었다. 유리 파편들이 틀 밖으로 튀어나와 있었고, 작은 파편들은 거울이 깨진 부분으로부터 멀리 떨어져 나와 있었다.

힐이 울빙을 돌아보았다.

"어젯밤에도 이랬습니까?"

"아뇨."

"그럼 이건 뭐죠?"

"모르겠습니다. 여름까지는 문을 닫아두는데 말이죠."

힐은 잠시 머리를 굴리다가 안으로 들어갔다. 실내는 서늘하고 어두웠다. 가구들은 시트로 덮여 있었다.

울빙이 뒤따르는 가운데 힐이 조심스레 가까운 문 앞으로 다가가 활짝 열어젖혔다. 안엔 아무도 없었다. 다음 방. 두 번째 방도 비어있었다. 몇 분에 걸쳐 힐은 작은 별장 내부를 샅샅이 살펴보았다.

"어디 있습니까?"

힐이 물었다. 더 이상 꽃에 관한 잡담 따위는 없었다.

"이쪽으로 들어오십시오."

울빙이 주방으로 들어갔다. 바닥은 나무였고, 작은 융단이 깔린 것 외엔 아무것도 놓여있지 않았다. 융단을 걷어내자 뚜껑문이 나타났다. 울빙은 힐이 먼저 들어갈 수 있도록 옆으로 비켜섰다.

"먼저 들어가시죠."

울빙이 말했다.

힐이 웃음을 터뜨렸다.

"난 들어갈 수 없습니다. 당신 지하실에 석 달 동안 갇혀있으라고요?"

"좋을 대로 하시죠. 저 혼자 들어가겠습니다."

울빙이 계단을 내려가 어둠 속으로 사라졌다. 잠시 뭔가를 찾아 헤매던 그가 조명 스위치를 찾아냈다. 계단 근처에서 부스럭거리는 소리가 들리다가 다시 불이 꺼졌다. 그가 파란색 시트에 싸인 사각형 모양의 뭔가를 들고 올라왔다. 힐은 뭔가 땡그랑거리는 소리를 들었다.

울빙이 파란색 시트를 힐에게 건네고는 뚜껑문을 닫았다. 힐이 자신의 손에 들려진 것을 잠시 내려다보았다. 이제 그림과의 간격은 1미터도 채 되지 않았다. 그가 두 손을 몇 센티미터쯤 더 올려보았다. 무게가 거의 느껴지지 않았다. 좋아.

두 남자는 식당으로 들어갔다. 식탁은 흰색 시트로 덮여있었다. 힐이 파란색 시트로 덮인 그림을 흰색 식탁 중앙에 살며시 내려놓았다. 울빙이 주머니에서 뭔가가 새겨진 작은 놋쇠 조각을 꺼냈다. 힐이 그중 한 개에 새겨진 내용을 읽어보았다. 에드바르트 뭉크, 1893년. 그리고, '스크리크skrik'. 노르웨이어로 '절규'를 뜻했다. 보나마나 액자에서 나온 것들이라고 힐은 생각했다.

힐이 식탁으로 몸을 돌렸다. 울빙이 그의 어깨 옆에 바짝 붙어 서있었다. 힐이 왼손으로 파란색 시트로 덮인 그림을 잡고 오른손으로 시트를 살며시 걷어 올리기 시작했다. 무척 조바심이 났지만 그는 최대한 조심스레, 그리고 천천히 시트를 걷었다. 그럼에도 시트를 완전히 벗겨내는 작업은 불과 몇 초밖에 걸리지 않았다.

힐이 휘둥그레진 눈으로 눈앞에 놓인 판지를 멍하니 내려다보았다. 문제는 판지가 아니었다. 힐은 뭉크가 자신의 걸작을 캔버스가 아닌, 판지에 그렸다는 사실쯤은 알고 있었다. 문제는 바로 그림, 그 자체였다. 「절규」는 모두가 알고 있는 그림이었다.

하지만 그가 들고 있는 것은 「절규」가 아니었다. 「절규」에 비해 훨씬 거친 느낌이었다. 「절규」의 유명한 주인공의 윤곽은 목탄으로 그려져 있었다. 전경에 보일 듯 말 듯 그려진 난간과 너무나도 희미한 하늘.

"이게 대체 뭡니까?"

힐이 불평하듯 말했다. 그는 한동안 판지를 뚫어져라 들여다보았다. 그리고 그림의 양쪽 가장자리를 손으로 잡은 채 천천히 뒤집어보았다.

아하! 영광스러운 걸작, 「절규」.

그동안 숱한 관련 서적을 찾아 읽어왔지만 어떤 책도 그리다 만 판지의 뒷면에 관해 설명을 해주지 않았었다. 그림을 그리다가 마음에 들지 않자 뭉크는 판지를 뒤집어 반대편에 다시 처음부터 그려나가기 시작했던 것이다. 망친 「절규」는 거꾸로 그려져 있었다. 판지는 1893년에 뭉크에 의해, 그리고 그로부터 백 년 후, 힐에 의해 다시 뒤집혀진 것이었다.

힐은 다시 호흡을 이어나갔다. 맙소사! 왜 아무도 이 사실을 기록해놓지 않았을까? 그는 그림을 번쩍 들고 두 번 다시 돌아오지 않을 기회를 마음껏 누렸다. 액자도 없고, 유리도 없고, 어슬렁거리는 경비도 없고, 관람객도 없었다. 그저 힐과 장엄한 명화 한 점뿐이었다.

일 년 전, 힐은 앤트워프의 주차장에서 갱단원들이 지켜보는 가운데 베르메르의 「편지를 쓰고 있는 여인」을 직접 들고 감상했었다.

"진품 명화를 손에 들고 있을 때면 대번에 그걸 알아볼 수 있습니다. 그림 자체가 그 사실을 말해주죠. 작품이 보는 이를 향해 불쑥 뛰쳐나온다고나 할까요."

당시 힐은 그렇게 말했었다.

평소 같았으면 힐은 그런 식으로 잘난 척하는 사람들에게 큰소리로 비웃어주고도 남았을 것이다. 그는 사기와 위조에 관한 이야기를 좋아했고, 대중용으로 대량생산된 모조품을 진품으로 알고 좋아하는 못난이들의 이야기를 들을 때마다 무척 고소해했다. 하지만 자신이 직접 명화를 마주하고 있을 땐 짜릿한 스릴을 부정할 수 없을 만큼 시니컬한 면이 사그라들었다.

힐은 눈앞의 명화를 대번에 알아볼 수 있었다. 오슬로에서 남쪽으로 110킬로미터쯤 떨어져있는 별장에 와서야 보게 된 그림은 진품이 틀림없었다. 하지만 그는 태연한 척하며 그림을 꼼꼼히 훑어보았다. 특히 오른쪽 아랫부분을 유심히 살폈다. 백 년 전, 긴 작업을 마친 뭉크는 촛불을 끄다가 촛농 몇 방울을 그림에 흘리고 말았다.

회청색으로 변해버린 촛농이 진품 여부를 확인해주었다. 그중 가장 뚜렷한 자국은 오른쪽 아랫부분, 절규하고 있는 주인공의 왼쪽 팔꿈치 옆에 튄 촛농이 만들어놓은 흔적이었다. 그것보다 조금 덜 뚜렷한 흔적은 윗부분 오른쪽의 난간으로부터 몇 센티미터 떨어진 곳에 남아있었다. 힐은 몇 번이고 반복해서 확인 작업을 해나갔다.

길이 끝나는 곳

🌿 잠시 동안 힐은 그림에 푹 빠져 있었다. 「절규」에만 몰입한 그는 울빙을 까맣게 잊고 있었다. 파란색 분필로 칠해진 부분은 복제품들에서보다 훨씬 밝아 보였다. 그리고 무척 섬세하게 그려져 있어 기침 한 번에 백 년 전 뭉크가 그려놓았던 선이 날아가 버릴 수도 있을 것 같았다. 가까이서 보니 절규하는 주인공의 머리에 닿을 듯한 초록색 곡선 역시 유명한 오렌지색 하늘만큼이나 매혹적이었다. 군데군데 판지의 거친 면이 튀어 올라와 있는 것도 뚜렷하게 보였다.

힐이 다시 집중했다. 그가 몇 발짝 떨어져 있는 예술품 딜러를 돌아보았다. 그리고 일부러 무뚝뚝한 표정을 지어 보였다.

"좋아요, 좋습니다. 이젠 어떻게 하죠?"

"오스고르스트란에 호텔이 하나 있습니다. 그곳으로 가죠."

울빙이 말했다.

"좋습니다. 좋은 생각인 것 같군요. 어서 갑시다."

"오슬로로 다시 돌아간 순 없어요. 너무 피곤해서요."

"나도 그걸 원하진 않습니다. 이제 그림을 받았으니 당신의 차를 타고 가다가 도랑에 빠져 죽는 일은 없어야겠죠."

힐이 「절규」를 집어 들고 다시 파란색 시트로 감쌌다. 그는 울빙을 따라 밖으로 나와 울빙의 스포티한 메르세데스의 조수석에 몸을 기댄 채 값으로 따질 수 없는 그림을 뒷좌석에 살며시 내려놓았다. 커다란 그림을 앞좌석 머리받침 위로 걸쳐놓자 툭 소리가 들렸다.

"젠장! 머리 받침에 긁혀버렸군."

힐은 울빙을 돌아보았다.

"갑시다."

울빙이 몇 분 거리에 있는 호텔로 차를 몰아나갔다.

"데이 룸은 구할 수 있을 겁니다."

"좋습니다. 어서 갑시다."

울빙과 힐은 「절규」를 차에 놔둔 채 호텔로 들어갔다. 편집중 증세가 심하지 않을 땐 힐은 놀라울 정도로 부주의했다. 노르웨이에서 누가 차를 훔쳐가겠는가.

힐은 아직 버틀러에게 연락을 하지 않은 상태였다. 그가 프런트데스크 옆에 자리한 공중전화 부스를 발견했다. 로비를 걸어가는 그의 바지 주머니 안에서 「절규」의 놋쇠 액자 조각들이 짤랑거렸다.

"시드에게 전화를 걸어야겠습니다."

힐이 울빙에게 말했다. 사실 그는 시드가 아닌, 버틀러에게 전화를 걸 생각이었다. 시드에게 연락을 하고 싶어도 그의 번호를 적어놓는 것을 깜빡 잊었기 때문에 그럴 수도 없었다.

울빙이 그를 따라왔다. 그건 문제였다. 힐이 울빙을 휙 돌아보았다. 꺼져! 그것은 미국식이 아닌, 영국식 표현이었다. 힐이 적절한 표현으로 바꾸어 큰소리로 말했다.

"시드에게 전화를 걸고 올 테니 저기서 기다려요."

"오, 죄송합니다."

울빙이 돌아섰다.

"존, 크리스입니다."

"찰리, 대체 어디 있는 거야?"

버틀러는 위기상황에 꽤 익숙했다. 하지만 바짝 긴장한 그의 음성은 속삭임에 가까웠다.

힐 역시 울빙이 들을 새라 속삭였다.

"그림을 받았네. 지금 오스고르스트란 호텔에 와있어. 525호실. 거기 있을 거야. 나랑 그림만. 당장 지원을 보내주게. 그리고 잘 듣게. 시드가 악당 두 놈과 그랜드 호텔로 돌아갔어. 욘센, 그리고 또 다른 한 사람과."

"젠장! 알았네."

"방에 들어가자마자 다시 전화하겠네."

힐이 다시 울빙에게로 돌아왔다.

"좋습니다. 이젠 다 됐어요. 시드가 돈을 넘겨줄 겁니다."

그가 말했다.

"그럼 그림을 가지고 어떻게 해야 하죠?"

울빙이 물었다.

"방에 올라가서 다시 봅시다."

* *

그들의 방은 2층에 있었다. 힐은 울빙에게 뒤편으로 비상계단이 나있는지 물었다. 울빙이 그에게 비상계단을 직접 보여주었다. 힐이 소화기를 문에 괴어두었다.

"가서 차를 빼놓도록 해요. 난 여기서 기다리고 있겠습니다."

힐이 지시했다. 그것은 힐에게 있어서도, 크고 무의미한 도박이었다. 하지만 그는 확신에 차있었다. 울빙은 7천만 달러짜리 그림을 챙겨 가지고 달아날 만한 타입이 아니었다. 힐은 그저 울빙이 호텔 뒤편으로 차를 빼놓는 과정에서 사고를 내지 말아주기만을 바랄 뿐이었다.

울빙이 다시 나타났다. 힐은 자신이 「절규」를 천천히 들어 올리다가 그만 머리받침에 긁어버렸다는 사실을 무척 언짢아하고 있었다. 그가 울빙을 보내주었다.

"난 택시를 타고 돌아갈 테니, 당신은 먼저 집으로 돌아가도록 해요."

밤새 누적된 긴장감으로 몸을 바르르 떨며 울빙이 잽싸게 로비를 나갔다.

힐은 「절규」를 들고 비상계단을 통해 자신의 방으로 올라갔다. 그가 파란색 시트로 싸인 그림을 침대에 내려놓았다. 그리고 문을 잠근 후 체인까지 꼼꼼하게 걸어놓았다. 그뿐 아니라, 서랍장까지 끌어와 문 앞에 붙여놓았다. 그가 작은 방을 둘러보았다. 만약의 경우를 대비해 무엇을 더 해놓아야 할지 머리를 굴려보았다. 힐은 창밖도 내다보았다. 땅과는 약 3미터 정도 떨어져 있었다. 누군가가 쳐들어온다면 힐은 그림을 들고 창밖으로 뛰어내릴 생각이었다. 아주 무모한 계획은 아니었다. 그는 창문을 활짝 열어두었다.

힐은 자신의 행방을 알고 있는 사람들을 차례로 떠올려보았다. 울빙? 자신이 결코 할 수 없는 일을 다른 사람을 시켜 하진 않을까? 그럴 리는 없을 것이다. 프런트데스크 직원? 그녀는 힐을 보았지만 그림은 보지 못했다. 그녀는 전혀 문제가 되지 않을 것이었다. 울빙에게 그림을 건네준 수상한 사나이?

"상관없어! 아무도 이 그림을 빼앗아갈 수 없어."

힐이 큰소리로 말했다. 그러곤 「절규」에서 시트를 벗겨내고 베개에 기대어놓았다. 다행히 머리받침에 긁힌 부분엔 아무런 손상도 생기지 않았다. 힐은 뒤로 조금 물러서서 그림을 내려다보았다. 그리고 의자에 앉아 만족스럽게 기지개를 켰다. 몸을 곧게 편 후, 두 손을 머리 뒤에 갖다 대고 그동안 파고들었던 이 유명한 그림에 대한 책들을 떠올렸다.

뭉크는 자신의 그림이 작은 종잇조각처럼 사라져 특정 몇 명만을 위해 걸릴 수도 있다는 가능성을 무척 끔찍하게 여겼었다. 훨씬 더 어두운 운명으로부터 그의 걸작을 구해냈다는 생각에 힐은 기분이 좋았다.

돈은 힐을 자극하지 못했다. 만약 돈에 흔들릴 사람이었다면 형사 생활을 이십 년 이상 해오지도 못했을 것이다. 하지만 이번엔 7천만 달러가 그의 손에 굴러들어와 있었다. 게다가 그가 보관하고 있는 그림은 전 세계적으로 모조되고, 촬영되고, 패러디되고, 숭배되어온 명화였다.

힐은 닥터 노와 그의 비밀 소굴에 관한 이론들을 경멸했다. 하지만 아주 잠시 동안이나마 그 또한 자신 혼자서만 두고두고 명화를 감상할 수도 있을 거라는 생각에 흐뭇함이 느껴진 것이 사실이었다. 이런 호사를 누릴 수 있는 사람이 세상에 몇 명이나 있을까.

"맙소사! 우리가 해냈어."

그가 중얼거렸다.

자신이 올린 성과를 빨리 자랑하고 싶어진 힐이 게티 미술관으로 전화를 걸어 좋은 소식을 전하려 했다. 그와 더불어 협조해줘서 고맙다는 인사도 하고 싶었다. 캘리포니아는 지금 몇 시쯤 됐을까? 자정? 어쨌든 아무도 응답하지 않았다. 힐은 기분 좋은 메시지를 남기고 전화를 끊었다. 노르웨이는 오전 열한 시였지만 그는 아랑곳하지 않고 자축을 시작했다. 방의 작은 테이블엔 호텔에서 제공되는 와인 한 병이 놓여있었다. 힐은 와인을 한 잔 따랐다. 미니바엔 작은 스카치위스키가 준비되어 있었다. 와인보다는 역시 위스키. 손에 술잔을 들고 다시 「절규」를 물끄러미 들여다보았다.

다시 세상으로 돌아온 그림. 당국에 넘기는 과정에서 그림에 손상이 가는 일은 없어야 했다. 그는 다시 시트로 그림을 감싼 후 침대에 조심스레 눕혀놓았다. 그리고 놋쇠 명패를 그 옆에 놓아두었다.

그는 버틀러에게 전화를 걸었다. 몇 분 전, 로비에서 전화를 했을 땐 들릴 듯 말 듯 속삭였던 버틀러는 이제 쩌렁쩌렁 소리치고 있었다.

"시드가 어디 있지? 찰리, 시드를 못 찾겠어."

힐은 버틀러만큼이나 당혹스러웠다.

"오, 맙소사."

그가 말했다.

"무슨 일이 생긴 것 같아. 사고가 났던지. 분명 뭔가가 잘못되었을 거야."

도무지 이해가 되지 않았다. 그날 아침, 식당에서 찰리와 헤어진 시드의 목적지는 울빙의 별장보다도 가까운 곳이었다. 오슬로로 곧장 돌아간다고 했던 시드는 이미 오래전에 그랜드 호텔에 도착해 있어야 했다. 시드에 비해 힐과 울빙이 빌어먹을 그림을 손에 넣기 위해 쓴 시간은 훨씬 길었다.

대체 시드는 어디 있는 거지?

* *

그 질문에 대한 답은 금세 떠올랐다. 버틀러와 찰리가 모르는 사이 시드는 이미 그랜드 호텔에 돌아와 있었다. 그는 욘센, 그리고 사이코와 함께 자신의 방에 있었다. 호텔 주변에 진을 치고 있는 노르웨이 경찰은 워커를 보는 순간 버틀러에게 보고하기로 되어 있었지만 결국 그를 놓치고 말았다.

그 말은 워커가 두 명의 위험한 범죄자들과 한 방에 남아있으며, 아무도 그의 행방을 모르고 있는 상태라는 뜻이었다.

세 남자는 그렇게 호텔 방에 틀어박혀 초조하게 시간을 보내고 있었다. 나중에 본명이 그릿달이라고 밝혀진 사이코는 워커를 마음에 들어했다. 그가 대화를 시작해보려 먼저 입을 열었다. 다음날은 그의 스물일곱 번째 생일이었고, 나중에 자신이 영국에 갈 일이 있을 때 다시 만나면 좋겠다고 했다. 함께 낚시나 하자며.

워커는 능청스럽게 그의 비위를 맞춰주었다. 그들 모두는 긴장을 늦추지 않은 상태였고, 대화는 끊임없이 이어졌다. 기다림이 길어지자 도둑들의 신경이 날카로워졌다. 워커가 미니바로 다가가 마실 것을 찾아보기 시작했다. 언제 힐이 전화를 걸어와 「절규」를 회수했으며 그들에게 돈을 건네라고 할지 몰랐다. 대체 빌어먹은 전화는 왜 안 울리는지.

전화벨 대신 그들은 노크 소리를 들었다. 시드가 문으로 다가갔다. 평상복 차림의 남자 두 명이 열심히 수다를 떨어대고 있었다. 그중 한 명은 울퉁불퉁한 스포츠 가방을 들고 있었다. 시드는 돈이 든 자신의 가방을 대번에 알아볼 수 있었다. 그의 다른 쪽 손엔 김이 모락모락 나는 커피 컵이 쥐어져 있었다. 그의 파트너는 햄버거와 콜라를 들고 있었다.

이번에도 역시 노르웨이 경찰이었다. 신호가 다시 엇갈려버린 것이었다. 노르웨이 경찰은 방에 워커가 혼자 있을 거라 생각한 모양이었다. 워커와는 전혀 상의가 되지 않은 그들의 계획은 옆방에 숨어 있다가 도둑들이 나타나 워커에게 돈을 건네받을 때 그들을 덮치는 것이었다.

두 형사가 방 안으로 걸어 들어왔다. 무슨 일인지 보기 위해 욘센이 자리에서 일어났다. 그릿달은 침대에 큰 대자로 누워있었다. 형사들이 그릿달과 욘센을 쳐다보았다. 그들은 워커의 얼굴을 알고 있었지만 나머지 두 명은 알지 못했다.

"경찰이다!"

뒤늦게 상황을 알게 된 그들 중 한 명이 소리쳤다.

그릿달이 침대에서 벌떡 일어나 가까이 있는 한 형사를 덮쳤다. 그 바람에 돈이 든 가방이 땅에 떨어져버렸다. 커피가 쏟아져 카펫에 얼룩을 만들었다. 두 번째 형사가 뛰어들어 주먹을 날렸다. 그릿달이 몸을 일으켜 자신이 넘어뜨렸던 형사의 허리를 꼭 끌어안았다. 덩치가 큰 또 다른 형사가 그릿달을 뒤에서 가격했다. 분노한 그릿달은 자신의 등과 뒤통수에 떨어지는 주먹에도 아랑곳하지 않고 형사를 끌어안은 채 바닥을 뒹굴었다. 두 사람 모두 서로를 놔주지 않고 있었다. 덩치 큰 형사가 그들과 엉겨 붙었다. 꼭 레슬링 매치의 심판 같았다. 그는 그릿달의 머리나 늑골에 강력한 킥을 날릴 준비를 하고 있었다. 바닥에 떨어진 돈이 담긴 가방엔 아무도 신경을 쓰지 않았다.

워커와 욘센은 아직 아무런 움직임이 없었다. 워커가 욘센의 가죽 재킷을 집어 들고 그에게 휙 던졌다.

"어서 여길 빠져나갑시다!"

두 남자가 문 밖으로 뛰쳐나가 호텔 복도를 달려 나갔다. 욘센은 비상 계단으로 연결된 문을 찾아냈다. 그가 먼저 뛰어 내려갔고, 워커가 그의 뒤를 따라 달렸다. 워커보다 젊고 민첩한 욘센은 호텔 계단통에 형사만을 남겨놓은 채 혼자 줄행랑쳐버렸다.

바람직한 일은 아니었지만 최악의 결과도 아니었다. 워커에겐 그럴 듯한 계획을 다시 잡아볼 시간이 없었다. 어쨌든 방을 황급히 빠져나온 것은 나쁜 아이디어가 아니었다. 노르웨이 경찰이 노크를 한 순간부터 호텔방이 아수라장으로 바뀔 때까지는 일 분도 채 걸리지 않았다. 워커는 노르웨이 경찰이 호텔을 포위하고 있다는 사실을 알고 있었지만 그들이 방으로 불쑥 들어오리라고는 상상도 못했었다. 달아난 욘센은 호텔을 에워싼 노르웨이 경찰이 거뜬히 잡을 수 있을 것이었다.

만약 워커가 호텔방에 남아있었다면 더 큰 일을 당하게 되었을지도 몰랐다. 경찰이 3대 2로 수적 우세를 누렸겠지만, 그릿달의 광기는 쉽게 제압할 수 없는 것이었다. 게다가 욘센은 터프한 워커조차 만만히 볼 수 없는 킥복싱 챔피언 출신이었다. 그를 난투가 벌어지고 있는 방에 가두기보단 방 밖으로 쫓아내는 편이 훨씬 현명했다.

하지만 호텔을 에워싸고 있는 경찰은 뛰쳐나가는 욘센을 놓쳐버리고 말았다. 워커가 다시 자신의 방으로 달려 올라왔다. 노르웨이 형사들은 그릿달에게 수갑을 채우고 무전기로 지원을 요청하고 있었다. 형사들이 호텔 안으로 우르르 몰려 들어왔다. 그들은 그릿달을 경찰서로 끌고 갔고, 돈이 담긴 가방도 빼놓지 않고 챙겼다.

도망친 욘센은 잠시 멈춰 서서 어떻게 된 영문인지 머리를 굴려보기 시작했다. 자신이 형사들에게 추격당하고 있다는 사실쯤은 이미 알고 있었다. 그의 공범들도 그를 쫓고 있을 것이었다. 경찰 함정수사에선 종종 범인 한 명을 일부러 놓아주는 경우가 있다. 냉정하게 판단해야 쉽게 성과를 올릴 수 있다. 도둑의 동료들은 대개 자신들의 체포와 실패한 범행의 책임을 도망친 공범에게 떠넘기는 경향이 있다. 그리고 그를 배신자로 간주해버린다. 구차한 변명을 듣기보다는 그들 스스로 무엇이 잘못되었는지 곰곰이 생각해보도록 만드는 편이 훨씬 나았다. 공평치 못한 일이지만 원래 인생 자체가 그렇지 않은가.

그랜드 호텔을 뛰쳐나간 지 한 시간도 채 지나지 않아, 욘센은 노르웨이 형사 레이프 리에르에게 전화를 걸었다. 두 사람은 얼마간 친분이 있었다. 그리고 리에르는 누구보다도 공평한 사람이었다.

욘센은 자수를 생각하고 있다고 했고, 리에르는 잘 생각했다고 말했다. 욘센은 택시를 타고 당당하게 경찰서로 향했다. 그는 리에르에게 택시비가 없다고 말해두었고, 리에르는 자신이 대신 내줄 테니 걱정하지 말고 오기만 하라고 안심시켜놓은 상태였다.

오스고르스트란 호텔의 찰리의 방. 누군가가 문을 요란하게 두드렸다.

"누구십니까?"

힐이 물었다.

밖의 누군가가 자신의 이름을 밝힌 후 '폴리티'라고 소리쳤다.

노르웨이어로 '경찰'을 뜻하는 것 같았다.

"알겠습니다."

힐이 문을 막고 있는 서랍장을 한쪽으로 치우고 문을 살짝 열었다. 체인은 여전히 걸려있는 채였다. 사복 차림의 두 남자가 문 밖에 서있었다. 한 명은 키가 컸고, 침울한 표정을 짓고 있었다. 나머지 한 명은 키가 작았고, 곱슬머리였다. 그들이 힐의 눈앞에 신분증을 들어 보였다.

꽤 정교하게 만든 모조 신분증이 아니라면 진짜 경찰일 것이었다. 힐이 문을 마저 열어주었다.

"안녕하십니까. 전 크리스 로버츠입니다."

그중 한 명이 파란색 시트로 감싸진 채 침대 위에 놓인 사각형의 꾸러미를 쳐다보았다.

"이겁니까?"

"네."

힐이 시트를 걷어내고 「절규」를 내보였다. 두 형사가 그림을 빤히 들여다보았다. 힐이 다시 그림을 시트로 감싼 후 그들 중 한 명에게 건네주었다. 그리고 또 다른 형사에겐 놋쇠 명판을 쥐어주었다. 세 남자가 아래층으로 내려갔다.

힐은 노르웨이 형사들에게 일 분만 시간을 달라고 요청했다. 호텔은 피오르드 위에 자리하고 있었다. 근처엔 선창이 있었다. 힐은 선창에 앉아있는 세 명의 소녀를 그린 뭉크의 작품을 떠올려보았다. 그는 선창으로 나가 주위를 둘러보았다. 선창 끝부분엔 그를 이런 외딴 마을까지 오게 한 예술가에게 경의를 표하는 작은 표지판이 하나 붙어있었다.

한 형사가 그를 유심히 지켜보고 있었다. 저 요상한 영국 형사가 이젠 뭘 어쩌려는 걸까? 하지만 힐은 그 사실을 모르고 있었다. 그가 한동안 물을 내려다보다가 허공을 향해 주먹을 번쩍 치켜올렸다. 승리의 제스처였다. 그런 다음, 자축의 의미로 지그 춤을 살랑살랑 추기 시작했다. 노르웨이 형사는 90킬로그램의 곰 같은 거구가 선창에서 모호하고 촌스러운 춤을 추고 있는 모습까지도 빤히 지켜보고 있었다.

그것이 현실이었다. 하지만 찰리 힐의 머릿속 스크린에선 전혀 다른 모습으로 비쳐지고 있었다. 그 스크린 속에서 임무를 완수한 형사는 허공 위로 높이 뛰어 올라 환희에 찬 동작으로 신나게 돌고 있었다.

| 에필로그

✳ 노르웨이 국립 미술관은 의기양양하게 기자회견을 열었다. 「절규」는 기자회견의 주인공이었고, 사진기자들은 그림 앞으로 바짝 다가서서 셔터를 눌러댔다. 한시름 놓은 크누트 베르그 관장은 회수된 명화 앞에서 쉴 새 없이 포즈를 잡았다. 복원가 레이프 플라터는 너무나도 익숙한 그림 앞에서 환히 웃고 있었다.

노르웨이 형사 레이프 리에르가 영국 파트너를 추켜세웠다.

"린딘 경찰청의 도움이 없었더라면 그림을 영영 되찾지 못했을 겁니다."

존 버틀러는 양국 경찰의 긴밀한 협조 덕분이라고 겸손하게 답했다. 신원을 밝힐 수 없었던 찰리 힐과 시드 워커는 기자회견에 참석할 수 없었다.

영국 언론도 그들의 성과를 높이 평가했다. 〈데일리 메일〉은 '런던 경찰청의 뛰어난 형사들이 「절규」 회수'라는 헤드라인을 내보냈다. 다른 신문들 역시 조금 진정된 톤으로 그들에게 갈채를 보냈다. 런던 경찰청은 스포트라이트로부터 살짝 물러서서 부루퉁한 표정을 짓고 있었다. 노르웨이 텔레비전에 출연한 버틀러의 모습이 영국 텔레비전에도 비쳐졌고, 경찰 관리들은 그를 몹시 질책했다. 굳이 텔레비전 프로그램까지 출연할 필요가 있었느냐는 것이었다. 게다가 빌어먹을 그림 한 점이 경찰 업무와 무슨 상관인지도 따져 물었다. 대체 노르웨이의 문제를 왜 런던 경찰이 떠안아야 했느냐며 역정을 냈다.

그로부터 2년이 지나서야 비로소 공판이 열리게 되었다. 욘센은 울빙이 자신을 잊어버리는 일이 없도록 최선을 다했다. 어느 날 그는 울빙의 호텔에 술에 잔뜩 취한 채로 나타났다. 분노에 찬 그는 으르렁거리는 핏불 한 마리를 끌고 들어왔다. 그가 데스크 직원에게 친구가 왔으니 울빙을 데려오라고 했다. 그런 다음, 아무 방이나 쳐들어가 발로 벽에 구멍을 내기 시작했다. 그리고 인사불성이 되어 침대에 엎어져버렸다. 몇 개월 후, 그는 울빙의 여름 별장으로 다시 찾아왔다. 울빙은 밖에서 일광욕을 즐기고 있는 중이었다. 욘센이 옆집 뜰에서 불쑥 튀어나왔다. 이번엔 핏불이 아니라, 로트와일러를 끌고 나타났다.

"법정에서 대체 뭐라고 할 셈이야?"

그가 물었다.

공판이 열릴 즈음, 검찰 측은 이미 모든 스토리를 완벽하게 파악한 후였다. 계획은 축구 선수 출신 범죄자, 팔 엥게르의 머릿속에서 나온 것이었다. 그는 구매자가 반드시 나타날 거라는 확신을 가지고 절도를 계획했다.

공판에서 엥게르에겐 절도 혐의가, 그릿달과 욘센에겐 장물 취급 혐의가 각각 씌워졌다. 도난사건 당시 열여덟 살이었던 윌리엄 아세임에게도 절도 혐의가 씌워졌다. 검찰 측에 의하면 아세임과 엥게르가 1994년 새벽에 사다리를 타고 올랐던 장본인들이었다고 했다. 엥게르와 그릿달은 오랜 파트너였다. 그 두 사람은 뭉크의 「흡혈귀」를 훔친 혐의로 함께 교도소 신세를 진 적도 있었다.

아무런 혐의도 받지 않은 울빙은 자신의 진술 없이도 검찰이 충분한 증거를 확보해두었다는 사실에 안도했다. 보복을 두려워한 그는 시종일관 모호하고 악의 없는 진술만을 내놓았을 뿐이다.

공판은 오슬로에서 열렸다. 하지만 노르웨이 법에 따라 익명의 진술은 인정되지 않았다. 덕분에 힐과 워커도 골치 아픈 일을 면할 수 있었다. 법정에 서는 순간 두 비밀수사관의 신원은 세상에 드러나게 되고, 그들을 비롯한 가족들에게까지도 화가 미칠 수 있었다. 노르웨이 정부는 공판의 일부가 런던에서 진행될 수 있도록 배려해주었다. 공판이 런던으로 옮겨온 후에야 힐과 워커는 증언을 할 수 있었다. 그들은 스크린 뒤에서 각각 '크리스 로버츠'와 '시드 워키'라는 이름으로 증언했다.

1996년 1월, 판사가 평결을 내렸다. 유죄! 유죄! 유죄! 유죄! 주모자 엥게르에겐 징역 6년 3개월이, 그릿달에겐 4년 9개월이, 아세임에겐 3년 9개월이, 그리고 욘센에겐 2년 8개월이 각각 선고되었다.

네 남자는 곧바로 수감되었지만 일제히 항소에 들어갔다. 노르웨이 상소 재판소는 네 명 중 세 명의 항소를 받아들였고, 엥게르를 제외한 나머지 도둑들은 자유의 몸이 되었다. 법원은 힐과 워커가 거짓 신원으로 노르웨이에 들어왔기 때문에 그들의 증언을 인정할 수 없다고 했다.

항상 법의 지상권에 불만을 품어왔던 힐도 법원의 결정에 크게 개의치 않았다. 그는 도둑들보다도 그림에 더 많은 신경을 쏟았다. 언제나 거침이 없는 그는 두 개의 모순된 반응을 하나의 문장으로 엮어 들려주었다.

"제 개인적인 생각으로는 말도 안 되는 일이지만 노르웨이의 시스템이 그렇다면 존중할 수밖에 없겠죠."

엥게르는 여전히 노르웨이에 남아 자신의 무고함을 주장하고 있다. 그는 경매를 통해 뭉크의 석판화를 3천 달러에 사들이면서 다시 한 번 신문에 이름을 올리기도 했다. 그릿달은 오슬로에서 기둥서방 노릇을 하고 지낸다고 하고, 욘센은 헤로인 과잉투여로 사망했다. 2004년 2월, 아세임은 오슬로의 거리에서 살해당했다.

예술품 딜러 울빙은 끊임없는 노력 끝에 자신의 무고함을 입증해 보이는 데 성공했다. 찰리 힐은 시스템이 자신의 예상대로 제 기능을 다하지 못했다는 사실을 무척 씁쓸해했지만 크게 동요하진 않았다. 힐은 울빙이 무고하다고 생각하지 않았다. 힐은 울빙이 양다리를 걸치려 했다고 믿었다. 울빙은 두 마리 토끼를 모두 잡으려 했던 것이다. 범행을 통해 예상했던 돈이 들어왔다면 아마 그도 적지 않은 배당금을 챙겼을 것이다. 그리고 설령 작전이 수포로 돌아갔다 해도 그는 조국이 잃은 보물을 회수하는 데 최선을 다한 애국자로 인정받았을 것이다.

노르웨이 당국은 힐의 생각과 달랐다.

"제 생각에는 울빙이 범죄자들과 얽혔었던 것 같진 않습니다."

레이프 리에르는 말했다.

"그는 범죄에 이용당했던 겁니다."

경찰은 「절규」가 회수된 날 즉시 울빙을 체포했다. 하지만 같은 날 그는 풀려나올 수 있었다. 그 해프닝으로 울빙은 정부로부터 5천 달러를 받았다.

* *

요즘도 찰리 힐은 도난당한 명화를 찾기 위해 그 어느 때보다도 열심히 뛰어다니고 있다. 아직 형사로 활동하고 있긴 하지만 더 이상 비밀수사엔 관여하지 않는다. 이제 그는 홀로 일하며, 쓸 데 없는 비판을 일삼는 상관의 눈치를 보지 않아도 된다. 천성 탓에 그는 여전히 기를 쓰고 범인들을 추적하는 일에만 매달려 살고 있다.

"저는 이제 수렵 채집민이 되었습니다. 저와 제 가족은 제가 잡는 먹잇감을 먹고 살죠."

힐은 의기양양하게 말했다.

먹잇감은 수시로 바뀐다. 도난당한 명화를 회수하기 위해 풀타임으로 뛰는 형사들은 많지만, 오직 전설적인 명화에만 초점을 맞추고 활동하는 형사는 아마 힐 한 사람밖에 없을 것이다. 힐의 성격상 그런 제한을 두는 것은 당연한 일이었다. 그는 엄청난 회수 대상을 원했다. 2002년 여름, 그는 칠 년간 자취를 감추었던 티티안의 「이집트로 가는 비행기에서의 휴식」을 회수하는 데 성공했다. 1천만 달러를 호가하는 그 그림은 일흔한 살의 히피 출신 바스 후작이 도난당했던 것이다. 바스 후작은 『지극히 개인적인』이라는 제목의 여섯 권짜리 자서전을 출간했으며 9천 에이커에 달하는 부지에 지은, 침실이 백 개 딸린 사백 년 된 저택에 살고 있었다.

긴 머리를 뒤로 묶고, 턱수염을 텁수룩하게 기른 바스 후작은 벨벳 재킷과 치렁치렁한 장신구를 즐겨 걸쳤고, 미녀들 틈에 묻혀 살았다. 그는 자신을 거쳐간 총 일흔한 명의 부인의 초상화를 롱리트 하우스에 걸어놓았다. 그중 몇 명은 저택을 중심으로 흩어진 별장에서 살고 있다.

"제가 바로 영국 최초로 일부다처제를 실행에 옮긴 장본인인 셈이죠."

바스 후작은 자랑스레 말하곤 했다.

바스 후작의 보험회사는 티티안의 그림에 10만 파운드의 사례금을 걸어놓았다. 영국의 모든 사기꾼과 괴짜들이 속속 제보를 해오기 시작했다. 칠 년간 찰리 힐은 단서를 찾아 헤맸다. 그는 수상쩍은 아일랜드의 순회 판매인 일당을 뒤쫓기 시작했고, 추적의 초점은 이내 복잡한 협상 끝에 총탄을 몸으로 받게 된 한 스포츠 프로모터에게 맞춰졌다. 요셉이 만족스러운 표정으로 지켜보고 있는 가운데 아기 예수를 안고 있는 마리아의 모습을 담은 티티안의 우아한 그림은 사실 분위기 반전을 위해 넘겨진 것이었다. 힐이 떠올려본 피해자의 병실 모습은 이랬다.

"총을 쏜 건 미안하네. 사과의 뜻으로 요셉, 마리아, 그리고 예수가 그려진 명화 한 점을 선물하겠네. 어떤가?"

프로모터는 티티안의 그림을 런던 남부의 한 갱단에 넘겼다. 2002년 여름, 힐은 그림의 행방을 알고 있다고 주장하는 정보 제공자를 만나보았다. 그의 제보는 어느 정도 신빙성이 있었다. 하지만 도둑들은 이미 오래전에 자취를 감춰버린 후였다. 힐과 그의 교섭자는 시험적으로 협상을 시작했다.

8월의 어느 무더웠던 오후, 힐과 정보 제공자가 작전을 개시했다.

"그들이 움직이기 시작했습니다."

힐과 함께 일했던 롱리트 하우스의 관리자, 팀 무어가 말했다.

"그래서 전 생각했죠. '불쌍한 찰리의 등에 칼이 꽂히거나 자루에 담긴 채로 템스 강에 던져지지만 않는다면 뜻밖의 성과를 기대해도 좋을지 몰라.'"

힐이 차를 몰았고, 정보 제공자는 길을 알려주었다. 그들은 버스 정거장에서 멈춰 섰다.

"저기 있습니다."

정보 제공자가 말했다.

"노인의 발 옆에 놓여있는 가방 보이죠?"

힐이 밖으로 나가 가방을 집어 들었다. 파란색과 흰색의 낡은 플라스틱 가방 안엔 판지로 포장된 꾸러미가 담겨있었다. 그가 다시 차로 돌아와 유턴을 한 후 주차했다. 그리고 판지를 허둥지둥 뜯어나갔다. 요셉의 머리가 나타났다. 티티안의 화법이 분명했다. 빙고!

그림을 회수한 대가로 힐은 보상금의 절반인 5만 파운드를 받게 되었다. 나머지 절반은 정보 제공자에게로 돌아갔다. 명화 회수에 대한 바스 후작의 소감은 이랬다.

"몇 백만 파운드를 더 번 것 같은 느낌입니다."

＊　＊

　　힐이 경찰을 그만두고 나온 이유는 장래성이 없다는 판단 때문은 아니었다. 물론 경찰은 예술 범죄에 관심을 기울인다. 문제는 힐의 성에 찰만큼의 열정이 없다는 사실이다. 이탈리아는 물론 예외다. 비밀수사엔 많은 인력과 무수한 사전 계획이 투입된다. 「절규」의 회수를 위해 벌였던 함정수사를 두고 예술 범죄의 장엄한 종말이라고까지 말하기엔 조금 무리가 있다. 그 우울한 타이틀은 2002년 6월, 마드리드에서 벌어졌던 함정수사에 돌아갈 가능성이 높다. 스페인 경찰과 FBI가 에스테르 코플로위츠라는 억만장자가 도난당한 5천만 달러 상당의 그림들을 회수하는 데 성공한 작전이었다.

　　경찰을 떠난 힐은 더 이상 연기를 하지 않았다. 요즘엔 정보 제공자를 통해 찾고 있는 명화의 행방을 파악한 후 회수를 위한 교섭을 벌이기만 할 뿐이다. 그는 누가 어느 구역에 몸담고 있는지, 어느 갱단이 명화 수집에 취미가 있는지, 누가 지역 도둑들을 고용해 명화를 훔쳐내게 하는지, 어떤 갱단이 사다리를 선호하고, 어떤 갱단이 차로 문을 들이받는 방법을 선호하는지 잘 알고 있다.

　　그의 경쟁자들은 다른 방법을 사용한다. 잘 알려진 이들은 개인으로 활동하는 전문가가 아닌 작은 회사들이다. 그중 '트레이스'라는 회사가 있다. 그리고 '아트 로스 레지스터'라는 경쟁사도 있다. 두 회사는 중매 서비스와 비슷한 업무를 한다. 두 곳 모두 컴퓨터로 검색할 수 있는, 도난당한 그림과 가구 따위의 데이터베이스를 보유하고 있다. 경찰 보고서와 보험 청구서 등을 통해 얻은 자료다. 경매장과 전시회에 나오는 예술품이나 골동품들은 자동적으로 그들의 데이터베이스와 대조된다. 트레이스는 이를 위해 고용한 수많은 타이피스트를 와이트 섬에 몰아넣고 하루 종일 예술품 카탈로그와 팸플릿에 실린 아이템들을 전산화시키고 있다. 컴퓨터가 수상한 아이템을 찾아내면 두 회사는 곧바로 수사에 착수한다. 찰리 힐보다 앞서나가려면 그들은 항상 몇 배 더 부지런히 뛰어야 한다.

그들에겐 각기 다른 사업 모델이 있고, 수입을 거둬들이는 방법도 다향하다. 그들은 데이터베이스에 도난당한 아이템을 올려주며 수수료를 받고, 회수했을 때 챙기는 비용이 따로 있으며, 그들의 자료를 훑어보려는 예술품 딜러들에게 거둬들이는 수수료가 있다. 딜러들은 자신들이 취급하는 물건이 장물이 아닌지 확인하기 위해 수시로 그들의 데이터베이스를 뒤진다.

아직 수익이 크게 나진 않는다. 트레이스는 예술품 수집을 취미로 삼고 있는 한 영국인 억만장자의 부업이다. 트레이스의 적자는 그에겐 큰 손실이 아니다. 아트 로스 레지스터는 조만간 적자 행진이 멎을 것 같다고 밝히고 있다.

두 곳 모두 소규모 회사지만, 홀로 움직이는 찰리 힐에 비하면 거대기업이다. 경찰을 그만두고 나온 찰리 힐은 전 동료 형사와 함께 사업을 시작했었다. 하지만 그들의 모험적 사업은 힐의 기대만큼 잘 풀리지 않았다. 금세 접어버린 사업이 힐에게 남겨준 것이라고는 '찰리 힐 합명 회사 회의실'이라고 적힌 문패뿐이었다. 힐은 그것을 집으로 가져와 화장실 문에 붙여두었다.

힐은 자신이 원하는 일을 자유로이 하려면 그 정도의 재정적 모험은 당연히 뒤따르기 마련이라고 생각하고 있다. 그는 은식기나 도난당한 시계 따위엔 전혀 관심을 두지 않는다. 하지만 독립의 이면엔 고립이 도사리고 있었다. 도둑들은 힐이 자신들을 추적하고 있다는 사실을 반기지 않았고, 경찰의 입장도 크게 호의적이지만은 않았다. 경찰은 힐의 거만함을 못마땅하게 생각했다.

"경찰에겐 티티안을 회수할 수 있는 시간이 7년씩이나 주어졌었습니다. 하지만 그들은 끝내 회수하지 못했죠. 보험업자들도 모든 방법을 총동원했지만 실패했고요. 하지만 저는 홀로 나서서 그림을 회수하는 데 성공했습니다."

힐은 자신이 몸담은 분야에 윤리적 덫이 많이 깔려있음을 잘 알고 있었다. 게다가 신뢰할 수 있는 사람도 없었다. 힐의 암흑가 소식통들도 정보 제공비를 과하게 요구하고 나섰다. 돈은 보험회사나 피해자들에게 지급받는 것이 전부였다. 문제는 그렇게 들어온 돈을 어떻게 도움이 될 만한 이들의 손에 쥐어주는가였다. 그림의 행방을 소문으로 들었다는 소식통에게 사례를 하는 것도 중요하지만 도둑에게 돈을 주고 그림을 되찾는 것은 또 다른 문제였다.

경찰은 정보 제공자에게 사례하는 것을 당연하게 여긴다. FBI의 10대 지명수배자들의 머리엔 각각 1백만 달러의 현상금이 걸려있다. 오사마 빈 라덴의 머리에 걸려있는 현상금은 무려 2천5백만 달러에 이른다. 하지만 도난당한 물건에 대해서는 오직 범인이 체포되었을 경우에만 보상금이 지급된다. 많은 경찰 당국자들은 그 법이 오직 도난당한 예술품에만 적용되어야 한다고 생각하고 있다. 하지만 그랬다간 회수되는 예술품은 거의 없을 거라고 힐은 경고한다. 경찰은 고결함을 강조하지만 그들의 진짜 신조는 그것과는 차이가 있다.

'프리랜서들은 경찰이 꺼리는 일을 마다않고 해야 한다'는 힐의 생각은 많은 적을 만들어냈다. 자기가 대체 뭔데 현상금에 대해 이래라 저래라 하는 것인가? 그리고 진정으로 손을 씻었다는 정보 제공자들이 그림을 훔친 도둑들이나 그것을 사들인 장물아비와 아무런 친분이 없다는 사실을 어떻게 믿을 수 있나?

그렇게 허세를 부리면서도 힐은 항상 조심해서 처신했다. 그는 노팅엄 대학의 법대 교수인 존 스미스 경에게 종종 자문을 구했다. 스미스 경은 도난당한 소유물 관련법에 정통한 영국 최고의 권위자였다. 스미스는 힐에게 두 가지를 당부했다. 첫째, 반드시 그림을 도난당한 피해자를 대표해서 행동할 것. 절대 독단으로 움직여서는 안 되고, 경찰과 마찰을 빚어서도 안 된다. 둘째, 교도소행을 면하는 조건을 내건 도둑들과는 절대 거래하지 말 것.

흑백논리를 펼치는 도덕가가 회색지대에 내려앉는 모순은 힐에게도 익숙한 것이다. 경찰의 허가가 떨어지기도 전에 그는 수십 건의 큰 사건들을 한꺼번에 모니터한다. 2003년 크리스마스, 그는 콜먼디레이 경이 도난당한 장 바티스트 오드리의 5백만 파운드짜리 「하얀 오리」와 레오나르도의 5천만 파운드짜리 「성모와 실패」, 금과 흑단으로 만든 첼리니의 5천7백만 달러짜리 「황금의 소금상자」, 그리고 베오그라드와 시칠리아의 여러 보물들을 찾아 헤매고 있었다.

가드너 미술관에서 도난당한 3억 달러어치 그림들도 가끔 그의 레이더에 포착되곤 했다. 사실 힐은 도난사건 소식을 처음 접했던 1990년 3월 18일부터 그것들을 회수할 궁리를 해왔다. 그는 누가 그것들을 가져갔는지 대충 감을 잡을 수 있을 것 같았다. 물론 범행 동기와 그들이 그림을 어떻게 처분했을지도 알고 있었다. 그는 베르메르의 「콘서트」와 렘브란트의 「갈릴리 바다의 폭풍우」, 그리고 마네의 「체즈 토르토니」만큼은 전혀 손상되지 않은 채로 보관되어 있을 거라고 추측했다.

힐은 가드너 미술관의 그림들을 추적하는 데 많은 시간을 쏟았다. 정보 제공자들을 만나고, 단서를 뒤쫓고, 추격당하길 원치 않는 이들을 맹렬히 추격했다. 지금까지도 만만치 않은 경쟁자들이 그를 견제하고 있다. 가드너 미술관은 현상금을 5백만 달러로 높여놓았다. 소더비와 크리스티 경매장, 그리고 처브 보험회사가 걸어놓은 것이었다.

그중에서도 FBI는 가장 특출한 플레이어다. 그들은 이미 2천 개에 달하는 가드너 사건 관련 단서를 확보해둔 상태다. 그뿐 아니라 일본, 남아메리카, 멕시코, 그리고 유럽에 요원들을 파견해두기까지 했다. 하지만 다 쓸 데 없는 짓이었다. 수사에 착수한 지 십 년이 지났을 때 FBI 수석 요원은 지금껏 아무런 실마리도 잡지 못한 상태라고 솔직히 인정했다. 그 후로 삼 년이 더 흘렀지만 상황 변화는 전혀 없었다.

"모든 논리적 단서들도 결국엔 쓸모가 없었고, 우리는 어떠한 성과도 올리지 못했습니다."

FBI가 이를 악물며 인정했다.

당당한 외톨이인 힐에게 있어 규칙에 따라 '논리적 단서'에만 매달리는 FBI 요원들을 따돌리고 앞서나가는 것보다 기분 좋은 일은 없다. 하지만 결과가 꼭 그렇게 되리라는 보장은 없다. 오히려 힐의 공든 탑이 보기 좋게 무너져버릴지도 모르는 일이다. 과거에도 그런 일은 있었다.

하지만 그렇다고 희망이 없는 것은 아니다. 이미 힐은 자신의 선택을 수천 번에 걸쳐 숙고해본 후였다. 우선 분위기에 적합한 술을 한 잔 마신 후 한동안 그림을 들여다본다. 이제 남은 것이라고는 수화기를 들고 가드너 미술관 관장에게 연락하는 일뿐이다.

"찰리 힐입니다."

격식을 차리지 않은 그의 목소리는 한없이 가볍기만 할 것이다.

"당신들이 잃어버린 것을 찾은 것 같습니다."

| 후기

2004년 9월

✳ 원고를 출판사로 보낸 지 한 달쯤 되었을 때였다. 나는 맨해튼의 택시 안에 앉아 있었고, 차는 심한 교통체증에 제자리걸음을 하고 있었다. 8월의 어느 일요일 오후였다. 요란한 클랙슨 소리와 라디오에서 흘러나오는, 치과 드릴처럼 윙윙거리는 음악소리만 아니었다면 낭만적인 오후로 여겨질 수도 있을 것 같았다.

"정각 두 시입니다. 뉴스를 말씀드리겠습니다. 노르웨이에서 세계적인 명화 「절규」가 도난당한 사건이 발생했습니다. 관계자에 따르면 그림은 1억 달러 이상의 가치를 지니고 있다고 합니다. 경찰은 아직 용의자를 찾지 못하고 있는 상태입니다."

나는 멍한 얼굴로 등을 좌석에 붙였다. 원고를 보냈을 때도 또 다른 도난사건이 미해결 상태였다. 예술과 예술품 도둑들은 역사가 아니라 헤드라인이다.

* *

"죽기 전까지 행복함을 재지 마라."

고대 그리스인들은 그렇게 말했다. 아무리 성공적인 인생이라 할지라도 한순간에 무너져내릴 수 있다는 뜻이다. 이 말은 수많은 명화들에도 적용된다. 예술품 도난사건 중 완전히 해결되는 케이스는 없다.

2004년 8월 22일 일요일 아침, 오슬로의 뭉크 미술관은 관람객들로 북적이고 있었다. 8월은 관광시즌이었고 오전 열 시, 개관 시간부터 미술관은 밀려드는 관광객들로 발 디딜 틈이 없었다. 전시된 그림들은 전부 뭉크의 작품이었다. 1944년, 여든 살의 나이로 숨을 거두었을 때 그는 자신의 모든 작품을 오슬로 시에 유증했다. 인근에 자리하고 있는 국립 미술관에 비해, 작고 초라한 뭉크 미술관은 뭉크의 작업실을 연상시켰다. 뭉크의 수수한 싱글침대와 닳아 해진 담요도 그의 그림과 스케치와 판화들 틈에 끼어 전시되어 있었다.

뭉크 미술관에 발을 들여놓은 모든 관람객은 반드시 「절규」 앞에 서게 되어 있다. 그것은 1994년 찰리 힐이 회수한 것이 아닌, 그와 동등한 가치를 지닌 쌍둥이다. 뭉크는 총 네 가지 버전의 「절규」를 그렸다. 그는 유독 그 테마에 집착했다. 그중 세상에 널리 알려진 것은 바로 노르웨이 국립 미술관과 뭉크 미술관에 전시된 두 작품이었다.

일요일 아침 11시 10분, 검은색 스키 마스크와 장갑 차림의 무장 강도

두 명이 미술관 안으로 불쑥 쳐들어왔다. 한 강도가 무장하지 않은 경비의 머리에 총을 겨누고 겁에 질린 관광객들에게 노르웨이어로 소리쳤다.

"엎드려!"

그의 파트너는 뭉크의 유명한 작품인 「마돈나」 앞으로 성큼 다가갔다. 그리고 철사 끊는 기구로 그림을 벽에서 떼어냈다.

"제정신이 아닌 사람들 같았어요."

한 목격자는 그렇게 말했다.

"벽에 대고 세차게 두드려대다가 바닥에 내팽개쳐버렸죠."

그런 다음, 그는 「절규」를 챙겨 들었다.

두 도둑은 각각 명화를 한 점씩 가슴에 품은 채 밖으로 달려 나갔다. 도주용으로 대기시켜놓은 검은색 아우디 스테이션왜건에 도착하자 또 다른 남자가 뒷문을 휙 열어주었다. 도둑들은 그림을 차 안에 던져 넣고 달아났다.

경찰서는 미술관으로부터 8백 미터밖에 떨어지지 않은 곳에 자리하고 있었다. 도둑들이 그림을 떼어내는 과정에서 경보기가 작동했고, 경찰은 몇 분도 채 되지 않아 현장에 도착했다. 하지만 도둑들은 이미 달아나버린 후였다.

그날 오후 한 시, 경찰은 도둑들이 버리고 간 도주용 차를 발견했다. 차 안엔 부서진 액자 파편이 흩어져 있었다. 「절규」 같은 명화가 함부로 다뤄지고 있다는 뜻이었다. 뭉크는 가슴을 드러낸 검은머리의 여인을 오싹하고 자극적으로 그려놓은 「마돈나」를 캔버스에 유화물감으로 그렸다. 그런 이유로 손상의 위험은 크지 않았다. 하지만 새로 도난당한 「절규」

는 1994년에 도난당했던 것과 마찬가지로 판지 위에 그린 것이었다. 그만큼 쉽게 구부러지거나 접힐 수가 있다는 뜻이었다.

도난사건이 벌어진 다음날, 뭉크 미술관 관장이 고뇌에 찬 기자회견을 열고 도둑들에게 간청했다.

"최대한 조심스레 다뤄야 하는 그림들입니다. 부탁드립니다."

분개한 노르웨이 언론에 의하면, 사건이 벌어지기 4개월 전 미술관은 노르웨이 산업 보안 위원회를 탈퇴했다. 노르웨이 법무부가 지원하는 이 위원회는 회원들에게 범죄와 보안 관련 이슈를 조언한다. 회원들 중엔 은행, 석유회사, 현대 미술관, 그리고 국립 미술관 등 노르웨이의 걸출한 기관들이 포함되어 있다. 보안 위원회에서 탈퇴하기 한 달 전, 뭉크 미술관에겐 50만 크로나, 그러니까 약 7만 달러 정도의 보안 지원금이 내려졌다. 하지만 미술관은 그 돈을 보안 유지에 쓰지 않았다.

국립 미술관의 「절규」처럼 뭉크 미술관의 도난당한 그림들도 보험에 들어있지 않았다.

"그 작품들은 무엇으로도 대체할 수 없는 것들입니다."

오슬로 시정부의 자산을 관리하고 있는 보험회사의 대표가 말했다.

"보험을 들어둔다는 것 자체가 말이 안 되죠."

그의 말은 논쟁의 여지를 가지고 있다. 보험회사가 도둑들의 머리에 5천만 달러나 1억 달러의 현상금을 걸어놓는다면 경찰은 현상금을 노리는 제보자들을 쫓기만 하면 된다. 그리고 도둑들이 먼저 연락해오기를 기다리면 되는 것이다. 이미 뭉크의 그림을 두 차례나 훔쳐 달아난 적이 있는 명백한 용의자, 팔 엥게르는 자신의 무고함을 주장했다.

"전 무기를 쓰지 않습니다. 그건 제 스타일이 아니라고요."

엥게르가 말했다.

"전 항상 신사적인 방법만을 씁니다."

절망에 빠진 당국자들은 자신들의 초조함을 애써 숨기려 하지 않았다.

"수사는 속속 들어오는 제보에만 의존하고 있습니다."

한 경찰 당국자가 사건이 벌어진 지 2주 후에 있었던 인터뷰에서 그렇게 밝혔다.

"지금까지는 어떤 실마리도 잡지 못하고 있는 상태입니다."

* *

끓는점이 실온보다 조금 높을 뿐인 찰리 힐은 당국의 무능함에 관한 소식을 접할 때마다 분개한다. 1994년에 힐과 함께 일한 적이 있는 레이프 리에르처럼 쓸 만한 노르웨이 형사도 분을 쉽게 삭이지 못한다.

"지난 십 년간 그렇게 당하고도 오슬로 시는 아무런 교훈도 못 얻은 겁니까?"

그는 흥분하며 말했다.

"이토록 쉽게 빼앗겨버리다니, 정말 충격을 금할 수가 없습니다."

보나마나 도둑들은 자신들이 그림을 팔아치울 수 없다는 사실을 머지 않아 깨닫게 될 것이다. 하는 수 없이 그들은 사람들의 눈에 쉽게 띄는 곳에 그림을 몰래 가져다 놓고 사라져버릴 게 틀림없다. 그게 아니라면 도둑들은 천천히 모습을 드러내고 돈을 요구해올지도 모른다. 어쩌면 수십 년이 지나도 「절규」와 「마돈나」의 가치가 떨어지지 않을 거라는 진리를 믿고 한동안 침묵을 지킬지도 모른다. 가드너 미술관이 잃은 그림들은 현재까지 무려 십사 년 동안이나 침묵을 지켜오고 있는 중이다.

사실 그런 일은 무척 드물다. 도둑들은 옷장 속에 숨겨두기 위해 그림을 훔쳐가는 것이 아니다. 하지만 계획은 수포로 돌아가고, 거래는 취소된다. 어제의 트로피는, 오늘 처치 곤란한 성가신 물건으로 전락해버린다. 오랫동안 움직임이 없다는 것은 그림이 손상되거나 은밀한 곳에 보관되어 있다는 뜻이 아니라, 암흑가의 거래 품목으로 전락해버렸다는 뜻이다. 1986년에 더블린에서 도난당한 메추의 「편지를 읽고 있는 여인」은 1990년 이스탄불에서 회수되었다. 도둑은 그림을 헤로인과 맞바꾸려다가 덜미를 잡혔다.

단기적으로는 볼 때 사건은 노르웨이 당국의 손에 달려있다. 어떤 예술 범죄든 지역 경찰이 제일 먼저 수사권을 거머쥔다. 하지만 몇 개월이 지나도록 아무런 진전이 없으면 언제나 찰리 힐을 찾게 된다.

명화 두 점의 행방이 2주간 묘연하자, 뭉크 미술관 당국자들이 언론에 연락을 했다.

"앞으로 3주간 미술관 문을 닫게 될 겁니다. 경보기도 설치하고, 다른 보안 장치도 알아보려고요."

| 감사의 말

예술 범죄를 전문으로 하는 경찰과 도둑들은 몇 안 되는 신중한 사람들이다. 그들의 이야기로 나를 안내해준 이는 찰리 힐이었다. 믿기지 않는 선택들이 즐비한 인생을 살면서도 굳이 막후의 외부인으로만 활동해온 찰리 힐의 선택은 실로 놀라운 것이다. 힐이 제공해준 가장 중요한 자료는 바로 그 자신의 생각이었다. 나는 런던, 뉴욕, 그리고 워싱턴 D.C.에서 인터뷰하며 수많은 질문들로 그를 괴롭혔고, 스테이튼 아일랜드 페리와 런던의 이층버스, 그리고 워싱턴의 베트남전 기념 공원에서도 그를 귀찮게 했다. 그것으로도 모자라 수많은 이메일을 띄워 그를 짜증나게 했다. 내 무례함을 묵묵히 받아주고, 내가 무엇을 쓰든 이의를 달지 않겠노라고 약속해준 그의 배려에 깊은 감사의 뜻을 전한다.

＊　＊

나는 1990년부터 예술품을 훔치는 도둑들과 그들을 추적하는 형사들에 관한 이야기를 쓰고 싶었다. 당시 두 명의 도둑이, 내 고향 보스턴에 자리한 가드너 미술관에서 3억 달러 상당의 그림을 훔쳐 달아난 사건이 발생했다. 그리고 내 절친한 친구, 리드 헌트와 빌 영이 내 막연한 희망을 구체적인 계획으로 바꾸어주었다. 아웃라인부터 마지막 원고가 넘어갈 때까지 빌과 리드는 돈 한 푼 받지 않고 조언자의 역할을 충실히 수행해주었다.

작가로 성장한 내 아이들보다 더 좋은 동료가 있을 수 있을까? 훌륭한 재능을 가진 내 두 아들, 샘과 벤도 아버지의 지루한 이야기를 다듬어주느라 고생이 많았다.

연구원 미셸 미스너는 내가 품고 있던 크고 작은 궁금증들을 유쾌하게 풀어주었다. 예술가 겸 컴퓨터 학자인 카테리나 베리는 바쁜 스케줄에도 사진 자료를 찾아보느라 내게 많은 시간을 할애해주었다. 영국의 속어들과 어법에 관해 해박한 지식을 가지고 있는 작가 겸 역사학자인 팻 베리는 내가 수많은 함정을 피해갈 수 있도록 많은 도움을 주었다.

내 에이전트이자 친구인 레이프 사갈린은 처음부터 이 프로젝트를 잘 이끌어주었다. 최고의 편집자라는 찬사가 아깝지 않은 휴 밴 두센에게도 감사 인사를 하고 싶다.

특히 내게 무한한 영감과 통찰력, 그리고 용기를 불어넣어 준 린에게 뜨겁고, 아무리 해도 부족한 감사를 전한다.

| 역자의 말

✳ 인터폴 자료에 의하면, 예술범죄 도둑들은 연간 4십억 달러에서 많게는 6십억 달러에 이르는 수익을 얻는다고 한다. 예술품은 마약과 불법 무기 거래에 이어 세 번째로 많이 밀무역되고 있다. 저자, 에드워드 돌닉은 『사라진 명화들』을 통해 잘 알려지지 않은 예술범죄 세계를 적나라하게 드러내 보여준다.

이 책에서 스포트라이트는 런던 경찰청 예술반 형사, 찰리 힐에게 집중되고 있다. 비범한 자기 도취자인 그는 엘모어 레너드의 하드보일드 범죄소설에서나 볼 수 있을 법한 쿨하고 비정한 캐릭터로, 모험을 즐기고 위대한 예술에 경의를 표할 줄 아는 사람이다. 1994년, 릴레함메르 동계 올림픽의 개막과 함께 홀연히 사라져버린 에드바르드 뭉크의 「절규」를 되찾기 위한 그의 집념과 노력은 웬만한 소설의 줄거리보다도 스릴 넘치고 흥미롭다. 읽는 내내 '이건 소설이 아니야' 하며 연신 스스로에게 상기시켜야 할 정도다.

가장 흥미로운 것은 책을 읽다 보면 경찰과 도둑들 사이에 의외로 많은 공통점이 있다는 걸 깨닫게 된다는 사실이다. 양쪽 모두 허세를 부리고, 단 한순간에 사기꾼을 가려내는 능력에 프로로서의 생애를 걸고 있다. 이들에게 있어 피카소와 베르메르와 고야는 카지노에 아무렇지 않게 내던져지는 수백만 달러짜리 칩에 불과할 뿐이고, 돌닉은 독자들에게 사라진 명화들이 즐비하게 널려있는 테이블의 한 자리를 내어준다.

소설보다 더 소설 같은 찰리 힐의 이야기를 접하고 나면 에드바르트 뭉크의 걸작을 두 번 다시 같은 눈으로 볼 수 없게 될 것이다.

최필원

지은이_ 에드워드 돌닉

에드워드 돌닉은 『알 수 없는 위대함을 찾아』와 『소파 위의 광기』의 저자로, 〈보스턴 글로브〉의 과학 전문 기자로 활동했다. 또한 〈월간 애틀랜틱〉과 〈뉴욕 타임스 매거진〉을 비롯 여러 잡지에 기고했다. 장성한 두 아들을 두고 있으며, 현재 워싱턴 D.C. 근교에서 아내와 살고 있다.

옮긴이_ 최필원

캐나다 웨스턴 온타리오 대학에서 통계학을 전공했고, 현재 프리랜서 출판 기획자 겸 전문 번역가로 활동하고 있다. 옮긴 책으로는 척 팔라닉의 『파이트 클럽』, 존 그리샴의 『브로커』, 시드니 셀던의 『또 다른 나』, 데니스 루헤인의 『미스틱 리버』, 제임스 패터슨의 『첫번째 희생자』, 제임스 시겔의 『탈선』 등이 있다.

THE RESCUE ARTIST: A True Story of Art, Thieves, and the Hunt for a Missing
Masterpiece by Edward Dolnick
Copyright © 2005 by Edward Dolnick
All rights reserved.

This Korean edition was published by Maroniebooks in 2007 by arrangement with
Edward Dolnick c/o The Sagalyn Agency, Bethesda, MD through KCC(Korea
Copyright Center Inc.), Seoul.

뭉크에서 베르메르까지

사라진 명화들

지은이 에드워드 돌닉
옮긴이 최필원

초판 인쇄일   2007년 3월 21일
초판 발행일   2007년 3월 28일

펴낸이 이상만
펴낸곳 마로니에북스
등 록   2003년 4월 14일 제 2003-71호
주 소   (110-809) 서울시 종로구 동숭동 1-81
전 화   02-741-9191(대)
편집부 02-744-9191
팩 스   02-762-4577
홈페이지 www.maroniebooks.com

* 책값은 뒤표지에 있습니다.

ISBN 978-89-91449-93-0